DAN BROWN

Biblioteca Dan Brown

Biografía

Dan Brown es el autor de ocho novelas que se han convertido en grandes *bestsellers* internacionales, entre las que se incluyen *El código Da Vinci*, uno de los libros más vendidos de todos los tiempos, así como *Origen*, *Inferno*, *El símbolo perdido* y *Ángeles y demonios*. También es autor del exitoso libro infantil *La sinfonía de los animales*. Las novelas de Dan Brown han vendido más de 250 millones de ejemplares en 56 idiomas.

DAN BROWN

FORTALEZA DIGITAL

Firmado digitalmente por Dan Brown

Traducción de Aleix Montoto

Planeta

Obra editada en colaboración con Editorial Planeta – España

Título original: *Digital Fortress*

Diseño de la portada: Booket / Área Editorial Grupo Planeta
Fotografía de la portada: Shutterstock

Bajo el sello editorial BOOKET M.R.
Avenida Presidente Masarik núm. 111,
Piso 2, Polanco V Sección, Miguel Hidalgo
C.P. 11560, Ciudad de México
www.planetadelibros.com.mx

Primera edición impresa en España en colección Booket: agosto de 2017
ISBN: 978-84-08-17610-7

Primera edición impresa en México en Booket: julio de 2025
ISBN: 978-607-39-3015-4

Impreso en los talleres de Impregráfica Digital, S.A. de C.V.
Av. Coyoacán 100-D, Valle Norte, Benito Juárez
Ciudad de México, C.P. 03103
Impreso y hecho en México - *Printed and made in Mexico*

Para mis padres,
mis mentores y héroes

Tengo una deuda de gratitud con las siguientes personas: mis editores en St. Martin Press, Thomas Dunne y la excepcionalmente talentosa Melissa Jacobs. Mis agentes en Nueva York, George Wieser, Olga Wieser y Jake Elwell. Todos aquellos que han contribuido al manuscrito. Y, especialmente, con mi esposa, Blythe, por su entusiasmo y paciencia.

Asimismo, quiero mostrar mi «discreto» agradecimiento a los dos excriptógrafos de la NSA sin rostro que hicieron inestimables contribuciones vía servidores *remailers* anónimos. Sin ellos, este libro no habría sido escrito.

Prólogo

Plaza de España, Sevilla
11.00 horas

Dicen que, al morir, todo se vuelve claro. Ensei Tankado sabía ahora que era cierto. Mientras se llevaba las manos al pecho y caía al suelo presa del dolor, fue consciente de su terrible equivocación.

Algunas personas se acercaron y se inclinaron sobre él para prestarle auxilio. Pero Tankado no quería ayuda. Ya era demasiado tarde para eso.

Temblando, alzó la mano izquierda y extendió los dedos. «¡Miren mi mano!» Los rostros que lo rodeaban así lo hicieron, pero Tankado se dio cuenta de que no comprendían lo que les estaba indicando.

En un dedo llevaba un anillo de oro grabado. Por un instante, la inscripción resplandeció bajo el sol andaluz. Y Ensei Tankado supo que esa sería la última luz que vería.

Capítulo 1

Estaban en su hotel favorito de las Smoky Mountains, tumbados en la cama con dosel de su habitación. David la observaba con una sonrisa.

—¿Qué me dices, preciosa? ¿Te casas conmigo?

Ella se le quedó mirando. Tenía claro que él era el elegido. Para siempre. Mientras contemplaba el profundo verde de sus ojos, un ensordecedor timbre comenzó a sonar a lo lejos. Y empezó a alejarlo de ella. Extendió las manos hacia él para impedir que se fuera, pero sólo consiguió abrazar el aire.

Era el sonido del teléfono lo que despertó por completo a Susan Fletcher de su sueño. Dejó escapar un grito ahogado y tomó torpemente el auricular.

—¿Hola?

—Soy David, Susan. ¿Te desperté?

Ella sonrió y se dio la vuelta en la cama.

—Estaba soñando contigo. ¿Por qué no vienes y jugamos?

Él rio.

—Todavía está oscuro.

—Mmm... —gimió ella sensualmente—. Entonces definitivamente tienes que venir a jugar. Luego podemos dormir hasta tarde antes de emprender el viaje al norte.

David exhaló un suspiro de frustración.

—Por eso te llamo. Se trata de nuestro viaje. Tengo que posponerlo.

De golpe, Susan se despertó por completo.

—¡¿Qué?!

—Lo siento. Tengo que irme de la ciudad. Regresaré mañana. Podríamos salir a primera hora. Todavía tendríamos dos días.

—Pero ya hice las reservaciones en Stone Manor —repuso ella dolida—. Había conseguido nuestra antigua habitación.

—Lo sé, pero...

—Se suponía que esta noche iba a ser *especial*... Íbamos a celebrar seis meses. Recuerdas que estamos comprometidos, ¿verdad?

—Susan —suspiró él—, ahora no puedo darte más detalles, un coche está esperándome. Te llamaré desde el avión y te lo contaré todo.

—¿Un *avión*? —repitió ella—. ¿Qué está pasando? ¿Cómo es que la universidad...?

—No es un avión de la universidad. Luego te llamo y te lo explico todo. Ahora tengo que marcharme, me están esperando. Estaremos en contacto. Te lo prometo.

—¡David! —exclamó ella—. ¿Qué...?

Pero ya era demasiado tarde. David había colgado.

Susan Fletcher permaneció despierta durante horas aguardando su llamada. El teléfono no sonó.

Al mediodía, Susan se metió en la tina apesadumbrada y se sumergió en el agua jabonosa para tratar de olvidarse de Stone Manor y las Smoky Mountains. «¿Dónde puede estar David? —se preguntó—. ¿Por qué no me ha llamado?»

Poco a poco, el agua que la rodeaba pasó de caliente a tibia y finalmente se enfrió del todo. Estaba a punto de salir cuando sonó el teléfono inalámbrico. Sin importarle derramar agua en el suelo, se irguió de golpe para tomar el aparato que había dejado en el lavamanos.

—¿David?

—Soy Strathmore —respondió una voz.

Los hombros de Susan se desplomaron.

—¡Ah! —dijo incapaz de ocultar su decepción—. Buenas tardes, comandante.

—¿Esperabas a alguien más joven? —bromeó la voz.

—No, señor —respondió Susan avergonzada—. No es lo que...

—Claro que sí —rio él—. David Becker es un buen hombre. No lo dejes escapar.

—Gracias, señor.

—Susan —dijo entonces el comandante en un tono repentinamente serio—, te llamo porque necesito que vengas. Ahora mismo.

A ella le extrañó esa petición.

—Es sábado, señor. Normalmente no...

—Ya lo sé —replicó él con tranquilidad—. Se trata de una emergencia.

Susan se incorporó. «¿Una emergencia?» Jamás había oído esa palabra de labios del comandante. «¿Una emergencia en Cripto?» No se le ocurría de qué podía tratarse.

—S-sí, señor. —Se quedó un momento callada—. Estaré ahí tan pronto como pueda.

—Que sea todavía más pronto —añadió Strathmore, y colgó.

Envuelta en una toalla y goteando agua, Susan Fletcher se quedó un momento mirando la pila de ropa cuidadosamente doblada la noche anterior: unos pantalones cortos para ir de excursión, un suéter para los fríos anocheceres de la montaña y la lencería nueva que había comprado para las noches. Deprimida, se dirigió al clóset a buscar una blusa y una falda limpias. «¿Una emergencia? ¿En Cripto?»

Mientras bajaba la escalera, se preguntó si el día podía ponerse peor.

Estaba a punto de descubrirlo.

Capítulo 2

A nueve mil metros de altura sobre un océano completamente en calma, David Becker miraba abatido por la pequeña ventanilla ovalada del Learjet 60. Le habían dicho que el teléfono que había a bordo no funcionaba y no había tenido oportunidad de llamar a Susan.

—¿Qué estoy haciendo aquí? —farfulló para sí.

Pero la respuesta era sencilla: había personas a las que simplemente uno no podía decir que no.

—Señor Becker —dijo una crepitante voz por los altavoces—. Llegaremos dentro de media hora.

Él asintió con tristeza a la voz invisible. «Genial.» Cerró la persiana de la ventanilla e intentó dormir. Pero sólo podía pensar en ella.

Capítulo 3

El Volvo sedán de Susan se detuvo a la sombra de una valla de tres metros de altura coronada con alambre de púas. Un joven guardia colocó una mano sobre el techo del coche.

—Su identificación, por favor.

Susan se la entregó y esperó el habitual medio minuto. El agente pasó la tarjeta por un escáner computarizado. Finalmente, levantó la mirada.

—Gracias, señorita Fletcher. —Luego hizo una señal imperceptible y la reja se abrió.

Casi un kilómetro más adelante, Susan repitió el procedimiento para cruzar una valla electrificada igualmente imponente. «Vamos, chicos... Sólo he pasado por aquí un millón de veces...»

Al acercarse al último puesto de control, un corpulento centinela con dos perros guardianes y una ametralladora miró su placa y le indicó con la mano que pasara. Ella siguió Canine Road durante otros doscientos veinte metros en dirección a la Zona C del estacionamiento para empleados. «Increíble —pensó—. Veintiséis mil trabajadores y un presupuesto de doce mil millones de dólares. Cabría esperar que pudieran pasar un fin de semana sin mí.» Estacionó el coche en su espacio reservado y paró el motor.

Después de cruzar la terraza con jardines y entrar en el edificio principal, pasó por dos puestos de control internos más y, finalmente, llegó al túnel sin ventanas que conducía a la nueva ala. Una cabina de escaneo de voz bloqueaba la entrada.

AGENCIA DE SEGURIDAD NACIONAL (NSA)
DEPARTAMENTO DE CRIPTOGRAFÍA
SÓLO PERSONAL AUTORIZADO

El guardia armado levantó la mirada.

—Buenas tardes, señorita Fletcher.

Susan sonrió cansada.

—Hola, John.

—No la esperaba hoy.

—Sí, tampoco yo esperaba venir. —Se inclinó hacia el micrófono parabólico—. Susan Fletcher —dijo con claridad.

Al instante, la computadora confirmó los intervalos de frecuencia de su voz, la puerta se abrió y ella pasó.

El guardia observó a Susan mientras ella recorría el pasillo de cemento. Había advertido que ese día los intensos ojos color avellana de la mujer parecían distantes. Sus mejillas, sin embargo, tenían una sonrosada frescura, su cabello cobrizo, a la altura del hombro, parecía haber sido secado hacía poco y su cuerpo dejaba tras de sí una fragancia a polvos de talco Johnson's. Los ojos del guardia recorrieron de arriba abajo el esbelto torso de la mujer y pasaron de la blusa blanca con el brasier ligeramente visible debajo a una falda de color caqui que le llegaba hasta las rodillas y, finalmente, a sus piernas..., las piernas de Susan Fletcher.

«Cuesta imaginar que soportan un cociente intelectual de 170», se dijo.

El guardia se le quedó viendo un largo rato hasta que, finalmente, sacudió la cabeza al tiempo que ella desaparecía en la distancia.

Cuando Susan llegó al final del túnel, una puerta circular como la de una cámara blindada le bloqueó el paso. En grandes letras se podía leer: CRIPTOGRAFÍA.

Con un suspiro, colocó la mano dentro de un hueco con un teclado numérico e introdujo su código PIN de cinco dígitos. Segundos después, la mole de acero de doce toneladas comenzó a abrirse. Susan intentó concentrarse, pero sus pensamientos seguían volviendo a él.

David Becker. El único hombre al que había amado. El profesor a tiempo completo más joven de la Universidad de Georgetown y un brillante especialista en lenguas extranjeras. Casi una celebridad en el mundo académico. Poseedor de una memoria eidética y un gran amor por los idiomas, Becker dominaba seis dialectos asiáticos además del español, el francés y el italiano. Sus clases sobre etimología y lingüística siempre estaban llenas hasta el tope e, invariablemente, luego se quedaba un largo rato contestando una extensa batería de preguntas. Hablaba con autoridad y entusiasmo, aparentemente ajeno a las miradas de adoración de sus embelesadas estudiantes.

Moreno y de unos juveniles treinta y cinco años, Becker poseía unos penetrantes ojos verdes y un ingenio sin par. Su poderosa mandíbula y sus marcados rasgos le parecían a Susan como tallados en mármol. A pesar de que superaba el metro ochenta de estatura, Becker se movía por la cancha de squash con más rapidez de la que ninguno de sus colegas podía comprender. Tras darle una paliza a su oponente, solía refrescarse metiendo la cabeza en una fuente para empapar su espeso pelo negro. Luego, todavía goteando, le invitaba a su contrincante un licuado de frutas y un *bagel*.

Como les sucedía a todos los profesores jóvenes, el salario universitario de David era modesto. Ocasionalmente, cuando necesitaba renovar su afiliación al club de squash o cambiarle las cuerdas a su vieja raqueta Dunlop, ganaba algo de dinero extra haciendo traducciones para diversas agencias gubernamentales radicadas en Washington o sus alrededores. Y fue gracias a uno de esos trabajos que conoció a Susan.

Una despejada mañana durante las vacaciones de otoño, al regresar a su departamento de tres habitaciones tras haber salido a correr, Becker vio que su contestadora automática estaba parpadeando. El mensaje era como muchos otros: una agencia gubernamental que solicitaba sus servicios de traducción durante unas pocas horas más tarde ese día. Lo único extraño era que Becker no había oído hablar nunca de esa organización.

—Se llama Agencia de Seguridad Nacional —les dijo a algunos de sus colegas a los que telefoneó en busca de información.

La respuesta fue siempre la misma:

—¿No querrás decir *Consejo* de Seguridad Nacional?

La primera vez, Becker comprobó el mensaje.

—No. En el mensaje dicen *Agencia*. NSA.

—Nunca he oído hablar de ellos.

Becker consultó el directorio de agencias gubernamentales, y tampoco aparecía. Desconcertado, llamó entonces a uno de sus antiguos contrincantes de squash, un exanalista político reconvertido en investigador de la Biblioteca del Congreso. A David lo sorprendió la explicación de su amigo.

Al parecer, la NSA no sólo existía, sino que estaba considerada una de las agencias gubernamentales más influyentes del mundo. Llevaba más de medio siglo dedicándose al espionaje informático global y protegiendo la información clasificada de Estados Unidos. A pesar de eso, apenas un tres por ciento de los norteamericanos conocía su existencia.

—*NSA* —bromeó su colega— significa «Negamos Semejante Agencia».

Con una mezcla de aprensión y curiosidad, Becker aceptó la oferta de la misteriosa agencia y condujo los sesenta kilómetros que lo separaban de su cuartel general de treinta y cuatro hectáreas discretamente oculto en las boscosas colinas de Fort Meade, Maryland. Después de pasar por innumerables controles de seguridad y obtener un pase holográfico de invitado con una validez de seis horas, fue escoltado a unas lujosas instalaciones en las que le dijeron que pasaría la tarde ofreciendo «apoyo a ciegas» al Departamento de Criptografía, un grupo de élite de cerebritos matemáticos conocido como «los descifradores de códigos».

Durante la primera hora, los criptógrafos ni siquiera parecieron darse cuenta de que Becker se encontraba allí. Permanecían inclinados alrededor de una enorme mesa y hablaban en una jerga que Becker no había oído nunca. Mencionaban cifrados de flujo, generadores autodecimados, problemas de mochila, protocolos de conocimiento cero y puntos de unicidad. Él se limitaba a observarlos, completamente perdido, mientras garabateaban símbolos en papel milimétrico, escudriñaban hojas impresas y continuamente se referían al confuso revoltijo de letras, números y símbolos proyectados en una pantalla que había sobre sus cabezas:

JHDJA3JKHDHMADO/ERTWTJLW+JGJ328
5JHALSFNHKHHHFAFOHHDFGAF/FJ37WE
OHI93450S9DJFD2H/HHRTYFHLF89303
95JSPJF2J0890IHJ98YHFI080EWRT03
JOJR845H0ROQ+JT0EU4TQEFQE//OUJW
08UY0IH0934JTPWFIAJER09QU4JR9GU
IVJP$DUW4H95PE8RTUGVJW3P4E/IKKC
MFFUERHFGV0Q394IKJRMG+UNHVS9OER
IRK/0956Y7U0POIKIOJP9F8760QWERQI

Finalmente, uno de ellos explicó lo que Becker ya había sospechado. Ese galimatías era un código, un «texto cifrado»: grupos de números y letras que representaban palabras encriptadas. El trabajo de los criptógrafos consistía en estudiar el código y extraer el mensaje original, o «texto no cifrado». La NSA había llamado a Becker porque sospechaba que el mensaje original estaba escrito en chino mandarín. Su cometido consistía en traducir los símbolos a medida que los criptógrafos fueran descifrándolos.

Durante dos horas, Becker estuvo interpretando el interminable flujo de símbolos mandarines. Sin embargo, cada vez que les entregaba una traducción, los criptógrafos negaban con la cabeza desesperados. Al parecer, el código no tenía sentido. Deseoso de ayudar, les indicó entonces que todos los caracteres que le habían mostrado tenían un rasgo común: también formaban parte del lenguaje kanji. Al instante, se hizo el silencio en la sala. El hombre que estaba al cargo, un tipo larguirucho llamado Morante que fumaba un cigarro tras otro, se volvió hacia él y manifestó su incredulidad.

—¿Quiere decir que estos símbolos tienen múltiples significados?

Becker asintió. Les explicó que el kanji era un sistema de escritura japonés basado en caracteres chinos modificados. Él había traducido el texto al mandarín porque eso era lo que le habían pedido.

—¡Dios mío! —Morante tosió—. Probemos la traducción kanji.

Como si de magia se tratara, de pronto todo cobró sentido.

Los criptógrafos se quedaron debidamente impresionados, pero aun así hicieron que Becker tradujera los caracteres en un orden distinto del original.

—Es por su propia seguridad —indicó Morante—. De esta forma, no sabrá qué está traduciendo.

Becker se rio, pero se dio cuenta de que nadie más lo hacía.

Cuando el código fue finalmente descifrado por completo, Becker no tenía ni idea de qué secretos había ayudado a revelar, pero una cosa estaba clara, la NSA se tomaba en serio el descifrado de códigos: el cheque que llevaba en el bolsillo era superior al salario de todo un mes en la universidad.

Al recorrer de vuelta los puestos de control del pasillo principal en dirección a la salida, un guardia que acababa de colgar un teléfono le impidió el paso.

—Señor Becker, espere un momento aquí, por favor.

—¿Qué sucede?

Becker no había contado con que ese trabajo le fuera a llevar tanto tiempo y ya llegaba tarde a su partido de squash de los sábados.

El guardia se encogió de hombros.

—La directora del Departamento de Criptografía quiere hablar con usted. Está en camino.

—¿Una mujer? —Becker rio. Era la primera que veía en la NSA.

—¿Supone eso algún problema? —dijo una voz femenina a su espalda.

Él se volvió y, al instante, sintió que se ruborizaba. Se fijó en la identificación que la joven llevaba prendida en la blusa. La directora del Departamento de Criptografía de la NSA no sólo era una mujer, sino que además era realmente atractiva.

—N-no —farfulló—. Yo sólo...

—Susan Fletcher —sonrió ella al tiempo que extendía su esbelta mano.

Él se la estrechó

—David Becker.

—Felicidades, señor Becker. Escuché que usted hizo un gran trabajo. ¿Podríamos hablar un momento?

Él titubeó.

—En realidad, tengo algo de prisa...

Becker confió en que declinar una invitación de la agencia de inteligencia más poderosa no fuera una insensatez, pero su partido de squash comenzaba dentro de cuarenta y cinco minutos y tenía una reputación que mantener: David Becker nunca llegaba tarde a jugar a squash... A clase quizá, pero a squash nunca.

—Seré breve. —Susan Fletcher sonrió—. Por aquí, por favor.

Diez minutos después, Becker estaba en la cafetería de la NSA disfrutando de un bizcocho y un jugo de arándanos con la encantadora directora del Departamento de Criptografía de la NSA. Rápidamente, el profesor comprendió que el alto puesto en la agencia que ocupaba Susan Fletcher a sus treinta y ocho años no era fruto de la casualidad. Se trataba de una de las mujeres más brillantes que había conocido nunca, y se descubrió a sí mismo haciendo esfuerzos para seguir sus explicaciones sobre códigos y el desciframiento de los mismos; era una nueva y excitante experiencia para él.

Una hora más tarde, después de que, obviamente, Becker se hubiera perdido su partido de squash y Susan hubiera ignorado descaradamente tres mensajes del *bíper*, ambos se echaron a reír. A pesar de tratarse de dos personas con unas mentes altamente analíticas y supuestamente inmunes a los encaprichamientos irracionales, mientras discutían sobre morfología lingüística y generadores de números pseudoaleatorios habían saltado fuegos artificiales entre ambos y habían comenzado a sentirse como una pareja de adolescentes.

Susan no llegó a exponerle la verdadera razón por la que quería hablar con él: ofrecerle un puesto de prueba en el Departamento de Criptografía Asiática. A juzgar por la pasión con la que el joven hablaba sobre la enseñanza, estaba claro que nunca sería capaz de dejar la universidad. Susan decidió no arruinar la sintonía que se había dado entre ambos hablando de trabajo. Volvía a sentirse como una adolescente y nada iba a estropear eso. Y nada lo hizo.

Los inicios de su noviazgo fueron lentos y románticos: escapadas furtivas siempre que sus agendas lo permitían, largos paseos a través del campus de Georgetown, capuchinos en Merlutti's a última hora de la noche, ocasionales conferencias y conciertos. Susan se descubrió a sí misma riendo más de lo que nunca habría creído posible. Parecía que no había nada que David no pudiera convertir en una broma. Suponía un bienvenido desahogo de la intensidad de su puesto en la NSA.

Una despejada tarde de otoño, se sentaron en las gradas para ver cómo el equipo de fútbol de Rutgers le daba una paliza al de Georgetown.

—¿A qué dijiste que jugabas? —bromeó Susan—. ¿Frontón?

Becker soltó un resoplido.

—Se llama *squash*.

Ella se le quedó mirando con cara de incomprensión.

—Es *parecido* al frontón —explicó él—, pero la cancha es más pequeña.

Susan le dio un empujón.

El extremo izquierdo del equipo de Georgetown envió un tiro de esquina fuera y el público lo abucheó. Los defensas regresaron corriendo a su posición.

—Y ¿qué hay de ti? —preguntó Becker—. ¿Haces algún deporte?

—Soy cinturón negro de máquina escaladora.

Becker hizo una mueca.

—Prefiero deportes en los que se pueda ganar.

—Qué competitivo... —sonrió Susan.

El defensa estrella del equipo de Georgetown interceptó un pase y las gradas estallaron en vítores. Susan se inclinó entonces hacia delante y susurró al oído de David:

—Doctor.

Él se volvió y se le quedó mirando sin comprender.

—Doctor —repitió ella—. Di la primera cosa que te venga a la cabeza.

Becker no parecía muy convencido.

—¿Asociaciones de palabras?

—Un procedimiento estándar de la NSA. Necesito saber con quién estoy. —Susan lo miró con severidad—. Doctor.

Becker se encogió de hombros.

—Seuss.

Ella frunció el ceño.

—Está bien, a ver esta otra... Cocina.

Él no dudó:

—Dormitorio.

Susan enarcó las cejas tímidamente.

—De acuerdo, probemos con otra... Gato.

—*Catgut* —replicó al instante Becker.

—*¿Catgut?*

—Sí. *Catgut*. Las cuerdas de las raquetas de los campeones de squash están hechas de ese material.

—Curioso —dijo ella.

—Bueno, ¿cuál es tu diagnosis? —inquirió Becker.

Susan lo pensó un minuto.

—Eres un maníaco del squash inmaduro y sexualmente frustrado.

Becker se encogió de hombros.

—Parece bastante acertado.

La cosa siguió así durante semanas. Mientras comían el postre o durante cenas que duraban toda la noche, Becker no dejaba de hacerle innumerables preguntas.

¿Dónde había aprendido matemáticas?

¿Cómo había terminado trabajando en la NSA?

¿Cómo es que era tan cautivadora?

Susan solía sonrojarse, y en una ocasión le confesó que había tardado en desarrollarse. Durante su adolescencia había sido una chica larguirucha y torpe con aparatos en los dientes. Su tía Clara le dijo una vez que Dios se había disculpado por su falta de pecho ofreciéndole inteligencia. Una disculpa prematura, pensó Becker.

Susan le explicó un día que su interés por la criptografía había comenzado en la preparatoria. El presidente del club de informática, un chico alto de octavo llamado Frank Gutmann, le escribió un poema de amor y lo encriptó con un cifrado de sustitución numérica. Susan le suplicó que le dijera qué decía el poema. Con cierta coquetería, Frank se negó. Ella se llevó entonces el texto a casa y se pasó toda la noche despierta con una linterna debajo de las sábanas hasta que desentrañó el secreto: cada número representaba una letra. Con cuidado, descifró el código y observó maravillada cómo los números aparentemente aleatorios se convertían por arte de magia en un maravilloso poema. En aquel instante supo que se había enamorado: los códigos y la criptografía se convertirían en su vida.

Casi veinte años más tarde, después de haber obtenido su máster en matemáticas en la Universidad Johns Hopkins y de estudiar teoría de números con una beca completa del MIT, presentó su tesis doctoral: *Métodos criptográficos, protocolos y algoritmos para aplicaciones manuales*. Al parecer, su profesor no fue el único que la leyó; poco después de presentarla, Susan recibió una llamada telefónica y un boleto de avión de la NSA.

Todos los que se dedicaban a la materia conocían la existencia de la NSA; era el hogar de algunos de los mejores criptógrafos del planeta. Cada primavera, mientras las empresas del sector privado descendían sobre las nuevas mentes más brillantes del mercado laboral y les ofrecían obscenos salarios y opciones en acciones, la NSA se limitaba a observar cuidadosamente, seleccionaba sus objetivos y al final intervenía y doblaba la mejor oferta que hubieran recibido. Lo que la NSA quería lo compraba. Temblando de anticipación, Susan voló al Aeropuerto Internacional de Washington-Dulles, donde la recogió un conductor de la agencia que la llevó a Fort Meade.

Ese año hubo otras cuarenta y una personas que recibieron la misma llamada. Susan, de veintiocho años, era la más joven. También la única mujer. La visita resultó ser más una sesión de intensas relaciones públicas y numerosas pruebas de inteligencia que una reunión informativa. A la semana siguiente, ella y otros seis candidatos fueron invitados de nuevo. Si bien vacilante, Susan decidió volver. De inmediato, separaron al grupo y pasaron por pruebas poligráficas individuales, revisión de antecedentes personales, análisis caligráficos e interminables horas de entrevistas, incluidos cuestionarios grabados sobre sus respectivas orientaciones y prácticas sexuales. Cuando el entrevistador le preguntó a Susan si alguna vez había mantenido relaciones sexuales con animales, ella estuvo a punto de marcharse, pero, por alguna razón, el misterio hizo que siguiera adelante. Se sentía tentada por la posibilidad de trabajar en la teoría de códigos más avanzada, entrar en el Palacio de los Enigmas y convertirse en miembro del club más hermético del mundo, la Agencia de Seguridad Nacional.

Becker se sentía fascinado por sus historias.

—¿De verdad te preguntaron si habías mantenido relaciones sexuales con animales?

Ella se encogió de hombros.

—Parte de la revisión de antecedentes personales rutinaria.

—Bueno... —dijo entonces él conteniendo una sonrisa—. Y ¿qué les dijiste?

Ella le dio una patada por debajo de la mesa.

—¡Les dije que no! —Y luego añadió—: Lo cual, hasta anoche, era cierto.

A ojos de Susan, David era lo más cercano a la perfección que podía imaginar. Sólo tenía una desafortunada característica: cada vez que salían, él insistía en pagar la cuenta. Ella odiaba verlo gastar el salario de todo un día en una cena para dos, pero Becker era inflexible. Aprendió a no protestar, pero se trataba de algo que seguía molestándole. «Gano más dinero del que puedo gastar —pensaba ella—. Debería ser yo quien pague.»

A pesar de ello, decidió que, aparte de su anticuado sentido de la caballerosidad, David era ideal. Era compasivo, inteligente, divertido y, lo mejor de todo, tenía un sincero interés en lo que ella hacía. Tanto si iban a visitar el Smithsonian, a dar una vuelta en bici, o preparaban espagueti en la cocina de Susan, David siempre mostraba curiosidad. Ella contestaba a las preguntas que podía y le ofrecía una visión general y desclasificada de la Agencia de Seguridad Nacional. Lo que David oía lo fascinaba.

Fundada por el presidente Truman a las 12.01 del 4 de noviembre de 1952, la NSA había sido la agencia de inteligencia más clandestina del mundo durante casi cincuenta años. Las siete páginas de la doctrina fundacional de la NSA exponían una función muy básica: proteger las comunicaciones del gobierno de Estados Unidos e interceptar las comunicaciones de las potencias extranjeras.

El tejado del principal edificio de operaciones de la NSA estaba cubierto por más de quinientas antenas, entre las cuales, dos grandes radomos que parecían enormes pelotas de golf. El edificio mismo era descomunal: más de ciento novena mil metros cuadrados, el doble que el cuartel general de la CIA. Dentro había dos millones y medio de metros de cables telefónicos y siete mil quinientos metros cuadrados de ventanas permanentemente cerradas.

Susan le habló a David sobre el departamento de COMINT o inteligencia de comunicaciones, la división de reconocimiento global de la agencia: una alucinante colección de puestos de espionaje, satélites, espías y teléfonos intervenidos alrededor del mundo. Miles de comunicados y conversaciones eran interceptados a diario, y todos ellos se enviaban a los analistas de la NSA para ser descifrados. El FBI, la CIA y los consejeros de política internacional del gobierno dependían del espionaje de la NSA para tomar sus decisiones.

Becker se sentía fascinado.

—Y ¿el desciframiento de códigos? ¿Dónde encajas *tú* en todo eso?

Ella le explicó que a menudo las transmisiones interceptadas provenían de gobiernos peligrosos, facciones hostiles y grupos terroristas, muchos de los cuales se encontraban dentro de las mismas fronteras de Estados Unidos. Sus comunicaciones solían estar codificadas por si terminaban en las manos equivocadas, cosa que, gracias al COMINT, solía pasar. Susan le contó a David que su trabajo consistía en estudiar los códigos, descifrarlos a mano y suministrarle a la NSA los mensajes desencriptados. Aunque esto no era del todo cierto.

Sintió una punzada de culpabilidad por mentirle a su nuevo amor, pero no tenía elección. Unos pocos años antes, esa definición habría sido fiel; no obstante, las cosas habían cambiado en la NSA. Todo el mundo de la criptografía lo había hecho. Las nuevas funciones de Susan estaban clasificadas, incluso para personas que ocupaban cargos del más alto nivel.

—Códigos —dijo Becker fascinado—. ¿Cómo sabes por dónde comenzar? Es decir..., ¿cómo los descifras?

Susan sonrió.

—Tú deberías saberlo. Es como estudiar una lengua extranjera. Al principio, el texto parece un galimatías, pero una vez que aprendes las reglas que definen su estructura, puedes obtener un significado.

Becker asintió impresionado. Quería saber más.

Usando las servilletas de Merlutti's y los programas del concierto al que habían asistido a modo de pizarrón, Susan se dispuso a ofrecerle a su querido pedagogo un minicurso en criptografía. Comenzó con el «cuadrado perfecto» de Julio César.

Julio César, le explicó, fue el primer escritor de códigos de la historia. Cuando sus mensajeros empezaron a caer en emboscadas, ideó una rudimentaria forma de encriptar sus órdenes. Se le ocurrió reorganizar el texto de sus mensajes de tal forma que la correspondencia no pareciera tener sentido. Por supuesto, sí lo tenía. La cantidad de letras de todos los mensajes conformaba un cuadrado perfecto (dieciséis, veinticinco, cien, dependiendo de lo que Julio César tuviera que decir), y los oficiales habían sido instruidos para que, cuando les llegara un mensaje, transcribieran el texto en un cuadrado cuadriculado. Si lo hacían y lo leían de arriba abajo, aparecería un mensaje secreto como por arte de magia.

Con el tiempo, la idea de Julio César de reorganizar el texto fue adoptada por otros y modificada para que el mensaje fuera más difícil de descifrar. La cúspide de la encriptación no informática se alcanzó durante la Segunda Guerra Mundial. Los nazis construyeron una increíble máquina de encriptación llamada Enigma. Este artefacto se asemejaba a una anticuada máquina de escribir con rotores de hojalata interconectados entre sí que giraban de forma intrincada y convertían un texto no codificado en confusas ristras de caracteres aparentemente sin sentido. Sólo mediante otra máquina Enigma calibrada exactamente de la misma forma podía el destinatario descifrar el código.

Becker la escuchaba embelesado. El profesor se había convertido en estudiante.

Una noche, durante una representación universitaria de *El cascanueces*, Susan le dio a David su primer código básico para que lo descifrara. Él se quedó sentado durante todo el entreacto con una pluma en la mano, rompiéndose la cabeza con el mensaje de treinta y una letras:

LD ZKDFQÑ CD PTD MÑR GZXZLÑR BÑMÑBHCÑ

Finalmente, justo cuando las luces comenzaban a apagarse para la segunda parte, David lo resolvió. Para codificar el texto, Susan simplemente había reemplazado cada letra de su mensaje con la letra precedente del alfabeto. Para descifrar el código, lo único que Becker tenía que hacer era cambiar cada letra por la siguiente. Así, «A» pasaba a ser «B», «B» pasaba a ser «C», etcétera. Rápidamente cambió las demás letras. Nunca imaginó que catorce sílabas pudieran hacerle tan feliz:

ME ALEGRO DE QUE NOS HAYAMOS CONOCIDO

Él se apresuró a escribir su respuesta y entregársela a ella:

XÑ SZLAHDM

Susan la leyó y su rostro se iluminó.

Becker no podía evitar reírse; tenía treinta y cinco años y estaba perdidamente enamorado. Nunca en su vida se había sentido tan atraído por una mujer. Los delicados rasgos europeos y los suaves ojos castaños de Susan le recordaban los de un anuncio de Estée Lauder. Y por más que, de adolescente, el cuerpo de Susan hubiera sido larguirucho y torpe, desde luego por aquel entonces ya no lo era. En algún momento había desarrollado una grácil elegancia y ahora era esbelto y alto, tenía unos pechos grandes y firmes y su abdomen era perfectamente plano. David solía bromear diciendo que era la primera modelo de trajes de baño que había conocido con un doctorado en matemáticas aplicadas y teoría de los números. A medida que los meses fueron pasando, ambos comenzaron a sospechar que habían encontrado algo que podía ser para toda la vida.

Llevaban juntos casi dos años cuando, inesperadamente, David le propuso matrimonio. Fue durante un viaje de fin de semana a las Smoky Mountains. Estaban en una gran cama con dosel del hotel Stone Manor. Él no tenía ningún anillo preparado, simplemente se lo propuso. Eso era lo que a Susan le encantaba de él, que fuera tan espontáneo. Ella le dio un largo e intenso beso. Él, por su parte, la tomó en brazos y le quitó el camisón.

—Me tomaré eso como un sí —dijo David, e hicieron el amor toda la noche envueltos por la calidez del fuego de la chimenea.

Esa noche mágica había tenido lugar hacía seis meses, antes de la inesperada promoción de David a director del Departamento de Lenguas Modernas. Desde entonces, su relación había ido cuesta abajo.

Capítulo 4

La puerta de Criptografía emitió un sonido que despertó a Susan de su deprimente ensoñación. La mole de acero había rotado hasta quedar completamente abierta y volvería a cerrarse al cabo de cinco segundos, tras haber hecho otra rotación completa de 360 grados. Susan se apresuró a ordenar sus ideas y cruzó la abertura. Una computadora registró su entrada.

Aunque prácticamente había vivido en el edificio de Criptografía desde que se terminó su construcción tres años antes, su interior todavía la asombraba. La sala principal consistía en una enorme cámara circular de cinco pisos rematada por una cúpula transparente cuya cúspide alcanzaba los treinta y cinco metros de altura. La malla de policarbonato que recubría la cúpula de plexiglás era capaz de aguantar una explosión de dos megatones. La luz solar se filtraba por esta pantalla, proyectando delicadas florituras en las paredes. Asimismo, pequeñas partículas de polvo flotaban en el aire formando inesperadas espirales ascendentes a causa del poderoso sistema de desionización de la cúpula.

Las inclinadas paredes de la sala se arqueaban ampliamente en la parte más alta y se volvían casi verticales al llegar a la altura de los ojos. En este punto pasaban a ser sutilmente traslúcidas y, de manera gradual, iban volviéndose de un opaco color negro hasta llegar al suelo, donde una reluciente extensión de lustrosas baldosas negras oscuras brillaba con un siniestro resplandor que le daba al piso la apariencia de ser transparente. Parecía hielo negro.

La máquina por la que había sido construida dicha cúpula emergía del centro de la sala como la punta de un torpedo colosal. Su lustroso contorno negro formaba un arco que alcanzaba los siete metros de altura antes de volver a sumergirse en el suelo. Curvada y lisa, era como si una enorme ballena asesina hubiera sido congelada en medio de un salto en un mar glacial.

Se trataba de TRANSLTR, el equipo informático más caro del mundo. Una máquina cuya existencia la NSA negaba categóricamente.

Como si de un iceberg se tratara, un noventa por ciento de la masa y del poder de dicha máquina se ocultaba bajo la superficie. Su secreto estaba encerrado en un silo de cerámica similar al casco de un cohete que descendía seis pisos bajo tierra y que estaba rodeado por un serpenteante laberinto de pasarelas y cables, así como por los ruidosos tubos del sistema de refrigeración de freón. Los generadores que había en la base emitían un perpetuo zumbido de baja frecuencia que confería a la acústica de Criptografía una cualidad inanimada y fantasmal.

Como todos los grandes avances tecnológicos, TRANSLTR había nacido de la necesidad. Durante la década de 1980, la NSA fue testigo de una revolución en las telecomunicaciones que cambiaría el mundo del espionaje para siempre: el acceso público a internet. Y, más específicamente, la llegada del correo electrónico.

Los criminales, los terroristas y los espías estaban cansados de que sus teléfonos estuvieran intervenidos y adoptaron inmediatamente este nuevo medio de comunicación global. El correo electrónico proporcionaba la seguridad del correo convencional y la velocidad del teléfono. Como las comunicaciones viajaban a través de líneas de fibra óptica subterránea y no mediante ondas de radio, estaban completamente a prueba de interceptaciones, o, al menos, eso era lo que se creía.

En realidad, interceptar los correos electrónicos que viajaban por internet era un juego de niños para los tecnogurús de la NSA. Internet no era la nueva revelación informática doméstica que muchos creían. En realidad, había sido creada por el Departamento de Defensa tres décadas antes. Por aquel entonces, se trataba de una enorme red de computadoras diseñada para proporcionar comunicaciones gubernamentales seguras en caso de una guerra nuclear. Los ojos y los oídos de la NSA eran antiguos profesionales de internet. La gente que llevaba a cabo negocios ilegales mediante el correo electrónico no tardó en darse cuenta de que sus secretos no eran tan privados como habían creído. El FBI, la DEA, el Servicio de Impuestos Internos y otras agencias gubernamentales norteamericanas llevaron a cabo —con la ayuda de los astutos hackers de la NSA— una auténtica oleada de arrestos y condenas.

Por supuesto, cuando los usuarios de computadoras de todo el mundo descubrieron que el gobierno de Estados Unidos tenía acceso libre a las comunicaciones que realizaban mediante correo electrónico mostraron su profunda indignación. Incluso aquellos que usaban el correo electrónico únicamente de forma recreacional consideraron perturbadora la falta de privacidad. Alrededor del planeta, programadores con instinto empresarial comenzaron a trabajar en un modo de mantener dichas comunicaciones más seguras. Rápidamente encontraron la forma y nació el cifrado de clave pública.

El cifrado de clave pública era un concepto tan simple como brillante. Consistía en un software fácil de utilizar y doméstico que codificaba el correo electrónico personal de tal modo que resultaba completamente ilegible. Cualquier usuario podía escribir un correo electrónico y, mediante un programa de encriptación, el texto pasaba a ser un galimatías aleatorio totalmente ilegible: un código. Todo aquel que interceptara la transmisión sólo se encontraría con una secuencia de caracteres sin sentido.

El único modo de darle coherencia al mensaje era introduciendo la «clave de acceso» del remitente, una serie secreta de caracteres que funcionaba de forma parecida a un código PIN en un cajero automático. Las claves de acceso eran por lo general bastante largas y complejas y contenían toda la información necesaria para indicarle al algoritmo de encriptación exactamente qué operaciones matemáticas seguir para recrear el mensaje original.

A partir de entones, el usuario podía enviar correos electrónicos de manera confidencial. Aunque la transmisión fuera interceptada, sólo aquellos que poseían la clave podrían descifrarla.

La NSA sintió las consecuencias de inmediato. Los códigos ante los que se encontraban ya no eran simples cifrados de sustitución descifrables con lápiz y papel milimétrico, sino funciones resumen generadas por computadora que empleaban la teoría del caos y múltiples alfabetos simbólicos para codificar los mensajes y convertirlos en textos aleatorios aparentemente imposibles.

Al principio, las claves de acceso que se utilizaban eran suficientemente cortas para que las computadoras de la NSA pudieran «adivinarlas». Si la clave que se debía descifrar tenía diez dígitos, una computadora estaba programada para intentar todas las posibilidades entre 0000000000 y 9999999999. Antes o después, daba con la secuencia correcta. A este método de prueba y error se lo conocía como *ataque mediante fuerza bruta*. Exigía mucho tiempo, pero su éxito estaba matemáticamente garantizado.

A medida que el mundo fue tomando conciencia del poder del desciframiento mediante fuerza bruta, las claves de acceso fueron volviéndose más y más largas. El tiempo necesario para «adivinar» la clave correcta pasó de semanas a meses y, finalmente, a años.

Para la década de 1990, las claves de acceso tenían más de cincuenta caracteres y empleaban todos los 256 caracteres del alfabeto ASCII, formado por letras, números y símbolos. El número de posibilidades diferentes se acercaba a 10^{120}, uno con 120 ceros detrás. Adivinar correctamente una clave de acceso era tan matemáticamente improbable como dar con el grano de arena correcto en una playa de cien kilómetros. Se estimaba que un ataque mediante fuerza bruta para descifrar con éxito una clave estándar de 64 bits le llevaría a la computadora más rápida de la NSA por aquel entonces —el secretísimo Cray/Josephson II— más de noventa años. Para cuando la computadora hubiera adivinado la clave y descodificado el mensaje, el contenido de este sería irrelevante.

Inmersa en un apagón de inteligencia, la NSA emitió una directiva secreta que fue apoyada por el presidente de Estados Unidos. Financiada con fondos federales y con carta blanca para hacer lo que fuera necesario para solucionar el problema, la NSA se propuso construir lo imposible: la primera máquina descodificadora de códigos universal.

A pesar de que muchos ingenieros opinaban que una computadora así era imposible de construir, la NSA se tomaba al pie de la letra su consigna: «Todo es posible. Lo imposible sólo exige más tiempo».

Cinco años, medio millón de horas de trabajo y mil novecientos millones de dólares más tarde, la NSA volvió a demostrarlo. El último de los tres millones de procesadores del tamaño de un timbre postal fue soldado manualmente en su lugar, la programación interna fue terminada y la carcasa de cerámica fue sellada. TRANSLTR había nacido.

Aunque el funcionamiento interno secreto de TRANSLTR era el producto de muchas mentes y no había un solo individuo que pudiera comprenderlo completamente, su principio básico era simple: «A más manos, menos trabajo».

Sus tres millones de procesadores trabajaban en paralelo probando distintas permutaciones a una velocidad cegadora. La idea era que incluso los códigos con claves de acceso de un tamaño inimaginablemente colosal no estuvieran a salvo de la tenacidad de TRANSLTR. La multimillonaria obra maestra utilizaría el poder del procesamiento en paralelo, así como avances altamente clasificados en análisis de textos cifrados para averiguar claves de acceso y descifrar códigos. Su poder derivaba no sólo de la increíble cantidad de procesadores que poseía, sino de los nuevos avances en computación cuántica, una tecnología emergente que permitía que la información fuera almacenada como estados cuánticos y no como simples datos binarios.

El momento de la verdad llegó la ventosa mañana de un jueves de octubre. La primera prueba real. A pesar de la incertidumbre general sobre lo rápida que sería la máquina, había una cosa en la que los ingenieros estaban de acuerdo: si todos los procesadores funcionaban en paralelo, TRANSLTR sería una máquina muy poderosa. La pregunta era *cuánto*.

La respuesta la obtuvieron doce minutos después. El puñado de personas presentes se quedaron en un anonadado silencio cuando la impresora cobró vida e imprimió el código descifrado. TRANSLTR acababa de descodificar una clave de 64 bits en poco más de diez minutos, casi un millón de veces más rápido que las dos décadas que habría tardado la segunda computadora más rápida de la NSA.

Bajo la dirección del director adjunto de operaciones, el comandante Trevor J. Strathmore, la Oficina de Producción de la NSA había triunfado. TRANSLTR era un éxito. Con la intención de mantener su éxito bajo secreto, el comandante Strathmore se apresuró a filtrar la noticia de que el proyecto había sido un completo fracaso. Supuestamente, toda la actividad que se desarrollaba en el Departamento de Criptografía era un intento de salvar su fiasco de dos mil millones de dólares. Sólo la élite de la NSA conocía la verdad; esto es, que TRANSLTR estaba descodificando cientos de códigos cada día.

Cuando comenzó a circular la noticia de que los códigos generados por computadora eran completamente indescifrables incluso para la todopoderosa NSA, la agencia comenzó a interceptar un secreto tras otro. Narcotraficantes, terroristas o malversadores, cansados de que sus comunicaciones mediante teléfono celular fueran interceptadas, adoptaron este excitante nuevo medio que era el correo electrónico encriptado para mantener sus comunicaciones globales instantáneas. Ya nunca más tendrían que vérselas con un gran jurado y oír su propia voz grabada en una cinta, prueba de una antigua conversación telefónica que un satélite de la NSA había registrado desde el aire.

La obtención de información nunca había sido tan fácil. Los códigos interceptados por la NSA eran introducidos en TRANSLTR como mensajes cifrados sin el menor sentido y minutos después salían como textos perfectamente legibles. Se habían terminado los secretos.

Para que la farsa de incompetencia fuera completa, la NSA siguió haciendo duras campañas en contra de todo nuevo software de encriptación, insistiendo en que dificultaba su trabajo y hacía imposible para los legisladores atrapar y juzgar a los criminales. Los grupos a favor de los derechos civiles se regocijaron por ello e insistieron en que, de todos modos, la NSA no debería estar leyendo sus correos. Los programas de encriptación siguieron proliferando. La NSA había perdido la batalla, tal y como había planeado. Toda la comunidad electrónica global había sido engañada..., o eso parecía.

Capítulo 5

«¿Dónde está todo el mundo? —se preguntó Susan mientras cruzaba la planta de Criptografía—. ¿No había una emergencia?»

Aunque la mayoría de los departamentos de la NSA estaban completamente llenos los siete días de la semana, el de Criptografía solía estar desierto los sábados. Los matemáticos criptográficos eran por naturaleza extremadamente adictos al trabajo, y existía una regla no escrita según la cual se tomaban el sábado libre salvo emergencias. Los descifradores de códigos eran un bien demasiado valioso para permitir que se quemaran.

Susan cruzó la sala. TRANSLTR se alzaba amenazadoramente a su derecha. El ruido de los generadores que había ocho pisos por debajo del suelo resultaba extrañamente ominoso ese día. A Susan nunca le había gustado estar en Criptografía fuera de las horas de trabajo. Era como estar atrapada en una jaula con una enorme bestia futurista. Se apresuró a llegar al despacho del comandante.

El despacho con cristales de Strathmore, apodado *la pecera* por su apariencia cuando las cortinas estaban descorridas, se encontraba en lo alto de una serie de pasarelas que había al fondo de la planta de Criptografía. Susan subió la escalera de rejilla con la vista puesta en la gruesa puerta de roble del despacho del comandante. En ella se podía ver el sello de la NSA, un águila calva cuyas garras sostenían una antigua llave maestra. Detrás de esa puerta se encontraba uno de los hombres más geniales que había conocido nunca.

Strathmore, director adjunto de operaciones de la NSA, tenía cincuenta y seis años y era como un padre para Susan. Él era quien la había contratado y quien había convertido la NSA en su hogar. Cuando ella se había unido a la agencia hacía más de una década, Strathmore dirigía el Departamento de Desarrollo de Criptografía, donde se adiestraba a los nuevos criptógrafos; esto es, nuevos criptógrafos *varones*. Aunque Strathmore no toleraba las novatadas con nadie, era especialmente protector con la única mujer del equipo. Cuando lo acusaban de favoritismo, él simplemente respondía la verdad: Susan Fletcher era uno de los fichajes más brillantes que hubiera hecho nunca, y no tenía intención de perderla porque a alguien se le ocurriera acosarla sexualmente. En una ocasión, uno de los criptógrafos *senior* fue tan estúpido de poner a prueba la decisión de Strathmore.

Una mañana de su primer año, Susan entró un momento en la nueva sala de descanso del departamento para tomar unos papeles. Al salir, reparó en una fotografía de ella colgada en el pizarrón de anuncios. Estuvo a punto de desmayarse de vergüenza. Ahí estaba ella, reclinada en una cama y ataviada únicamente con bikini.

Al parecer, uno de los criptógrafos había escaneado digitalmente una fotografía de una revista pornográfica y había editado la cabeza de Susan en el cuerpo de otra mujer. El efecto era realmente convincente.

Por desgracia para el criptógrafo responsable, al comandante Strathmore la broma no le pareció nada divertida. Dos horas después, envió el siguiente memorándum a todo el departamento:

EL EMPLEADO CARL AUSTIN FUE
DESPEDIDO POR CONDUCTA INAPROPIADA.

Desde ese día, nadie volvió a meterse con ella. Susan Fletcher era la niña de los ojos de Strathmore.

Pero los jóvenes criptógrafos no fueron los únicos que aprendieron a respetar al comandante; al principio de su carrera, Strathmore se dio a conocer entre sus superiores por proponer una serie de operaciones de espionaje poco ortodoxas y altamente exitosas. A medida que fue ascendiendo, Trevor Strathmore se hizo conocido por sus convincentes y certeros análisis de situaciones altamente complejas. Parecía tener una asombrosa capacidad para ver más allá de las dudas morales que rodeaban las decisiones más difíciles de la NSA, así como para actuar sin remordimientos en interés del bien común.

Nadie tenía la menor duda de que Strathmore amaba su país. Entre sus colegas se le conocía como un patriota y un visionario..., un hombre decente en un mundo de mentiras.

En los años pasados desde la llegada de Susan a la agencia, Strathmore había pasado de director de Desarrollo de Criptografía a segundo al mano de toda la NSA. Sólo había una persona con un rango superior al del comandante: el director Leland Fontaine, el mítico jefe supremo del Palacio de los Enigmas; alguien a quien nunca se veía, ocasionalmente se oía y siempre se temía. Él y Strathmore rara vez se encontraban cara a cara, y cuando lo hacían era como un duelo de titanes. Fontaine era un gigante entre gigantes, pero eso a Strathmore no parecía importarle. Este argumentaba sus ideas ante el director con la intensidad de un apasionado boxeador. Ni siquiera el presidente de Estados Unidos se atrevía a desafiar a Fontaine del modo en que lo hacía Strathmore. Se necesitaba inmunidad política para eso; o, en el caso del director adjunto, indiferencia política.

Susan llegó a lo alto de la escalera. Antes de que tuviera tiempo de tocar la puerta, la cerradura electrónica del despacho de Strathmore emitió un zumbido. La puerta se abrió y el comandante le indicó que entrara con un gesto de la mano.

—Gracias por venir, Susan. Te debo una.

—Para nada —sonrió ella al tiempo que se sentaba al otro lado del escritorio.

Strathmore era un hombre entrado en carnes y extremidades largas cuyos anodinos rasgos ocultaban de algún modo su terca eficiencia y su exigencia de perfección. Sus ojos grises solían reflejar una seguridad en sí mismo y una discreción nacidas de la experiencia. Ese día, sin embargo, se veían atribulados e inquietos.

—Parece cansado —dijo Susan.

—He estado mejor —suspiró Strathmore.

«Desde luego», pensó ella.

El comandante tenía el peor aspecto que Susan le hubiera visto nunca. Su escaso pelo gris estaba despeinado y, a pesar del aire acondicionado que había en el despacho, tenía la frente perlada de sudor. Parecía como si hubiera dormido vestido. Estaba sentado detrás de un moderno escritorio con dos teclados en sus respectivos huecos y la pantalla de la computadora en un extremo. La mesa estaba cubierta de hojas impresas y parecía una especie de cabina de mando alienígena colocada en el centro de ese despacho con cortinas.

—¿Una semana difícil? —preguntó ella.

Strathmore se encogió de hombros.

—Lo habitual. Vuelvo a tener a la EFF encima por lo de los derechos de privacidad de los civiles.

Susan rio entre dientes. La EFF o Fundación Frontera Electrónica era una alianza mundial de usuarios informáticos creada por una poderosa coalición civil dedicada a la defensa de la libertad de expresión en internet y a educar a los demás sobre las realidades y los peligros de vivir en un mundo electrónico. No dejaban de denunciar lo que llamaban «las *orwellianas* capacidades de espionaje de las agencias gubernamentales», en particular, la NSA. La EFF era como un perpetuo grano en el culo para Strathmore.

—Suena a lo de siempre —dijo ella—. ¿Cuál es la gran emergencia por la que me sacó de la tina?

Strathmore permaneció un momento toqueteando distraídamente la bola de desplazamiento engastada en el escritorio. Después de un largo silencio, sus ojos se cruzaron con los de Susan y se le quedó mirando.

—¿Cuánto tiempo ha tardado como máximo TRANSLTR en descifrar un código?

La pregunta tomó a la criptógrafa completamente desprevenida. No parecía tener sentido. «¿Es por esto por lo que me llamó?»

—Bueno... —dudó—. Hace unos pocos meses interceptamos unas comunicaciones que mantuvieron a TRANSLTR ocupado más de una hora, pero tenían una clave absurdamente larga, era de diez mil bits o algo así.

Strathmore refunfuñó.

—Una hora, ¿eh? Y ¿qué hay de algunas de las pruebas de límites que hemos hecho?

Susan se encogió de hombros.

—Bueno, si incluye diagnósticos, el tiempo es obviamente mayor.

—*¿Cuánto?*

Susan no comprendía adónde quería ir a parar.

—Bueno, señor, el pasado marzo probé un algoritmo con una clave segmentada de un millón de bits. Tenía funciones circulares ilegales, autómatas celulares..., toda la cosa. TRANSLTR terminó descifrándolo de todos modos.

—Y ¿cuánto tardó?

—Tres horas.

Strathmore enarcó las cejas.

—¿Tres horas? ¿Tanto?

Susan frunció el ceño ligeramente ofendida. Su trabajo en los últimos tres años había consistido en poner a punto la computadora más secreta del mundo; la mayoría de la programación que hacía tan veloz a TRANSLTR era obra suya. Una clave de un millón de bits no era un escenario realista.

—Está bien —dijo Strathmore—. De modo que, incluso en condiciones extremas, el máximo de tiempo que un código ha sobrevivido a TRANSLTR han sido tres horas, ¿no?

Ella asintió.

—Sí, más o menos.

El comandante se quedó un momento callado como si temiera decir algo que pudiera lamentar. Finalmente levantó la mirada.

—TRANSLTR se ha topado con algo... —dijo, y luego guardó silencio de nuevo.

Susan esperó un instante y luego preguntó:

—¿Más de tres horas?

Strathmore asintió.

Ella no pareció mostrarse preocupada.

—¿Un nuevo diagnóstico? ¿Algo del Departamento de Seguridad de Sistemas?

Él negó con la cabeza.

—Es un archivo externo.

Susan esperó que se extendiera más, pero no lo hizo.

—¿Un archivo externo? Está bromeando, ¿verdad?

—Ojalá. Lo puse en la fila anoche a las once y media. Todavía no lo ha descifrado.

La boca de Susan se abrió de par en par. Consultó la hora en su reloj y luego volvió a mirar a Strathmore.

—¡¿*Todavía* está descifrándolo?! ¡¿Desde hace más de quince horas?!

Strathmore se inclinó hacia delante y giró su monitor para que Susan pudiera ver la pantalla. Estaba completamente en negro, salvo por un pequeño recuadro amarillo que parpadeaba en el centro.

TIEMPO TRANSCURRIDO: 15:09:33

INTRODUCIR CLAVE: ________________

Susan no salía de su asombro. Parecía que TRANSLTR había estado intentando descifrar un único código desde hacía más de quince horas. Sabía que los procesadores de la computadora auditaban treinta millones de claves por segundo, cien mil millones por hora. Si TRANSLTR todavía estaba contando significaba que la clave debía de ser enorme, de más de diez mil millones de dígitos. Era una absoluta locura.

—¡Es imposible! —declaró—. ¿Vio si ha habido algún error? Puede que TRANSLTR se haya encontrado con un problema y...

—No nos consta ningún error.

—¡Entonces la clave de acceso debe de ser enorme!

Strathmore negó con la cabeza.

—Se trata de un algoritmo comercial estándar. Imagino que una clave de sesenta y cuatro bits.

Desconcertada, Susan echó un vistazo a TRANSLTR por la ventana del despacho. Sabía por experiencia que podía desentrañar una clave de 64 bits en menos de diez minutos.

—Tiene que haber alguna explicación.

Strathmore asintió.

—La hay. No te va a gustar.

Ella se mostró inquieta.

—¿TRANSLTR no funciona bien?

—Funciona perfectamente.

—¿Tenemos un virus?

Él negó con la cabeza.

—Ningún virus. Déjame hablar.

Susan estaba estupefacta. TRANSLTR nunca se había encontrado con un código que no pudiera descifrar. Normalmente, el texto no cifrado llegaba al módulo de impresión de Strathmore en unos minutos. Echó un vistazo a la impresora de alta velocidad que había detrás del escritorio. Estaba vacía.

—Susan —dijo Strathmore en voz baja—. Te va a costar aceptar lo que voy a decirte, pero préstame atención durante un minuto. —Se mordió el labio—. Este código en el que TRANSLTR está trabajando es único. No se parece a nada que hayamos visto antes. —Se quedó un momento callado, como si le costara pronunciar las palabras—. Se trata de un código indescifrable.

Susan se le quedó mirando y estuvo a punto de soltar una carcajada. «¿Indescifrable? ¿Qué diablos se supone que significa *eso*?» No existía ningún código indescifrable. Algunos costaban más que otros, pero todos podían descodificarse. Estaba matemáticamente garantizado que, tarde o temprano, TRANSLTR daba con la clave adecuada.

—¿Cómo dice?

—El código es indescifrable —repitió él rotundamente.

«¿Indescifrable?» Susan no podía creer que un hombre con más de veintisiete años de experiencia en análisis de códigos hubiera pronunciado esa palabra.

—¿Indescifrable, señor? —dijo con inquietud—. ¿Qué hay del principio de Bergofsky?

Susan había aprendido el principio de Bergofsky al inicio de su carrera. Era un concepto básico de la tecnología de fuerza bruta, y también la inspiración de Strathmore para construir TRANSLTR. El principio afirmaba claramente que, si una computadora probaba suficientes claves, estaba matemáticamente garantizado que encontraría la adecuada. La seguridad de un código no consistía en que su clave de acceso no pudiera encontrarse, sino más bien en que la mayoría de la gente no tenía el tiempo ni el equipo necesarios para intentarlo.

Strathmore negó con la cabeza.

—Este código es distinto.

—¿Distinto? —Susan se le quedó mirando con recelo. «¡Un código indescifrable es matemáticamente imposible! ¡Él lo sabe!»

Strathmore se pasó una mano por el sudoroso cuero cabelludo.

—Este código es el producto de un nuevo algoritmo de encriptación. Uno que nunca antes habíamos visto.

Susan estaba cada vez menos convencida. Los algoritmos de encriptación no eran más que fórmulas matemáticas, recetas para convertir el texto en código. Los matemáticos y los programadores creaban nuevos algoritmos a diario. Había cientos de ellos en el mercado: PGP, Diffie-Hellman, ZIP, IDEA, El Gamal. TRANSLTR descifraba todos sus códigos sin problema alguno. Para TRANSLTR, todo código era idéntico, independientemente del algoritmo en el que estuviera basado.

—No lo entiendo —argumentó ella—. No estamos hablando de aplicar ingeniería inversa a una función compleja, sino de fuerza bruta. PGP, Lucifer, DSA..., da lo mismo. El algoritmo genera una clave supuestamente segura y TRANSLTR prueba todas las combinaciones posibles hasta que da con el código correcto.

Strathmore le contestó con la mesurada paciencia de un buen profesor.

—Sí, Susan, TRANSLTR *siempre* encontrará la clave, por enorme que esta sea. —Se detuvo un momento y luego prosiguió—: A no ser...

Ella iba a decir algo, pero estaba claro que el comandante estaba a punto de soltar la bomba. «¿A no ser qué?»

—A no ser que la computadora no sepa cuándo ha descifrado el código.

Susan estuvo a punto de caerse de la silla.

—¡¿Cómo dice?!

—Es decir, que la computadora encuentre la clave correcta pero que, aun así, no deje de probar combinaciones porque no sabe que lo ha hecho. —La expresión de Strathmore era sombría—. Creo que este algoritmo contiene un texto no cifrado rotatorio.

Susan se quedó boquiabierta.

La idea de un texto no cifrado rotatorio la expuso por primera vez un matemático húngaro, Josef Harne, en un oscuro artículo de 1987. Como las computadoras que operaban mediante fuerza bruta descifraban códigos examinando el texto no cifrado en busca de patrones de palabras identificables, Harne propuso un algoritmo de encriptación que, además de encriptar, modificara ese texto no cifrado a partir de una variante temporal. En teoría, la perpetua mutación aseguraría que la computadora atacante nunca pudiera localizar patrones de palabras reconocibles y, de este modo, tampoco pudiera saber cuándo ha encontrado la clave correcta. Este concepto era un poco como la idea de la colonización de Marte, concebible a un nivel intelectual, pero, por el momento, más allá de las posibilidades humanas.

—¿De dónde sacó eso? —inquirió ella.

El comandante le respondió lentamente:

—Lo escribió un programador del sector público.

—¿Cómo? —Susan se derrumbó en la silla—. ¡En el piso de abajo tenemos a los mejores programadores del mundo! Todos nosotros juntos ni siquiera nos hemos acercado a escribir una función de texto no cifrado rotatorio. ¿Está intentando decirme que un vándalo cualquiera con una PC ha averiguado cómo hacerlo?

Strathmore bajó el tono en un aparente intento de calmarla.

—Yo no diría que ese tipo sea un *vándalo*.

Susan no lo escuchó. Estaba convencida de que debía de haber otra explicación: un problema técnico, un virus. Cualquier cosa era más probable que un código indescifrable.

Strathmore la miró con seriedad.

—Este algoritmo lo escribió una de las mentes criptográficas más brillantes de todos los tiempos.

Susan se sintió todavía más recelosa. Las mentes criptográficas más brillantes del mundo estaban en su departamento y, sin duda, ella se habría enterado de la existencia de un algoritmo como ese.

—¿Quién? —preguntó.

—Estoy seguro de que puedes adivinarlo —dijo Strathmore—. No es muy amigo de la NSA.

—¡Ah, bueno, sin duda eso reduce las posibilidades! —contestó ella con sarcasmo.

—Trabajó en el proyecto de TRANSLTR. Rompió las reglas. Estuvo a punto de provocar un descalabro en los servicios de espionaje. Pedí que lo deportaran.

El rostro de Susan permaneció inexpresivo apenas un segundo antes de volverse lívido.

—Oh, Dios mío...

Strathmore asintió.

—Ha estado todo el año fanfarroneando sobre un algoritmo resistente a la fuerza bruta.

—P-pero... —tartamudeó ella—. Creía que estaba fingiendo. ¿De verdad lo *hizo*?

—Sí. El código indescifrable definitivo.

Susan permaneció en silencio unos instantes.

—Pero... eso significa...

Strathmore se le quedó mirando fijamente a los ojos.

—Sí. Ensei Tankado acaba de hacer que TRANSLTR pase a ser un artefacto obsoleto.

Capítulo 6

Aunque Ensei Tankado no había nacido cuando tuvo lugar la Segunda Guerra Mundial, estudió cuidadosamente todo lo relacionado con el acontecimiento. En particular, el suceso que la culminó: la explosión en que cien mil de sus compatriotas fueron incinerados por una bomba atómica.

Hiroshima, 8.15 horas del 6 de agosto de 1945, un vil acto de destrucción. Una insensible demostración de poder de un país que ya había ganado la guerra. Tankado había aceptado todo eso. Lo que nunca podría aceptar, sin embargo, era que la bomba le hubiera impedido llegar a conocer a su madre. Esta murió al dar a luz a causa de complicaciones debidas al envenenamiento radioactivo que había sufrido muchos años antes.

En 1945, antes de que naciera Ensei, su madre, como muchas de sus amigas, viajó a Hiroshima para trabajar como voluntaria en las unidades de quemados. Fue ahí donde se convirtió en una de las *hibakusha*: las víctimas de la radiación. Diecinueve años más tarde, a los treinta y seis, mientras permanecía en la sala de parto con una hemorragia interna, supo que finalmente iba a morir. Lo que no sabía era que la muerte la libraría de un último horror: la deformidad de su único hijo.

El padre de Ensei ni siquiera llegó a conocerlo. Afligido por la pérdida de su esposa y avergonzado por la llegada de lo que las enfermeras le dijeron que era un niño imperfecto que probablemente no sobreviviría a esa noche, desapareció del hospital y ya nunca regresó. Ensei Tankado fue a parar a un hogar temporal.

Cada noche, el joven Tankado miraba los dedos retorcidos que sostenían su muñeco *daruma* y juraba venganza contra el país que le había robado a su madre y había avergonzado a su padre hasta el punto de que decidiera abandonarlo. Lo que no sabía era que el destino estaba a punto de intervenir.

En febrero del año en que cumplía doce, un fabricante de computadoras de Tokio llamó a su familia adoptiva y les preguntó si su hijo lisiado podía formar parte de un grupo de prueba para un nuevo teclado para niños discapacitados que había desarrollado. Su familia accedió.

Aunque Ensei Tankado nunca había visto una computadora, dio la impresión de que instintivamente sabía cómo utilizarla. La informática le abrió mundos que nunca habría imaginado posibles. Al poco tiempo, pasó a ser toda su vida. Años después, comenzó a dar clases, ganó dinero y, finalmente, obtuvo una beca de la Universidad de Doshisha. Pronto Ensei Tankado fue conocido en Tokio como Fugusha Kisai: el Genio Lisiado.

Con el tiempo, Tankado leyó sobre Pearl Harbor y los crímenes de guerra japoneses y, poco a poco, el odio que sentía por Estados Unidos fue disminuyendo. Se olvidó del voto de venganza que había hecho de niño; el perdón era el único camino hacia el esclarecimiento.

Para cuando tenía veinte años, Ensei Tankado era una especie de figura de culto entre los programadores, e IBM le ofreció un visado de trabajo y un empleo en Texas. Tankado no desaprovechó la oportunidad. Tres años después, había dejado IBM, estaba viviendo en Nueva York y se dedicaba a escribir software como *freelance*. Se subió a la ola de encriptación de claves de acceso, escribió varios algoritmos y ganó una fortuna.

Como a muchos de los principales autores de algoritmos de encriptación, la NSA cortejó también a Tankado. La ironía no se le escapaba: estaban ofreciéndole la oportunidad de trabajar en el corazón del gobierno del país que antaño había jurado odiar. Decidió acudir a la entrevista. Las dudas que pudiera tener desaparecieron al conocer al comandante Strathmore. Hablaron con franqueza sobre el pasado de Tankado, la potencial hostilidad que podía sentir por Estados Unidos y sus planes de futuro. Tankado se sometió a una prueba de polígrafo y pasó por cinco semanas de rigurosos exámenes psicológicos. Los aprobó todos. El odio se había visto reemplazado por la devoción que sentía por Buda. Cuatro meses después, comenzó a trabajar en el Departamento de Criptografía de la Agencia de Seguridad Nacional.

A pesar de su abultado salario, Tankado acudía a trabajar en una vieja motocicleta y comía en su escritorio lo que se llevaba de casa en una lonchera en vez de unirse al resto del departamento para comer entrecot y *vichyssoise* en la cafetería. Los otros criptógrafos lo reverenciaban. Era brillante, el programador más creativo que habían visto nunca. Asimismo, era amable y honesto, y poseía un carácter tranquilo y una ética impecable. La integridad moral era de la máxima importancia para él. Por esa razón, su despido de la NSA y su subsiguiente deportación supusieron un auténtico shock.

Como el resto del personal de Criptografía, Tankado había estado trabajando en el proyecto TRANSLTR con la idea de que, si llegaba a construirse, sería utilizado para descifrar correos electrónicos únicamente en casos aprobados por el Departamento de Justicia. El uso que la NSA hiciera de la computadora estaría regulado del mismo modo que el FBI necesitaba una orden judicial para llevar a cabo una escucha telefónica. Para poder descifrar un archivo, TRANSLTR incluiría una programación que exigiría contraseñas custodiadas por la Reserva Federal y el Departamento de Justicia. Esto evitaría que la NSA pudiera escuchar de forma indiscriminada las comunicaciones personales de ciudadanos respetuosos con la ley de todo el mundo.

Sin embargo, cuando llegó el momento de introducir esa programación, les dijeron que había habido un cambio de planes. A causa de las presiones temporales con frecuencia asociadas al trabajo antiterrorista de la NSA, TRANSLTR sería un aparato de descodificación independiente cuyas operaciones diarias serían reguladas únicamente por la NSA.

Ensei Tankado se sintió indignado. Eso quería decir que la NSA podría, a todos los efectos, abrir el correo electrónico de cualquier persona y leerlo sin su conocimiento. Era algo equiparable a tener un micrófono oculto en todos los teléfonos del mundo. Strathmore intentó que Tankado considerara TRANSLTR un instrumento para garantizar el cumplimiento de la ley, pero no sirvió de nada; este siguió opinando que constituía una descarada violación de los derechos humanos. Renunció de inmediato a su puesto y, al cabo de unas pocas horas, violó el código de secretismo de la NSA intentando ponerse en contacto con la Fundación Frontera Electrónica. Tankado estaba decidido a conmocionar al mundo con su historia de una máquina secreta capaz de exponer a usuarios informáticos de todas partes a una impensable traición gubernamental. La NSA no tuvo otra opción que detenerlo.

La captura y la deportación de Tankado, ampliamente publicitada entre los grupos de noticias de internet, supuso un desafortunado acto de desprestigio público. En contra de los deseos de Strathmore, los especialistas en control de daños de la NSA —temerosos de que Tankado intentara convencer a la gente de la existencia de TRANSLTR— generaron rumores que destruyeron su credibilidad. Ensei Tankado quedó apartado de la comunidad informática global; nadie confiaba en un lisiado acusado de espionaje, en particular cuando estaba intentando comprar su libertad con absurdas alegaciones sobre una máquina descifradora de códigos.

Lo más raro de todo era que Tankado parecía comprenderlo. Formaba todo parte del juego del espionaje. No parecía albergar rencor alguno, sólo determinación. Mientras los guardias de seguridad lo escoltaban a la salida, dirigió sus últimas palabras a Strathmore con escalofriante calma.

—Todos tenemos derecho a guardar secretos —dijo—. Algún día me aseguraré de que así sea.

Capítulo 7

Susan estaba estupefacta. «¡Ensei Tankado escribió un programa que crea códigos indescifrables!» Apenas podía concebir ese pensamiento.

—«Fortaleza Digital» —dijo Strathmore—, así lo llama. Es el arma de contraespionaje definitiva. Si ese programa llega al mercado, cualquier niño con un módem será capaz de enviar mensajes encriptados que la NSA no podrá descifrar. Supondría el punto y final de nuestra agencia.

Pero los pensamientos de Susan estaban muy lejos de las implicaciones políticas de Fortaleza Digital. Todavía no había asimilado su existencia. Se había pasado toda su vida profesional descifrando códigos y negando con firmeza la existencia del cifrado definitivo. «¡Todos los códigos son descifrables: así lo afirma el principio de Bergofsky!» Se sentía como una atea ante la presencia de Dios.

—Si este código sale a la luz —susurró ella—, la criptografía pasará a ser una ciencia muerta.

Strathmore asintió.

—Ese es el menor de nuestros problemas.

—¿No podemos sobornar a Tankado? Sé que nos odia, pero quizá podríamos ofrecerle unos pocos millones de dólares y convencerlo de que no lo distribuya.

El comandante se rio.

—¿Unos pocos millones? ¿Sabes lo que vale eso? Cualquier gobierno del mundo estará dispuesto a ofrecerle una suma increíble. ¿Te imaginas diciéndole al presidente que seguimos interviniendo las comunicaciones de los iraquíes pero que ya no podemos leer los mensajes interceptados? Esto no es sólo algo que afecte a la NSA, sino a toda la comunidad de espionaje. Esta agencia proporciona apoyo a todo el mundo: el FBI, la CIA, la DEA... Sin nosotros, andarían a ciegas. Los envíos de los cárteles de narcotraficantes no serían rastreables, las grandes empresas harían transferencias de grandes cantidades de dinero sin que el fisco se enterara, los terroristas podrían conversar en absoluto secreto... Sería un caos.

—LA EFF se alegrará —dijo Susan, pálida.

—LA EFF no tiene la menor idea de qué es lo que hacemos aquí —refunfuñó Strathmore enojado—. Si supieran cuántos ataques terroristas hemos detenido gracias al hecho de que podemos descifrar códigos, otra cosa sería.

Susan estaba de acuerdo, pero también era consciente de la realidad. La EFF nunca sabría lo importante que era TRANSLTR. Esa computadora había ayudado a frustrar docenas de ataques, pero la información era altamente clasificada y nunca se haría pública. La razón de ese secretismo era sencilla: el gobierno no podía permitirse la histeria pública que provocaría que ciertas noticias salieran a la luz. Nadie sabía cómo reaccionaría el público ante el hecho de que, el año anterior, grupos fundamentalistas habían estado a punto de hacer estallar dos bombas nucleares en suelo norteamericano.

Los ataques nucleares, sin embargo, no eran la única amenaza. El último mes, por ejemplo, TRANSLTR había desbaratado uno de los ataques terroristas más ingeniosamente planeados que la NSA había visto nunca. Una organización antigubernamental había ideado un plan al que asignaron el nombre en clave de *Sherwood Forest*. Su objetivo era la Bolsa de Nueva York, y tenía la intención de «redistribuir la riqueza». Durante el curso de seis días, los miembros del grupo colocaron veintisiete dispositivos de flujo no explosivos en los edificios que rodeaban la Bolsa. Al ser detonados, los artefactos crearían un poderoso estallido magnético. La descarga simultánea de estos dispositivos cuidadosamente colocados originaría un campo magnético tan potente que todos los soportes magnéticos de la Bolsa quedarían borrados: discos duros, enormes bancos de almacenamiento ROM, copias de seguridad en cinta e incluso disquetes. Todos los registros de quién poseía qué se desintegrarían de forma permanente.

Como era necesaria una gran precisión para detonar todos los artefactos de manera simultánea, los dispositivos de flujo estaban interconectados a internet a través de líneas telefónicas. Durante la cuenta atrás de dos días, los relojes internos de los dispositivos intercambiaron interminables ristras de datos encriptados de sincronización. La NSA interceptó estas emisiones de datos en la red, pero las ignoró al considerarlas inofensivas. Sin embargo, cuando finalmente TRANSLTR descodificó los datos, los analistas reconocieron de inmediato la secuencia y se dieron cuenta de que se trataba de la cuenta atrás de una red sincronizada. Los dispositivos fueron localizados y retirados tres horas antes de que se activaran.

Susan sabía que sin TRANSLTR la NSA quedaría indefensa ante el terrorismo electrónico avanzado. Miró el monitor. Llevaba más de quince horas intentando descodificar el archivo de Tankado. Aunque consiguiera hacerlo en ese momento, la NSA estaría acabada. El Departamento de Criptografía quedaría relegado al desciframiento de menos de dos códigos diarios. Incluso al ritmo actual de ciento cincuenta al día, había una fila de archivos pendientes a la espera de ser descodificados.

—Tankado me llamó el mes pasado —dijo Strathmore, interrumpiendo así los pensamientos de Susan.

Ella levantó la mirada.

—¿Tankado lo llamó a *usted*?

El comandante asintió.

—Para advertirme.

—¿Advertirle? Si lo odia.

—Me llamó para decirme que estaba perfeccionando un algoritmo que escribía códigos indescifrables. No le creí.

—Pero ¿por qué querría contárselo? —preguntó Susan—. ¿Pretendía que se lo comprara?

—No. Era chantaje.

Las piezas comenzaron a encajar para Susan.

—Claro —dijo sorprendida—. Quería que limpiara su nombre.

—No. —Strathmore frunció el ceño—. Tankado quería TRANSLTR.

—¿TRANSLTR?

—Sí. Me ordenó que le revelara al mundo su existencia. Me dijo que, si admitíamos que podíamos leer los correos electrónicos de la gente, él destruiría Fortaleza Digital.

Susan se mostró recelosa.

Strathmore se encogió de hombros.

—En cualquier caso, ahora ya es tarde. Subió una copia gratuita de Fortaleza Digital en su página web. Cualquiera puede descargarla.

Susan palideció de golpe.

—¡¿Que hizo *qué*?!

—No es más que una estratagema publicitaria. De momento, no hay nada de lo que preocuparse. La copia que publicó está codificada. La gente puede descargarla, pero nadie puede abrirla. Lo cierto es que resulta ingenioso. El código fuente de Fortaleza Digital está encriptado y es inaccesible.

Susan estaba asombrada.

—¡Claro! Para que todo el mundo pueda tener una copia pero nadie pueda abrirla...

—Exacto. No es más que un palo con una zanahoria.

—¿Ha visto usted el algoritmo?

El comandante se mostró desconcertado.

—No, ya te dije que está encriptado.

Susan parecía igualmente desconcertada.

—Pero tenemos TRANSLTR. ¿Por qué no desencriptarlo? —Cuando Susan vio la expresión de Strathmore, se dio cuenta de que las reglas habían cambiado—. ¡Oh, Dios mío! —exclamó con un grito ahogado, comprendiendo al fin—. ¿Fortaleza Digital está encriptada con *su propio código*?

Strathmore asintió.

—Bingo.

Susan estaba impresionada. La fórmula de Fortaleza Digital había sido encriptada utilizando Fortaleza Digital. Tankado había publicado una receta matemática inestimable, pero el texto de la receta había sido codificado. Y eso lo había hecho con el código de la receta misma.

—Es una caja fuerte de Biggleman —tartamudeó Susan asombrada.

Strathmore asintió. La caja fuerte de Biggleman era un escenario criptográfico hipotético en el que un constructor de cajas fuertes dibujaba los planos de una caja irrompible. Como quería mantener esos planos en secreto, construía dicha caja fuerte y guardaba los planos dentro. Tankado había hecho lo mismo con su Fortaleza Digital. Había protegido sus planos encriptándolos con la fórmula detallada en esos mismos planos.

—¿Y el archivo que TRANSLTR está intentando descifrar ahora? —preguntó Susan.

—Lo descargué de la página web de Tankado como cualquier otro usuario. La NSA es ahora la orgullosa propietaria del algoritmo de Fortaleza Digital. El problema es que no podemos abrirlo.

A Susan le maravilló el ingenio de Ensei Tankado. Sin revelar su algoritmo, le había demostrado a la NSA que era indescifrable.

Strathmore le entregó un recorte de periódico. Era un fragmento traducido del *Nikkei Shimbun*, el equivalente japonés del *Wall Street Journal*. En él se afirmaba que el programador japonés Ensei Tankado había completado una fórmula matemática mediante la que podían generarse códigos indescifrables. La fórmula se llamaba Fortaleza Digital y estaba disponible en internet. El programador la subastaría al mejor postor. Luego la columna decía que, a pesar de que había un enorme interés en Japón, las pocas empresas norteamericanas que habían oído hablar acerca de Fortaleza Digital consideraban absurda la afirmación de Tankado y decían que era como si hubiera prometido convertir el plomo en oro. Esa fórmula, añadían, era un engaño y no debía ser tomada en serio.

Susan levantó la mirada.

—¿Una subasta?

Strathmore asintió.

—Ahora mismo, todas las empresas de software japonesas han descargado una copia encriptada de Fortaleza Digital y están intentando descifrarla. A cada segundo que pasa sin que puedan hacerlo, el precio sube.

—Eso es absurdo —replicó ella—. Todos los nuevos archivos encriptados son indescifrables a no ser que uno posea una computadora como TRANSLTR. Fortaleza Digital bien podría no ser más que un algoritmo genérico de dominio público y ninguna de esas empresas podría desencriptarlo.

—Pero es una brillante estratagema de marketing —dijo Strathmore—. Piensa en ello. Todas las marcas de cristal antibalas detienen las balas, pero si una empresa propone el desafío de que disparen una a través de uno de sus cristales, de repente todo el mundo quiere intentarlo.

—Y ¿los japoneses de veras creen que Fortaleza Digital es mejor que cualquier otra cosa del mercado?

—Puede que desprestigiáramos a Tankado, pero todo el mundo sigue considerándolo un genio. Entre los hackers, es prácticamente una figura de culto. A causa de ello, nadie pone en cuestión que el algoritmo sea indescifrable.

—¡Pero es sabido que todos lo son!

—Sí... —dijo pensativamente Strathmore—. Por el momento.

—¿Qué se supone que significa eso?

Él exhaló un suspiro.

—Hace veinte años, nadie podía imaginar que estaríamos descifrando códigos de doce bits. Pero la tecnología avanzó. Siempre lo hace. En algún momento dado, los fabricantes de software asumen que computadoras como TRANSLTR existirán. La tecnología avanza exponencialmente y, con el tiempo, los algoritmos de cifrado de clave pública actuales dejarán de ser seguros. Se necesitarán mejores algoritmos para mantenerse un paso por delante de las computadoras del mañana.

—Y ¿Fortaleza Digital lo es?

—Efectivamente. Por más poderosas que sean las computadoras que se dediquen a descifrar códigos, un algoritmo que resiste la fuerza bruta nunca se quedará obsoleto. Podría convertirse en el estándar mundial de la noche a la mañana.

Susan respiró hondo.

—Que Dios nos ayude —susurró—. Y ¿no podemos pujar por el algoritmo?

Strathmore negó con la cabeza.

—Tankado nos dio una oportunidad. Lo dejó claro. Y, en cualquier caso, es demasiado arriesgado. Si alguien se enterara de que lo intentamos, básicamente estaríamos admitiendo que tememos ese algoritmo. Estaríamos confesando públicamente no sólo la existencia de TRANSLTR, sino que Fortaleza Digital es inmune.

—¿De cuánto tiempo disponemos?

El comandante frunció el ceño.

—Tankado planeaba anunciar el nombre del mayor postor mañana a mediodía.

Susan sintió que se le hacía un nudo en el estómago.

—Y ¿luego qué?

—El acuerdo era que le daría al ganador la clave de acceso.

—¿La *clave de acceso*?

—Forma parte de la estratagema. Todo el mundo ha descargado el algoritmo. Lo que se subasta es la clave que lo desencripta.

Susan soltó un quejido.

—Claro.

Era perfecto. Limpio y fácil. Tankado había encriptado Fortaleza Digital y sólo él tenía la clave de acceso que descifraba el algoritmo. A Susan le resultaba difícil concebir que en algún lugar —probablemente garabateado en un trozo de papel que Tankado guardaba en el bolsillo— había una clave de 64 bits que podía poner fin para siempre a los servicios de inteligencia norteamericanos.

Al imaginar ese escenario, Susan no pudo evitar sentirse azorada. Tankado vendería su clave de acceso al mejor postor y dicha empresa podría descifrar el archivo de Fortaleza Digital. Luego, probablemente incluiría el algoritmo en un chip a prueba de manipulaciones y, en cinco años, todas las computadoras contendrían el chip precargado con Fortaleza Digital. Hasta el momento, ningún fabricante comercial había considerado la posibilidad de crear un chip de encriptado porque tarde o temprano los algoritmos de encriptación se quedaban obsoletos. En cambio, con una función de texto no cifrado rotatorio, ningún ataque de fuerza bruta encontraría jamás la clave correcta. Suponía un nuevo estándar de encriptación digital. A partir de ese instante, y para siempre, todos los códigos serían indescifrables. Banqueros, agentes de bolsa, terroristas, espías... Un mundo, un algoritmo.

La anarquía.

—¿Cuáles son las opciones? —preguntó Susan. Era plenamente consciente de que tiempos desesperados exigían medidas desesperadas, incluso en la NSA.

—No podemos eliminar a Tankado, si es eso lo que estás preguntando.

Era exactamente lo que ella estaba preguntando. En sus años en la NSA, Susan había oído rumores de la ambigua relación de la agencia con algunos de los asesinos más dotados del mundo, sicarios a quienes contrataba ocasionalmente para que hicieran el trabajo sucio.

Strathmore negó con la cabeza.

—Tankado no iba a ser tan tonto de dejarnos una opción como esa.

Susan se sintió extrañamente aliviada.

—¿Está protegido?

—No exactamente.

—¿Escondido?

Strathmore se encogió de hombros.

—Tankado se marchó de Japón. Pretendía consultar las pujas por teléfono. Pero sabemos dónde está.

—Y ¿no tienen planeado hacer algo?

—No. Tankado se cubrió las espaldas y le dio una copia de su clave de acceso a una tercera persona anónima... por si le sucedía algo.

«Claro —se maravilló ella—. Un ángel de la guarda.»

—De modo que, si a Tankado le sucediera algo, ese hombre misterioso vendería la clave.

—Peor todavía. Si alguien asesinara a Tankado, su socio la haría pública.

Susan parecía confundida.

—¿Haría pública la clave?

El comandante asintió.

—En internet, en los periódicos, en carteles... Es decir, la *regalaría*.

Susan abrió unos ojos como platos.

—¿Ofrecería la posibilidad de descargarla gratuitamente?

—Así es. Tankado supuso que, si moría, ya no necesitaría el dinero, de modo que ¿por qué no hacerle al mundo un pequeño regalo de despedida?

Hubo un largo silencio. Susan respiró hondo, como si estuviera asimilando la aterradora verdad: «Ensei Tankado creó un algoritmo indescifrable. Somos sus rehenes».

De repente se puso de pie y comenzó a hablar con gran determinación.

—¡Debemos ponernos en contacto con él! ¡Tiene que haber una forma de convencerlo para que no haga público su descubrimiento! ¡Podríamos ofrecerle el triple de lo que le ofrezca el mayor postor! ¡Restablecer su prestigio! ¡Lo que sea!

—Demasiado tarde —dijo Strathmore, y respiró hondo—. Ensei Tankado fue encontrado muerto esta mañana en Sevilla, España.

Capítulo 8

El Learjet 60 bimotor aterrizó en la pista abrasada por el sol. Cuando el avión aminoró la velocidad, Becker pudo apreciar por la ventanilla el yermo paisaje del sur de España.

—¿Señor Becker? —oyó que decía una crepitante voz a través de los altavoces—. Llegamos.

Él se puso de pie y estiró los músculos. Después de abrir el compartimento superior, recordó que no llevaba equipaje. No había tenido tiempo de hacer la maleta. No importaba, le habían prometido que el viaje sería breve, ida y vuelta.

El avión dejó atrás el sol y se metió en un hangar desierto que había frente a la terminal principal. Un momento después, el piloto apareció y abrió la puerta. Becker se terminó su jugo de arándanos, dejó el vaso sobre la barra mojada del minibar y recogió su abrigo.

El piloto sacó un grueso sobre de papel manila que llevaba en un bolsillo del uniforme.

—Me indicaron que le diera esto —dijo entregándoselo a Becker.

En el sobre, escrito con pluma azul, se podía leer lo siguiente:

QUÉDESE CON EL CAMBIO

Becker pasó el pulgar por el borde del grueso fajo de billetes.

—¿Qué demonios...?

—Moneda local —dijo el piloto despreocupadamente.

—Sé lo que es —tartamudeó Becker—. Pero esto... ¡Hay demasiado dinero! Todo lo que necesito es pagar el taxi. —Hizo la conversión mentalmente—. Lo que hay aquí vale miles de dólares.

—Yo me limito a cumplir órdenes, señor. —El piloto dio media vuelta, subió de nuevo a la cabina y cerró la puerta tras de sí.

Becker se quedó mirando el avión y luego bajó la mirada al dinero que tenía en la mano. Tras un momento inmóvil en el hangar vacío, se guardó el sobre en el bolsillo del pecho, se colgó el saco al hombro y cruzó la pista. Era un extraño comienzo. No obstante, decidió no darle demasiada importancia. Con un poco de suerte, estaría de vuelta para salvar parte de su viaje a Stone Manor con Susan.

«Ida y vuelta —se dijo—. Ida y vuelta.»

No podía saber lo que lo esperaba.

Capítulo 9

El técnico de Seguridad de Sistemas Phil Chartrukian sólo pensaba estar en Criptografía un minuto, el tiempo suficiente para recoger unos papeles que se le habían olvidado el día anterior. Sin embargo, no iba a ser así.

Después de cruzar la sala y entrar en el laboratorio de su departamento, supo de inmediato que algo no iba bien. No había nadie controlando el terminal de la computadora que supervisaba el funcionamiento interno de TRANSLTR y el monitor estaba apagado.

—¿Hola? —exclamó.

No hubo respuesta. El laboratorio estaba inmaculado, como si no hubiera entrado nadie en varias horas.

Aunque Chartrukian sólo tenía veintitrés años y era relativamente nuevo en el equipo, había recibido una buena formación y conocía el funcionamiento del lugar: siempre había un miembro de Seguridad de Sistemas en Criptografía..., especialmente los sábados, cuando no había ningún criptógrafo alrededor.

Inmediatamente encendió la computadora y se volvió hacia el pizarrón de la pared en la que estaba indicado el reparto de tareas.

—¿Quién está de guardia? —dijo en voz alta mientras echaba un vistazo a la lista de nombres.

Según el horario, un joven novato llamado Seidenberg debería haber empezado su turno doble a medianoche del día anterior. Chartrukian observó el laboratorio vacío a su alrededor y frunció el ceño.

—¿Dónde diablos está?

Mientras miraba cómo se encendía el monitor, se preguntó si Strathmore sabía que no había nadie en el laboratorio. Al entrar, había advertido que las cortinas de su oficina estaban corridas, lo que significaba que el jefe estaba dentro, algo en absoluto extraño en sábado: a pesar de que exigía que sus criptógrafos se tomaran el sábado libre, el comandante parecía trabajar los 365 días del año.

Había una cosa de la que Chartrukian estaba seguro: si el director adjunto descubría que no había nadie en el laboratorio de Seguridad de Sistemas, el novato perdería su empleo. El técnico se volvió entonces hacia el teléfono y se preguntó si debería llamar al joven y echarle una mano; había una regla no escrita entre los miembros del equipo según la cual procuraban cubrirse las espaldas unos a otros. En Criptografía, los técnicos de seguridad estaban considerados ciudadanos de segunda clase y andaban continuamente de la greña con los señores del castillo. No era ningún secreto que los criptógrafos eran quienes mandaban en ese gallinero multimillonario; los técnicos de Seguridad de Sistemas eran tolerados únicamente porque mantenían sus juguetes en funcionamiento.

Chartrukian tomó una decisión. Descolgó el auricular del teléfono. Pero no alcanzó a llevárselo a la oreja. Se detuvo de golpe con la mirada puesta en la pantalla que acababa de encenderse ante él. Moviéndose como a cámara lenta, volvió a colgar el aparato y se quedó mirando boquiabierto la información que mostraba.

En los ocho meses que llevaba ahí como técnico, Phil Chartrukian no había visto nunca en el monitor de TRANSLTR nada que no fuera un doble cero en el campo de las *horas*. Lo de hoy era una auténtica novedad.

TIEMPO TRANSCURRIDO: 15:17:21

—¿Quince horas y diecisiete minutos? —exclamó con voz estrangulada—. ¡Imposible!

Reinició la pantalla rezando para que simplemente no se hubiera actualizado correctamente. Sin embargo, cuando el monitor volvió a encenderse, comprobó que los números eran los mismos.

Sintió un escalofrío. El Departamento de Seguridad de Sistemas de Criptografía sólo tenía una responsabilidad: mantener TRANSLTR «limpio», es decir, libre de virus.

Chartrukian sabía que el hecho de que llevara más de quince horas intentando descifrar un documento sólo podía significar una cosa: una infección. Un archivo impuro había conseguido entrar y estaba corrompiendo la programación. Al instante, comenzó a actuar como el técnico que era; ya no importaba que no hubiera nadie en el laboratorio y que los monitores estuvieran apagados. Se concentró en el asunto que tenía entre manos: TRANSLTR. Rápidamente, solicitó un listado con todos los archivos que habían entrado en la computadora en las últimas cuarenta y ocho horas. Empezó a repasar la lista.

«¿Se habrá colado un archivo infectado? —se preguntó—. ¿Es posible que los filtros de seguridad hayan pasado algo por alto?»

Por precaución, todo archivo que fuera introducido en TRANSLTR tenía que pasar por lo que conocían como «Guantelete»: una serie de potentes pasarelas de nivel de circuito, filtros de paquetes y programas que escaneaban los archivos entrantes en busca de virus informáticos y subrutinas potencialmente peligrosas. Guantelete rechazaba de inmediato los archivos que contenían programas «desconocidos». Estos tenían que ser revisados a mano. Ocasionalmente, Guantelete rechazaba archivos del todo inofensivos sólo porque contenían programación que los filtros no habían visto nunca. En ese caso, los técnicos de

Seguridad de Sistemas realizaban una escrupulosa inspección manual, y sólo entonces, tras confirmar que el archivo estaba limpio, hacían caso omiso de los filtros de Guantelete e introducían el archivo en TRANSLTR.

Los virus informáticos eran tan variados como los bacterianos. Al igual que sus equivalentes fisiológicos, los virus informáticos tenían un objetivo: introducirse en el sistema del huésped y replicarse. En este caso, el huésped era TRANSLTR.

A Chartrukian lo sorprendía que la NSA no hubiera tenido problemas con virus antes. Guantelete era un potente centinela, pero, aun así, la NSA era como una criatura carroñera que absorbía ingentes cantidades de información digital procedentes de sistemas de todo el mundo. Husmear datos se parecía mucho al sexo indiscriminado: con o sin protección, antes o después uno terminaba contrayendo algo.

Cuando el técnico acabó de examinar el listado, se quedó más desconcertado de lo que estaba antes. Todos los archivos habían sido verificados. Guantelete no había encontrado nada fuera de lo común, lo que significaba que el archivo que había entrado en TRANSLTR estaba totalmente limpio.

—Entonces ¿por qué demonios está tardando tanto? —se preguntó en voz alta en medio de la sala vacía.

Notó que empezaba a sudar y se preguntó si debía molestar a Strathmore con la noticia.

—Un buscador de virus —dijo entonces con firmeza intentando tranquilizarse—. Debería probar un buscador de virus.

Sabía que eso sería lo primero que Strathmore pediría de todos modos. Tras echar un vistazo a la sala desierta de Criptografía, tomó la decisión. Cargó el software buscador de virus y lo activó. Tardaría unos quince minutos en completar la tarea.

—Sal limpio, por favor —susurró—. Impecable. Dile a papi que no es nada.

Pero Chartrukian tenía la sensación de que el análisis indicaría que TRANSLTR estaba «sucio». El instinto le decía que algo muy inusual estaba ocurriendo en el interior de la gran bestia descodificadora.

Capítulo 10

—¿Ensei Tankado murió? —Susan sintió una oleada de náuseas—. ¿Ordenó matarlo? Creía que había dicho que...

—Nosotros no le hemos hecho nada —aseguró Strathmore—. Murió de un ataque al corazón. COMINT me llamó a primera hora de esta mañana. El nombre de Tankado apareció en un informe de la policía de Sevilla y les llegó una alarma a través de la Interpol.

—¿Un ataque al corazón? —Susan se mostró suspicaz—. ¡Sólo tenía treinta años!

—Treinta y dos —la corrigió Strathmore—. Tenía una malformación coronaria congénita.

—No lo sabía.

—Apareció en el examen físico de la NSA. No era algo que fuera comentando por ahí.

A Susan le estaba costando aceptar la increíble coincidencia del fallecimiento.

—¿Una malformación coronaria mató a Tankado justo ahora?

«Qué casualidad.»

Strathmore se encogió de hombros.

—Un corazón débil, combinado con el calor que hace en el sur de España... Y si a eso le añadimos el estrés de estar chantajeando a la NSA...

Susan se quedó un momento callada. A pesar de las circunstancias, no pudo evitar lamentar el fallecimiento de un colega criptógrafo tan brillante. La grave voz del comandante interrumpió sus pensamientos.

—Lo único bueno de todo este asunto es que Tankado iba solo. Lo más probable es que su socio todavía no se haya enterado que murió. Las autoridades españolas nos han dicho que mantendrán oculta la noticia tanto tiempo como puedan. Únicamente hemos recibido la llamada porque COMINT estaba alerta. —Strathmore se quedó mirando a Susan con atención—. Tenemos que encontrar al socio antes de que este descubra que Tankado está muerto. Por eso te llamé. Necesito tu ayuda.

Susan estaba confundida. Tenía la impresión de que el oportuno fallecimiento de Tankado les había solucionado todo el problema.

—Comandante —comenzó a decir—, si las autoridades españolas anuncian que murió de un ataque al corazón, pasaremos a estar libres de toda culpa; su socio sabrá que nosotros no fuimos los responsables.

—¿No fuimos los responsables? —Strathmore abrió unos ojos como platos—. ¿Alguien chantajea a la NSA y unos días después aparece muerto y *no fuimos los responsables*? Apuesto lo que quieras a que el misterioso amigo de Tankado no lo verá del mismo modo. Independientemente de lo que le haya pasado, sin duda pareceremos culpables. Podríamos haberlo envenenado, o haber amañado la autopsia..., muchas cosas. —El comandante guardó silencio un instante y luego prosiguió—: ¿Cuál fue tu primera reacción cuando te dije que Tankado estaba muerto?

Ella frunció el ceño.

—Pensé que la NSA lo había asesinado.

—Exacto. Si la NSA puede poner cinco satélites Rhyolite en órbita geosincrónica sobre Oriente Próximo, creo que no es descabellado pensar que tenemos los recursos para corromper a unos pocos policías españoles —argumentó el comandante.

Susan exhaló un suspiro. «Ensei Tankado está muerto. Acusarán a la NSA de ello...»

—¿Podemos encontrar a ese socio a tiempo?

—Creo que sí. Tenemos una buena pista. Tankado anunció públicamente en varias ocasiones que estaba trabajando con un socio. Creo que esperaba que eso disuadiera a las empresas de software de intentar hacerle daño o robarle la clave. Avisó de que, en caso de juego sucio, su socio haría pública la clave y todas las empresas se encontrarían compitiendo contra un software gratuito.

—Inteligente —asintió Susan.

Strathmore prosiguió:

—Unas pocas veces, también en público, Tankado se refirió a su socio con un nombre. Lo llamó «Dakota del Norte».

—¿Dakota del Norte? Obviamente, se trata de una especie de pseudónimo.

—Sí, pero, por si acaso, he realizado una búsqueda en internet de «Dakota del Norte». No pensaba que fuera a encontrar nada importante, pero me topé con una cuenta de correo electrónico. —El comandante se quedó un momento callado y a continuación prosiguió—: No creía que se tratara del Dakota del Norte que estamos buscando, pero he husmeado en ella de todos modos. Imagínate mi sorpresa al descubrir que estaba llena de correos electrónicos de Ensei Tankado. —Strathmore enarcó las cejas—. Y en los mensajes había cientos de referencias a Fortaleza Digital y a sus planes de chantajear a la NSA.

Susan miró a su jefe con escepticismo. La sorprendía que se dejara tomar el pelo tan fácilmente.

—Comandante —empezó a decir—, Tankado sabía perfectamente bien que la NSA puede fisgonear sin problema alguno la cuenta de correo que desee. Nunca utilizaría el correo electrónico para enviar información secreta. Es una trampa. Ensei Tankado fue quien le proporcionó la pista de Dakota del Norte. Sabía que haría usted una búsqueda. No sé qué información hay en esos correos electrónicos, pero Tankado *quería* que la encontrara; es una pista falsa.

—Buen instinto —respondió él—, salvo por un par de cosas. No pude encontrar nada bajo «Dakota del Norte», así que modifiqué la cadena de búsqueda. Encontré la cuenta bajo una variación: NDAKOTA.

Susan negó con la cabeza.

—Las permutaciones son un procedimiento habitual. Tankado sabía que usted probaría variaciones hasta que encontrara algo. NDAKOTA es una alteración demasiado fácil.

—Probablemente —dijo Strathmore al tiempo que garabateaba unas palabras en un trozo de papel y luego se lo tendía a Susan—, pero mira esto.

Ella leyó lo que había escrito. Al instante comprendió por qué el comandante daba credibilidad a esa variación. En el papel se podía leer la dirección de correo electrónico de Dakota del Norte:

NDAKOTA@ara.anon.org

Fueron las siglas «ARA» en la dirección lo que llamó la atención de Susan. Correspondían a American Remailers Anonymous, un conocido servidor anónimo.

Los servidores anónimos eran populares entre los usuarios de internet que querían mantener sus identidades en secreto. Por una determinada tarifa, estas empresas protegían la privacidad del remitente actuando como intermediarias para el correo electrónico. Era como tener un apartado de correos numerado. Su usuario podía enviar y recibir correo sin tener que llegar a revelar nunca su dirección o su nombre. La empresa recibía un correo electrónico dirigido a un alias y luego se lo reenviaba a la verdadera cuenta del cliente. Por contrato, la empresa no podía revelar la identidad o la ubicación de sus auténticos usuarios.

—No es ninguna prueba —dijo Strathmore—, pero sí resulta muy sospechoso.

Susan asintió. Empezaba a estar más convencida.

—Entonces está diciendo que a Tankado no le importaba que nadie buscara a Dakota del Norte porque su identidad y su ubicación están protegidas por ARA.

—Así es.

Ella reflexionó un momento.

—ARA ofrece sus servicios fundamentalmente a cuentas de correo norteamericanas. ¿Cree que Dakota del Norte puede estar aquí?

Strathmore se encogió de hombros.

—Tal vez. Con un socio norteamericano, Tankado podía mantener las dos claves de acceso separadas geográficamente. Habría sido inteligente de su parte.

Susan lo consideró. Dudaba que Tankado hubiera compartido su clave de acceso con nadie salvo un amigo muy cercano. Y, por lo que recordaba, Tankado no tenía muchos amigos en Estados Unidos.

—Dakota del Norte —musitó mientras su mente criptológica daba vueltas a los posibles significados del alias—. ¿Qué dicen los correos electrónicos que le envió ese tipo a Tankado?

—Ni idea. COMINT sólo ha conseguido los correos enviados por Tankado. Ahora mismo, lo único que tenemos sobre Dakota del Norte es una dirección de correo anónima.

Susan pensó un minuto.

—¿Alguna posibilidad de que se trate de un señuelo?

Su jefe enarcó una ceja.

—¿En qué sentido?

—Tankado podría haber enviado correos electrónicos falsos a una cuenta de correo inactiva con la esperanza de que la encontráramos y husmeáramos en ella. Nosotros creeríamos que es auténtica y así él no tendría que arriesgarse a compartir su clave de acceso. Podría estar trabajando solo.

Strathmore se rio entre dientes, impresionado.

—Una idea astuta, salvo por un detalle. Tankado no utilizó sus cuentas habituales. Ni la personal ni la profesional. Iba a la Universidad de Doshisha y se conectaba directamente a su servidor. Al parecer, tenía una cuenta ahí que había conseguido mantener en secreto. Se trata de una cuenta que encontré únicamente por casualidad. —Guardó silencio un instante y luego prosiguió—: Si Tankado quería que husmeáramos en su cuenta de correo, ¿por qué utilizar una secreta?

Susan consideró la pregunta.

—Tal vez lo hizo para que usted no sospechara que era una estratagema. Si usted la encontraba por casualidad, creería que había tenido suerte y eso le proporcionaría credibilidad a la cuenta secreta.

Strathmore volvió a reírse entre dientes.

—Habrías sido una buena agente. La idea es buena. Lamentablemente, todos los correos electrónicos que Tankado envió tienen respuesta. Cada vez que él escribía, su socio respondía.

Ella frunció el ceño.

—Está bien. Así pues, usted está seguro de que Dakota del Norte es real.

—Me temo que sí. Y tenemos que encontrarlo. *Sin hacer ruido*. Si se corre la voz de que vamos tras él, habrá terminado todo.

En ese momento, Susan supo exactamente por qué la había llamado el comandante.

—Deje que lo adivine —dijo—. Quiere que acceda clandestinamente a la base de datos de ARA y encuentre la verdadera identidad de Dakota del Norte.

Strathmore sonrió con los labios apretados.

—Me leyó el pensamiento, señorita Fletcher.

En lo que respectaba a búsquedas de internet discretas, Susan Fletcher era la persona idónea para el trabajo. Un año antes, un oficial sénior de la Casa Blanca había estado recibiendo amenazas por correo electrónico desde una dirección anónima y habían pedido a la NSA que localizara al sujeto. Aunque la agencia tenía la influencia necesaria para solicitar a la empresa del servidor anónimo que revelara la identidad del usuario, optó por un método más sutil: un «rastreador».

Susan había creado una suerte de baliza direccional disfrazada de correo electrónico. Podía enviarla a la dirección falsa del usuario, y la empresa del servidor anónimo, cumpliendo con la tarea por la que había sido contratada, se lo reenviaría a su dirección auténtica. Una vez ahí, el programa registraría la localización de internet de la misma y la enviaría de vuelta a la NSA. Luego el programa se desintegraría sin dejar rastro. Desde ese día, en lo que a la NSA respectaba, los servidores anónimos no eran más que una molestia menor.

—¿Puedes encontrarlo? —preguntó Strathmore.

—Por supuesto. ¿Por qué esperó tanto para llamarme?

—En realidad —frunció el ceño—, no pensaba hacerlo. No quería que nadie más se enterara de la situación. Intenté enviar una copia de tu rastreador yo mismo, pero escribiste la maldita cosa en uno de esos nuevos lenguajes híbridos y no logré que funcionara. Lo único que obtuve fueron datos sin sentido. Finalmente, tuve que resignarme y hacerte venir.

Susan soltó una risa ahogada. Strathmore era un brillante programador criptográfico, pero su repertorio estaba básicamente limitado al trabajo algorítmico; los elementos básicos de la programación «secular» menos sofisticada se le escapaban. Además, Susan había escrito su rastreador en un nuevo lenguaje híbrido de programación llamado LIMBO. Era comprensible que Strathmore hubiera tenido problemas.

—Yo me ocuparé. —Sonrió y se dispuso a marcharse—. Estaré en mi terminal.

—¿Alguna idea de cuánto tardarás?

Ella se detuvo un momento.

—Bueno..., depende de la eficiencia con la que ARA reenvíe su correo. Si el tipo ese se encuentra en Estados Unidos y utiliza algo como AOL o Compuserve, podré acceder a los datos de su tarjeta de crédito y obtendré su dirección de facturación aproximadamente en una hora. Si trabaja en una universidad o empresa, me llevará un poco más. —Y, sonriendo con inquietud, añadió—: El resto ya es cosa suya.

Susan sabía que «el resto» sería un equipo de asalto de la NSA que cortaría la electricidad de la casa del tipo e irrumpiría a través de sus ventanas con armas paralizantes. Probablemente, el equipo creería que se trataba de una redada relacionada con drogas. Y, sin duda, Strathmore se abriría paso personalmente a través de los escombros para localizar la clave de 64 bits. Luego la destruiría. Fortaleza Digital languidecería para siempre en internet, inaccesible para toda la eternidad.

—Ten cuidado al enviar el rastreador —le advirtió el comandante—. Si Dakota del Norte descubre que vamos tras él, le entrará el pánico y huirá con la clave antes de que uno de nuestros equipos pueda capturarlo.

—Será visto y no visto —le aseguró ella—. Cuando el rastreador encuentre su cuenta, se disolverá. Él nunca llegará a enterarse de que hemos accedido a ella.

El comandante asintió con cansancio.

—Gracias.

Susan sonrió levemente. Siempre la había sorprendido cómo, incluso al borde del desastre, Strathmore mostraba una sosegada calma. Estaba convencida de que era esa capacidad lo que había definido su carrera profesional y lo había encumbrado a lo más alto.

De camino a la puerta, echó un vistazo a TRANSLTR por la ventana. La existencia de un algoritmo indescifrable era una idea que todavía le costaba aceptar. Esperaba que consiguieran encontrar a tiempo a Dakota del Norte.

—Si te apuras —dijo Strathmore—, todavía tendrás tiempo de llegar esta noche a las Smoky Mountains.

Susan se detuvo de golpe. Sabía que no le había mencionado su viaje al comandante. Se dio la vuelta. «¿La NSA intervino mi teléfono?»

Él sonrió con aire de culpabilidad.

—David me comentó lo de su viaje esta mañana. Me dijo que no te caería nada bien tener que posponerlo.

Susan estaba confundida.

—¿Habló con David esta mañana?

—Por supuesto. —Strathmore parecía desconcertado por la reacción de la mujer—. Tenía que darle instrucciones.

—¿Instrucciones? —inquirió ella—. ¿Sobre qué?

—Para su viaje. Envié a David a España.

Capítulo 11

España. «Envié a David a España.» Las palabras del comandante desconcertaron a Susan.

—¿David está en España? —preguntó incrédula—. ¿Lo envió a España? —Y, en tono enojado, añadió—: ¡¿Por qué?!

Strathmore se quedó atónito. Al parecer, no estaba acostumbrado a que le gritaran, ni siquiera su criptógrafa principal. Esta había adoptado la actitud de una tigresa defendiendo a su cachorro.

—¿Es que no has hablado con él? ¿David no te lo ha explicado?

Susan estaba demasiado perpleja para contestar. «¿España? ¿Por eso David pospuso nuestro viaje a Stone Manor?»

—Esta mañana le envié un coche. Él me dijo que te llamaría antes de partir. Lo siento, pensaba que...

—¿Por qué envió a David a España?

Strathmore se quedó un momento callado y, como si dijera una obviedad, respondió:

—Para conseguir la otra clave de acceso.

—¿Qué otra clave de acceso?

—La copia de Tankado.

Susan no entendía absolutamente nada.

—¿De qué está hablando?

Strathmore suspiró.

—Estoy seguro de que Tankado llevaba consigo una copia de la clave de acceso cuando murió. Como comprenderás, no puedo dejar que se quede en una morgue de Sevilla.

—Y ¿envió a David Becker a buscarla? —Susan estaba absolutamente confundida. Nada tenía sentido—. ¡Pero si David ni siquiera trabaja para usted!

Strathmore parecía desconcertado. Nadie le había hablado nunca de ese modo al director adjunto de la NSA.

—Por eso mismo, Susan —dijo manteniendo la calma—. Necesitaba que...

La tigresa atacó.

—¡Tiene veinte mil empleados a sus órdenes...! ¿Qué derecho tiene a enviar a mi prometido?

—Necesitaba un mensajero civil, alguien completamente ajeno al gobierno. Si hubiera seguido los canales habituales y alguien llegara a descubrir que...

—Y ¿David Becker es el único civil que conoce?

—¡No! ¡Claro que David Becker *no* es el único civil que conozco! ¡Pero eran las seis de esta mañana y todo estaba sucediendo a gran velocidad! ¡David habla el idioma local, es inteligente, confío en él y pensaba que estaba haciéndole un favor!

—¿Un favor? —espetó Susan—. ¿Enviarlo a España es un favor?

—¡Sí! Le pagaré diez mil dólares por un día de trabajo. Sólo tiene que recoger las pertenencias de Tankado y regresar a casa. ¡Yo a eso lo llamo un favor!

Susan guardó silencio. Ahora lo comprendía. Era una cuestión de dinero.

Su mente retrocedió cinco meses hasta la noche en la que el rector de la Universidad de Georgetown le ofreció a David el puesto de director del Departamento de Lenguas Modernas. El rector le advirtió de que sus horas de enseñanza se verían reducidas y que tendría que dedicarse más al papeleo, pero también que recibiría un sustancial aumento salarial. Susan quiso decirle: «¡No lo hagas,

David! No serás feliz. Tenemos dinero más que suficiente, ¿qué más da quién lo gane?». Pero no podía hacerlo. Al final, apoyó su decisión de aceptar la promoción. Esa noche, al acostarse, Susan intentó sentirse contenta por él, pero algo en su interior no dejaba de decirle que sería un desastre. Tenía razón, pero no imaginaba hasta qué punto...

—¿Le ofreció diez mil dólares? —preguntó—. ¡Eso fue un truco sucio!

A Strathmore eso no le sentó bien

—¿Truco? ¡No fue ningún maldito truco! Ni siquiera le dije lo del dinero. Se lo pedí como un favor personal. Él estuvo de acuerdo en ir.

—¡Por supuesto! ¡Es usted mi jefe! ¡El director adjunto de la NSA! ¡No podía decirle que no!

—Tienes razón —asintió Strathmore—. Y esa es la razón por la que lo llamé. No podía permitirme el lujo de...

—¿Sabe el director de la agencia que envió a un civil?

—No, Susan —dijo el comandante en un tono que dejaba claro que su paciencia estaba agotándose—, el director no está implicado. No sabe nada de todo esto.

Ella se quedó mirando a Strathmore con incredulidad. Era como si ya no conociera al hombre con el que estaba hablando. Había enviado a su prometido —un profesor universitario— a una misión de la NSA y no había informado al director sobre la mayor crisis que había sufrido la agencia en toda su historia.

—¿Leland Fontaine no ha sido notificado?

Strathmore había llegado al límite y explotó:

—¡Escúchame, Susan! ¡Te llamé porque necesito un aliado, no un tribunal! ¡Tuve una mañana infernal! Descargué el archivo de Tankado anoche y he permanecido horas aquí sentado junto a la impresora a la espera de que TRANSLTR lo descifrara. Al amanecer, me tragué el orgullo y llamé al director y, créeme cuando te digo que *me moría de ganas* de tener una conversación como esa: «Buenos días, señor. Lamento despertarlo. ¿Por qué lo llamo? Acabo de descubrir que TRANSLTR se ha quedado obsoleto a causa de un algoritmo que ningún miembro de mi excelentemente remunerado equipo de criptógrafos podría siquiera acercarse a escribir». —Strathmore dejó caer su puño encima de la mesa.

Susan se quedó completamente inmóvil. No dijo nada. En diez años, sólo había visto perder la calma a su jefe un puñado de veces, y nunca con ella.

Diez segundos después, ninguno de ellos había dicho nada. Finalmente, Strathmore volvió a sentarse y Susan percibió que su respiración recuperaba un ritmo normal. Cuando finalmente habló, lo hizo con un tono de voz siniestramente sereno y mesurado.

—Lamentablemente —dijo el comandante—, resulta que el director viajó a Sudamérica para asistir a una reunión con el presidente de Colombia. Como no hay absolutamente nada que pueda hacer desde allí, me encontré con dos opciones: pedirle que interrumpiera su viaje y regresara, o encargarme yo mismo de la situación. —Hubo un largo silencio hasta que Strathmore levantó la mirada y sus cansados ojos se toparon con los de su empleada. Su expresión se suavizó de inmediato—. Lo siento, Susan. Estoy agotado. Esto es una pesadilla hecha realidad. Sé que estás disgustada por lo de David. No era mi intención que te enteraras de este modo. Pensaba que ya lo sabías.

Ella sintió una oleada de culpabilidad.

—Mi reacción fue exagerada. Lo siento. David es una buena elección.

Strathmore asintió distraídamente.

—Estará de vuelta esta misma noche.

Susan pensó en todas las cosas con las que el comandante estaba lidiando: la presión de supervisar TRANSLTR, las interminables horas, las reuniones... Además, según los rumores, estaba separándose de su esposa tras treinta años de matrimonio. Y, para colmo, ahora tenía que hacer frente a Fortaleza Digital, la mayor amenaza de la historia de la NSA, y el pobre estaba haciéndolo sin ayuda de nadie. No era de extrañar que pareciera estar a punto de venirse abajo.

—Considerando las circunstancias —dijo Susan—, creo que probablemente debería llamar al director.

El comandante negó con la cabeza y una gota de sudor de su frente cayó sobre el escritorio.

—No voy a comprometer la seguridad del director o arriesgarme a que haya una filtración poniéndome en contacto con él por una crisis en la que no puede hacer nada.

Susan sabía que tenía razón. Incluso en momentos como ése, Strathmore era capaz de pensar con claridad.

—¿Consideró la posibilidad de llamar al presidente?

Él asintió.

—Sí, y decidí no hacerlo.

Susan ya lo imaginaba. Los oficiales *senior* de la NSA tenían la potestad de hacer frente a emergencias sin tener que informar al ejecutivo. La NSA era la única organización de inteligencia de Estados Unidos que contaba con inmunidad federal total y no tenía que rendir cuentas de ningún tipo. Strathmore solía hacer uso de ese derecho, pues prefería desplegar su magia en privado.

—Comandante —argumentó entonces ella—, esto es algo demasiado grande para lidiar con ello a solas. Tiene que dejar que alguien lo ayude.

—Susan, la existencia de Fortaleza Digital tiene importantes implicaciones para el futuro de esta organización. No tengo intención de informar al presidente a espaldas del director. Tenemos una crisis y seré yo quien se encargue de ella. —La miró atentamente—. Soy el director adjunto de operaciones —una cansada sonrisa se dibujó en su rostro—, y, además, no estoy solo. Tengo a Susan Fletcher en mi equipo.

En ese momento, ella se dio cuenta de qué era lo que tanto respetaba de Trevor Strathmore. Durante diez años, en las duras y en las maduras, siempre le había mostrado el camino que debía seguir. Con firmeza. Con determinación. Lo que la asombraba de él era su dedicación, la inquebrantable fidelidad que sentía por sus principios, su país y sus ideales. Pasara lo que pasara, el comandante Trevor Strathmore era un referente en un mundo de decisiones imposibles.

—Estás en mi equipo, ¿verdad? —preguntó él.

Susan sonrió.

—Sí, señor, lo estoy. Al cien por ciento.

—Bien. ¿Ahora podemos volver al trabajo?

Capítulo 12

David Becker había asistido a funerales y había visto cadáveres con anterioridad, pero en ese había algo particularmente perturbador. No se trataba de un cuerpo inmaculadamente acicalado que estuviera descansando en un ataúd forrado de seda. Ese cadáver había sido desnudado y depositado despreocupadamente sobre una mesa de aluminio. Sus ojos todavía no se habían quedado vacíos y sin vida, sino que miraban fijamente al techo con lo que parecía terror y arrepentimiento.

—¿Dónde están sus efectos personales? —preguntó Becker en un fluido castellano.

—Allí —respondió el teniente de dientes amarillentos señalando un mostrador sobre el que había ropa y otros objetos personales.

—¿Es eso todo?

—Sí.

Becker pidió una caja de cartón. El teniente fue a buscar una.

Era sábado por la noche y, técnicamente, el depósito de cadáveres de Sevilla estaba cerrado. El joven teniente había dejado entrar a Becker bajo órdenes directas del jefe de la Guardia Civil de la ciudad. Al parecer, el visitante norteamericano tenía amigos poderosos.

Becker se quedó mirando el montón de ropa. Dentro de un zapato habían metido el pasaporte, la cartera y unos lentes. A un lado, también había una pequeña bolsa de lona que la Guardia Civil había encontrado en el hotel del fallecido. Las instrucciones de Becker eran claras: no tocar ni leer nada. Debía limitarse a llevarlo todo de vuelta a Estados Unidos. Todo. Sin dejar nada.

Inspeccionó el montón y frunció el ceño. «¿Qué interés puede tener la NSA en todas estas cosas?»

El teniente regresó con una pequeña caja y Becker comenzó a meter la ropa dentro.

El guardia civil señaló la pierna del cadáver.

—¿Quién es?

—No lo sé.

—Parece chino.

«Japonés», pensó Becker.

—Pobre desgraciado. Ataque al corazón, ¿no?

Becker asintió distraídamente.

—Eso es lo que me dijeron.

El teniente suspiró y negó con la cabeza compasivamente.

—El sol de Sevilla puede ser despiadado. Tenga cuidado ahí fuera mañana.

—Gracias —dijo Becker—, pero regreso a casa hoy mismo.

El agente se mostró sorprendido.

—¡Pero si acaba de llegar!

—Lo sé, pero el tipo que paga mi boleto de avión está esperando estos artículos.

El teniente pareció ofendido.

—¿Quiere decir que no va a *disfrutar* de la ciudad de Sevilla?

—Estuve aquí hace años. Es una hermosa ciudad. Me encantaría quedarme.

—Entonces ¿ya conoce la Giralda?

Becker asintió. No había llegado a subir a la antigua torre morisca, pero la había visto.

—¿Y el Alcázar?

Él volvió a asentir al tiempo que recordaba la noche en que disfrutó de la guitarra de Paco de Lucía en uno de sus patios: flamenco bajo las estrellas en una antigua fortaleza. Le habría gustado conocer a Susan por aquel entonces.

—Y, por supuesto, también tenemos los restos de Cristóbal Colón —dijo el teniente radiante—. Está enterrado en nuestra catedral.

Becker levantó la mirada.

—¿De verdad? Pensaba que estaba enterrado en la República Dominicana.

—¡Claro que no! ¿Quién inicia esos rumores? ¡Los restos de Colón están aquí, en España! ¿No había dicho usted que había ido a la universidad?

Becker se encogió de hombros.

—Debí de perderme la clase de ese día.

—La Iglesia española está muy orgullosa de sus reliquias.

«La Iglesia española.» Becker creía que en España sólo había una Iglesia: la católica apostólica romana.

—Aunque también es cierto que no tenemos todo su cuerpo —añadió el teniente—. Sólo los huesos.

Becker dejó de empacar la ropa de golpe y se quedó mirando fijamente al teniente al tiempo que contenía una sonrisa.

—¿Sólo los huesos?

El agente asintió con orgullo.

—Sí. Cuando la Iglesia obtiene los restos de un gran hombre, lo santifica y reparte sus reliquias entre diferentes catedrales para que todo el mundo pueda disfrutar de su esplendor.

Becker asintió con educación.

—Puede que pase de camino al aeropuerto.

—Mala suerte —suspiró el agente—. La catedral está cerrada hasta la misa del alba.

—En otra ocasión, pues. —Becker sonrió tomando la caja—. Debería ponerme en marcha. Mi vuelo me espera. —Echó un último vistazo alrededor de la sala.

—¿Quiere que lo lleve al aeropuerto? —le ofreció el agente—. Tengo una Moto Guzzi estacionada aquí enfrente.

—No, gracias. Tomaré un taxi.

Becker había conducido una moto una vez cuando iba a la universidad y casi se mata. No tenía la menor intención de volver a subirse en una, independientemente de quién la condujera.

—Como quiera —dijo el agente dirigiéndose hacia la puerta—. Yo apagaré las luces.

Sosteniendo la caja debajo del brazo, Becker se preguntó si lo tenía todo y echó un último vistazo al cadáver que yacía en la mesa. Estaba completamente desnudo, bocarriba bajo las luces fluorescentes. Estaba claro que no ocultaba absolutamente nada. La mirada de Becker volvió a verse atraída por las manos extrañamente deformes del fallecido. Se les quedó mirando un momento, observándolas con más atención.

El agente apagó las luces y la sala quedó a oscuras.

—Un momento —dijo Becker—. Enciéndalas de nuevo.

Las luces fluorescentes volvieron a encenderse con un parpadeo.

Becker dejó la caja en el suelo y se dirigió hacia el cadáver. Se inclinó sobre él y, aguzando la vista, inspeccionó la mano izquierda.

El agente siguió su mirada.

—Tienen mala pinta, ¿verdad?

Pero la deformidad no era lo que había llamado la atención de Becker. Había visto otra cosa. Se volvió hacia el agente.

—¿Está seguro de que en la caja está todo?

El agente asintió.

—Sí. Eso es todo.

Becker se quedó un momento de pie con los brazos en la cintura. Luego recogió la caja, volvió a llevarla al mostrador y volcó su contenido encima. Con cuidado, fue separando la ropa pieza a pieza. Luego vació los zapatos y les dio unos golpecitos en el mostrador como si dentro hubiera una piedrita. Tras repasarlo todo una segunda vez, retrocedió y frunció el ceño.

—¿Algún problema? —preguntó el teniente.

—Sí —dijo él—. Falta algo.

Capítulo 13

Tokugen Numataka se puso de pie en su lujoso despacho, situado en el ático del edificio, y miró por la ventana la silueta de los rascacielos de Tokio. Sus empleados y competidores lo conocían como Akuta Same, el Tiburón Mortal. Durante tres décadas había sido más astuto que todos sus competidores japoneses y los había superado comercial y publicitariamente; ahora estaba a punto de convertirse en un gigante también en el mercado global.

En breve cerraría el acuerdo más importante de su vida, un trato que convertiría su Numatech Corp. en el Microsoft del futuro. Podía sentir en la sangre la descarga de adrenalina. Los negocios eran una guerra, y la guerra resultaba excitante.

Si bien la llamada que había recibido tres días antes había despertado sus suspicacias, ahora Numataka conocía la verdad. Estaba bendecido con *myouri*, «buena fortuna». Los dioses lo habían elegido.

—Tengo en mi poder una copia de la clave de acceso de Fortaleza Digital —dijo la voz con acento norteamericano—. ¿Estaría interesado en adquirirla?

Convencido de que se trataba de una trampa, Numataka estuvo a punto de soltar una carcajada. Numatech Corp. había hecho una generosa oferta por el nuevo algoritmo de Ensei Tankado, y ahora uno de sus competidores estaba intentando averiguar la cantidad de dicha oferta.

—¿Tiene la clave de acceso? —Numataka fingió interés.

—Así es. Mi nombre es Dakota del Norte.

Numataka contuvo una risotada. Todo el mundo sabía de la existencia de Dakota del Norte. Tankado le había hablado a la prensa de su socio secreto. La idea de contar con un socio había sido una jugada muy inteligente por parte de Tankado; incluso en Japón, la práctica de los negocios se había vuelto inmoral. Ensei Tankado no estaba a salvo. Con un socio, sin embargo, si una empresa excesivamente entusiasta daba un paso en falso, la clave de acceso se haría pública y todas las empresas de software se resentirían.

Numataka dio una larga calada a su cigarro Umami y siguió el juego de la patética farsa del tipo que lo había llamado.

—¿Así que vende usted su clave de acceso? Interesante. Y ¿qué opina Ensei Tankado al respecto?

—No le profeso ninguna lealtad al señor Tankado. Fue una idiotez de su parte confiar en mí. La clave vale cientos de veces más de lo que me paga por guardársela.

—Lo siento —dijo Numataka—, pero su clave por sí sola no vale nada. Si Tankado descubriera que la vendió, haría pública la suya y el mercado se vería saturado.

—Mi propuesta incluye ambas claves de acceso —repuso la voz—. La de Tankado y la mía.

Numataka cubrió el auricular con la mano y soltó una carcajada. No pudo evitar preguntarle cuánto pedía.

—Veinte millones de dólares estadounidenses.

Era prácticamente lo que Numataka había ofrecido.

—¿Veinte millones? —exclamó fingiendo indignación—. ¡Eso es escandaloso!

—Vi el algoritmo. Le aseguro que los vale.

«No te jode... —pensó Numataka—. Vale diez veces eso.»

—Lamentablemente —dijo, cansándose del juego—, ambos sabemos que el señor Tankado nunca lo toleraría. Piense en las repercusiones legales.

Se hizo un siniestro silencio.

—¿Y si el señor Tankado ya no fuera un factor que hubiera que tener en cuenta?

Numataka estuvo a punto de reírse, pero percibió una extraña determinación en el tono de voz de su interlocutor.

—¿Si Tankado ya no fuera un factor que hubiera que tener en cuenta? —Numataka lo consideró—. Entonces usted y yo podríamos llegar a un acuerdo.

—Estaremos en contacto —dijo la voz, y colgó.

Capítulo 14

Observando el cadáver, Becker sintió un escalofrío. Incluso horas después de haber muerto, el rostro del asiático irradiaba un resplandor rosado, sin duda causado por una reciente quemadura solar. El resto de su cuerpo era de un amarillo pálido, salvo la zona de piel que se encontraba directamente encima del corazón, que estaba cubierta por un moretón púrpura.

«Probablemente a causa de los intentos de reanimación cardiopulmonar —pensó—. Lástima que no surtieran efecto.»

Volvió a estudiar las manos del cadáver. No se parecían a nada que hubiera visto antes. Cada una tenía sólo tres dedos, y estos estaban doblados y retorcidos. La deformidad, sin embargo, no era lo que Becker estaba inspeccionando.

—¡Vaya! —dijo el teniente con un gruñido al otro lado de la sala—. ¡Resulta que era japonés, no chino!

Becker levantó la mirada. El agente estaba hojeando el pasaporte del fallecido.

—Preferiría que no tocara eso —le pidió Becker. «No tocar ni leer nada.»

—Ensei Tankado..., nacido en enero...

—Por favor —insistió Becker educadamente—. Déjelo donde estaba.

El agente siguió mirando el pasaporte un momento y luego lo arrojó de nuevo a la pila.

—Este tipo tenía un visado de larga duración. Podría haberse quedado varios años en España.

Becker tocó la mano de la víctima con una pluma.

—Puede que viviera aquí.

—No. La fecha de entrada es de la semana pasada.

—Puede que estuviera *trasladándose* aquí —dijo entonces Becker con sequedad.

—Sí, puede. Vaya primera semana de mierda. Una insolación y un ataque al corazón.

Becker ignoró el comentario del agente y continuó estudiando la mano.

—¿Está seguro de que no llevaba ninguna joya cuando murió?

El agente levantó la mirada desconcertado.

—¿Una joya?

—Sí. Mire esto.

El guardia civil cruzó la sala.

La piel de la mano izquierda de Tankado estaba completamente quemada por el sol, salvo una estrecha franja alrededor del dedo meñique.

Becker señaló la línea de piel pálida.

—¿No ve que esta zona no está quemada? Es como si hubiera llevado un anillo.

El agente parecía sorprendido.

—¿Un anillo? —Ahora su tono era de perplejidad. Estudió el dedo del cadáver y luego se ruborizó—. Dios mío... —Soltó una risa ahogada—. Entonces... ¿era cierto?

Becker tuvo un mal presentimiento.

—¿Cómo dice?

El agente negó con la cabeza incrédulo.

—Debería haberlo mencionado antes, pero pensaba que el tipo ese estaba loco.

Becker no sonreía.

—¿Qué tipo?

—El que llamó para avisarnos de la emergencia. Un turista canadiense. No dejaba de hablar de un anillo. Balbuceaba el peor español que había oído jamás.

—Y ¿dijo que el señor Tankado llevaba un anillo?

El agente asintió. Sacó un paquete de Ducados, echó un vistazo al letrero de NO FUMAR y encendió un cigarro de todos modos.

—Supongo que debería haber dicho algo, pero es que ese viejo parecía estar completamente loco.

Becker frunció el ceño. Las palabras de Strathmore resonaron en sus oídos: «Quiero todo lo que Ensei Tankado llevaba encima. Todo. No deje nada. Ni siquiera un pequeño trozo de papel».

—Y ¿dónde está el anillo ahora? —preguntó.

El agente dio una calada.

—Es una larga historia...

Algo le decía a Becker que eso *no* eran buenas noticias.

—Cuéntemela de todos modos.

Capítulo 15

Susan Fletcher se sentó delante de su terminal de computadora en Nodo 3. Ese era el nombre que recibía el espacio privado e insonorizado reservado a los criptógrafos y que estaba situado junto a la sala central del primer piso. Una pared curva de cristal unidireccional de cinco centímetros de grosor les proporcionaba una vista panorámica de las demás instalaciones de Criptografía, al tiempo que impedía que nadie pudiera verlos a ellos.

Al fondo de la amplia sala había doce terminales de computadora dispuestas en un círculo perfecto. La disposición en forma de anillo pretendía fomentar el intercambio intelectual entre los criptógrafos y recordarles que formaban parte de un equipo más grande; algo así como una especie de caballeros de la Mesa Redonda compuesta por descifradores de códigos. Irónicamente, en Nodo 3 los secretos no estaban bien vistos.

Apodado «el Parque», Nodo 3 carecía de la apariencia esterilizada del resto del Departamento de Criptografía y, contrariamente, estaba diseñada para que los empleados se sintieran como en casa. Contaban con un tapete desgastado, un equipo de sonido de alta fidelidad, un refrigerador bien abastecido, un aro de básquetbol de juguete... La NSA tenía una filosofía sobre Criptografía: no gastes un par de millones en una computadora para descifrar códigos sin asegurarte de que los mejores entre los mejores se quedan aquí para utilizarlo.

Susan se quitó sus zapatos planos de Salvatore Ferragamo y posó los pies enfundados en medias sobre la alfombra desgastada. A los empleados gubernamentales con buen sueldo los animaban a evitar las muestras suntuosas de riqueza personal. Por lo general, eso no suponía ningún problema para Susan. Ella era perfectamente feliz con su modesto dúplex, su sedán Volvo y su conservador vestuario. Los zapatos, sin embargo, eran harina de otro costal. Incluso cuando todavía iba a la universidad, ahorraba para poder comprarse los mejores.

«No puedes saltar para alcanzar las estrellas si te duelen los pies —le dijo una vez su tía—. ¡Y, cuando llegues a tu destino, será mejor que tengas buen aspecto!»

Susan se permitió el lujo de estirar los músculos un momento y luego se puso manos a la obra. Abrió su fichero rastreador y se dispuso a configurarlo. Echó un vistazo a la dirección de correo electrónico que Strathmore le había dado:

NDAKOTA@ara.anon.org

El hombre que se llamaba a sí mismo Dakota del Norte tenía una cuenta anónima, pero Susan sabía que no seguiría siéndolo durante mucho más tiempo. Cuando el rastreador llegara al servidor ARA, este lo reenviaría a Dakota del Norte. Una vez ahí, les mandaría de vuelta información con la verdadera dirección de internet del tipo.

Si todo iba bien, localizaría rápido a Dakota del Norte y Strathmore podría confiscar su copia de la clave de acceso. Entonces ya sólo faltaría la de Tankado. Cuando David la encontrara, ambas claves podrían ser destruidas, y la pequeña bomba de relojería de Tankado sería completamente inofensiva, un explosivo mortal sin detonador.

Susan volvió a comprobar la dirección anotada en la hoja de papel que tenía delante e introdujo la información en el campo correcto. Le hizo gracia que Strathmore hubiera encontrado dificultades para enviar el rastreador. Al parecer, lo había hecho dos veces, y en ambas ocasiones había recibido de vuelta la dirección de Tankado en vez de la de Dakota del Norte. Era un simple error, pensó; probablemente, el comandante había intercambiado los campos y el rastreador había buscado la dirección equivocada.

Terminó de configurar el rastreador y lo puso en fila para enviarlo. Luego presionó la tecla «Intro». La computadora emitió un pitido.

RASTREADOR ENVIADO

Ahora tocaba esperar.

Susan exhaló un suspiro. Se sentía culpable por haber sido tan dura con el comandante. Si había alguien calificado para hacer frente por sí solo a esa amenaza, era Trevor Strathmore. Tenía una asombrosa capacidad para deshacerse de todos aquellos que lo desafiaban.

Seis meses antes, cuando la EFF reveló que un submarino de la NSA estaba interviniendo cables telefónicos sumergidos, Strathmore se limitó a filtrar la noticia contradictoria de que en realidad el submarino estaba enterrando ilegalmente residuos tóxicos. La EFF y los ecologistas dedicados a la protección del océano estuvieron discutiendo tanto tiempo sobre cuál era la versión verdadera que al final los medios de comunicación se cansaron de la noticia y pasaron a otra cosa.

Cada movimiento que el comandante hacía estaba meticulosamente planeado, y para diseñar y revisar sus planes dependía enormemente de su computadora. Como muchos empleados de la NSA, Strathmore usaba un software desarrollado por la propia agencia llamado BrainStorm, una forma sin riesgos de calcular escenarios hipotéticos desde la seguridad de una computadora.

BrainStorm era un experimento de inteligencia artificial descrito por sus desarrolladores como un «simulador de causa y efecto». Originalmente, se había diseñado para crear modelos en tiempo real de determinados «entornos políticos» en campañas políticas. Alimentado por enormes cantidades de datos, el programa creaba una red relacional, esto es, un modelo hipotético de interacción entre variables políticas, incluidas prominentes figuras actuales, su equipo, sus vínculos personales entre sí, temas candentes o motivaciones individuales según variables como sexo, etnia, dinero y poder. El usuario podía introducir cualquier acontecimiento hipotético y BrainStorm predecía el efecto del mismo en «el entorno».

El comandante Strathmore utilizaba religiosamente BrainStorm. No con propósitos políticos, sino a modo de artilugio CFM; el software de Cronograma, Flujograma y Mapeo era una poderosa herramienta para trazar estrategias complejas y predecir debilidades. Susan sospechaba que en la computadora de su jefe había estrategias ocultas que algún día cambiarían el mundo.

«Sí —se dijo—, fui demasiado dura con él.»

Sus pensamientos se vieron interrumpidos por el siseante ruido de las puertas de Nodo 3 al abrirse.

Strathmore irrumpió en la sala.

—Susan —dijo—. David acaba de llamar. Se produjo un contratiempo.

Capítulo 16

—¿Un anillo? —Susan se mostró extrañada—. ¿A Tankado le falta un anillo?

—Sí. Afortunadamente, David se dio cuenta. Una jugada verdaderamente brillante.

—Pero estamos buscando una clave de acceso, no joyas.

Susan parecía confundida.

—Es una larga historia.

Ella señaló el monitor en el que esperaba noticias del rastreador y luego dijo:

—No voy a irme a ninguna parte.

Strathmore exhaló un profundo suspiro y comenzó a deambular de un lado a otro de la sala.

—Al parecer, hubo testigos del fallecimiento de Tankado. Según el agente del depósito de cadáveres, un turista canadiense llamó esta mañana a la Guardia Civil presa de un ataque de nervios para informar de que un japonés estaba sufriendo un ataque al corazón en el parque. Cuando el agente llegó al lugar, encontró a Tankado muerto y al canadiense con él, así que avisó a los técnicos sanitarios. Mientras estos se llevaban el cadáver de Tankado al depósito, el agente intentó que el canadiense le contara lo que había sucedido. Pero el tipo sólo consiguió balbucear algo acerca de un anillo que Tankado le dio justo antes de morir.

Susan se le quedó mirando con escepticismo.

—¿Tankado le *dio* un anillo?

—Sí. Al parecer, le suplicó al canadiense que lo tomara. El tipo, pues, pudo verlo bien —Strathmore se detuvo y se volvió hacia ella—, y dice que en el anillo había algo grabado, una especie de texto.

—¿Texto?

—Sí, y, según él, no era inglés. —El comandante enarcó las cejas con expectación.

—¿Japonés?

Strathmore negó con la cabeza.

—Eso es también lo primero que se me ocurrió a mí. Pero escucha esto: el canadiense dijo que las letras no conformaban palabras. Y los caracteres japoneses no podrían haberse confundido con nuestro alfabeto latino. Según el turista, el texto grabado parecía más bien obra de un gato que jugara con una máquina de escribir.

Susan se rio.

—Comandante, ¿no pensará de verdad que...?

Strathmore la interrumpió:

—Está más claro que el agua, Susan. Tankado grabó la clave de acceso de Fortaleza Digital en su anillo. El oro es duradero. Independientemente de si estaba durmiendo, bañándose o comiendo, la clave estaría siempre con él, lista para su publicación instantánea en cualquier momento.

Susan no parecía convencida.

—¿En el dedo? ¿A la vista de todo el mundo?

—¿Por qué no? España no es precisamente la capital mundial de la encriptación. Nadie habría tenido la menor idea de lo que significaban las letras. Además, si se trata de una clave estándar de sesenta y cuatro bits, aunque estuviera a la vista de todo el mundo nadie podría memorizar los sesenta y cuatro caracteres.

Susan se sentía perpleja.

—Y ¿Tankado le dio ese anillo a un completo desconocido momentos antes de morir? ¿Por qué?

Strathmore entornó los ojos.

—¿A ti qué te parece?

Susan sólo tardó un instante en darse cuenta. De pronto, sus ojos se abrieron como platos.

Strathmore asintió.

—Tankado estaba intentando librarse de él. Debe de haber pensado que lo habíamos matado nosotros. Se dio cuenta de que estaba muriendo y, lógicamente, debe de haber asumido que nosotros éramos los responsables. No podía tratarse de una coincidencia. Supuso que lo habíamos encontrado y envenenado o algo así con algún inhibidor cardíaco de efecto retardado. Era consciente de que sólo nos atreveríamos a hacerlo si encontrábamos antes a Dakota del Norte.

Susan sintió un escalofrío.

—Claro —susurró—. Tankado debe de haber supuesto que habíamos neutralizado su póliza de seguros para poder eliminarlo también a él.

Estaba comenzando a verlo todo claro. El momento del ataque al corazón había sido tan conveniente para la NSA que Tankado debía de haber asumido que la agencia era la responsable. Su último instinto había sido la venganza. Ensei le había dado su anillo a un desconocido en un intento desesperado por publicar la clave de acceso. Ahora, por increíble que fuera, un turista canadiense poseía sin saberlo la clave del algoritmo de encriptación más poderoso de la historia.

Susan respiró hondo e hizo la inevitable pregunta:

—Y ¿dónde está ahora el canadiense?

Strathmore frunció el ceño.

—Ese es el problema.

—¿El agente no sabe dónde está?

—No. La historia del canadiense era tan absurda que el agente supuso que estaba en shock o senil. Lo subió en su motocicleta para llevarlo de vuelta a su hotel, pero el tipo no se agarró bien y, antes de que hubieran avanzado siquiera un metro, se cayó, se golpeó en la cabeza y se rompió la muñeca.

—¡¿Qué?! —exclamó Susan.

—El agente intentó llevarlo al hospital, pero el canadiense estaba furioso y le dijo que prefería regresar caminando a su país antes que volver a subirse en la moto. Lo único que pudo hacer el policía, pues, fue acompañarlo a una pequeña clínica pública que había cerca del parque. Lo dejó allí para que lo examinaran.

Susan frunció el ceño.

—Supongo que no hace falta que le pregunte adónde fue ahora David.

Capítulo 17

David Becker comenzó a recorrer la calurosa extensión de losetas de la plaza de España. Frente a él, el antiguo edificio de la Delegación del Gobierno de la ciudad se alzaba por encima de los árboles sobre una hectárea y media de azulejos azules y blancos. Sus torres arábigas y la fachada tallada parecían más propias de un palacio que de un edificio público. A pesar de su historia de golpes militares, incendios y ahorcamientos públicos, la mayoría de los turistas solían visitarlo porque los folletos locales revelaban que se trataba del cuartel general inglés de la película *Lawrence de Arabia*. A Columbia Pictures le había resultado mucho más barato filmar en España que en Egipto, y en la arquitectura de Sevilla había suficiente influencia árabe para convencer a los cinéfilos de que la ciudad que estaban viendo era El Cairo.

Becker ajustó su Seiko a la hora local, las 21.10, todavía temprano para las costumbres del país. Un auténtico español nunca cenaba antes de la puesta de sol, y en verano el perezoso sol andaluz rara vez se retiraba del cielo antes de las diez.

A pesar del calor vespertino, Becker cruzó el parque a paso rápido. Esta vez, el tono de voz de Strathmore había sonado más apremiante que por la mañana. Sus nuevas órdenes no dejaban lugar a dudas: encontrar al canadiense, conseguir el anillo. Hacer lo que fuera necesario para ello.

Becker se preguntó qué importancia podía tener un anillo con un grabado. El comandante no se lo había dicho, y él no se lo había preguntado. «La NSA nunca cuenta nada», pensó.

La clínica ya era visible desde el otro lado de la avenida: en la fachada podía verse pintado el símbolo universal de una cruz roja sobre un círculo blanco. El agente de la Guardia Civil había dejado ahí al canadiense hacía ya unas cuantas horas. Muñeca rota, contusión en la cabeza: sin duda, a esas horas el paciente ya habría sido tratado y dado de alta. Becker esperaba que la clínica tuviera algún dato del tipo, como, por ejemplo, la dirección de un hotel local o un número de teléfono en el que pudiera ponerse en contacto con él. Con un poco de suerte, supuso que encontraría al canadiense, conseguiría el anillo y regresaría a casa sin más complicaciones.

—Utilice los diez mil dólares para comprar el anillo si hace falta. Se los reembolsaré —le había dicho Strathmore.

—No es necesario —había respondido Becker.

Su intención era devolver el dinero de todos modos. No había sido ésa la razón por la que había accedido a viajar a España. Lo había hecho por Susan. El comandante Trevor Strathmore era su mentor y guardián. Ella le debía mucho. Un encargo de un día era lo menos que Becker podía hacer.

Lamentablemente, las cosas esa mañana no habían salido tal y como había planeado. Su intención era llamar a Susan desde el avión para contárselo todo, pero no había podido. Había considerado la posibilidad de que el piloto se comunicara por radio con Strathmore para poder enviarle un mensaje, pero finalmente había preferido no implicar al director adjunto de la NSA en sus cuestiones románticas.

Había tratado de hablar con ella en tres ocasiones: primero, desde el avión, con un celular ahora sin batería, luego desde una cabina del aeropuerto y, finalmente, desde el depósito de cadáveres. Susan no estaba en casa. David se preguntó dónde podía encontrarse. Se activó la contestadora automática, pero no había dejado ningún mensaje; lo que deseaba decirle requería que hablara con ella directamente.

De camino a la clínica, Becker divisó una cabina telefónica junto a la entrada del parque. Corrió hacia ella, tomó el auricular y utilizó su tarjeta telefónica para hacer la llamada. Hubo una larga pausa mientras se establecía la conexión. Finalmente, comenzaron a sonar los timbrazos.

«Vamos, contesta...»

Después de cinco tonos, se activó la contestadora.

—«Hola, soy Susan Fletcher. Ahora mismo no estoy en casa, pero si me dejas tu número de teléfono...»

Becker escuchó el mensaje. «¿Dónde está?» A esas alturas, Susan debía de estar histérica. Se preguntó si se habría marchado a Stone Manor sin él. Sonó un tono.

—Hola, soy David... —dijo, y se quedó callado sin saber bien qué añadir. Una de las cosas que odiaba de las contestadoras automáticas era que, si uno se detenía para pensar, la llamada se cortaba—. Lamento no haber llamado antes —dijo justo a tiempo. Se preguntó entonces si debía contarle qué estaba sucediendo, pero se dio cuenta de que no era una buena idea—. Llama al comandante Strathmore. Él te lo explicará todo. —El corazón le latía con fuerza. «Esto es absurdo», pensó—. Te quiero —añadió rápidamente, y colgó.

A continuación, esperó a que unos coches pasaran para cruzar la avenida de la Borbolla. Estaba seguro de que Susan debía de haber asumido lo peor; no era propio de él no llamar cuando había prometido hacerlo.

En cuanto se lo permitió el tráfico, Becker se dispuso a cruzar la calzada de cuatro carriles.

—Ida y vuelta —susurró para sí—. Ida y vuelta.

Estaba demasiado absorto en sus pensamientos para ver al hombre con lentes de armazón metálico que lo observaba desde el otro lado de la calle.

Capítulo 18

De pie frente al enorme ventanal de la oficina de su rascacielos de Tokio, Numataka le dio una larga calada a su cigarro y sonrió para sí. Apenas podía creerse su buena fortuna. Había vuelto a hablar con el norteamericano y, si todo estaba saliendo de acuerdo con el plan, a esas alturas Ensei Tankado ya habría sido eliminado y su copia de la clave de acceso habría sido confiscada.

Resultaba irónico que fuera él quien terminara obteniendo la clave de acceso de Tankado. Tokugen Numataka lo había visto una vez, muchos años antes. El joven programador había acudido a Numatech Corp. recién salido de la universidad para solicitar un empleo. Numataka no se lo había dado. Desde luego, Tankado era brillante, pero en aquel momento tuvo en cuenta otras consideraciones. A pesar de que Japón estaba cambiando, Numataka había sido formado en la vieja escuela y vivía según el código *menkobo*: honor y reputación. Las imperfecciones no se toleraban. La contratación de un lisiado habría supuesto una deshonra para su empresa. Así pues, desechó el currículum de Tankado sin siquiera verlo.

Numataka volvió a consultar la hora en su reloj. El norteamericano, Dakota del Norte, ya debería haber vuelto a llamarlo. Sintió una punzada de nerviosismo. Esperaba que nada hubiera salido mal.

Si las claves de acceso cumplían con las expectativas, el producto más codiciado de la era informática sería suyo: un algoritmo de encriptación digital totalmente invulnerable. Numataka podría incluir el algoritmo en chips sellados a prueba de manipulaciones y venderlos masivamente a fabricantes de computadoras, gobiernos, industrias y quizá incluso en otros mercados más sombríos, como el mercado negro de terroristas mundiales.

Sonrió. Parecía que, como siempre, lo favorecían las *shichigosan*, las siete deidades de la buena suerte. Numatech Corp. estaba a punto de obtener la única copia de Fortaleza Digital que existía. Veinte millones de dólares era mucho dinero, pero, teniendo en cuenta el producto, se trataba de la ganga del siglo.

Capítulo 19

—¿Y si alguien más está buscando el anillo? —preguntó Susan, dejándose llevar por el nerviosismo—. ¿No podría estar David en peligro?

Strathmore negó con la cabeza.

—Nadie más sabe que existe ese anillo. Por eso envié a David. Quería que la cosa siguiera así. Los espías curiosos no suelen ir detrás de los profesores.

—Es catedrático —lo corrigió Susan, pero de inmediato lamentó la aclaración.

De vez en cuando tenía la sensación de que David no le parecía lo suficientemente bueno al comandante y que pensaba que ella podía encontrar a alguien mejor.

—Señor —prosiguió ella, apresurándose a cambiar de tema—, si llamó a David con el teléfono del coche, alguien podría haber interceptado la...

—Es una posibilidad entre un millón —la interrumpió Strathmore en un tono tranquilizador—. De haber habido un fisgón, este tendría que haberse encontrado en las inmediaciones y saber exactamente qué escuchar. —Colocó una mano en el hombro de su empleada—. Nunca habría mandado a David si creyera que se trata de una situación peligrosa. —Sonrió—. Confía en mí. A la menor señal de peligro, enviaré a profesionales.

Las palabras del comandante se vieron interrumpidas por el sonido de alguien que tocaba con los nudillos a la pared de cristal de Nodo 3. Susan y Strathmore se volvieron.

El técnico de Seguridad de Sistemas Phil Chartrukian estaba tocando con fuerza con la cara pegada al cristal para intentar ver algo. Lo que fuera que estaba diciendo no podía oírse a través del cristal insonorizado. Parecía que hubiera visto un fantasma.

—¿Qué demonios está haciendo Chartrukian aquí? —gruñó Strathmore—. Hoy no tiene guardia.

—Parece que tenemos problemas —dijo Susan—. Seguramente vio el monitor de control.

—¡Maldita sea! —exclamó el comandante—. Anoche llamé personalmente al técnico de Seguridad de Sistemas al que le tocaba venir hoy y le dije que se quedara en casa.

Eso no sorprendió a Susan. Cancelar la presencia de un técnico de Seguridad de Sistemas era irregular, pero el comandante quería privacidad en la cúpula. Lo último que necesitaba era a un técnico paranoico que destapara el asunto de Fortaleza Digital.

—Será mejor que interrumpamos el desciframiento del algoritmo de Fortaleza Digital que está llevando a cabo TRANSLTR —indicó Susan—. Podríamos reiniciar el monitor de control y decirle a Phil que fueron imaginaciones suyas.

Strathmore pareció considerarlo y luego negó con la cabeza.

—Todavía no. TRANSLTR lleva casi dieciséis horas con ese ataque. Quiero que llegue a las veinticuatro, sólo para estar seguros.

Eso tenía sentido. Fortaleza Digital era el primer algoritmo en utilizar una función de texto no cifrado rotatorio. Puede que a Tankado se le hubiera pasado algo por alto y TRANSLTR consiguiera descifrarlo si la atacaba durante veinticuatro horas seguidas. Por alguna razón, sin embargo, Susan lo dudaba.

—TRANSLTR seguirá en marcha —decidió el comandante—. Necesito estar seguro de que ese algoritmo es invulnerable.

Chartrukian continuaba tocando el cristal.

—Que sea lo que Dios quiera —dijo Strathmore—. Sígueme la corriente.

Respiró hondo y luego se dirigió hacia las puertas corredizas de cristal. Activó la placa de presión que había en el suelo y las puertas se abrieron con un siseo.

Chartrukian estuvo a punto de caerse al suelo.

—Comandante, señor..., yo... Lamento molestarlo, pero el monitor de control... Probé un buscador de virus y...

—Phil, Phil, Phil... —dijo afablemente Strathmore mientras apoyaba una reconfortante mano en el hombro del técnico—. Tranquilícese. ¿Cuál es el problema?

A partir del relajado tono de voz de Strathmore, nadie podría haber adivinado que su mundo estaba desmoronándose a su alrededor. Se hizo a un lado e hizo entrar a Chartrukian al interior de las sagradas paredes de Nodo 3. El técnico de Seguridad de Sistemas cruzó el umbral vacilante, como un perro debidamente adiestrado.

A juzgar por su desconcertada expresión, estaba claro que el joven nunca había visto el interior de ese espacio. Fuera cual fuera el origen de su estado de pánico, lo había olvidado momentáneamente. Inspeccionó el lujoso interior, el círculo de terminales privados, los sofás, los estantes de libros, la suave iluminación... Cuando sus ojos se toparon con la actual reina del Departamento de Criptografía, Susan Fletcher, tuvo que apartar rápidamente la mirada. Susan lo intimidaba. La mente de la mujer parecía funcionar en otro plano. Era perturbadoramente hermosa y, ante su presencia, él era incapaz de hablar con normalidad. La despreocupada forma que ella tenía de comportarse lo empeoraba todo.

—¿Qué problema hay, Phil? —dijo Strathmore, abriendo el refrigerador—. ¿Quiere algo para beber?

—No, esto... No, gracias, señor. —Parecía tener la lengua trabada, como si no estuviera seguro de ser realmente bienvenido—. Señor..., creo que hay un problema con TRANSLTR.

Strathmore cerró el refrigerador y se volvió hacia él con tranquilidad.

—¿Se refiere al monitor de control?

Chartrukian se mostró confundido.

—¿Quiere decir que lo vio?...

—Claro. Lleva en activo dieciséis horas, si no me equivoco.

El técnico parecía desconcertado.

—Sí, señor, dieciséis horas. Pero eso no es todo, señor. Activé un buscador de virus y encontré cosas muy extrañas.

—¿De verdad? —Strathmore no parecía en absoluto preocupado—. ¿Qué cosas?

Susan permanecía en silencio, observándolos a ambos. Estaba impresionada con la actuación del comandante.

Chartrukian prosiguió con cierta vacilación:

—TRANSLTR está procesando algo muy avanzado. Los filtros no habían visto nunca nada igual. Me temo que tal vez se trate de algún tipo de virus.

—¿Un virus? —Strathmore soltó una risa ahogada ligeramente condescendiente—. Phil, aprecio su preocupación, de verdad, pero la señorita Fletcher y yo estamos llevando a cabo un nuevo diagnóstico, algo muy avanzado. Le habría avisado, pero no sabía que hoy estaba de guardia.

Chartrukian hizo lo posible para que no se le notara que estaba mintiendo:

—El nuevo técnico y yo cambiamos nuestros turnos. Yo me quedé con su guardia del fin de semana.

Strathmore lo miró con recelo.

—Qué raro... Hablé con él anoche para decirle que no viniera hoy. No me dijo que hubiera intercambiado el turno.

El joven sintió que se le formaba un nudo en la garganta. Se hizo un tenso silencio.

—Bueno —suspiró finalmente Strathmore—. Parece que hubo una desafortunada confusión. —Colocó una mano en el hombro del técnico y lo condujo hacia la puerta—. La buena noticia es que no tiene por qué quedarse usted. La señorita Fletcher y yo nos pasaremos aquí todo el día. Nosotros nos encargaremos de defender el fuerte. Usted disfrute de su fin de semana.

Chartrukian se mostró vacilante.

—Comandante..., de verdad creo que debería comprobar...

—Phil —repitió Strathmore en un tono un poco más severo—, TRANSLTR está bien. Si vio algo extraño, se debe a que *nosotros* lo hemos puesto ahí. Ahora, si no le importa... —El comandante se quedó callado y el técnico comprendió. Debía marcharse.

—¿Un nuevo diagnóstico? ¡Qué mierda! —masculló enojado Chartrukian de vuelta al laboratorio de Seguridad de Sistemas—. ¿Qué tipo de función en bucle mantiene tres millones de procesadores ocupados durante dieciséis horas?

Se preguntó si debería llamar al supervisor de Seguridad de Sistemas. «Malditos criptógrafos —pensó—. ¡No tienen ni idea de seguridad!»

No dejaba de pensar en el juramento que había hecho al unirse al departamento. Había jurado usar su pericia, su formación y su instinto para proteger la inversión multimillonaria de la NSA.

—Instinto... —dijo en un tono desafiante.

«¡No hace falta tener poderes paranormales para saber que esto no es un maldito diagnóstico!»

Retador, Chartrukian se dirigió a toda prisa hacia el terminal y puso en marcha un completo surtido de programas para evaluar el sistema.

—Su bebé tiene problemas, comandante —masculló—. ¿No confía en mi instinto? ¡Le daré pruebas!

Capítulo 20

La Clínica de Salud Pública era en realidad una escuela primaria adaptada. Se trataba de un largo edificio de ladrillo de un piso de altura con enormes ventanales y unos columpios en la parte de atrás. Becker subió por la escalera.

El interior era oscuro y ruidoso. La sala de espera consistía en una hilera de sillas plegables metálicas que recorría toda la extensión de un pasillo largo y estrecho. En un letrero de cartón que había sobre un caballete se podía leer RECEPCIÓN con una flecha que señalaba el fondo del pasillo.

Becker recorrió el corredor. Algunas luces del fondo estaban fundidas y, en los últimos doce o quince metros, no se veían más que tenues siluetas: una mujer, una joven pareja, una niña pequeña... Finalmente, Becker llegó al fondo del pasillo. La puerta de la izquierda estaba ligeramente entreabierta. La abrió del todo y entró. La habitación estaba completamente vacía.

«Encantador —pensó con sarcasmo, y cerró de nuevo la puerta—. ¿Dónde diablos está la recepción?»

Al doblar una esquina del pasillo se oían voces. Becker siguió adelante y llegó a una puerta de cristal traslúcido. A regañadientes, Becker la abrió. La recepción. «El caos absoluto.» Exactamente lo que se temía.

En la fila debía de haber unas diez personas esperando ser atendidas. Becker sabía que podía pasarse allí toda la noche esperando que le proporcionaran información sobre el alta del canadiense. Detrás del mostrador sólo había una secretaria que estaba ocupada atendiendo a los pacientes. Becker se quedó un momento en la entrada y consideró sus opciones. Había otra forma.

—¡Con permiso! —exclamó un enfermero, y una camilla pasó por su lado a toda velocidad.

Becker se apartó y luego le preguntó al hombre:

—¿Dónde está el teléfono?

Sin detenerse, el enfermero señaló una puerta doble y desapareció detrás de una esquina. Becker se dirigió hacia ella y la cruzó.

La estancia que tenía ante sí era enorme. El suelo era de color verde pálido y apenas era visible bajo las tenues luces fluorescentes. Repartidas a lo largo de la sala había unas pocas docenas de pacientes en camas bajas. En el rincón opuesto, divisó una vieja cabina. Becker esperó que funcionara.

Mientras cruzaba la sala, buscó alguna moneda en los bolsillos. Encontró 75 pesetas en monedas de cinco que había recibido como cambio en el taxi: lo justo para un par de llamadas locales. Sonrió educadamente a una enfermera con la que se cruzó en dirección al teléfono. Tras descolgar el auricular, marcó el número de información telefónica. Treinta segundos después había obtenido el número de la recepción de la clínica.

Con independencia del país, parecía haber una verdad universal en lo que respectaba a las oficinas: nadie podía soportar el ruido de un teléfono sin contestar. No importaba cuántos clientes estuvieran esperando a ser atendidos, la secretaria siempre dejaría de lado lo que estuviera haciendo para contestar el teléfono.

Becker marcó el número de seis dígitos. En un momento, estaría hablando con la recepción del hospital. Con toda seguridad, ese día sólo debían de haber atendido a un canadiense con una muñeca rota y una contusión en la cabeza; su expediente sería fácil de localizar. Sabía que vacilarían en proporcionarle el nombre del tipo y una dirección a un desconocido, pero tenía un plan.

El teléfono comenzó a sonar. Becker suponía que sólo harían falta cinco timbrazos. Tardaron diecinueve en descolgar.

—Clínica de Salud Pública —dijo la frenética secretaria.

Becker habló en español con un marcado acento francoamericano.

—Soy David Becker, de la embajada canadiense. Uno de nuestros ciudadanos fue ingresado hoy en su centro. Me gustaría que me proporcionara sus datos de contacto para poder encargarnos de la factura.

—Está bien —contestó la mujer—. Se los enviaré a la embajada el lunes.

—En realidad —insistió Becker—, es importante que los obtenga ahora.

—Imposible —dijo la mujer—. Estamos muy ocupados.

Becker procuró que su tono de voz sonara tan oficial como le fuera posible.

—Es un asunto urgente. El hombre tenía una muñeca rota y una contusión en la cabeza. Lo ingresaron esta mañana. Su expediente debería estar hasta arriba.

Becker exageró su acento. Quería que sus palabras sonaran suficientemente claras para transmitir sus necesidades, pero, al mismo tiempo, suficientemente confusas para resultar exasperantes. Las personas solían hacer excepciones a las reglas cuando se sentían exasperadas.

Sin embargo, en vez de hacer una excepción, la mujer maldijo a los engreídos norteamericanos y colgó el teléfono de golpe.

Becker frunció el ceño y dejó el auricular. Lo habían ignorado. La idea de tener que esperar en una fila durante horas no lo emocionaba; a esas alturas, el viejo canadiense podía encontrarse ya en cualquier lado. Puede que hubiera decidido regresar a Canadá. O tal vez incluso se le hubiera ocurrido vender el anillo. Becker no podía pasarse horas haciendo fila. Con renovada determinación, volvió a descolgar el auricular y marcó de nuevo el mismo número. Presionó con fuerza el auricular contra su oreja y apoyó la espalda en la pared. Comenzaron a sonar los timbrazos. Mientras tanto, echó un vistazo alrededor de la sala. Un timbrazo..., dos timbrazos..., tres...

Una repentina oleada de adrenalina recorrió su cuerpo.

Colgó el auricular de golpe. Luego se dio la vuelta y se quedó mirando en estupefacto silencio una cama que había al fondo de la sala. Justo enfrente de él, reclinado sobre un montón de viejas almohadas, yacía un hombre mayor con un reluciente yeso blanco en la muñeca derecha.

Capítulo 21

El norteamericano que había al otro lado de la línea telefónica parecía nervioso.

—Sólo dispongo de un momento, señor Numataka.

—Está bien. Supongo que ya tiene ambas claves de acceso.

—Hay un pequeño retraso —contestó el norteamericano.

—¡Eso es inaceptable! —susurró Numataka—. ¡Antes me dijo que las tendría al final del día!

—Todavía hay un cabo suelto.

—¿Está muerto Tankado?

—Sí —dijo la voz—. Mi hombre asesinó al señor Tankado, pero no ha conseguido la clave de acceso. Tankado se la dio a alguien antes de morir. A un turista.

—¡Esto es indignante! —exclamó Numataka—. ¿Cómo puede prometerme exclusividad...?

—Relájese —lo tranquilizó el norteamericano—. Tendrá los derechos exclusivos. Se lo garantizo. En cuanto encontremos la clave de acceso perdida, Fortaleza Digital será suya.

—¡Pero alguien podría copiarla!

—Todo aquel que la vea será eliminado.

Hubo un largo silencio. Finalmente, Numataka habló:

—¿Dónde está ahora la clave?

—Lo único que necesita saber es que la encontraré.

—¿Cómo puede estar tan seguro?

—Porque no soy el único que está buscándola. Los servicios de inteligencia norteamericanos se enteraron de la existencia de esa clave desaparecida. Por razones obvias, les gustaría evitar que se publicara, de modo que enviaron a un hombre para localizarla. Se llama David Becker.

—¿Cómo sabe todo eso?

—Eso es irrelevante.

Numataka se quedó un momento callado y, a continuación, preguntó:

—¿Y si el tal señor Becker localiza la clave?

—Mi hombre se la quitará.

—¿Y luego?

—No tiene por qué preocuparse de eso —aseguró el norteamericano con frialdad—. Cuando el señor Becker encuentre la clave, será debidamente recompensado.

Capítulo 22

David Becker cruzó la sala y, al llegar junto a la cama, observó un momento al hombre mayor que dormía en ella. La muñeca derecha del tipo estaba enyesada. Debía de tener entre sesenta y setenta años. Tenía el pelo completamente blanco y lo llevaba peinado con raya al lado. En el centro de la frente tenía un moretón de un oscuro color morado que se extendía hasta el ojo derecho.

«¿Un pequeño golpe?», pensó recordando las palabras del teniente. Becker se fijó en los dedos del hombre. No había ningún anillo de oro. Luego extendió la mano y le tocó el brazo.

—¿Señor? —Lo sacudió ligeramente—. Disculpe..., ¿señor?

El hombre no se movió.

Becker volvió a intentarlo, alzando un poco más la voz.

—¿Señor?

El hombre se revolvió.

—*Qu'est-ce...? Quelle heure est...?* —Abrió lentamente los ojos y, al ver a Becker, frunció el ceño por haber sido despertado—. *Qu'est-ce que vous voulez?*

«Vaya —pensó Becker—. Un francocanadiense.» Le sonrió.

—¿Tiene un momento?

A pesar de que su francés era perfecto, se dirigió en inglés al tipo, la lengua que esperaba que dominara menos. Convencer a un completo desconocido para que le entregara un anillo de oro sería algo difícil, y Becker pensó que le iría bien cualquier ventaja que pudiera obtener.

Hubo un largo silencio mientras el tipo se orientaba. Inspeccionó el lugar en el que se encontraba mientras se acariciaba el bigote blanco con sus largos dedos.

—¿Qué es lo que quiere? —dijo finalmente en inglés con un ligero acento nasal.

—Señor —dijo Becker, exagerando la pronunciación de sus palabras como si estuviera hablando con alguien sordo—. Necesito hacerle unas preguntas.

El hombre se le quedó mirando con una expresión de extrañeza.

—¿Tiene algún problema?

Becker frunció el ceño. El inglés del tipo era impecable. Al instante, optó por abandonar el tono condescendiente con el que le había hablado.

—Lamento molestarlo, señor, pero ¿no habrá estado por casualidad esta mañana en la plaza de España?

El anciano lo miró con recelo.

—¿Es usted del Ayuntamiento?

—No, en realidad soy...

—¿De la Oficina de Turismo?

—No, soy...

—Mire, ¡ya sé por qué está aquí! —Se incorporó—. ¡No conseguirá intimidarme! Ya lo dije más de mil veces, Pierre Cloucharde escribe sobre el mundo tal y como lo *vive*. ¡Es posible que algunas de sus guías corporativas estén dispuestas a barrer esto debajo de la alfombra a cambio de una noche en la ciudad con todo pagado, pero el *Montreal Times* no acepta sobornos! ¡Me niego!

—Lo siento, señor, no creo que...

—*Merde alors!* ¡Lo comprendo perfectamente! —Agitó su huesudo dedo en dirección a Becker mientras su voz retumbaba por toda la sala—. ¡No es usted el primero! ¡Intentaron lo mismo en el Moulin Rouge, el Brown's Palace o el Golfigno de Lagos! Pero ¿qué conté finalmente? ¡La verdad! ¡El peor Wellington que he comido nunca! ¡La tina más sucia que jamás he visto! ¡Y la playa más rocosa por la que he caminado! ¡Mis lectores no esperan menos!

Los pacientes de las camas cercanas comenzaron a incorporarse para ver qué era lo que sucedía. Becker miró nerviosamente a su alrededor por si había alguna enfermera. Lo último que necesitaba era que lo sacaran.

Cloucharde seguía furioso.

—¡Ese miserable agente de policía que trabaja para su ciudad me hizo subir a su motocicleta! ¡Míreme! —Trató de levantar la muñeca—. ¿Quién va a escribir ahora mi columna?

—Señor, yo...

—¡Nunca he estado más incómodo en los cuarenta y tres años que llevo viajando! ¡Mire este lugar! ¿Sabe que mi columna se publica en más de...?

—¡Señor! —Becker alzó ambas manos solicitando una tregua—. No estoy interesado en su columna. Trabajo en el consulado canadiense. Estoy aquí para asegurarme de que se encuentra usted bien.

De repente se hizo un silencio mortal en la sala. El anciano levantó la mirada y miró con recelo al intruso.

Becker prosiguió en un tono de voz apenas más alto que un susurro.

—Estoy aquí para ver si hay algo que pueda hacer para ayudarlo. —«Como traerle un par de Valium», pensó.

—¿El consulado? —dijo el canadiense después de una larga pausa. Su tono de voz se había suavizado considerablemente.

Becker asintió.

—Entonces ¿no está aquí por mi columna?...

—No, señor.

Fue como si una gigantesca burbuja estallara en la mente de Pierre Cloucharde. Despacio, el canadiense volvió a reclinarse sobre su montón de almohadas. Ahora parecía desconsolado.

—Pensaba que era usted del Ayuntamiento y que quería que yo... —Se quedó callado y luego levantó la mirada—. Si no es por mi columna, ¿por qué está usted aquí?

«Buena pregunta», se dijo Becker al tiempo que pensaba en las Smoky Mountains.

—No es más que una cortesía diplomática informal —mintió.

—¿Cortesía diplomática?

—Sí, señor. Como estoy seguro de que un hombre de su talla sabrá, el gobierno canadiense trabaja duro para proteger a sus ciudadanos de las indignidades que sufren cuando salen de su país.

Los finos labios de Cloucharde formaron una sonrisa de complicidad.

—Por supuesto... Se lo agradezco.

—Porque usted es ciudadano canadiense, ¿verdad?

—Sí, claro. ¡Qué tonto soy! Por favor, perdóneme. A alguien de mi posición suelen hacerle proposiciones..., bueno, ya me comprende...

—Sí, señor Cloucharde, desde luego que lo comprendo. Es el precio de la fama.

—Efectivamente. —El canadiense exhaló un trágico suspiro, como un reticente mártir esforzándose por tolerar a las masas—. ¿Cómo es posible que haya venido a parar aquí? —Echó una mirada al extraño entorno y puso los ojos en blanco—. Es lamentable. Y decidieron que tenía que pasar la noche aquí.

Becker miró a su alrededor.

—Lo sé. Es terrible. Lamento haber tardado tanto en llegar.

Cloucharde parecía confuso.

—Ni siquiera sabía que iba a venir.

Becker cambió de tema.

—Ese chichón de la cabeza no tiene muy buen aspecto. ¿Le duele?

—La verdad es que no. Esta mañana sufrí una caída. Es lo que pasa por querer ser un buen samaritano. Lo que me duele es la muñeca. Estúpido guardia civil... ¿A quién se le ocurre subir a un hombre de mi edad a una motocicleta? ¡Es algo verdaderamente reprochable!

—¿Hay algo que pueda hacer por usted?

Cloucharde lo pensó un momento. Parecía estar disfrutando de la atención que recibía.

—Bueno, ya que lo dice... —Estiró el cuello y miró a izquierda y a derecha—. Si no es mucho problema, me vendría bien otra almohada...

—Claro que sí.

Becker fue a tomar una almohada a una cama cercana y luego ayudó a Cloucharde a acomodarse.

El anciano suspiró satisfecho.

—Mucho mejor... ¡Gracias!

—*Pas du tout* —respondió Becker.

—¡Ah! —El hombre sonrió afectuosamente—. De modo que habla usted el idioma del mundo civilizado...

—Me temo que es lo único que sé decir —repuso Becker con humildad.

—Bueno, eso no supone ningún problema —declaró Cloucharde orgullosamente—. Mi columna también se publica en Estados Unidos. Mi inglés es perfecto.

—Eso he oído. —Becker sonrió y se sentó en el borde de la cama del canadiense—. Ahora, si no le importa que se lo pregunte, señor Cloucharde, ¿cómo es que un hombre como usted terminó en un lugar como este? En Sevilla hay hospitales mucho mejores.

Cloucharde mostró la indignación que sentía.

—Ese guardia civil... intentó llevarme al hospital con su motocicleta, pero yo me negué. Al final, me acompañó hasta aquí.

—¿El agente no se ofreció a llevarlo a un centro mejor?

—¿En esa maldita moto suya? ¡No, gracias!

—¿Qué sucedió exactamente esta mañana?

—Ya se lo conté todo al guardia civil.

—Hablé con él y...

—¡Espero que lo haya reprendido! —lo interrumpió Cloucharde.

Becker asintió.

—En los términos más severos. Y mi oficina no piensa dejar el asunto ahí.

—Eso espero.

—Monsieur Cloucharde —Becker sonrió y sacó una pluma del bolsillo de su saco—, me gustaría presentar una queja formal al Ayuntamiento. ¿Estaría usted dispuesto a ayudarme? Un hombre de su reputación sería un testigo de gran valor.

Entusiasmado ante la perspectiva de ser citado, el canadiense se incorporó.

—Por supuesto. Será un placer.

—De acuerdo, comencemos con lo de esta mañana. Hábleme del accidente.

El anciano suspiró.

—Fue muy triste. Ese pobre asiático se desplomó. Intenté ayudarlo, pero no sirvió de nada.

—¿Le practicó un masaje de reanimación cardiopulmonar?

Cloucharde se mostró avergonzado.

—Me temo que no sé hacerlos. Llamé a una ambulancia.

Becker recordaba los moretones azulados que había en el pecho de Tankado.

—¿Y los paramédicos? ¿Le practicaron ellos un masaje de reanimación cardiopulmonar al asiático?

—¡Por supuesto que no! —Cloucharde se rio—. De nada sirve arar en el mar. Para cuando la ambulancia llegó, el tipo hacía mucho que había fallecido. Se limitaron a ha comprobar su pulso y luego se lo llevaron con la camilla, dejándome con ese horroroso guardia civil.

«Qué raro... —se dijo Becker—. ¿Cómo se habrá hecho Tankado ese moretón en el pecho?» Luego apartó rápidamente ese pensamiento de su mente y decidió ocuparse del asunto que tenía entre manos.

—Y ¿qué hay del anillo? —preguntó lo más despreocupadamente posible.

Cloucharde se mostró sorprendido.

—¿El agente le contó lo del anillo?

—Así es.

El canadiense parecía asombrado.

—¿De verdad? Pensaba que no me había creído. Fue tan maleducado. Era como si pensara que estaba mintiéndole. Pero le decía la verdad, claro está. Me enorgullezco de mi veracidad.

—Y ¿dónde está ahora el anillo?

Cloucharde no parecía haberlo oído. Tenía la mirada perdida.

—Una pieza extraña, ciertamente. Todas esas palabras... No se parecían a las de ningún idioma que yo conozca.

—¿Japonés, quizá? —sugirió Becker.

—En absoluto.

—Entonces ¿pudo verlo bien?

—¡Claro que sí! Cuando me arrodillé para ayudarlo, el tipo no dejaba de extender las manos hacia mi cara. Quería darme el anillo. Fue algo muy extraño. Y también horrible, la verdad; tenía las manos espantosamente deformes.

—Y ¿fue entonces cuando tomó usted el anillo?

De repente, los ojos del canadiense se abrieron desmesuradamente.

—¿Eso es lo que le dijo el agente? ¿Que *yo* tomé el anillo?

Becker se revolvió con inquietud.

Clouchardе explotó.

—¡Ya sabía yo que no estaba escuchándome! ¡Así es como empiezan los rumores! Le expliqué que el asiático se deshizo del anillo, pero no que me lo hubiera dado a mí. ¡En modo alguno aceptaría yo algo de un hombre moribundo! ¡Por el amor de Dios..., ni se me pasaría por la cabeza!

Becker presentía que no iba a recibir buenas noticias.

—Entonces ¿no tiene el anillo?

—¡Claro que no!

Becker sintió una punzada en la boca del estómago.

—Entonces ¿quién lo tiene?

El canadiense se le quedó mirando con indignación.

—¡El alemán! ¡Lo tiene el alemán!

Becker tuvo la sensación de que el suelo se abría bajo sus pies.

—¿Alemán? ¿Qué alemán?

—¡El que estaba en el parque! ¡Ya se lo conté al agente, yo rechacé el anillo, pero ese cerdo fascista lo aceptó!

Becker dejó a un lado la pluma y el cuaderno. La farsa había terminado. Eso suponía un auténtico problema.

—Entonces ¿un *alemán* tiene el anillo?

—Así es.

—Y ¿sabe usted adónde fue?

—Ni idea. Yo fui corriendo a llamar a la policía. Cuando regresé, ya se había ido.

—¿Sabe quién era?

—Un turista.

—¿Está seguro?

—Me dedico al turismo —respondió Cloucharde—. Reconozco a un turista cuando lo veo. Él y su amiguita estaban paseando por el parque.

Becker se sentía cada vez más confundido.

—¿Amiguita? ¿Había alguien con el alemán?

Cloucharde asintió.

—Una acompañante. Una pelirroja espectacular. *Mon Dieu!* Realmente hermosa.

—¿Una *acompañante*? —Becker estaba estupefacto—. ¿Se refiere a una... prostituta?

El canadiense sonrió.

—Sí, si prefiere usar el término vulgar.

—Pero el agente no me ha dicho nada de...

—¡Claro que no! Lo de la acompañante no se lo mencioné. —Cloucharde hizo un movimiento con la mano sana, como si descartara esa idea—. No son criminales. Es absurdo que las acosen como si fueran delincuentes comunes.

Becker se sentía en estado de shock.

—Y ¿había alguien más?

—No, sólo nosotros tres. Hacía calor.

—Y ¿está seguro de que la mujer era una prostituta?

—Absolutamente. ¡Ninguna mujer tan hermosa iría con un hombre como ese a no ser que le pagaran muy bien! *Mon Dieu!* ¡Se trataba de un tipo extremadamente gordo...! ¡Un repulsivo alemán malhablado y con sobrepeso! —Cloucharde hizo una pequeña mueca al cambiar de postura, pero ignoró el dolor y siguió hablando—. Era enorme, pesaba al menos ciento treinta kilos. Tenía agarrada a esa pobre chica como si quisiera evitar que se escapara, cosa que habría sido del todo comprensible. ¡En un momento dado, se jactó de que disfrutaría de ella todo el fin de semana por sólo trescientos dólares! Él es quien debería haber caído muerto, no ese pobre asiático. —Cloucharde se detuvo para tomar aire, y Becker aprovechó para hacerle una pregunta.

—¿Sabe cómo se llamaba ese alemán?

Él lo pensó un momento y luego negó con la cabeza.

—Ni idea. —Hizo otra mueca de dolor y volvió a reclinarse lentamente en las almohadas.

Becker exhaló un suspiro. El anillo acababa de evaporarse ante sus ojos. Al comandante Strathmore no iba a hacerle ninguna gracia.

El canadiense se pasó la mano por la frente. Su arrebato de entusiasmo le había pasado factura. De repente, parecía haber empeorado.

Becker lo intentó de otro modo.

—Señor Cloucharde, me gustaría contar con una declaración del alemán y su acompañante. ¿No sabrá por casualidad dónde se hospedan?

El anciano cerró los ojos. Sus fuerzas estaban flaqueando y su respiración era cada vez más débil.

—¿Algo? —insistió Becker—. ¿El nombre de la acompañante, quizá?

Hubo un largo silencio.

Cloucharde se frotó la sien derecha. Estaba cada vez más pálido.

—Bueno... Ah... No, no creo... —dijo con voz trémula.

Becker se inclinó hacia él.

—¿Se encuentra usted bien?

El canadiense asintió levemente.

—Sí, estoy bien... Sólo un poco... La excitación, quizá... —Sus palabras se fueron apagando.

—Haga memoria, señor Cloucharde —lo apremió Becker—. Es importante.

El anciano hizo una mueca.

—No lo sé... La mujer... El alemán no dejaba de llamarla... —Cerró los ojos y soltó un gemido.

—¿Cómo la llamaba?

—No consigo recordarlo... —Cloucharde estaba perdiendo el sentido.

—Piense —insistió Becker—. Es importante que la denuncia consular sea lo más completa posible. Necesito corroborar su historia con declaraciones de todos los testigos. Cualquier información que pueda proporcionarme para localizarlos...

Pero Cloucharde ya no lo oía. Estaba pasándose la sábana por la frente.

—Lo siento... Tal vez mañana... —Parecía estar sufriendo náuseas.

—Señor Cloucharde, es importante que recuerde esto *ahora*...

De repente, Becker se dio cuenta de que estaba hablando demasiado alto. Los pacientes de las camas vecinas se habían incorporado y estaban observando la escena. En el extremo opuesto de la sala, apareció una enfermera a través de la puerta doble.

—Lo que sea —insistió Becker con urgencia.

—El alemán llamó a la mujer...

Becker sacudió ligeramente a Cloucharde para que volviera en sí.

Los ojos del anciano parpadearon momentáneamente.

—Su nombre...

«Vamos, no pierdas el sentido, por favor...»

—Dew... —Cloucharde volvió a cerrar los ojos.

La enfermera estaba acercándose. Parecía furiosa.

—¿Dew? —Becker sacudió el brazo del viejo.

Él soltó un gemido.

—La llamó... —Las palabras del canadiense apenas eran un murmullo y casi no se lo oía.

La enfermera se encontraba a menos de tres metros y había comenzado a gritarle a Becker en español. Él, sin embargo, no le prestó atención. Sus ojos estaban puestos en los labios del anciano. Sacudió a Cloucharde una última vez mientras la enfermera llegaba a su lado.

Esta agarró a David Becker por el hombro e hizo que se pusiera de pie al mismo tiempo que los labios de Cloucharde se separaban. La única palabra que salió de la boca del anciano no fue pronunciada, sino apenas susurrada, como si de un lejano recuerdo sensual se tratara:

—Dewdrop...

La enfermera jaló con fuerza a Becker.

«¿Dewdrop? —se preguntó él—. ¿Qué clase de nombre es Dewdrop?» Consiguió soltarse de la enfermera y se volvió una última vez hacia el canadiense.

—¿Dewdrop? ¿Está usted seguro?

Pero Cloucharde se había quedado dormido.

Capítulo 23

Susan estaba sentada a solas en el suntuoso entorno de Nodo 3 mientras esperaba el regreso del rastreador con una taza de té con limón en las manos.

En tanto que criptógrafa *senior*, disfrutaba del terminal con las mejores vistas. Se encontraba en la parte posterior del círculo de computadoras y de cara a la planta de Criptografía. Desde ese lugar, Susan podía supervisar todo el espacio. Y, al otro lado del cristal unidireccional, también podía ver TRANSLTR elevándose en el centro de la sala.

Consultó el reloj. Llevaba casi una hora esperando. Al parecer, el servidor de American Remailers Anonymous estaba tomándose su tiempo para reenviar el correo electrónico de Dakota del Norte. Exhaló un profundo suspiro. A pesar de sus esfuerzos para olvidarse de su conversación matutina con David, seguía dándole vueltas a lo que le había dicho. Sabía que había sido dura con él. Esperaba que estuviera bien en España.

Sus pensamientos se vieron interrumpidos por el siseo de las puertas de cristal. Levantó la mirada y no pudo evitar soltar un resoplido. El criptógrafo Greg Hale se encontraba en la entrada.

Hale era un hombre alto y musculoso con una espesa mata de pelo rubio y un profundo hoyuelo en la barbilla. Era escandaloso al hablar y siempre iba impecable. Sus compañeros lo habían apodado Halita, por el mineral. Hale siempre había supuesto que hacía referencia a una rara gema y que se trataba de un paralelismo por su intelecto sin igual y su atlético físico. Si su ego le hubiera permitido consultar una enciclopedia, habría descubierto que la halita no era más que el residuo salado que dejaban los océanos al evaporarse.

Como todos los criptógrafos de la NSA, Hale tenía un buen salario. En su caso, sin embargo, le gustaba hacer ostentación del mismo. Conducía un Lotus blanco con quemacocos y un ensordecer equipo de música. Era un apasionado de los artilugios electrónicos, y su coche era un buen ejemplo de ello. En él había instalado un sistema de GPS, cerraduras activadas por voz, un detector de radares de última generación y un teléfono celular con fax incorporado para estar siempre en contacto con sus servicios de mensajería. En su placa podía leerse MEGABYTE, y estaba enmarcada por una línea de color violeta fluorescente.

Greg Hale había sido rescatado de una infancia de delitos menores por el cuerpo de Marines. Fue ahí donde aprendió informática. Era uno de los mejores programadores que los Marines hubieran visto nunca, y Hale inició lo que prometía ser una distinguida carrera militar. Sin embargo, a dos días de la finalización de su tercer despliegue, su futuro cambió de golpe cuando mató accidentalmente a un compañero en una pelea de borrachos. El arte marcial coreano de autodefensa, el taekwondo, demostró ser más mortal que defensivo. Hale fue relevado de inmediato de sus obligaciones militares.

Tras una breve estancia en prisión, Halita comenzó a buscar trabajo como programador en el sector privado. Nunca escondía su incidente en los Marines y tentaba a los posibles empleadores ofreciéndoles un mes de trabajo sin cobrar para demostrar su valía. Jamás le faltaban interesados y, en cuanto comprobaban lo que podía hacer con una computadora, ya no querían dejarlo marchar.

A medida que sus conocimientos informáticos fueron en aumento, Hale comenzó a hacer contactos por todo el mundo a través de internet. Formaba parte de la nueva estirpe de cibernautas con amigos en todos los países, y no dejaba de entrar y salir de oscuros foros y grupos de chat europeos. Lo habían despedido de un par de trabajos por utilizar la cuenta de correo electrónico de la empresa para enviarles fotografías pornográficas a algunos de sus amigos.

—¿Qué estás haciendo tú aquí? —preguntó Hale, deteniéndose en la puerta y mirando fijamente a Susan. Estaba claro que esperaba tener Nodo 3 para él solo.

Ella se obligó a permanecer en calma.

—Es sábado, Greg. Podría hacerte la misma pregunta.

Pero Susan sabía por qué estaba él allí. Era un redomado adicto informático. A pesar de la regla de los sábados, solía ir a Criptografía los fines de semana para utilizar el inigualable poder informático de la NSA y probar los nuevos programas en los que estaba trabajando.

—Sólo quería retocar unas pocas líneas y consultar mi correo electrónico —dijo Hale, y, mirándola con curiosidad, añadió—: Y ¿tú qué dijiste que estabas haciendo aquí?

—No lo dije —respondió ella.

Sorprendido, él enarcó una ceja.

—No hay ninguna razón para que te muestres evasiva. Aquí, en Nodo 3, no tenemos secretos, ¿recuerdas? Todos para uno y uno para todos.

Susan le dio un sorbo a su té con limón y lo ignoró. Él se encogió de hombros y se dirigió hacia la alacena. Esa era siempre su primera parada. Al cruzar la sala, exhaló un profundo suspiro y echó un vistazo a las piernas que Susan tenía extendidas debajo de su terminal. Sin levantar siquiera la mirada, ella recogió las piernas y siguió trabajando. Hale sonrió con suficiencia.

Susan se había acostumbrado a que Halita le coqueteara. Su frase favorita era algo acerca de que sus interfaces deberían interactuar para comprobar la compatibilidad de su hardware. A Susan le revolvía el estómago, pero era demasiado orgullosa para quejarse a Strathmore sobre él; era más fácil ignorarlo.

Hale se acercó a la alacena de Nodo 3 y, tras abrir sus puertas de rejilla como un toro, tomó una recipiente con tofu que había en el refrigerador y se metió unas cuantas piezas de la gelatinosa sustancia blanca en la boca. Luego se apoyó en la barra y, con la otra mano, se alisó sus pantalones Bellvienne grises y la almidonada camisa.

—¿Vas a estar aquí mucho tiempo?

—Toda la noche —dijo Susan inexpresivamente.

—Mmm... —murmuró Hale con la boca llena—. Un íntimo sábado en el Parque, nosotros dos solos...

—Nosotros *tres* solos —lo corrigió ella—. El comandante Strathmore está en su oficina. Tal vez prefieras marcharte antes de que te vea.

Hale se encogió de hombros.

—No parece que le importe que estés *tú*. Debe de disfrutar de tu compañía.

Susan tuvo que hacer un gran esfuerzo para no contestarle.

Hale rio para sí y dejó a un lado el tofu. Luego tomó una botella de aceite de oliva virgen y le dio unos tragos. Era un maniático de la salud, y aseguraba que el aceite de oliva limpiaba el intestino grueso. Cuando no estaba ofreciendo jugo de zanahoria al resto del personal, predicaba las virtudes de los enemas.

Dejó la botella de aceite de oliva y se dirigió a su computadora, que se encontraba justo enfrente de la de Susan. Incluso al otro lado del anillo de terminales, ella pudo oler la loción que llevaba. Arrugó la nariz.

—Buena loción, Greg. ¿Te vaciaste toda la botella?

Hale presionó el botón de encendido de su terminal.

—Sólo para ti, querida.

Mientras Hale esperaba que su computadora arrancara, Susan tuvo un inquietante pensamiento. ¿Y si Hale accedía al monitor de control de TRANSLTR? No había ninguna razón lógica para que lo hiciera, pero aun así sabía que Hale no se creería ninguna patraña sobre un diagnóstico que estuviera manteniéndolo ocupado durante dieciséis horas. Exigiría saber la verdad. Y Susan no tenía la menor intención de contársela. No confiaba en él. No era digno de la NSA. Ella se había opuesto a su contratación, pero la NSA no había tenido elección. La contratación de Hale se debió a una estrategia para el control de daños.

El fiasco del algoritmo Skipjack.

Cuatro años antes, en un esfuerzo para crear un estándar de encriptación de clave pública, el Congreso encargó a los mejores matemáticos de la nación, los de la NSA, que escribieran un nuevo superalgoritmo. El plan era que el Congreso aprobara una ley que convertiría este nuevo algoritmo en el estándar nacional, aliviando con ello las incompatibilidades que sufrían las empresas al usar distintos algoritmos.

Por supuesto, pedirle a la NSA que echara una mano en la mejora de un algoritmo de encriptación de clave pública venía a ser como pedirle a un hombre condenado a muerte que construyera su propio ataúd. TRANSLTR todavía no había sido concebido, y un estándar de encriptación sólo ayudaría a la proliferación del uso de códigos y a que el trabajo de la NSA, ya difícil de por sí, fuera todavía más duro.

La EFF advirtió este conflicto de intereses y denunció la posibilidad de que la NSA creara un algoritmo de pobre calidad para que pudieran descifrarlo sin mayores problemas. Para aplacar esos miedos, el Congreso anunció que, tan pronto como el algoritmo estuviera terminado, la fórmula sería publicada para que los matemáticos mundiales la examinaran y pudieran corroborar su calidad.

A regañadientes, el equipo de Criptografía de la NSA, dirigido por el comandante Strathmore, creo un algoritmo que llamó «Skipjack». Este fue presentado en el Congreso para su aprobación. Matemáticos de todo el mundo probaron Skipjack y quedaron unánimemente impresionados. Dijeron que se trataba de un algoritmo fuerte e inmaculado que suponía un soberbio estándar de encriptación. Sin embargo, tres días antes de que el Congreso votara su aprobación, un joven programador de Bell Laboratories, Greg Hale, sorprendió al mundo al anunciar que había encontrado una puerta trasera oculta en el mismo.

Esta consistía en una serie de líneas de astuta programación insertadas por el comandante Strathmore. Lo había hecho de una forma tan astuta que nadie, salvo Greg Hale, lo había advertido. Este añadido suponía que cualquier código escrito con Skipjack podía ser descifrado mediante una contraseña secreta que sólo conocía la NSA. Strathmore estuvo a punto de convertir el estándar de encriptación de la nación en el mayor acto de espionaje que la NSA hubiera llevado a cabo: la agencia habría tenido la llave maestra para cualquier código escrito en Estados Unidos.

La comunidad informática se sintió profundamente indignada y los miembros de la EFF descendieron sobre el escándalo como si de una bandada de buitres se tratara, despedazando al Congreso por su ingenuidad y proclamando que la NSA era la mayor amenaza para el mundo libre desde Hitler. El estándar de encriptación fue cancelado.

No fue ninguna sorpresa que, dos días después, la NSA contratara a Greg Hale. Strathmore decidió que era mejor tenerlo trabajando a favor de la NSA que en su contra.

El comandante hizo frente al escándalo Skipjack y defendió con vehemencia sus acciones en el Congreso. Argumentó que el deseo de privacidad de la gente terminaría volviéndose en su contra, e insistió en que la gente necesitaba que alguien la vigilara y, asimismo, que era necesario que la NSA descifrara códigos para poder mantener la paz. Grupos como la EFF no opinaban lo mismo. Y desde entonces no habían dejado de enfrentarse.

Capítulo 24

David Becker se encontraba en la cabina que había al otro lado de la calle de la Clínica de Salud Pública. Acababan de sacarlo por acosar al paciente número 104, monsieur Cloucharde.

De repente, las cosas se habían vuelto más complicadas de lo que había anticipado. El pequeño favor que estaba haciéndole a Strathmore —ir a recoger unas pocas pertenencias personales— se había convertido en una yincana en busca de un extraño anillo.

Acababa de llamar al comandante para explicarle lo del turista alemán. Strathmore no había recibido bien la noticia. Después de preguntarle por los detalles, se había quedado en silencio un largo rato.

—David —había dicho finalmente—, encontrar ese anillo es un asunto de seguridad nacional. Lo dejo en sus manos. No me falle. —Y luego la línea quedó en silencio.

Becker exhaló un suspiro. Luego tomó la maltrecha guía telefónica y abrió las páginas amarillas. «Que sea lo que Dios quiera», murmuró.

En el directorio sólo aparecían listados tres servicios de acompañantes, y Becker no disponía de muchos datos. Lo único que sabía era que la prostituta del alemán era pelirroja, lo cual era convenientemente raro en España. Por lo demás, en su delirio, Cloucharde había recordado que la acompañante se llamaba Dewdrop. Becker hizo una mueca. ¿Dewdrop? Parecía más el nombre de una vaca que de una chica hermosa. No era para nada un buen nombre católico; Clouchardé debía de haberse equivocado.

Becker llamó al primer número.

—Servicio Social de Sevilla —contestó una agradable voz femenina.

Él habló en español fingiendo un marcado acento alemán.

—Hola, ¿habla usted alemán?

—No. Pero hablo inglés —contestó la voz.

Becker siguió hablando en un inglés macarrónico.

—Gracias. Me preguntaba si tú ayudarme.

—¿Qué podemos hacer por usted? —dijo la mujer pronunciando las palabras lentamente para facilitar la comprensión de su potencial cliente—. ¿Está interesado en contratar los servicios de una acompañante?

—Sí, por favor. Hoy, mi hermano Klaus tiene una chica muy hermosa. Pelo rojo. Quiero misma. Para mañana, por favor.

—¿Su hermano Klaus suele venir aquí? —De repente, su tono de voz sonaba más animado, como si fueran viejos amigos.

—Sí. Él muy gordo. Recuerda, ¿no?

—Y ¿dice que estuvo aquí hoy mismo?

Becker pudo oír cómo la chica lo comprobaba. En su registro no aparecería ningún Klaus, claro, pero supuso que los clientes de la agencia rara vez utilizaban sus verdaderos nombres.

—No, lo siento —se disculpó—. No veo ningún Klaus. ¿Cómo se llamaba la chica con la que estaba su hermano?

—Tiene pelo rojo —dijo Becker, evitando la pregunta.

—¿Es pelirroja? —repitió ella. Se quedó un momento callada y luego añadió—: Llamó usted a Servicio Social de Sevilla. ¿Está seguro de que su hermano viene aquí?

—Sí, seguro.

—Nosotros no tenemos ninguna pelirroja. Sólo puras bellezas andaluzas.

—Pelo rojo —volvió a decir Becker, sintiéndose estúpido.

—Lo siento, no tenemos ninguna pelirroja, pero si usted...

—Nombre es Dewdrop —soltó Becker, sintiéndose todavía más estúpido.

Al parecer, el ridículo nombre no significaba nada para la chica. Esta se disculpó, sugirió que Becker estaba equivocándose de agencia y colgó educadamente.

Primer intento.

Becker frunció el ceño y marcó el siguiente número. Le contestaron de inmediato.

—Mujeres España, buenas noches. ¿En qué puedo ayudarlo?

Becker repitió la misma pantomima. Era un turista alemán que estaba dispuesto a pagar mucho dinero por la chica pelirroja con la que había estado su hermano ese mismo día.

Esta vez le respondieron en un educado alemán, pero en esa agencia tampoco había ninguna pelirroja.

—*Keine Rotköpfe*, lo siento —dijo la mujer, y luego colgó.

Segundo intento.

Becker bajó la mirada a la guía telefónica. Sólo quedaba un número. Era su última oportunidad.

Marcó.

—Acompañantes Belén —dijo un hombre en un meloso tono de voz.

Becker volvió a contar su historia.

—Sí, sí, señor. Mi nombre es señor Roldán. Estaré encantado de ayudarlo. Tenemos dos pelirrojas encantadoras.

El corazón de Becker comenzó a latir con fuerza.

—¿Muy hermosas? —repitió con su acento alemán—. ¿Pelo rojo?

—Sí, ¿cómo se llama su hermano? Le diré con quién estuvo hoy y mañana se la enviaremos a usted.

—Klaus Schmidt. —Becker dijo un nombre que recordaba de un viejo manual.

Hubo una larga pausa.

—Bueno, señor... No veo a ningún Klaus Schmidt en nuestros registros, pero tal vez su hermano quiso ser discreto. ¿Acaso tiene una esposa esperándolo en casa? —El hombre se rio inapropiadamente.

—Sí, Klaus casado. Pero él muy gordo. Su esposa no acuesta con él. —Becker puso los ojos en blanco ante su propio reflejo en la cabina. «Si Susan pudiera oírme ahora...», pensó—. Yo también gordo y solo. Quiero acostar con ella. Pago mucho dinero.

Becker estaba ofreciendo una interpretación impresionante, pero había ido demasiado lejos. La prostitución era un tema delicado en España, y el señor Roldán era un hombre muy cuidadoso. En más de una ocasión había caído en la trampa que le habían tendido agentes de la Guardia Civil haciéndose pasar por posibles clientes. «Quiero acostar con ella...» Roldán supuso que se trataba de una trampa. Si decía que sí, lo multarían.

Cuando Roldán volvió a hablar, su tono de voz ya no era tan amigable.

—Esto es Acompañantes Belén, señor. ¿Puedo preguntar con quién hablo?

—Aah... Sigmund Schmidt —fue la pobre invención de Becker.

—¿Dónde consiguió nuestro número?

—La guía telefónica, las páginas amarillas.

—Sí, señor. Y eso es porque somos un servicio de acompañantes.

—Sí, quiero acompañante. —Becker intuyó que algo iba mal.

—Señor, Acompañantes Belén es un servicio que ofrece acompañantes a hombres de negocios para almuerzos y cenas. Por eso aparecemos en la guía telefónica. Lo que hacemos es legal. Lo que usted está buscando es una *prostituta*. —Pronunció la palabra como si fuera una vil enfermedad.

—Pero mi hermano...

—Señor, si su hermano se ha pasado el día besando a una chica en el parque es que no se trataba de una de nuestras acompañantes. Tenemos estrictas reglas acerca de la relación entre las chicas que trabajan con nosotros y nuestros clientes.

—Pero...

—Debe de habernos confundido con otra agencia. En la nuestra sólo trabajan dos pelirrojas, Inmaculada y Rocío, y ninguna de las dos aceptaría acostarse con un hombre por dinero. Eso es prostitución. Buenas noches, señor.

—Pero...

Clic.

Becker maldijo su suerte entre dientes y colgó el auricular. Tercer intento. Estaba seguro de que Clouchardе había dicho que el alemán había contratado a la chica para todo el fin de semana.

Salió de la cabina telefónica y llegó a una intersección. A pesar del tráfico, el dulce aroma de las naranjas sevillanas se extendía a su alrededor. Había caído el crepúsculo, la hora más romántica. Pensó en Susan. Luego recordó las palabras de Strathmore: «Encuentre el anillo».

Apesadumbrado, se sentó en un banco para pensar con calma qué paso dar a continuación.

«Y ¿ahora qué?»

Capítulo 25

Las horas de visita de la Clínica de Salud Pública habían terminado y las luces de la sala habían sido apagadas. Pierre Cloucharde estaba profundamente dormido. No pudo ver, pues, la figura que se inclinaba sobre él. La aguja de una jeringa robada emitió un destello en medio de la oscuridad. Luego desapareció en el tubo de la vía intravenosa que había justo encima de la muñeca del canadiense. La inyección contenía treinta mililitros de jabón líquido robado del carro de un empleado de limpieza. Con fuerza, el pulgar presionó el émbolo y este empujó el líquido azulado dentro de las venas del anciano.

Cloucharde se despertó. Habría gritado de dolor si no hubiera tenido una mano cubriéndole la boca. Yacía atrapado en su cama, aprisionado bajo un peso aparentemente inamovible. Pudo sentir una burbuja de fuego abriéndose paso por su brazo. Un intenso dolor se extendió de su axila a su pecho y, a continuación, como si de un millón de pedazos de cristal se tratara, terminó alcanzando su cerebro. Cloucharde vio un reluciente destello de luz... y luego nada.

El visitante soltó al anciano y miró el nombre que figuraba en el historial médico. Después se marchó en silencio.

En la calle, el hombre con lentes de armazón metálico tomó un pequeño aparato que llevaba sujeto al cinturón. La cajita rectangular tenía aproximadamente el tamaño de una tarjeta de crédito. Se trataba de un prototipo de la nueva computadora Monocle. Desarrollada por el ejército de Estados Unidos para ayudar a los técnicos a comprobar el voltaje de las baterías en los estrechos espacios de los submarinos, esta computadora en miniatura contenía un módem celular y los últimos avances en microtecnología. Su monitor visual era una pantalla transparente de cristal líquido montada en la lente izquierda de unos lentes. El Monocle constituía una nueva era en informática personal; el usuario podía ahora ver sus datos al tiempo que interactuaba con el mundo que lo rodeaba.

La gran innovación de Monocle, sin embargo, no era su monitor en miniatura, sino su sistema de introducción de datos. El usuario llevaba unos minúsculos sensores en las yemas de los dedos que, al entrar en contacto entre sí siguiendo unas secuencias determinadas, introducían la información mediante una estenografía similar a la taquigrafía de los juzgados. La computadora luego traducía dicha estenografía al inglés.

El asesino presionó un pequeño interruptor y el monitor de sus lentes se encendió. Con las manos discretamente colocadas a ambos lados de su cuerpo, comenzó a mover los dedos para que las yemas entraran en contacto en rápida sucesión. Un mensaje apareció entonces ante sus ojos:

ASUNTO: P. CLOUCHARDE – ELIMINADO

Sonrió. Notificar los asesinatos cometidos formaba parte de su trabajo, pero incluir el nombre de la víctima..., eso para el hombre de los lentes de armazón metálico era elegancia. Volvió a mover los dedos rápidamente y su módem celular se activó.

MENSAJE ENVIADO

Capítulo 26

Sentado en un banco que había al otro lado de la calle de la clínica pública, Becker se preguntó qué se suponía que debía hacer a continuación. Sus llamadas a las agencias de acompañantes no habían servido de nada. El comandante, intranquilo por el hecho de que estuvieran comunicándose a través de teléfonos públicos no seguros, le había pedido que no volviera a llamarlo hasta que tuviera el anillo. Becker había considerado la posibilidad de pedir ayuda a la policía local —tal vez tenían fichada a una prostituta pelirroja—, pero Strathmore también le había dado órdenes estrictas sobre eso: «Es usted invisible. Nadie tiene que saber que ese anillo existe».

Becker se preguntó si acaso debía comenzar a deambular por las callejuelas del barrio de Triana en busca de la misteriosa mujer. O tal vez buscar a un alemán obeso en todos los restaurantes. Todo parecía ser una pérdida de tiempo.

Las palabras de Strathmore daban vueltas en su cabeza: «Es una cuestión de seguridad nacional... Tiene que encontrar ese anillo».

Asimismo, una vocecita en su interior no dejaba de repetirle que había pasado algo por alto —algo crucial—, pero no se le ocurría qué podía ser. «¡Soy profesor, no un maldito agente secreto!» Estaba comenzando a preguntarse por qué el comandante no había enviado a un profesional.

Se puso de pie y enfiló el paseo de las Delicias sin rumbo fijo al tiempo que consideraba sus opciones. Los adoquines de la acera apenas eran visibles. La noche estaba cayendo deprisa.

«Dewdrop.»

Había algo en ese nombre absurdo que seguía fastidiándolo. «Dewdrop.» El zalamero tono de voz del señor Roldán, de Acompañantes Belén, seguía resonando una y otra vez en su cabeza: «En nuestra agencia sólo trabajan dos pelirrojas, Inmaculada y Rocío... Rocío... Rocío...».

En un momento dado, se detuvo de golpe. Por fin había caído en cuenta. «Y ¿me considero a mí mismo un especialista en lenguas?» No podía creer que no se hubiera dado cuenta antes.

Rocío era un nombre de mujer muy popular en España. Evocaba todo aquello que se consideraba adecuado en una joven católica: pureza, virginidad, belleza natural. Dichas connotaciones de pureza se debían al significado literal del nombre, que en inglés podía traducirse como *¡Dewdrop!*[1]

La voz del viejo canadiense resonó en sus oídos: «Dewdrop». Rocío había traducido su nombre al único idioma que ella y su cliente tenían en común: el inglés. Excitado, Becker corrió a buscar un teléfono.

Al otro lado de la calle, un hombre con unos lentes de armazón metálico lo siguió sin que él lo advirtiera.

1. Más exactamente, *Dewdrop* podría traducirse como «gota de rocío». *(N. del t.)*

Capítulo 27

En el suelo de la planta de Criptografía, las sombras estaban alargándose y volviéndose más débiles. Para compensar la creciente penumbra, el sistema automático de iluminación que había en el techo iba incrementando poco a poco su potencia. Susan todavía seguía sentada delante de su terminal, esperando en silencio noticias del rastreador. Estaba tardando más de lo esperado.

La mente de la criptógrafa no dejaba de divagar; extrañaba a David y deseaba que Greg se fuera a su casa. Afortunadamente, este había permanecido todo el tiempo en silencio, absorto en lo que estuviera haciendo en su terminal. A ella no le importaba lo más mínimo lo que hiciera Hale, siempre y cuando no accediera al monitor de control. Obviamente no lo había hecho, pues si hubiera visto que llevaba más de dieciséis horas intentando desencriptar un archivo, sin duda habría soltado un aullido de incredulidad.

Susan estaba dándole un sorbo a su tercera taza de té cuando finalmente sucedió: su terminal emitió un ruido. El pulso se le aceleró de golpe. En su monitor apareció el parpadeante icono de un sobre que anunciaba la llegada de un correo electrónico. Echó un rápido vistazo a Hale y comprobó que seguía absorto en su trabajo. Susan contuvo el aliento e hizo doble clic en el sobre.

—Dakota del Norte —susurró para sí—. Veamos quién eres.

Cuando el correo electrónico se abrió, vio que contenía una única línea. Susan la leyó, y luego volvió a hacerlo otra vez:

¿CENA EN ALFREDO'S A LAS 20:00 H?

Al otro lado de la sala, Hale contuvo una risita. Susan miró el remitente del mensaje:

DE: GHALE@crytpo.nsa.gov

Susan sintió un acceso de ira, pero finalmente la dominó y se limitó a borrar el mensaje.

—Muy maduro, Greg.

—Hacen un gran *carpaccio* —sonrió él—. ¿Qué me dices? Luego podríamos...

—Olvídalo.

—*Snob*. —Hale exhaló un suspiro y se volvió hacia su terminal.

Era su intento ochenta y nueve con Susan Fletcher. La brillante criptógrafa era una frustración constante para él. Solía fantasear con un encuentro sexual con ella: se imaginaba a sí mismo empotrándola contra la curvada superficie de la cubierta de TRANSLTR y tomándola ahí mismo, sobre las cálidas losetas negras. Ella, sin embargo, no quería saber nada de él. Para Hale, lo peor era que estuviera enamorada de un profesor universitario que se mataba trabajando por algunas monedas. Sería una pena que Susan malgastara su acervo génico procreando con un don nadie, sobre todo cuando podría hacerlo con él. «Tendríamos unos niños perfectos», pensó.

—¿En qué estás trabajando? —preguntó, probándolo de otro modo.

Susan no le contestó.

—Vaya compañera eres. ¿De verdad no puedo echarle una ojeada? —Hale se puso de pie y comenzó a rodear el círculo de terminales en dirección a ella.

Susan era consciente de que ese día la curiosidad de Hale tenía el potencial de causar algunos problemas serios. Tomó una decisión rápida.

—Es un diagnóstico —dijo retomando la mentira del comandante.

Él se detuvo del golpe.

—¿Un diagnóstico? —repitió con recelo—. ¿Decidiste pasar el sábado haciendo un diagnóstico en vez de ir a jugar con el profesor?

—Se llama David.

—Como sea.

Susan lo fulminó con la mirada.

—¿No tienes nada mejor que hacer?

—¿Es que acaso estás intentando librarte de mí? —dijo Hale haciendo pucheros.

—La verdad es que sí.

—Vaya, Sue, eso me dolió.

Susan Fletcher frunció el ceño. Odiaba que la llamaran Sue. No tenía nada en contra del apodo, salvo que Hale era el único que lo utilizaba.

—¿Por qué no dejas que te ayude? —le ofreció él al tiempo que seguía rodeando el anillo de computadoras en dirección a ella—. Se me dan muy bien los diagnósticos. Además, me muero por ver qué clase de diagnóstico fue capaz de que la poderosa Susan Fletcher venga a trabajar un sábado.

La mujer sintió una punzada de adrenalina. Bajó la mirada al rastreador de la pantalla. No podía permitir que Hale lo viera; haría demasiadas preguntas.

—Ya lo tengo todo bajo control, Hale —dijo.

Pero él siguió caminando hacia ella. Susan se dio cuenta de que tenía que hacer algo con rapidez. Hale se encontraba a apenas unos pocos metros cuando finalmente decidió actuar. Se puso de pie y se acercó al alto programador, interponiéndose en su camino. El olor de su loción resultaba abrumador.

Lo miró directamente a los ojos.

—Te dije que no.

Hale ladeó la cabeza aparentemente intrigado por esa extraña muestra de secretismo. Luego se acercó todavía más a ella. Greg Hale no estaba preparado para lo que sucedió a continuación.

Con inquebrantable firmeza, Susan clavó un dedo índice en su musculoso pecho para impedir que siguiera adelante.

Hale se detuvo y luego retrocedió anonadado. Susan Fletcher hablaba en serio. Nunca antes lo había tocado. Jamás. No era el primer contacto que él habría deseado, pero era un comienzo. Se le quedó mirando con gran desconcierto y finalmente optó por regresar lentamente a su terminal. Una cosa le había quedado perfectamente clara: la encantadora Susan Fletcher estaba trabajando en algo importante, y desde luego no se trataba de ningún diagnóstico.

Capítulo 28

El señor Roldán estaba sentado frente a su escritorio de Acompañantes Belén, felicitándose a sí mismo por haber eludido el último intento de la Guardia Civil de detenerlo. Que un agente fingiera acento alemán y solicitara una chica para pasar la noche suponía una incitación a la comisión de un delito; ¿qué sería lo próximo?

De repente, el teléfono que había sobre su escritorio sonó. Roldán descolgó el auricular con unos movimientos que denotaban gran seguridad en sí mismo.

—Buenas noches —dijo una voz masculina que hablaba en un rápido español. Sonaba nasal, como si tuviera un ligero resfriado—. ¿Es esto un hotel?

—No, señor. ¿Qué número marcó? —El señor Roldán no pensaba caer en ninguna otra trampa esta noche.

—34-62-10 —dijo la voz.

Roldán frunció el ceño. Esa voz le sonaba vagamente familiar. Intentó ubicar el acento. ¿Burgos, quizá?

—Marcó el número correcto —dijo con cautela—, pero esto es una agencia de acompañantes.

Hubo una pausa en la línea.

—¡Oh, entiendo...! Lo siento. Alguien tenía este número anotado y pensaba que se trataba de un hotel. Estoy de visita, soy de Burgos. Lamento haberlo molestado, buenas noch...

—¡Espere! ¡Un momento!

Roldán no pudo evitarlo; era un vendedor nato. ¿Le

habían dado el número? ¿Un nuevo cliente procedente del norte? No pensaba dejar que su paranoia le hiciera perder un potencial cliente.

—¡Amigo mío! —dijo entonces con entusiasmo—. Ya me parecía a mí haber reconocido un acento de Burgos. Yo soy de Valencia. ¿Qué lo trae por Sevilla?

—Vendo joyas. Perlas Majorica.

—¿Majorica? ¿De verdad? ¡Debe de viajar usted mucho!

El tipo tosió como si estuviera enfermo.

—Pues sí, la verdad.

—¿Está en Sevilla por trabajo? —insistió Roldán. Era imposible que ese tipo fuera un guardia civil; se trataba de un cliente con «C» mayúscula—. Deje que lo adivine... Un amigo suyo le dio nuestro número y le dijo que nos llamara, ¿no es cierto?

—Pues no, la verdad, no fue para nada así —dijo la voz, claramente avergonzada.

—No sea tímido, señor. Esto es una agencia de acompañantes. No hay nada de lo que avergonzarse. Chicas encantadoras, cenas..., eso es todo. ¿Quién le dio nuestro número? Puede que sea un cliente habitual. Tal vez pueda hacerle un precio especial.

El tipo pareció aturullarse.

—Bueno... Esto... En realidad, nadie me ha *dado* este número. Lo encontré con un pasaporte. Estoy intentando dar con su dueño.

A Roldán se le cayó el alma a los pies. Al parecer, ese tipo no era ningún cliente.

—¿Dice que *encontró* este número?

—Sí, esta mañana encontré el pasaporte de un hombre en un parque. Este número de teléfono estaba escrito en un pedazo de papel que había dentro. Creía que quizá se trataba del hotel del tipo y esperaba poder devolverle el pasaporte. Veo que me equivoqué. Lo dejaré en la comisaría de policía de camino a...

—Disculpe —lo interrumpió Roldán nerviosamente—. ¿Me permite sugerirle una idea mejor? —Roldán se enorgullecía de su discreción, y las visitas a la Guardia Civil solían provocar que sus clientes pasaran a ser exclientes—. Si el hombre del pasaporte tenía nuestro número es que probablemente se trate de un cliente nuestro. Tal vez podría ahorrarle a usted un viaje a la comisaría.

El tipo se mostró vacilante.

—No lo sé. Seguramente debería...

—No tenga tanta prisa, amigo mío. Me avergüenza reconocer que la policía aquí en Sevilla no siempre es tan eficiente como nos gustaría. Podrían pasar días hasta que le devolvieran el pasaporte. Si me dice su nombre, podría encargarme yo personalmente de que le llegara de inmediato.

—Sí, bueno... Supongo que no habría nada de malo... —Se oyó el crujido de un papel y luego el tipo prosiguió—: Se trata de un nombre alemán. No sé si lo pronunciaré bien... Gusta... ¿Gustafson?

Roldán no reconoció el nombre, pero la agencia tenía clientes de todas partes del mundo. Nunca proporcionaban su nombre verdadero.

—¿Qué aspecto tiene en la foto? Tal vez pueda reconocerlo.

—Bueno... —dijo la voz—, su rostro es muy muy gordo.

Roldán supo inmediatamente de quién hablaba. Recordaba bien ese rostro obeso. Era el hombre que estaba con Rocío. Resultaba extraño, sin embargo, recibir esa noche dos llamadas sobre ese mismo alemán.

—¿El señor Gustafson? —Roldán fingió una risa ahogada—. ¡Por supuesto! Lo conozco bien. Si me trae su pasaporte, me aseguraré de que lo reciba.

—Estoy en el centro, sin coche —lo interrumpió la voz—. ¿No podría venir usted por él?

—Me temo que ahora no puedo salir de la oficina —se excusó Roldán—. Pero no está tan lejos si...

—Lo siento, es demasiado tarde para andar recorriendo la ciudad. Hay una estación de la Guardia Civil cerca. Dejaré el pasaporte ahí y si, por casualidad, ve usted al señor Gustafson, puede decirle dónde está.

—¡No, espere! —exclamó Roldán—. No tenemos por qué implicar a la policía... Dijo que está usted en el centro, ¿verdad? ¿Conoce el hotel Alfonso XIII? Es uno de los mejores de la ciudad.

—Sí —dijo la voz—. Lo conozco. Está cerca.

—¡Genial! Esta noche, el señor Gustafson se hospeda en ese hotel. Seguramente, ahora mismo esté ahí.

La voz se mostró vacilante.

—Ya veo. Bueno, entonces... supongo que podría...

—¡Genial! Lo más seguro es que esté cenando en el restaurante del hotel con una de nuestras acompañantes. —Roldán sabía que probablemente ya estaban en la cama, pero debía tener cuidado para no herir la sensibilidad del tipo que había llamado—. Déjele el pasaporte al conserje, se llama Manuel. Dígale que lo envié yo y que le dé el pasaporte a Rocío. Es la mujer con la que el señor Gustafson se citó esta noche. Ella se encargará de devolverle el pasaporte. Si deja dentro un papel con su nombre y su dirección puede que el señor Gustafson le envíe algo a modo de agradecimiento.

—Una buena idea. El Alfonso XIII. Muy bien, se lo llevaré enseguida. Gracias por su ayuda.

David Becker colgó el teléfono.

—Alfonso XIII. —Soltó una risa ahogada—. Sólo hay que saber cómo pedirlo.

Momentos después, una silenciosa figura siguió a Becker por el paseo de las Delicias mientras la noche andaluza descendía suavemente sobre la ciudad.

Capítulo 29

Todavía nerviosa por su encontronazo con Hale, Susan echó un vistazo a través del cristal unidireccional que conformaba la pared de Nodo 3. La planta de Criptografía estaba vacía. Por su parte, Hale volvía a estar en silencio, absorto en sus cosas. A ella le habría gustado que se fuera.

Se preguntó si debería llamar a Strathmore; el comandante podía sacar a Hale. Después de todo, era sábado. Susan sabía, sin embargo, que si lo enviaban a casa levantarían sus sospechas y probablemente comenzaría a llamar a otros criptógrafos para preguntarles qué creían que estaba sucediendo. Así pues, decidió que era mejor dejarlo tranquilo. Hale no tardaría en irse voluntariamente.

«Un algoritmo indescifrable.» Los pensamientos de Susan regresaron a Fortaleza Digital, y exhaló un suspiro. Le costaba creer que un algoritmo como ese pudiera haber sido creado. Aunque, claro, tenía la prueba misma en sus narices: TRANSLTR parecía impotente ante ese archivo.

Pensó entonces en Strathmore, cargando noblemente con el peso de la situación, haciendo lo que era necesario y permaneciendo en calma ante el desastre.

A veces veía a David en él. Ambos poseían muchas cualidades similares: tenacidad, dedicación, inteligencia. En ocasiones, Susan pensaba que Strathmore estaría perdido sin ella; la pureza del amor que ella sentía por la criptografía parecía ser el salvavidas emocional al que se aferraba el comandante en medio del revuelto mar de la política, recordándole sus inicios como descifrador de códigos.

Susan, por su parte, también dependía de él; Strathmore era su refugio en un mundo de hombres hambrientos de poder. Promovía su carrera, la protegía y, tal y como él mismo solía decir en broma, hacía que sus sueños se convirtieran en realidad. Aunque hubiera sido accidental, había sido él quien había hecho la llamada que trajo a David Becker a la NSA aquel dichoso día. Los pensamientos de Susan volvieron a este y sus ojos se posaron de manera instintiva en la bandeja retráctil que había al lado del teclado. En ella se veía un breve fax sujeto con cinta adhesiva.

Llevaba ahí varios meses. Era el único código que Susan Fletcher todavía no había descifrado. Era de David. Lo leyó por enésima vez.

TE RUEGO ACEPTES ESTE HUMILDE FAX.

MI AMOR POR TI ES *SIN CERA*.

Se lo había enviado después de una pequeña discusión, y durante meses ella le había estado preguntando qué quería decir, pero él se había negado a decírselo. «Sin cera.» Era la venganza de David. Susan le había enseñado muchas cosas sobre el desciframiento de códigos y, para que practicara, había comenzado a encriptar todos sus mensajes con algún sencillo método de encriptación. Listas de la compra, notas de amor..., estaban todas encriptadas. Era un juego, y David se había convertido en un criptógrafo bastante bueno. Luego había decidido devolverle el favor y había comenzado a firmar todas sus cartas: «Sin cera, David». Susan tenía más de dos docenas de notas de David. Todas estaban firmadas del mismo modo: «Sin cera».

Susan no había dejado de suplicarle que le explicara el significado oculto de esa expresión, pero él se había negado a hacerlo. Siempre que se lo pedía, él se limitaba a sonreír y le contestaba que la descifradora de códigos era ella.

La directora de Criptografía de la NSA lo había intentado todo: sustituciones, el cifrado César, e incluso anagramas. Había introducido las palabras «sin cera» en su computadora y había reorganizado las letras para formar otras nuevas. Lo único que había obtenido era «Narices». Al parecer, Ensei Tankado no era el único que podía escribir códigos indescifrables.

Sus pensamientos se vieron interrumpidos por el sonido de las puertas neumáticas al abrirse, y Strathmore irrumpió en la sala.

—¿Alguna noticia, Susan? —El comandante vio entonces a Greg Hale y se detuvo de golpe—. Vaya, si está aquí el señor Hale —dijo frunciendo el ceño y entornando los ojos—. Y en sábado, además. ¿A qué debemos este honor?

Él sonrió con inocencia.

—Sólo estoy asegurándome de que hago mi parte.

—Ya veo —dijo Strathmore con un gruñido, considerando sus opciones.

Un momento después, pareció que también decidía que era mejor no discutir con Hale, de modo que se volvió tranquilamente hacia Susan.

—Susan, ¿podría hablar un momento contigo... fuera?

Ella titubeó.

—Ah... Sí, señor. —Echó una mirada de inquietud a su monitor y luego al otro lado de la sala en dirección a Greg Hale—. Deme un minuto.

Tecleó algo rápidamente en su computadora y activó un programa llamado ScreenLock. Esta utilidad garantizaba la privacidad de los terminales. Todos los de Nodo 3 lo tenían instalado. Como permanecían encendidos a todas horas, ScreenLock permitía a los criptógrafos dejar sus puestos y estar seguros de que nadie tocaba sus archivos. Susan introdujo su código de privacidad de cinco dígitos y la pantalla se fundió a negro. Seguiría así hasta que regresara y tecleara la secuencia correcta.

Luego se puso los zapatos y fue tras el comandante.

—¿Qué diablos está haciendo Hale aquí? —preguntó Strathmore en cuanto ambos hubieron salido de Nodo 3.

—Lo de siempre —respondió Susan—. Nada.

El comandante parecía preocupado.

—¿Ha hecho algún comentario sobre TRANSLTR?

—No. Pero si accede al monitor de control y ve que lleva diecisiete horas intentando descifrar un archivo, seguro que lo hace.

Strathmore lo consideró.

—No hay razón para que lo haga.

Susan lo miró.

—¿Quiere enviarlo a casa?

—No. Es mejor que lo dejemos tranquilo. —El comandante echó un vistazo a la sala de Seguridad de Sistemas—. ¿Chartrukian ya se fue?

—No lo sé. No lo he visto.

—¡Maldita sea! —gruñó él—. Esto parece un circo... —Se pasó la mano por la incipiente barba que le había oscurecido el rostro desde la última vez que se había rasurado treinta y seis horas antes—. ¿Alguna noticia sobre el rastreador? Sentado en mi despacho sin poder hacer nada, me siento inútil.

—Todavía no. ¿Sabemos algo de David?

El comandante negó con la cabeza.

—Le pedí que no me llamara hasta que consiguiera el anillo.

Susan se mostró sorprendida.

—¿Por qué? ¿Y si necesita ayuda?

Strathmore se encogió de hombros.

—Desde aquí no puedo ayudarlo. Depende únicamente de sí mismo. Además, prefiero no hablar a través de líneas no seguras por si alguien nos escucha.

Susan abrió unos ojos como platos.

—¿Qué se supone que significa eso?

De inmediato, Strathmore lamentó haberlo dicho y le sonrió de manera tranquilizadora.

—David está bien. Sólo estoy siendo precavido.

A diez metros de donde estaban hablando, oculto detrás del cristal unidireccional de Nodo 3, Greg Hale se encontraba delante del terminal de Susan. La pantalla estaba en negro. Echó un vistazo al comandante y a Susan y luego se metió la mano en el bolsillo para tomar su cartera. Sacó una pequeña tarjeta y la leyó.

Tras comprobar que Strathmore y Susan seguían hablando, introdujo el código de cinco dígitos en el terminal de su colega. Un segundo después, el monitor se activó.

—¡Bingo! —dijo, y dejó escapar una risa ahogada.

Robar los códigos de privacidad de sus compañeros había sido muy fácil. En Nodo 3, todos los terminales tenían el mismo modelo de teclado desarmable. Una noche, Hale se llevó el suyo a casa e instaló un chip que registraba todo aquello que se tecleaba en él. Al día siguiente, llegó pronto al trabajo, cambió su teclado modificado por el de uno de sus colegas y se limitó a esperar. Al final del día, volvió a recuperar el teclado y consultó los datos registrados por el chip. Aunque su colega había tecleado millones de veces, encontrar el código fue sencillo: lo primero que hacía un criptógrafo cada mañana era teclear el código que desbloqueaba su terminal. Esto, claro está, hizo que a Hale no le costara nada llevar a cabo dicha tarea: el código de privacidad eran los primeros cinco caracteres que aparecían en la lista.

Con los ojos puestos en el monitor de Susan, pensó que resultaba irónico. Había robado los códigos sólo por diversión. Ahora, sin embargo, se alegraba de haberlo hecho. El programa que había en la pantalla de la computadora de su colega parecía significativo.

Hale se lo quedó mirando con cierto desconcierto. Estaba escrito en LIMBO. No era una de sus especialidades, pero de un solo vistazo advirtió una cosa: no se trataba de ningún diagnóstico. Únicamente reconoció dos palabras, aunque fueron suficientes:

RASTREADOR BUSCANDO...

—¿Un rastreador? —dijo en voz alta—. ¿Qué será lo que busca?

De repente, se sintió inquieto. Se sentó un momento sin dejar de estudiar el monitor de la computadora de Susan. Luego tomó una decisión.

Hale conocía suficiente sobre el lenguaje de programación LIMBO para saber que tomaba muchas cosas prestadas de otros dos lenguajes que él dominaba a la perfección: C y Pascal. Tras levantar de nuevo la mirada para comprobar que Strathmore y Susan seguían hablando fuera de Nodo 3, decidió improvisar. Introdujo unas cuantas órdenes en Pascal modificado y presionó la tecla «Intro». La ventana de estado del rastreador respondió tal y como esperaba que lo hiciera:

¿INTERRUMPIR RASTREADOR?

Rápidamente tecleó «Sí».

¿SEGURO?

De nuevo tecleó «Sí».

Un momento después, la computadora sonido un sonido.

RASTREADOR INTERRUMPIDO

Hale sonrió. El terminal acababa de enviarle un mensaje al rastreador de Susan indicándole que se detuviera prematuramente. Fuera lo que fuera lo que estuviera buscando su colega, tendría que esperar.

Con cuidado de no dejar ningún rastro, se apresuró a abrir entonces el registro de la actividad del sistema y borró todas las órdenes que acababa de introducir. Luego tecleó otra vez el código de privacidad de Susan.

El monitor se fundió a negro.

Cuando Susan Fletcher volvió a entrar en Nodo 3, Greg Hale estaba sentado en silencio delante de su terminal.

Capítulo 30

El Alfonso XIII era un lujoso hotel de cinco estrellas situado junto a la Puerta de Jerez y rodeado de una gruesa valla de hierro forjado y lilas. David subió por una escalinata de mármol y, al llegar frente a la entrada, esta se abrió como por arte de magia y un botones lo hizo entrar.

—¿Equipaje, señor? ¿Puedo ayudarlo?

—No, gracias. Necesito ver al conserje.

El botones pareció sentirse herido, como si algo en su encuentro de dos segundos no hubiera sido satisfactorio.

—Por aquí, señor.

Condujo a Becker al vestíbulo, señaló al conserje y se fue a toda velocidad.

El vestíbulo era exquisito y estaba decorado con elegancia. El Siglo de Oro español hacía mucho que había pasado, pero, a mediados del siglo XVII, esa pequeña nación había gobernado el mundo, y esa sala era un orgulloso recordatorio de esa época.

Detrás del mostrador con el letrero de CONSERJE había un hombre esbelto y acicalado que sonreía con tal entusiasmo que parecía como si llevara toda su vida esperando para ser de alguna ayuda.

—¿En qué puedo servirle, señor? —dijo con un afectado ceceo al tiempo que miraba a Becker de arriba abajo.

Becker le respondió en español:

—Necesito hablar con Manuel.

La sonrisa del hombre de rostro moreno se tornó todavía más amplia.

—Sí, sí, señor. Yo soy Manuel. ¿Qué necesita?

—El señor Roldán, de Acompañantes Belén, me dijo que usted...

El conserje silenció a Becker con un gesto de la mano y miró alrededor del vestíbulo con nerviosismo.

—Venga por aquí, por favor —dijo, y condujo a Becker a un extremo del mostrador—. Bueno —prosiguió, prácticamente susurrando—. ¿En qué puedo ayudarlo?

Becker volvió a comenzar bajando el tono:

—Necesito hablar con una de sus acompañantes, que, si no me equivoco, está cenando aquí. Se llama Rocío.

El conserje soltó un resoplido de admiración.

—¡Aaah..., Rocío! ¡Una hermosa criatura!

—Necesito verla de inmediato.

—Pero, señor, ahora está con un cliente.

Becker asintió como disculpándose.

—Es importante. —«Una cuestión de seguridad nacional.»

El conserje negó con la cabeza.

—Imposible. Quizá si deja usted un...

—Sólo será un momento. ¿Está en el comedor?

El hombre volvió a negar con la cabeza.

—El comedor cerró hace media hora. Me temo que Rocío y su invitado ya se han retirado a su habitación. Si quiere dejarle un mensaje, puedo entregárselo mañana por la mañana —dijo al tiempo que señalaba el panel de buzones numerados que había a su espalda.

—Si pudiera llamar a su habitación y...

—Lo siento —repuso el conserje en un tono que parecía sugerir que su paciencia estaba agotándose—. El hotel Alfonso XIII tiene una política muy estricta en lo que respecta a la privacidad de sus clientes.

Becker no tenía intención alguna de esperar diez horas a que un hombre gordo y una prostituta bajaran a desayunar.

—Lo comprendo —dijo finalmente—. Lamento haberlo molestado.

Dio media vuelta y regresó al *lobby*, dirigiéndose a un buró que había llamado su atención al entrar. Sobre su tablero había una generosa cantidad de postales y papel de carta del hotel, así como plumas y sobres. Becker metió un papel en blanco dentro de un sobre, lo cerró y escribió una palabra en él: ROCÍO.

Luego volvió junto al conserje.

—Lamento molestarlo otra vez —dijo acercándose avergonzadamente al empleado del hotel—. Estoy comportándome como un auténtico idiota. Verá, esperaba decirle personalmente a Rocío lo mucho que disfruté del tiempo que pasamos juntos el otro día, pero me voy esta noche de la ciudad. Después de todo, tal vez pueda simplemente dejarle una nota.

Becker dejó el sobre encima del mostrador.

El conserje bajó la mirada al sobre y se lamentó para sí. «Otro heterosexual enamoradizo —pensó—. ¡Qué pena!» A continuación, levantó la vista y sonrió.

—Por supuesto, ¿señor...?

—Buisán —dijo Becker—. Miguel Buisán.

—Me aseguraré de que Rocío reciba la nota por la mañana.

—Gracias. —Becker sonrió y dio media vuelta para irse.

Tras inspeccionarle discretamente el trasero, el conserje tomó el sobre del mostrador y se volvió hacia el panel de casilleros numerados que había en la pared a su espalda. Justo cuando el hombre metía el sobre por una de las ranuras, Becker se volvió para hacer una última solicitud.

—Disculpe de nuevo, ¿dónde podría llamar un taxi?

El conserje se dio la vuelta y le contestó, pero Becker no prestó atención a su respuesta. Se había dado la vuelta justo a tiempo para ver cómo la mano del hombre se retiraba del casillero con el número 301.

Le dio las gracias al conserje y se alejó lentamente buscando con la mirada el elevador.

«Ida y vuelta», se repitió para sí.

Capítulo 31

Susan había vuelto a entrar en Nodo 3. La conversación con Strathmore la había dejado muy inquieta por la seguridad de David. Temía lo que pudiera pasarle.

—Bueno —dijo Hale desde su terminal—. ¿Qué quería el comandante? ¿Una velada a solas con su criptógrafa favorita?

Ella ignoró el comentario y se sentó delante de su terminal. Tecleó su código de privacidad y la pantalla se activó. Comprobó el estado del rastreador, pero este todavía no le había enviado ninguna información sobre Dakota del Norte.

«Maldita sea —pensó—. ¿Por qué tarda tanto?»

—Pareces algo tensa —señaló Hale inocentemente—. ¿Acaso tienes algún problema con el diagnóstico?

—Nada serio —respondió ella.

Pero en realidad no estaba tan segura. El rastreador estaba tardando demasiado. Se preguntó si no habría cometido algún error en su escritura y comenzó a examinar las largas líneas de programación LIMBO en busca de cualquier cosa que pudiera estar mal.

Hale la observaba con suficiencia.

—Por cierto, Susan —dijo en un momento dado—, ¿qué opinas de ese algoritmo indescifrable que Ensei Tankado dijo que está escribiendo?

El corazón de la mujer dio un vuelco. Levantó la mirada.

—¿Un algoritmo indescifrable? —comenzó a decir, pero se contuvo—. ¡Ah, sí...! Creo haber leído algo sobre eso...

—Es realmente increíble, ¿no?

—Sí —asintió ella, preguntándose por qué de repente Hale había sacado ese tema—. Pero no lo creo. Todo el mundo sabe que los algoritmos indescifrables son matemáticamente imposibles.

Su colega sonrió.

—Sí, claro... El principio de Bergofsky.

—Y el sentido común —se apresuró a añadir ella.

—Quién sabe... —Hale suspiró dramáticamente—. Hay más cosas en el cielo y en la tierra que las soñadas en tu filosofía.

—¿Cómo dices?

—Shakespeare —aclaró él—. *Hamlet*.

—¿Leíste mucho cuanto estuviste en prisión?

Hale dejó escapar una risa ahogada.

—En serio, Susan, ¿no crees que quizá *sí* es posible? ¿Que quizá Tankado escribió realmente un algoritmo indescifrable?

La conversación estaba empezando a ponerla nerviosa.

—Bueno, nosotros no hemos sido capaces de hacerlo...

—Puede que Tankado sea mejor que nosotros.

—Puede ser. —Susan se encogió de hombros, fingiendo desinterés.

—¿Sabías que durante un tiempo Tankado y yo nos estuvimos escribiendo? —dijo Hale despreocupadamente.

Ella levantó la mirada procurando ocultar su sorpresa.

—¿De verdad?

—Sí. Después de que yo destapara lo del algoritmo Skipjack, me escribió diciendo que éramos hermanos en la lucha global por la defensa de la privacidad digital.

Susan apenas podía contener su incredulidad. «¡¿Hale conocía personalmente a Tankado?!» No obstante, hizo lo posible para mostrarse indiferente.

—Me felicitó por demostrar que Skipjack tenía una puerta trasera —prosiguió él—. Dijo que había sido un gran golpe a favor de los derechos de privacidad de los civiles de todo el mundo. Tienes que admitir, Susan, que la puerta trasera de Skipjack fue una maniobra algo sucia. ¿Leer los correos electrónicos de todo el mundo? En mi opinión, Strathmore merecía que lo atraparan.

—Greg —replicó Susan conteniendo su enojo—, esa puerta trasera se añadió para que la NSA pudiera descodificar correos electrónicos que amenazaran la seguridad nacional.

—¿Ah, sí? —Hale suspiró inocentemente—. Y ¿husmear en los correos electrónicos del ciudadano promedio no era más que una afortunada consecuencia?

—La NSA no husmea en los correos del ciudadano promedio, y lo sabes. El FBI puede intervenir teléfonos, pero eso no quiere decir que escuche *todas* las llamadas que se hacen.

—Si tuvieran suficiente personal, lo harían.

Susan ignoró esa observación.

—Los gobiernos deberían tener el derecho de obtener información que amenace el bien común.

—¡Dios mío! —Hale exhaló un suspiro—. Parece que Strathmore te lavó el cerebro. Sabes perfectamente bien que el FBI no puede escuchar todas las llamadas que quieran. Necesitan una orden judicial. Un estándar de encriptación con una puerta trasera supondría que la NSA podría escuchar a *cualquiera*, *en cualquier momento*, *en cualquier lugar*.

—Tienes razón, ¡y deberíamos poder hacerlo! —El tono de voz de Susan se había endurecido—. Si no hubieras desvelado que Skipjack tenía una puerta trasera, ahora tendríamos acceso a *cualquier* código que necesitáramos descifrar, en vez de sólo a aquellos que TRANSLTR es capaz de descodificar.

—Si yo no hubiera encontrado la puerta trasera, otra persona lo habría hecho —argumentó Hale—. Salvé sus culos descubriéndolo cuando lo hice. ¿Puedes imaginarte las consecuencias si Skipjack hubiera estado en circulación cuando la noticia de la puerta trasera salió a la luz?

—En cualquier caso —replicó Susan—, ahora tenemos que lidiar con una EFF paranoica que cree que ponemos puertas traseras en *todos* nuestros algoritmos.

—Y ¿acaso no lo hacemos? —preguntó él con suficiencia.

Ella lo fulminó con la mirada.

—Bueno, en cualquier caso, ahora la cuestión es irrelevante —dijo Hale, echándose atrás—. Construyeron TRANSLTR y ahora cuentan con su fuente de información instantánea. Pueden leer lo que quieran cuando quieran sin que nadie los cuestione. Ustedes ganaron.

—¿No querrás decir que nosotros ganamos? Que yo sepa, tú también trabajas para la NSA.

—No por mucho tiempo —anunció Hale.

—No me hagas promesas.

—Lo digo en serio. Un día me iré de aquí.

—Me romperás el corazón.

En ese momento, Susan se encontró a sí misma queriendo culpar a Hale de todo lo que iba mal. Quería culparlo por la existencia de Fortaleza Digital, por sus problemas con David, por el hecho de que no se encontrara ahora con él en las Smoky Mountains... Pero nada de eso era culpa suya. Lo único de lo que tenía culpa era de ser odioso. En esa situación, Susan tenía que comportarse como una persona adulta. Era su responsabilidad como directora de Criptografía mantener la paz y educar. Hale era joven e ingenuo.

Susan se le quedó mirando. Pensó que resultaba frustrante que poseyera el talento para ser un importante activo en el departamento, pero que todavía no hubiera entendido la importancia de lo que hacía la NSA.

—Lo siento, Greg —dijo en un tono de voz más bajo y medido—. Hoy estoy bajo mucha presión. Simplemente me molesta que hables de la NSA como si fuéramos una especie de mirones con instrumentos de alta tecnología. Esta organización fue fundada con un propósito: proteger la seguridad de la nación. Es posible que, de vez en cuando, eso suponga sacudir algunos árboles para que caigan las manzanas podridas. Creo que la mayoría de los ciudadanos estarían contentos de sacrificar cierta privacidad a cambio de saber que los malos no pueden actuar libremente.

Hale no dijo nada.

—Antes o después —añadió ella—, la gente de esta nación tendrá que depositar su confianza en algo. Hay mucha gente buena, pero también alguna mala. Alguien debe de tener acceso a sus comunicaciones y distinguir unas de otras. Ese es nuestro trabajo. Tanto si nos gusta como si no, hay una frágil línea que separa la democracia de la anarquía. La NSA es quien vigila esa línea.

Hale asintió pensativamente.

—*Quis custodiet ipsos custodes?*

Susan se mostró confundida.

—Es latín —añadió él—. Es una frase perteneciente a las *Sátiras* de Juvenal. Significa «¿Quién vigilará a los vigilantes?».

—No entiendo —dijo ella—. «¿Quién vigilará a los vigilantes?»

—Sí. Si *nosotros* somos los guardianes de la sociedad, ¿quién nos vigilará a nosotros y se asegurará de que no seamos peligrosos?

Susan asintió sin saber muy bien cómo contestar a eso.

Hale sonrió.

—Así firmaba Tankado las cartas que me envió. Era su cita favorita.

Capítulo 32

David Becker se detuvo frente a la suite 301. Sabía que al otro lado de la ornamentada puerta de madera tallada se encontraba el anillo. «Una cuestión de seguridad nacional.»

Oyó ruidos dentro de la habitación. Unas voces débiles. Finalmente, tocó con los nudillos, y contestó una voz con un cerrado alemán:

—*Ja?*

Becker permaneció en silencio.

—*Ja?*

La puerta se entreabrió y un gordinflón rostro germano se le quedó mirando.

Becker sonrió educadamente. No conocía el nombre del tipo.

—*Deutscher, ja?* —preguntó. «Alemán, ¿verdad?»

El hombre asintió confuso.

Becker prosiguió en un perfecto alemán:

—¿Puedo hablar con usted un momento?

El tipo parecía incómodo.

—*Was wollen Sie?* —«¿Qué es lo que quiere?»

Becker se dio cuenta de que debería haber ensayado eso antes de tocar súbitamente a la puerta de un desconocido. Buscó las palabras adecuadas.

—Tiene usted algo que necesito.

Al parecer, esas no lo eran. El alemán frunció el ceño.

—*Ein Ring* —dijo Becker—. *Sie haben einen Ring.* —«Tiene usted un anillo.»

—Lárguese —dijo el alemán con un gruñido, y comenzó a cerrar la puerta.

Sin pensar en lo que hacía, Becker metió el pie en el resquicio y volvió a abrirla. Inmediatamente lamentó haberlo hecho.

El alemán abrió unos ojos como platos.

—*Was tun Sie?* —preguntó. «¿Qué está haciendo?»

Becker fue consciente de que había ido demasiado lejos. Miró nerviosamente a un lado y a otro del pasillo. Ya lo habían sacado de la clínica, no tenía intención alguna de que volviera a sucederle eso allí.

—*Nehmen Sie Ihr Fuss weg!* —exclamó el alemán. «¡Quite el pie!»

Becker examinó los rechonchos dedos del tipo en busca del anillo. Nada. «Estoy tan cerca...», pensó.

—*Ein Ring!* —repitió al tiempo que la puerta se cerraba de golpe.

David Becker se quedó un largo rato en el ornamentado pasillo. Cerca del lugar en el que se encontraba había colgada una réplica de un cuadro de Salvador Dalí.

—Resulta apropiado —dijo con un gruñido.

«Surrealismo. Estoy atrapado en un sueño absurdo.»

Se había despertado esa mañana en su cama, pero, de algún modo, ahora se encontraba en España, tocando a la habitación de hotel de un desconocido en busca de un anillo mágico.

La severa voz de Strathmore lo devolvió a la realidad: «Debe encontrar el anillo».

Respiró hondo e intentó no pensar en ello. Quería regresar a casa. Volvió a mirar la puerta de la suite 301. Su boleto para hacerlo estaba al otro lado: un anillo de oro. Lo único que tenía que hacer era conseguirlo.

Tras respirar hondo, regresó a la habitación 301 y tocó con fuerza. Había llegado el momento de ponerse serio.

El alemán abrió la puerta de par en par y, cuando se disponía a protestar, Becker se lo impidió. Le mostró su carnet del club de squash de Maryland y exclamó:

—*Polizei!*

Luego irrumpió en la habitación y encendió las luces.

El alemán se dio la vuelta desconcertado.

—*Was machen...?*

—¡Silencio! —Becker cambió al inglés—. ¿Tiene a una prostituta en esta habitación?

Echó un vistazo a su alrededor. Era la más lujosa que había visto nunca. Rosas, champán, una enorme cama con dosel. Pero no veía a Rocío. La puerta del baño estaba cerrada.

—*Prostituierte?*

El alemán miró nerviosamente la puerta del baño. El tipo era todavía más grande de lo que había imaginado Becker. Su torso peludo comenzaba justo debajo de su enorme papada y descendía hacia una colosal barriga. El cinturón de la bata del hotel apenas alcanzaba para rodear su cintura.

Becker contempló al gigante con su mirada más intimidatoria.

—¿Cómo se llama?

Una expresión de pánico se dibujó en el rostro del corpulento alemán.

—*Was wollen Sie?* —«¿Qué es lo que quiere?»

—Pertenezco al Departamento de Seguridad Turística de la Guardia Civil de Sevilla. ¿Tiene a una prostituta en esta habitación?

El alemán dirigió una nueva mirada nerviosa a la puerta del baño. Dudó.

—*Ja* —admitió finalmente.

—¿Sabe que esto es un tema delicado en España?

—*Nein* —mintió el alemán—. No lo sabía. La enviaré a casa ahora mismo.

—Me temo que ya es demasiado tarde para eso —dijo Becker con autoridad, y comenzó a deambular despreocupadamente por la habitación—. Pero tengo una propuesta para usted.

—*Ein Vorschlag?* —dijo el alemán con un grito ahogado. «¿Una propuesta?»

—Sí. Puedo llevarlo a la estación de policía ahora mismo... —Becker se interrumpió y se tronó los nudillos con teatralidad.

—¿O qué? —preguntó el alemán abriendo sus asustados ojos.

—O hacemos un trato.

—¿Qué clase de trato? —Había oído historias sobre la corrupción de la Guardia Civil española.

—Tiene usted algo que quiero —dijo Becker.

—¡Sí, por supuesto! —asintió efusivamente el alemán forzando una sonrisa. Acto seguido, fue por su cartera, que había dejado sobre el tocador—. ¿Cuánto?

Becker abrió la boca fingiendo indignación.

—¡¿Es que está intentando sobornar a un agente de la ley?! —exclamó.

—¡No! ¡Por supuesto que no! Sólo pensaba... —El hombre obeso dejó rápidamente la cartera a un lado—. Yo... yo... —Estaba completamente azorado. Se dejó caer en una esquina de la cama y se retorció las manos. La base del colchón gimió bajo su peso—. Lo siento.

Becker tomó una rosa de un jarrón que había en el centro de la habitación y la olió despreocupadamente antes de dejarla caer al suelo. Luego se volvió de golpe.

—¿Qué puede decirme sobre el asesinato?

El alemán se quedó lívido.

—*Ermordung?* —«¿Asesinato?»

—Sí. El asiático de esta mañana. En el parque. Fue un asesinato. *Ermordung.* —A Becker le encantaba la palabra alemana para «asesinato». *Ermordung.* Sonaba escalofriante.

—*Ermordung?* ¿Fue...? ¿Fue...?

—Sí.

—Pero... eso es imposible. —Al alemán se le quebró la voz—. Yo estaba allí. Sufrío un ataque al corazón. Lo vi. No hubo sangre, ni balas...

Becker negó con la cabeza con condescendencia.

—Las cosas no siempre son lo que parecen.

El alemán empalideció todavía más.

Becker sonrió para sí. La mentira había surtido efecto. El pobre hombre estaba sudando profusamente.

—¿Q-qué es lo que quiere? —tartamudeó—. Yo no sé nada.

Becker comenzó a deambular de un lado a otro.

—El asesino llevaba un anillo de oro. Lo necesito.

—N-no lo tengo.

Becker suspiró con aire condescendiente y señaló la puerta del baño.

—¿Y Rocío? *Dewdrop?*

El rosto del hombre adoptó entonces un tono purpúreo.

—¿Conoce a Dewdrop? —El alemán se secó el sudor de su carnosa frente y empapó la manga de su bata. Estaba a punto de decir algo cuando la puerta del baño se abrió.

Ambos hombres levantaron la mirada.

Rocío Eva Granada apareció en la puerta. Era increíblemente atractiva. Largo pelo rojo, perfecta piel ibérica, ojos de un profundo color castaño, una suave frente. Llevaba una bata blanca a juego con la del alemán. El cinturón de la misma estaba fuertemente ceñido a sus amplias caderas y el cuello quedaba suficientemente abierto para dejar a la vista un bronceado escote. Entró en la habitación con paso seguro.

—¿Puedo ayudarlo? —preguntó la española en un gutural inglés.

Desde el otro lado de la suite, Becker se quedó mirando a la mujer que tenía delante sin pestañear siquiera.

—Necesito el anillo —dijo con frialdad.

—¿Quién es usted? —preguntó ella.

Becker cambió de idioma y le contestó en un español con un impecable acento andaluz:

—Guardia Civil.

Ella se rio.

—Imposible —replicó en español.

Becker sintió un nudo en la garganta. Estaba claro que Rocío era un poco más dura que su cliente.

—¿Imposible? —repitió manteniendo la calma—. ¿Quiere que la lleve a la estación para demostrárselo?

Ella sonrió con suficiencia.

—No lo avergonzaré aceptando su oferta. Ahora dígame, ¿quién es usted?

Becker se mantuvo firme.

—Pertenezco la Guardia Civil de Sevilla.

Rocío se acercó amenazadoramente hacia él.

—Conozco a todos los miembros del cuerpo.

Becker sintió que la mirada de la mujer lo atravesaba y reaccionó con rapidez.

—Formo parte de un departamento especial dedicado a la seguridad turística. Deme ese anillo o tendré que llevarla a la estación y...

—Y ¿qué? —preguntó ella en un tono desafiante, enarcando una ceja a modo de fingida expectación.

Becker se quedó callado. Había ido demasiado lejos y el tiro le estaba saliendo por la culata. «¿Por qué no se traga mi historia?»

Rocío se acercó todavía más a él.

—No sé quién es ni qué es lo que quiere, pero si no sale de esta habitación ahora mismo, llamaré a la seguridad del hotel y la verdadera Guardia Civil lo arrestará por hacerse pasar por un agente de la ley.

Becker sabía que Strathmore podía sacarlo de la cárcel en cinco minutos, pero le había dejado bien claro que ese asunto tenía que llevarse con la mayor discreción. Ser arrestado no formaba parte del plan.

Rocío se había detenido a unos pocos metros de él y lo miraba enfurecida.

—Está bien —dijo Becker finalmente, y exhaló un suspiro para acentuar el tono de derrota de su voz. Luego prosiguió, ya sin el acento andaluz—: No pertenezco a la Guardia Civil de Sevilla. Una organización gubernamental norteamericana me envió para localizar el anillo. Eso es todo lo que puedo revelar. Me autorizaron a pagar por él.

Hubo un largo silencio.

Las palabras de Becker permanecieron un instante suspendidas en el aire antes de que una traviesa sonrisa se formara en los labios de la prostituta.

—¿Ve como no costaba tanto decir la verdad? —Rocío se sentó en una silla y se cruzó de piernas—. ¿Cuánto puede pagar?

Becker dejó escapar un suspiro de alivio. No perdió tiempo y fue directo al grano.

—Puedo pagarle setecientas cincuenta mil pesetas. Cinco mil dólares. —Era la mitad de lo que llevaba encima, pero probablemente diez veces más de lo que valía el anillo.

Rocío enarcó las cejas.

—Eso es mucho dinero.

—Sí, lo es. ¿Hay trato?

Ella negó con la cabeza.

—Desearía poder decirle que sí.

—¿Un millón de pesetas? —ofreció entonces Becker—. Es todo lo que tengo.

—¡Madre de Dios! —dijo ella con una sonrisa—. Ustedes, los norteamericanos, no tienen ni idea de cómo regatear. No durarían ni un día en nuestros mercados.

—En efectivo, ahora mismo —añadió Becker, metiendo la mano en el bolsillo de su saco para tomar el sobre. «Sólo quiero volver a casa.»

Rocío negó con la cabeza.

—No puedo.

—¿Por qué no? —preguntó él enojado.

—Ya no tengo el anillo —dijo en tono de disculpa—. Lo vendí.

Capítulo 33

Tokugen Numataka no dejaba de mirar por la ventana y deambular de un lado a otro de su oficina como un animal enjaulado. Todavía no había tenido noticias de su contacto, Dakota del Norte. «¡Malditos norteamericanos! ¡Carecen de la menor puntualidad!»

Lo habría llamado él, pero no tenía ningún número de teléfono al que hacerlo. Numataka odiaba hacer negocios de ese modo, cediendo el control a otra persona.

Al principio había temido que las llamadas de Dakota del Norte pudieran ser un engaño y que este fuera en realidad un competidor japonés que quisiera tomarle el pelo. Ahora volvía a tener dudas, por lo que decidió que necesitaba más información.

Salió de su oficina como una exhalación y, tras doblar a la izquierda, comenzó a recorrer el pasillo principal de Numatech. Sus empleados iban haciéndole respetuosas reverencias a medida que pasaba a su lado. Numataka sabía perfectamente que eso no se debía al respeto que sentían por él; hacer una reverencia era una cortesía que los empleados japoneses otorgaban incluso al más despiadado de los jefes.

Numataka se dirigió directamente al conmutador principal de la empresa. Todas las llamadas las gestionaba una única operadora a través de un conmutador Corenco 2000 de doce líneas. La mujer estaba ocupada, pero al ver entrar a su jefe se puso de pie e hizo una reverencia.

—Siéntese —dijo él secamente.

Ella obedeció.

—Al cuarto para las cinco recibí una llamada a mi línea personal. ¿Podría decirme de dónde provenía? —Numataka lamentó no haber hecho eso antes.

La operadora tragó saliva nerviosamente.

—Esta máquina carece de identificador de llamadas, señor. Pero puedo ponerme en contacto con la compañía telefónica. Estoy segura de que podrán ayudarnos.

Numataka no tenía ninguna duda de que podrían ayudarlos. En esa época digital, la privacidad se había convertido en cosa del pasado. Había un registro de todo. Las compañías telefónicas podían decirle a uno exactamente quién lo había llamado y cuánto rato habían estado hablando.

—Hágalo —le ordenó—. Y luego dígame qué averiguó.

Capítulo 34

Susan permanecía sentada en Nodo 3 a la espera de recibir noticias de su rastreador. Hale había decidido salir un momento para tomar un poco el aire, una decisión que ella agradecía. Extrañamente, sin embargo, la soledad de la sala le había proporcionado escaso consuelo. No podía dejar de pensar en la conexión recién descubierta entre Tankado y Hale.

—¿Quién vigilará a los vigilantes? —dijo para sí.

«Quis custodiet ipsos custodes?» Su mente seguía dando vueltas a esas palabras. Susan intentó apartarlas de su cabeza.

Volvió a pensar en David. Esperaba que se encontrara bien. Todavía no podía creer que estuviera en España. Cuanto antes encontraran las claves de acceso y pusieran fin a eso, mejor.

Susan había perdido la noción del tiempo y no sabía cuánto rato llevaba allí sentada esperando noticias del rastreador. ¿Dos horas? ¿Tres? Echó un vistazo a la desierta planta de Criptografía y deseó que su terminal emitiera un tono de una vez. Sólo había silencio. El sol de finales de verano ya se había puesto. Sobre su cabeza, las luces fluorescentes automáticas estaban completamente encendidas. No pudo evitar la sensación de que se les estaba acabando el tiempo.

Levantó la mirada a su monitor y frunció el ceño.

—¡Vamos! —protestó—. ¡Ya deberías haber regresado! —Tomó el ratón y abrió una ventana para comprobar el estado del rastreador—. ¿Cuánto tiempo llevas en activo?

En la ventana de estado había un reloj digital muy parecido al de TRANSLTR. Este indicaba las horas y los minutos que el rastreador llevaba en marcha. Susan miró el monitor esperando ver una lectura de horas y minutos, pero se encontró con algo completamente distinto. Lo que vio le heló la sangre en las venas:

RASTREADOR INTERRUMPIDO

—¡¿Rastreador interrumpido?! —exclamó en voz alta—. ¿Por qué?

Presa de un repentino ataque de pánico, examinó las líneas de programación en busca de alguna orden que le hubiera indicado al rastreador que interrumpiera el proceso. La búsqueda fue en vano. Parecía que el rastreador se había detenido por sí mismo. Susan sabía que eso sólo podía significar una cosa: contenía un *bug.*[2]

Para Susan, los *bugs* eran el aspecto más exasperante de la programación informática. Como las computadoras seguían un orden de operaciones escrupulosamente preciso, el más minúsculo error de programación solía tener efectos devastadores. Simples errores sintácticos —como, por ejemplo, que el programador hubiera insertado por equivocación una coma en vez de un punto— podían tirar a la borda sistemas enteros.

A Susan siempre le había parecido divertido el origen del término *bug*. La primera computadora del mundo, Mark I, un laberinto de circuitos electromecánicos del tamaño de una habitación, fue construida en 1944 en un laboratorio de la Universidad de Harvard. Un buen día, la

2. Literalmente, «bicho», «insecto» o «parásito». En el argot informático hace referencia a un error de software. *(N. del t.)*

computadora comenzó a fallar, y nadie parecía capaz de localizar la causa. Tras buscar el origen del problema durante horas, un asistente finalmente lo encontró. Al parecer, una polilla se había posado en una de las placas de circuitos de la computadora y había provocado un cortocircuito. A partir de ese momento, a los fallos informáticos se les llamó *bugs*.

—No tengo tiempo para esto —maldijo Susan.

Encontrar un *bug* en un programa era un proceso que podía llevar días. Había que examinar miles de líneas de programación para dar con un error minúsculo. Venía a ser como inspeccionar toda una enciclopedia en busca de una errata.

Susan sabía que únicamente tenía una opción: volver a enviar el rastreador. También sabía que, casi con toda seguridad, el programa volvería a toparse con el mismo *bug* y se detendría otra vez. Depurar el rastreador le llevaría tiempo; un tiempo que ella y el comandante no tenían.

Sin embargo, mientras permanecía con los ojos puestos en la pantalla preguntándose qué error podía haber cometido, la criptógrafa se dio cuenta de que había algo que no tenía sentido. El mes anterior había utilizado este mismo rastreador sin problema alguno. ¿Por qué había fallado ahora de repente?

Mientras se devanaba los sesos, recordó un comentario que había hecho antes Strathmore: «Intenté enviar una copia de tu rastreador yo mismo..., pero lo único que obtuve fueron datos sin sentido».

«Datos sin sentido», caviló Susan.

De repente, ladeó la cabeza. ¿Era eso posible?

Si Strathmore había obtenido datos de vuelta era que obviamente funcionaba. Los datos no tenían sentido porque había introducido unas cadenas de búsqueda equivocadas, pero el rastreador funcionaba.

De inmediato, se dio cuenta de que sólo había otra explicación posible para que el rastreador se hubiera detenido. Los errores internos de programación no eran la única razón por la que los programas fallaban. A veces había causas *externas*: sobretensiones eléctricas, partículas de polvo en las placas de circuitos, cableados defectuosos... Como el hardware de Nodo 3 se revisaba concienzudamente de forma regular, ni siquiera había considerado esa posibilidad.

Se puso de pie y cruzó rápidamente la sala en dirección a un gran librero con manuales técnicos. Tomó uno encuadernado en espiral titulado *Operación de sistemas* y comenzó a pasar las hojas. Cuando encontró lo que buscaba, llevó el manual de vuelta a su terminal y tecleó unas pocas órdenes. Luego aguardó mientras este repasaba un listado de los comandos ejecutados en las últimas tres horas. Susan esperaba que la búsqueda revelara que se había producido algún tipo de interrupción externa como, por ejemplo, una orden de interrupción generada por un corte eléctrico o un chip defectuoso.

Momentos después, el terminal emitió un sonido. El pulso de la criptógrafa se aceleró y, conteniendo el aliento, examinó la pantalla:

CÓDIGO DE ERROR 22

Susan sintió una oleada de esperanza. Eran buenas noticias. El hecho de que su consulta hubiera encontrado un código de error significaba que el rastreador estaba bien. Al parecer, se había detenido a causa de una anomalía externa que difícilmente se repetiría.

CÓDIGO DE ERROR 22. Trató de recordar a qué hacía referencia el código 22. Los fallos de hardware eran tan raros en Nodo 3 que no recordaba todos los códigos.

Susan pasó las páginas del manual de operación de sistemas y examinó el listado de códigos de error.

19: PARTICIÓN DE DISCO CORRUPTA
20: SOBRETENSIÓN
21: DISCO DEFECTUOSO

Cuando llegó al número 22, se detuvo de golpe y se quedó mirando la página un largo rato. Perpleja, volvió a comprobar su monitor.

Frunció el ceño y miró de nuevo el manual. Lo que estaba viendo no tenía sentido. La explicación sólo decía:

22: INTERRUPCIÓN MANUAL

Capítulo 35

Becker se quedó mirando a Rocío con estupefacción.

—¿Dice que *vendió* el anillo?

La mujer asintió y su sedoso cabello rojo cayó alrededor de sus hombros.

Becker deseó que no fuera cierto.

—Pero...

Ella levantó los hombros y dijo en español:

—A una chica que había cerca del parque.

Becker sintió que le flaqueaban las piernas. «¡No puede ser!»

Rocío sonrió coquetamente y señaló al alemán.

—Él quería que me lo quedara, pero yo le dije que no. Tengo sangre gitana. Algunas gitanas, además de pelirrojas, somos muy supersticiosas. El anillo de un moribundo no es una buena señal.

—¿Conocía a esa chica? —preguntó Becker.

Rocío enarcó las cejas.

—¡Vaya! Realmente quiere ese anillo, ¿no?

Él asintió con aire severo.

—¿A quién se lo vendió?

El enorme alemán permanecía sentado en la cama. No escondía su desconcierto. Su velada romántica se había ido al traste y no tenía ni idea de la razón.

—*Was passiert?* —preguntó entonces nervioso. «¿Qué sucede?»

Becker lo ignoró.

—Bueno, en realidad no lo vendí —dijo Rocío—. Lo intenté, pero la chica no era más que una niña y no tenía dinero, así que al final se lo regalé. De haber sabido que recibiría una oferta tan generosa, lo habría guardado.

—¿Por qué se fueron del parque? —preguntó Becker a continuación—. Alguien acababa de morir. ¿Por qué no esperaron a que llegara la policía para entregarle el anillo?

—Procuro prestar mis servicios sin meterme en problemas, señor Becker. Además, ese tipo parecía tenerlo todo bajo control.

—¿Se refiere al canadiense?

—Sí. Él fue quien llamó a la ambulancia, así que nosotros decidimos irnos. No vi ninguna razón para que mi cita o yo misma nos viéramos implicados con la policía.

Becker asintió distraídamente. Todavía estaba intentando aceptar ese cruel giro del destino. «¡Regaló el maldito anillo!»

—Traté de ayudar al moribundo —explicó entonces Rocío—, pero él no parecía querer que lo hiciera. Comenzó a ofrecernos desesperadamente el anillo sosteniéndolo con tres dedos deformes. No dejaba de extender su mano hacia nosotros, como si quisiera que nos lo quedáramos. Yo no quería tomarlo, pero finalmente mi amigo alemán lo aceptó. Luego el tipo murió.

—Y entonces intentaron reanimarlo con un masaje cardíaco —aventuró Becker.

—No. No lo tocamos. Mi amigo se asustó. Es muy corpulento, pero también un miedoso. —Rocío sonrió coquetamente a Becker—. No se preocupe, no habla una palabra de español.

Becker frunció el ceño y volvió a preguntarse por los moretones que Tankado tenía en el pecho.

—Y ¿los paramédicos no le hicieron un masaje cardíaco?

—No tengo ni idea. Como le dije, nos fuimos antes de que llegaran.

—Querrá decir después de que *robaran* el anillo —la regañó Becker.

Ella lo fulminó con la mirada.

—No robamos el anillo. El tipo ese estaba muriéndose. Sus intenciones eran claras. Simplemente cumplimos su último deseo.

Becker se tranquilizó. Rocío tenía razón; probablemente, él habría hecho lo mismo.

—Entonces ¿por qué le regaló el anillo a una chica?

—Ya se lo dije: el anillo me ponía nerviosa. La chica llevaba muchas joyas. Pensé que le gustaría.

—Y ¿a ella no le pareció extraño que simplemente le regalara un anillo?

—No. Le dije que me lo había encontrado en el parque. Creía que se ofrecería a pagarme algo por él, pero no lo hizo. Sin embargo, no me importó. Sólo quería librarme de él.

—¿Cuándo se lo dio?

Rocío se encogió de hombros.

—Este mediodía. Más o menos una hora después de que muriera el tipo.

Becker consultó su reloj: las 23.48. Habían pasado doce horas. «¿Qué demonios estoy haciendo aquí? Debería estar en las Smoky Mountains...» Exhaló un suspiro e hizo la única pregunta que se le ocurría:

—¿Qué aspecto tenía la chica?

—Era una punketa —respondió Rocío.

Becker levantó la mirada desconcertado.

—¿Una punketa?

—Sí, punketa.

—¿Una punk?

—Sí, una punk —dijo ella en su pobre inglés, e inmediatamente después volvió a cambiar de idioma y siguió en español—: Llevaba muchas joyas. Y en la oreja lucía un arete extraño. Una calavera, creo.

—¿En Sevilla hay punks?

Rocío sonrió.

—«Todo bajo el sol» —respondió. Se trataba del lema de la Oficina de Turismo de Sevilla.

—¿Le dijo cómo se llamaba?

—No.

—Y ¿adónde iba?

—Tampoco. Hablaba muy mal español.

—¿No era española? —preguntó Becker.

—No. Era inglesa, creo. Y llevaba el pelo teñido de rojo, blanco y azul.

Él hizo una mueca al imaginar la extraña imagen.

—Puede que fuera norteamericana —sugirió.

—No lo creo —repuso Rocío—. Llevaba una camiseta con lo que parecía la bandera inglesa.

Becker asintió en silencio.

—Está bien. Cabello rojo, blanco y azul, una camiseta con una bandera inglesa y un arete con una calavera en una oreja. ¿Algo más?

—Nada. Por lo demás, era la típica punk.

«¿La típica punk?» Becker procedía de un mundo de suéteres universitarios y peinados conservadores. Le costaba imaginarse a qué podía estar refiriéndose la mujer.

—¿No recuerda nada más? —insistió.

Ella lo pensó un momento.

—No. Eso es todo.

Entonces la cama rechinó ruidosamente. El cliente de Rocío había cambiado de postura. Becker se volvió hacia él y le habló en un fluido alemán.

—*Noch etwas?* ¿Algo más? ¿Algo que pueda ayudarme a encontrar a la punk con el anillo?

Hubo un largo silencio. Era como si el gigante quisiera decir algo pero no supiera cómo. Su labio inferior tembló momentáneamente, hubo una pausa y finalmente habló. Las cuatro palabras que pronunció eran definitivamente inglesas, pero apenas resultaron inteligibles a causa de su cerrado acento alemán:

—*Fock off und die*.

Becker se quedó boquiabierto.

—¿Cómo dice?

—*Fock off und die* —repitió el hombre al tiempo que se daba una palmada en el pliegue del codo y levantaba el carnoso antebrazo como haciendo una señal grosera con el brazo.

Becker estaba demasiado cansado para sentirse ofendido. «*Fuck off and die?*[3] ¿Qué pasó con el miedoso alemán de antes?» Se volvió hacia Rocío y le habló en español:

—Parece que ya no soy bienvenido.

—No se preocupe por él —rio ella—. Sólo está un poco frustrado. Ahora le daré lo que quiere. —Se apartó el cabello de la cara y guiñó un ojo.

—¿No se le ocurre nada más? —insistió Becker—. ¿Cualquier cosa que pueda ayudarme?

Rocío negó con la cabeza.

—Eso es todo. Pero nunca la encontrará. Sevilla es una ciudad grande. Puede ser muy engañosa.

—Haré lo que pueda. —«Es una cuestión de seguridad nacional.»

—Si no tiene suerte —indicó ella con la mirada puesta en el abultado sobre que Becker llevaba en el bolsillo—, por favor, venga a verme. Mi amigo estará durmiendo. Llame suavemente con los nudillos a la puerta. Iremos a otra habitación y le enseñaré una parte de España que no olvidará —dijo, e hizo una mueca lasciva.

Becker forzó una educada sonrisa.

3. «Váyase a la mierda y muérase.» *(N. del t.)*

—Debo marcharme.

Acto seguido, le pidió perdón al alemán por haber interrumpido su velada.

El gigantón sonrió con timidez.

—*Keine Ursache*.

Becker se dirigió hacia la puerta. «¿No pasa nada? ¿Qué pasó con lo de "*Fuck off and die*"?»

Capítulo 36

—¿Interrupción manual?

Presa del desconcierto, Susan se quedó mirando fijamente la pantalla.

Sabía que ella no había tecleado ningún comando de interrupción manual, al menos no intencionalmente. Se preguntó entonces si no habría introducido por error una secuencia equivocada.

—Imposible —murmuró.

Según el diagnóstico solicitado, la orden de interrupción había sido enviada hacía menos de veinte minutos. Susan sabía que lo único que había tecleado en los últimos veinte minutos había sido su código de privacidad para salir a hablar con el comandante. Era absurdo pensar que dicho código hubiera sido malinterpretado por la computadora como un comando de interrupción.

A sabiendas de que era una pérdida de tiempo, examinó el registro de ScreenLock y comprobó que el código de privacidad hubiera sido introducido correctamente. Efectivamente, así había sido.

—Entonces ¿cómo? —inquirió enojada—. ¿Cómo demonios se produjo una interrupción manual?

Frunció el ceño y cerró la ventana de ScreenLock. Inesperadamente, sin embargo, justo cuando la ventana se minimizaba, algo llamó su atención. Volvió a abrirla y estudió los datos. No tenía sentido. Había una orden de «bloqueo» antes de salir de Nodo 3, pero el subsiguiente «desbloqueo» parecía extraño. Esa orden había sido introducida apenas un minuto después. Susan estaba segura de que había estado fuera hablando con el comandante más de un minuto.

Continuó examinando los datos, y lo que vio a continuación la sobrecogió. Tres minutos después, había tenido lugar una *segunda* secuencia de «bloqueo» y «desbloqueo». Según el registro, alguien había desbloqueado el terminal en su ausencia.

—¡No es posible! —exclamó con voz quebrada.

El único candidato era Greg Hale, y Susan estaba segura de no haberle dado nunca su código de privacidad. Siguiendo el procedimiento del buen criptógrafo, lo había escogido de forma aleatoria y no lo había anotado en ningún lugar. Y era imposible que Hale hubiera adivinado el código alfanumérico de cinco caracteres correcto: las posibilidades eran de treinta y seis elevado a cinco; es decir, había más de sesenta millones.

Pero las entradas de ScreenLock estaban bien claras. Susan se les quedó mirando estupefacta. De algún modo, Hale había accedido a su computadora mientras ella estaba fuera. Y le había enviado al rastreador la orden de interrupción manual.

La pregunta de «cómo» rápidamente dio paso a la de «¿por qué?». Hale no tenía ningún motivo para entrar sin permiso en su terminal. Ni siquiera sabía que ella había enviado un rastreador. Y, aunque lo supiera, pensó Susan, ¿por qué habría de molestarle que estuviera siguiendo la pista de un tipo llamado Dakota del Norte?

Las preguntas sin respuesta parecían estar multiplicándose en su cabeza.

—Empecemos por el principio —dijo en voz alta.

En un momento se ocuparía de Hale, pero primero tenía que centrarse en el asunto que tenía entre manos. Susan recargó su rastreador y presionó la tecla «Intro». Su terminal emitió un ruido.

Sabía que tardaría horas en regresar. Maldijo a Hale y se preguntó cómo diablos había podido conseguir su código de privacidad y qué interés podía tener en su rastreador.

Luego se puso de pie y se dirigió al terminal de su colega. La pantalla estaba en negro, pero advirtió que no la había bloqueado (el monitor parpadeaba ligeramente en los bordes). Los criptógrafos rara vez bloqueaban sus terminales, a no ser que hubieran acabado su jornada. En vez de eso, simplemente bajaban el brillo del monitor: un código de honor universal para indicar que nadie debía tocar su computadora.

—¡A la mierda con el código de honor! —exclamó—. ¿Qué diablos estás tramando?

Tras echar un rápido vistazo a la desierta planta de Criptografía, subió el brillo del monitor de Hale. La pantalla estaba completamente vacía. Susan frunció el ceño y, sin saber bien cómo proceder, finalmente decidió abrir un programa de búsqueda y teclear:

BUSCAR: «RASTREADOR»

Era improbable, pero si había alguna referencia a su rastreador en la computadora de Hale, con esa búsqueda la encontraría. Puede que eso arrojara algo de luz sobre la razón por la que su colega había interrumpido manualmente su programa. Segundos después, el programa había terminado la búsqueda y leyó en la pantalla:

NINGÚN RESULTADO

Susan se sentó un momento. Ni siquiera estaba segura de qué era lo que estaba buscando. Volvió a intentarlo.

BUSCAR: «SCREENLOCK»

El buscador le proporcionó un puñado de referencias inocuas; no había ningún indicio de que Hale tuviera una copia de su código de privacidad en esa computadora.

Suspiró en voz alta. «¿Qué programas debe de haber utilizado hoy Hale?», se preguntó, y abrió el menú de «Aplicaciones recientes» para ver cuál había sido el último. Era su servidor de correo electrónico. Susan buscó entonces en el disco duro y finalmente encontró la carpeta de correos electrónicos discretamente oculta dentro de otros directorios. La abrió y encontró más carpetas. Al parecer, Hale tenía numerosas identidades y cuentas de correo electrónico. Una de ellas, advirtió Susan con escasa sorpresa, era anónima. Abrió la carpeta y luego uno de los antiguos mensajes recibidos.

Al leerlo, se quedó sin aliento:

PARA: NDAKOTA@ARA.ANON.ORG
DE: ET@DOSHISHA.EDU
¡GRANDES PROGRESOS! FORTALEZA DIGITAL ESTÁ CASI TERMINADA. ¡ESTO PROVOCARÁ UN RETRASO DE DÉCADAS EN LA NSA!

Como en un sueño, Susan leyó el mensaje una y otra vez. Luego, temblando, abrió otro:

PARA: NDAKOTA@ARA.ANON.ORG
DE: ET@DOSHISHA.EDU
¡EL TEXTO NO CIFRADO ROTATORIO FUNCIONA! ¡EL TRUCO RESIDE EN LAS CADENAS DE MUTACIÓN!

Resultaba inverosímil y, sin embargo, lo tenía ante sus propios ojos. Un correo electrónico de Ensei Tankado. Había estado escribiéndose con Greg Hale. Estaban trabajando juntos. Susan se sintió aturdida ante la verdad imposible que le mostraba la pantalla.

«¿Greg Hale es NDAKOTA?»

No podía apartar los ojos del monitor. Su mente estaba intentando buscar desesperadamente alguna otra explicación, pero no había ninguna. Esos correos eran la prueba, imprevista e incontrovertible: Tankado había utilizado cadenas de mutación para crear una función de texto no cifrado rotatorio, y Hale había conspirado con él para destruir la NSA.

—N-no... —tartamudeó—. N-no es... posible.

Como rebatiendo esa afirmación, recordó las palabras de Hale: «Tankado me escribió varias veces... Strathmore corrió un riesgo al contratarme... Un día me iré de aquí».

Aun así, a Susan le costaba aceptar lo que estaba viendo. Ciertamente, Hale era odioso y arrogante, pero no un traidor. Sabía lo que Fortaleza Digital le haría a la NSA. ¡No podía ser que estuviera implicado en una conspiración para publicar ese algoritmo!

Y, sin embargo, Susan se dio cuenta de que no había nada que pudiera detenerlo. Nada salvo el honor y la decencia. Pensó en el algoritmo Skipjack. Greg Hale ya había frustrado los planes de la NSA en una ocasión. ¿Qué le impediría volver a intentarlo?

—Pero Tankado... —dijo con desconcierto.

«¿Por qué alguien tan paranoico como Tankado confiaría en alguien tan poco fiable como Hale?»

Era consciente de que a esas alturas ya nada de eso importaba. Tenía que contárselo cuanto antes a Strathmore. Por un irónico giro del destino, el socio de Ensei Tankado se encontraba justo delante de sus narices. Se preguntó si Hale sabría ya que el japonés estaba muerto.

Rápidamente, comenzó a cerrar los correos electrónicos de Greg para dejar el terminal tal y como lo había encontrado. Su colega no debía sospechar nada. Todavía no. Con estupor, Susan cayó en la cuenta de que la clave de acceso de Fortaleza Digital debía de estar oculta en algún lugar de esa misma computadora.

Justo cuando estaba cerrando el último de los archivos, una sombra pasó por delante de la ventana de Nodo 3. Al levantar la mirada y ver que Greg Hale estaba acercándose, sintió una descarga de adrenalina. Le faltaba poco para llegar a la puerta.

—¡Maldita sea! —exclamó al ver la distancia que la separaba de su asiento. Sabía que no podría llegar a tiempo. Hale ya casi había entrado.

Desesperada, miró a su alrededor en busca de opciones. Un clic le indicó la inminente apertura de las puertas. De forma instintiva, clavó los pies en la alfombra y salió disparada hacia la alacena a grandes zancadas. Justo cuando las puertas se abrían con un siseo, se detuvo delante del refrigerador y lo abrió de un fuerte jalón. Una jarra de cristal que había en el estante superior se balanceó precariamente durante unos segundos, pero al final se detuvo.

—¿Tienes hambre? —preguntó Hale al tiempo que entraba en Nodo 3 y se dirigía hacia ella. Su tono de voz era tranquilo e insinuante—. ¿Quieres compartir algo de tofu?

Susan exhaló y se volvió hacia él.

—No, gracias —le contestó—. Creo que simplemente... —Pero las palabras se le atragantaron y su rostro empalideció.

Él la miró extrañado.

—¿Algo va mal?

Susan se mordió el labio y lo miró directamente a los ojos.

—No, nada —consiguió decir.

Pero era mentira. Podía ver el resplandor de la pantalla de la computadora de Hale al otro lado de la sala. Se le había olvidado bajar el brillo.

Capítulo 37

Cuando llegó a la planta baja del hotel Alfonso XIII, Becker se dirigió al bar con paso cansado. Un mesero de estatura muy baja depositó una servilleta delante de él.

—¿Qué le sirvo?

—Nada, gracias —dijo Becker—. Necesito saber si conoce usted algún club en la ciudad al que acudan punks.

El mesero se le quedó mirando extrañado.

—¿Un club para punks?

—Sí. ¿Hay algún lugar de la ciudad al que suelan acudir?

—No lo sé, señor. ¡Desde luego, aquí no! —dijo con una sonrisa—. ¿Seguro que no le apetece tomar nada?

Becker sintió ganas de zarandear al tipo. Nada estaba saliendo tal y como había planeado.

—¿Un fino? —insistió el mesero—. ¿Un jerez?

De fondo podían oírse unas débiles notas de música clásica. «Los *Conciertos de Brandemburgo* —pensó Becker—. El número cuatro.» El año anterior, Susan y él fueron a la universidad para ver a la Academy of St. Martin in the Fields interpretarlos todos en directo. De repente, deseó estar con ella. La brisa del aire acondicionado del bar le recordó el calor que hacía en la calle. Se imaginó a sí mismo deambulando sudoroso por el barrio de Triana en busca de una punk con una camiseta con una bandera inglesa y volvió a pensar en Susan.

—Un jugo de naranja —se oyó decir a sí mismo.

El mesero se quedó estupefacto.

—¿Solo? —El jugo de naranja era una bebida popular en España, pero nadie lo tomaba solo.

—Sí —dijo Becker—. Solo.

—¿Agrego un poco de Smirnoff? —insistió el mesero.

—No, gracias.

—Es gratis. Invita la casa —lo animó el camarero.

Preso de un martilleante dolor de cabeza, Becker pensó en las callejuelas de Triana, el sofocante calor y la larga noche que le esperaba. «Qué demonios», se dijo, y finalmente asintió.

—De acuerdo, añada un poco de vodka.

Visiblemente aliviado, el mesero se apresuró a prepararle la bebida.

Becker echó un vistazo alrededor del elegante bar y se preguntó si no estaría soñando. Cualquier cosa tendría más sentido que la verdad. «Soy un profesor universitario en una misión secreta», pensó.

El mesero regresó y le sirvió la copa con gran ceremonia.

—Aquí tiene, señor. Jugo de naranja con un chorrito de vodka.

Becker le dio las gracias, tomó un sorbo y sintió una arcada. «¿Esto es un chorrito?»

Capítulo 38

A medio camino de la alacena, Hale se detuvo y se quedó mirando a Susan.

—¿Qué sucede? Tienes mal aspecto.

Ella procuró contener su creciente pánico. A apenas tres metros, resplandecía el brillante monitor de Greg.

—E-estoy bien... —consiguió decir finalmente. El corazón le latía con fuerza.

Él se le quedó mirando desconcertado.

—¿Quieres un vaso de agua?

Susan no pudo responder. «¿Cómo puedo haber olvidado bajar el brillo de su maldito monitor?», maldijo para sí. Sabía que, en cuanto su colega sospechara que había estado husmeando en su computadora, se daría cuenta de que había averiguado su verdadera identidad, Dakota del Norte. Y temía que estuviera dispuesto a hacer cualquier cosa para que esa información no saliera de Nodo 3.

Susan pensó entonces en salir corriendo hacia la puerta, pero no tuvo oportunidad de hacerlo. De repente, alguien comenzó a dar golpes en la pared de cristal, sobresaltándolos tanto a ella como a Hale. Era Chartrukian. Estaba golpeando otra vez en el cristal con su sudoroso puño. Parecía como si hubiera presenciado el fin del mundo.

Hale observó con semblante ceñudo al trastornado técnico de Seguridad de Sistemas que había al otro lado del cristal y luego se volvió hacia Susan.

—Ahora vuelvo. Bebe algo, estás muy pálida.

A continuación, dio media vuelta y se dirigió hacia la puerta de Nodo 3.

Susan procuró calmarse y, en cuanto Hale salió de la sala, corrió hacia su computadora y ajustó el brillo. La pantalla se fundió a negro.

Sintiendo las pulsaciones de la sangre en las sienes, la criptógrafa se dio la vuelta entonces y vio la conversación que estaba teniendo lugar en la planta de Criptografía. Al parecer, al final Chartrukian no se había ido a casa. El joven técnico, histérico, estaba contándoselo todo a Greg Hale. Pero ella sabía que daba igual, pues Hale ya estaba enterado de todo.

«Tengo que hablar con Strathmore —se dijo—. Y rápido.»

Capítulo 39

Habitación 301. Rocío Eva Granada estaba desnuda frente al espejo del baño. Había llegado el momento que había estado temiendo todo el día. El alemán estaba en la cama, esperándola. Era el hombre más grande con el que había estado nunca.

A regañadientes, tomó un hielo de la cubitera y se lo pasó por los pezones, que se endurecieron rápidamente. Ese era su truco, hacer que los hombres se sintieran deseados. Era lo que hacía que volvieran a ella. Luego recorrió con las manos su flexible y bronceado cuerpo y confió en que aguantara otros cuatro o cinco años más, hasta que tuviera suficiente dinero para retirarse. El señor Roldán se llevaba la mayor parte de las ganancias, pero Rocío era consciente de que, sin él, estaría buscando borrachos por las calles con las demás prostitutas callejeras. Los hombres con los que se acostaba al menos tenían dinero, nunca le pegaban y eran fáciles de complacer. Se puso la lencería, respiró hondo y abrió la puerta del baño.

Cuando entró en la habitación, al alemán se le salieron los ojos de las órbitas. Rocío llevaba un *negligé* negro, su morena piel resplandecía bajo la suave luz, y los pezones permanecían erguidos bajo la tela de encaje.

—*Komm doch hierher* —dijo con impaciencia mientras se quitaba la bata y se acostaba de espaldas.

Rocío forzó una sonrisa y se acercó a la cama. Al llegar junto al alemán, bajó la mirada hacia su voluminoso cuerpo y se rio por lo bajo aliviada. El órgano que tenía entre las piernas era diminuto.

Él la agarró, le arrancó el *negligé* y sus gordos dedos manosearon cada centímetro de su cuerpo. Ella se colocó entonces encima de él y comenzó a gemir y a retorcerse fingiendo un falso éxtasis. Cuando él le dio la vuelta y se acostó encima de ella, Rocío creyó que iba a morir aplastada. Apenas podía respirar bajo los pliegues del enorme cuello del alemán. Esperaba que el tipo terminara rápido.

—¡Sí! ¡Sí! —gimió entre una embestida y otra, y le clavó las uñas en el trasero para animarlo.

Una colección de pensamientos aleatorios se fue sucediendo en la mente de la prostituta: los rostros de los incontables hombres a los que había satisfecho, los techos que había estado mirando durante horas en la oscuridad, los hijos que deseaba tener...

De repente, sin advertencia previa, el cuerpo del alemán se arqueó, se puso tieso y, casi inmediatamente después, se desplomó sobre ella. «¿Esto es todo?», pensó sorprendida y aliviada.

Rocío intentó salir de debajo del hombre.

—Cariño —susurró con voz ronca—, deja que me ponga encima.

Pero el alemán no se movía.

Infructuosamente, ella intentó empujar sus enormes hombros.

—Cariño... ¡No puedo respirar! —Estaba a punto de desmayarse. Notó que sus costillas crujían—. ¡Despierta!

Instintivamente, agarró el empapado pelo del alemán y lo jaló con fuerza. «¡Despiértate!»

Fue entonces cuando notó el líquido cálido y pegajoso. Era lo que empapaba el cabello del hombre y le caía a ella en las mejillas y dentro de la boca. Era salado. Rocío se retorció salvajemente. Sobre su cabeza, un extraño haz de luz iluminó el deformado rostro del tipo. Del agujero de bala que tenía en la sien no dejaba de manar sangre, que caía sobre ella. Rocío intentó gritar, pero ya no le quedaba más aire en los pulmones. El cuerpo del alemán estaba aplastándola. Presa del delirio, extendió un brazo hacia el haz de luz procedente de la puerta de entrada. Vio una mano. Una pistola con silenciador. Un destello de luz. Y, luego, nada más.

Capítulo 40

En el exterior de Nodo 3, Chartrukian parecía desesperado. Estaba intentando convencer a Hale de que TRANSLTR tenía problemas. Susan corrió en su dirección con un único pensamiento en la cabeza: encontrar a Strathmore.

El asustado técnico de Seguridad de Sistemas tomó a la criptógrafa por el brazo cuando esta pasó por su lado.

—¡Señorita Fletcher! ¡Tenemos un virus! ¡Estoy seguro! Tiene que...

Ella se soltó y lo fulminó con la mirada.

—Pensaba que el comandante te había dicho que te fueras a casa.

—¡Pero el monitor de control está registrando dieciocho...!

—¡El comandante Strathmore te dijo que te fueras a casa!

—¡Que se joda Strathmore! —exclamó Chartrukian. Sus palabras resonaron en la cúpula.

Una profunda voz retumbó entonces sobre sus cabezas:

—¿Señor Chartrukian?

Los tres empleados de Criptografía se quedaron inmóviles.

Strathmore había salido de su oficina y estaba asomado por el barandal.

Por un momento, el único ruido dentro de la cúpula fue el irregular zumbido de los generadores subterráneos. En silencio, Susan intentó desesperadamente llamar la atención de su jefe. «¡Comandante! ¡Hale es Dakota del Norte!»

Pero la mirada de Strathmore estaba puesta en el joven técnico de Seguridad de Sistemas y, sin ni siquiera pestañear ni apartar la mirada de él, descendió la escalera y cruzó toda la sala antes de detenerse a apenas quince centímetros del tembloroso técnico.

—¿Qué es lo que dijo?

—Señor... —dijo Chartrukian con voz estrangulada—. TRANSLTR tiene problemas.

—Comandante —intervino Susan—, si pudiera...

Strathmore le indicó que se callara con un gesto de la mano. Seguía sin apartar la mirada del técnico.

—¡Tenemos un archivo infectado, señor! ¡Estoy seguro de ello! —dijo Chartrukian atropelladamente.

La tez del comandante se tornó de un intenso rojo.

—Señor Chartrukian, ya pasamos por esto. ¡No hay ningún archivo infectando TRANSLTR!

—¡Sí lo hay! —exclamó el técnico—. Y si llega al banco de datos principal...

—¿Dónde demonios está ese archivo infectado? —gritó Strathmore—. ¡Enséñemelo!

Chartrukian dudó.

—No puedo.

—¡Claro que no puede! ¡No existe!

—Comandante, debo... —insistió Susan.

De nuevo, Strathmore le indicó que se callara con un gesto airado.

Ella miró nerviosamente a Hale. Se le veía complacido de sí mismo e indiferente. «Tiene sentido —pensó—. No va a preocuparse por un supuesto virus cuando sabe perfectamente qué es lo que está sucediendo realmente dentro de TRANSLTR.»

Chartrukian siguió insistiendo con lo del virus.

—El archivo infectado *existe*, señor. Pero Guantelete no lo identificó.

—Si Guantelete no lo identificó —dijo un enfurecido Strathmore—, ¿cómo demonios sabe que existe?

—Cadenas de mutación, señor. Realicé un análisis completo y hallé cadenas de mutación —dijo el técnico con mayor seguridad en su tono de voz.

Susan comprendió entonces a qué se debía la agitación del técnico. «Cadenas de mutación», dijo para sí. Sabía que eran secuencias de programación que corrompían datos de un modo extremadamente complejo. Eran muy comunes en los virus informáticos, en particular en aquellos que alteraban grandes bloques de datos. Por supuesto, Susan también sabía por el correo electrónico de Tankado que las cadenas de mutación que Chartrukian había visto eran inofensivas. Sólo suponían una parte de Fortaleza Digital.

El técnico prosiguió:

—Lo primero que pensé al ver las cadenas, señor, fue que los filtros de Guantelete habían fallado. A continuación, sin embargo, realicé algunos test y descubrí... —Se calló un momento, repentinamente inquieto—. Descubrí que alguien eludió Guantelete manualmente.

Esa afirmación fue seguida de un prolongado silencio durante el cual el rostro de Strathmore enrojeció todavía más. No había ninguna duda de la persona a la que Chartrukian estaba acusando: el terminal del comandante era el único con autorización para saltarse los filtros de Guantelete.

Cuando finalmente Strathmore habló, lo hizo con un gélido tono de voz.

—Señor Chartrukian, no es que sea asunto suyo, pero fui *yo* quien se saltó Guantelete —comenzó a decir. Parecía estar a punto de estallar—. Como le dije antes, estoy llevando a cabo un diagnóstico muy avanzado. Las cadenas de mutación que vio en TRANSLTR forman parte del mismo. Están ahí porque las puse *yo*. Guantelete me impedía cargar el archivo, así que me salté sus filtros.

—Y, entornando los ojos, añadió—: ¿Quiere decir algo más antes de marcharse?

De repente, todo cobró sentido para Susan. Al descargar el algoritmo encriptado de Fortaleza Digital e intentar descifrarlo con TRANSLTR, los filtros de Guantelete habían detectado las cadenas de mutación. Desesperado por averiguar si Fortaleza Digital era descifrable, el comandante había decidido entonces saltarse esos filtros.

En circunstancias normales, saltarse Guantelete era impensable. En esa situación, en cambio, no suponía ningún peligro introducir Fortaleza Digital en TRANSLTR. El comandante sabía perfectamente en qué consistía el archivo y de dónde procedía.

—Con el debido respecto, señor —insistió Chartrukian—, nunca he oído hablar de un diagnóstico que utilice cadenas de m...

—Comandante —intervino Susan, incapaz de esperar un segundo más—, necesito de veras...

Esta vez, sus palabras fueron interrumpidas por el agudo timbrazo del teléfono celular de Strathmore. Este se apresuró a responder.

—¿Qué sucede? —exclamó. Luego se quedó callado para escuchar a la persona que lo había llamado.

Susan se olvidó de Hale por un instante. Esperaba que la persona que había al otro lado de la línea fuera David. «Dígame que está bien —pensó—. ¡Dígame que encontró el anillo!»

La criptógrafa sintió que le faltaba el aliento. Lo único que quería saber era que el hombre al que amaba no corría peligro. Strathmore, sabía ella, estaba impaciente por otras razones. Si David tardaba mucho más, tendría que enviar refuerzos: agentes de campo de la NSA. Y eso era algo que esperaba evitar.

—¿Comandante? —lo acució Chartrukian—. De verdad creo que deberíamos compr...

—Un momento —dijo Strathmore, pidiendo disculpas a la persona con la que estaba al teléfono. Cubrió entonces el auricular con una mano y levantó su colérica mirada hacia el joven técnico de Seguridad de Sistemas—. Señor Chartrukian —gruñó—, esta discusión ha terminado. Tiene que marcharse de Cripto. ¡Ahora! Es una orden.

El técnico se quedó estupefacto.

—Pero, señor, las cadenas de...

—¡AHORA! —gritó Strathmore.

Chartrukian se le quedó mirando un momento y luego se alejó hecho una furia en dirección al laboratorio de Seguridad de Sistemas.

Strathmore se volvió y miró a Hale con desconcierto. Susan comprendió a qué se debía la sorpresa del comandante. Hale había permanecido callado todo el rato; *demasiado* callado. Este sabía perfectamente bien que no existía ningún diagnóstico que utilizara cadenas de mutación, y mucho menos uno que pudiera mantener ocupado a TRANSLTR durante dieciocho horas, y, sin embargo, no había dicho una sola palabra. Había permanecido indiferente ante toda la conmoción. Estaba claro que el comandante había comenzado a preguntarse por qué. Y ella tenía la respuesta.

—Señor —insistió una vez más Susan—, si pudiera hablar un...

—Dentro de un momento —la interrumpió él, todavía mirando inquisitivamente a Hale—. Ahora debo atender esta llamada. —Y, tras decir eso, dio media vuelta y se dirigió a su oficina.

Susan abrió la boca, pero las palabras se quedaron en la punta de su lengua: «¡Hale es Dakota del Norte!». Permaneció inmóvil, casi sin aliento. Notó entonces que los ojos de Hale se posaban en ella y giró sobre sus talones. Él se echó a un lado e hizo un gesto teatral con el brazo en dirección a la puerta de Nodo 3.

—Después de ti, Sue.

Capítulo 41

En un cuarto donde se guardaba la ropa de cama limpia del tercer piso del hotel Alfonso XIII, una doncella yacía inconsciente en el suelo. El hombre con lentes de armazón metálico volvió a guardar la llave maestra del hotel en el bolsillo de la chica. No había oído su grito al golpearla, pero tampoco podía estar seguro de si había llegado a gritar: era sordo desde que tenía doce años.

Extendió la mano hacia el aparato que llevaba sujeto al cinturón con cierta reverencia. Había sido el regalo de un cliente. Esa máquina le había proporcionado una nueva vida. Ahora podía recibir sus contratos en cualquier lugar del mundo. Todas las comunicaciones le llegaban al instante y eran irrastreables.

Accionó el interruptor con cierta impaciencia. La pantalla de sus lentes se encendió. De nuevo, sus dedos comenzaron a moverse, tocándose entre sí. Como siempre, registró los nombres de sus víctimas (sólo había tenido que buscar en una cartera o un bolso). En cuanto los sensores que llevaba en la punta de los dedos entraron en contacto, las letras aparecieron en la pantalla de sus lentes como fantasmas en el aire.

ASUNTO: ROCÍO EVA GRANADA — ELIMINADA
ASUNTO: HANS HUBER — ELIMINADO

Tres pisos más abajo, David Becker pagó la cuenta y cruzó el vestíbulo con la copa a medio terminar en la mano. Se dirigió hacia la terraza del hotel para tomar un poco de aire fresco. «Ida y vuelta», dijo entre dientes. Las cosas no habían salido exactamente como esperaba. Debía tomar una decisión. ¿Y si se rendía y volvía al aeropuerto? «Una cuestión de seguridad nacional...» Maldijo en voz baja. ¿Por qué diablos habían tenido que enviar a un profesor?

Se ocultó de la vista del mesero y tiró el resto de su copa en la maceta de un jazmín. El vodka se le había subido un poco a la cabeza. «El borracho más barato de la historia», solía decirle Susan. Después de llenar el vaso de cristal con agua de una fuente, Becker le dio un largo trago.

Se estiró varias veces para intentar deshacerse del ligero mareo que sentía. Luego dejó el vaso y volvió a cruzar el vestíbulo.

Justo cuando pasaba por delante del elevador, las puertas se abrieron. Dentro había un hombre. Lo único que Becker vio fue que llevaba unos lentes de armazón metálico. El tipo se llevó un pañuelo a la nariz para sonarse. Becker sonrió educadamente y siguió adelante... en dirección a la sofocante noche sevillana.

Capítulo 42

Dentro de Nodo 3, Susan no dejaba de dar vueltas de un lado a otro frenéticamente. Desearía haber desenmascarado a Hale cuando había tenido la oportunidad.

Él se sentó delante de su terminal.

—El estrés puede ser mortal, Sue... ¿No hay nada que quieras contarme?

La criptógrafa se obligó a sí misma a sentarse. Strathmore ya debía de haber terminado la llamada telefónica, pero no había vuelto para hablar con ella. Procurando mantener la calma, contempló la pantalla de su computadora. El rastreador seguía en marcha (por segunda vez). Ahora ya daba igual. Susan sabía qué dirección de correo electrónico obtendría: ghale@crypto.nsa.gov.

Se volvió hacia el despacho de Strathmore y supo que ya no podía esperar más. Había llegado el momento de interrumpir la llamada del comandante. Se puso de pie y se dirigió hacia la puerta.

Hale advirtió el extraño comportamiento de Susan y, presa de la inquietud, atravesó la sala a toda velocidad para llegar a la puerta antes que ella. Una vez allí, se cruzó de brazos y le impidió la salida.

—Dime qué sucede —preguntó—. Aquí está pasando algo. ¿De qué se trata?

—Déjame salir —dijo ella procurando mantener sereno su tono de voz. Era consciente de lo peligroso de la situación.

—Vamos —insistió él—. Strathmore prácticamente sacó a Chartrukian por hacer su trabajo. ¿Qué está sucediendo dentro de TRANSLTR? No hay diagnósticos que duren dieciocho horas. Eso fue una burda mentira, y lo sabes. Dime qué está pasando.

Ella arrugó el entrecejo. «Tú sabes perfectamente qué es lo que está pasando.»

—Apártate, Greg —exigió—. Necesito ir al baño.

Hale sonrió. Esperó un largo rato y finalmente se hizo a un lado.

—Lo siento, Sue. Sólo estaba coqueteando.

Ella lo apartó y salió de Nodo 3. Al pasar por delante de la pared de cristal, notó que Hale la miraba desde el otro lado.

A regañadientes, la criptógrafa se dirigió hacia los sanitarios. Ahora tendría que dar un rodeo antes de ir a ver al comandante. Hale no debía sospechar nada.

Capítulo 43

A sus cuarenta y cinco años, Chad Brinkerhoff era un tipo desenvuelto al que le gustaba ir bien vestido y arreglado y mantenerse bien informado. Al igual que su bronceada piel, el traje de verano que llevaba no mostraba ninguna arruga ni indicios de uso. Su mata de pelo rubio era espesa y, lo más importante, toda suya. El brillante color azul de sus ojos estaba sutilmente intensificado gracias al milagro de los lentes de contacto de colores.

Brinkerhoff inspeccionó el despacho revestido de madera y supo que había llegado a lo más alto que podría en la NSA. Se encontraba en el noveno piso: la Zona Ejecutiva, en el despacho 9A197. La suite del director.

Era sábado por la noche, y la Zona Ejecutiva estaba completamente desierta. Los ejecutivos que trabajaban en ella hacía muchas horas que se habían marchado para disfrutar de las aficiones a las que la gente con influencia dedicara su tiempo libre. A pesar de que Brinkerhoff siempre había soñado con un puesto «de verdad» en la agencia, por alguna razón había terminado como «asistente personal», el callejón sin salida oficial de esa carrera desenfrenada que era la política. El hecho de que trabajara para el hombre más poderoso de la inteligencia norteamericana suponía un escaso consuelo. Brinkerhoff se había graduado con honores en Andover and Williams y, sin embargo, había llegado a la mediana edad sin ningún poder real ni peso alguno en la agencia. Se pasaba los días organizando la agenda de otra persona.

Ciertamente, había algunas ventajas en el hecho de ser el asistente personal del director. Brinkerhoff tenía una lujosa oficina en la suite principal, pleno acceso a todos los departamentos de la NSA y cierto nivel de distinción gracias a las compañías que frecuentaba. Hacía encargos para gente situada en las esferas más altas del poder. En lo más hondo, sabía que había nacido para ser asistente; era suficientemente inteligente para tomar notas y suficientemente apuesto para dar ruedas de prensa, pero también suficientemente holgazán como para contentarse con ello.

El débil tictac del reloj que había sobre la repisa de la chimenea acentuó el final de otro día de su patética existencia. «Mierda —pensó—. Son las cinco de la tarde de un sábado. ¿Qué demonios estoy haciendo aquí?»

—¿Chad? —Una mujer apareció en la puerta de su despacho.

Él levantó la mirada. Era Midge Milken, la analista de seguridad interna de Fontaine. A pesar de contar ya con sesenta años y estar algo entrada en carnes, Brinkerhoff debía admitir que, para su asombro, le resultaba bastante atractiva. Una auténtica experta en el arte del coqueteo, Midge había estado casada en tres ocasiones y se desenvolvía en las seis oficinas de la suite del director con descarada autoridad. Era inteligente, intuitiva, trabajaba una ingente cantidad de horas, y se rumoraba que sabía más sobre el funcionamiento interno de la NSA que el mismo Dios.

«Maldita sea —pensó él al verla ataviada con su vestido de cachemira gris—. O bien yo estoy haciéndome mayor, o ella parece más joven.»

—Los informes semanales. —Midge sonrió, mostrándole el montón de papeles que llevaba en la mano—. Tienes que comprobar los números.

Brinkerhoff se fijó en su cuerpo.

—Desde aquí, diría que tienen buen aspecto.

—Vamos, Chad —rio ella—. Podría ser tu madre.

«No me lo recuerdes», pensó él.

Midge entró en el despacho y se acercó al escritorio.

—Yo me voy ya, pero el director quiere estos informes revisados para cuando llegue de Sudamérica. Eso es el lunes, a primera hora. —Dejó los papeles delante de él.

—¿Acaso soy contable?

—No, cariño, eres director de crucero. Pensaba que lo sabías.

—Entonces ¿por qué tengo que hacer los números?

Ella le pasó una mano por el pelo.

—Querías más responsabilidad. Aquí la tienes.

Brinkerhoff levantó la mirada con tristeza.

—No tengo vida, Midge.

Ella dio unos golpecitos con el índice sobre el montón de papeles.

—*Esto* es tu vida, Chad Brinkerhoff. —A continuación, bajó la mirada hacia él y, suavizando el tono, añadió—: ¿Necesitas algo antes de que me vaya?

Él la miró de forma suplicante y giró de un lado a otro su dolorido cuello.

—Tengo los hombros muy tensos.

Midge no mordió el anzuelo.

—Pues tómate una aspirina.

Él hizo una mueca.

—¿No vas a hacerme un masaje?

Ella negó con la cabeza.

—La *Cosmopolitan* dice que dos tercios de los masajes de espalda terminan en sexo.

Brinkerhoff se mostró indignado.

—¡Los nuestros nunca!

—Exacto. —Ella guiñó un ojo—. Ese es el problema.

—Midge...

—Buenas noches, Chad —dijo ella, y se dirigió hacia la puerta.

—¿Te marchas?

—Sabes que me quedaría —repuso Midge, deteniéndose en el umbral—, pero todavía me queda algo de orgullo. No tengo ningún interés en ser la suplente de nadie, y menos todavía de una adolescente.

—Mi esposa no es ninguna adolescente —se defendió Brinkerhoff—. Sólo se comporta como si lo fuera.

Midge lo miró sorprendida.

—No estaba hablando de tu esposa. —Y, parpadeando inocentemente, añadió—: Me refería a *Carmen* —dijo ese nombre con acento puertorriqueño.

—¿Quién? —preguntó él con la voz ligeramente trémula.

—¿Carmen? ¿La de la cafetería?

Brinkerhoff notó que se sonrojaba. Carmen Huerta era una repostera de veintisiete años que trabajaba en la cafetería de la NSA. Brinkerhoff había disfrutado con ella de unos cuantos encuentros presumiblemente secretos en el almacén.

Ella sonrió con picardía.

—Recuerda que Gran Hermano lo sabe todo, Chad.

«¿Gran Hermano? —Brinkerhoff tragó saliva incrédulo—. ¿Gran Hermano también vigila los *almacenes*?»

Gran Hermano, o simplemente *Hermano*, tal y como Midge solía llamarlo, era un Centrex 333 que descansaba en un pequeño espacio parecido a un clóset que había junto al despacho central de la suite. El Hermano lo era todo para Midge. Recibía datos de 148 circuitos cerrados de videocámaras, 339 puertas electrónicas, 377 teléfonos intervenidos y 212 micrófonos ocultos repartidos por todo el complejo de la NSA.

Los directores de la agencia habían aprendido por las malas que veintiséis mil empleados no eran sólo un preciado bien, sino también un gran inconveniente. Todos los grandes fallos de seguridad de la historia de la NSA habían tenido su origen en el personal de la casa. El trabajo de Midge como analista de seguridad interna consistía en observar todo lo que sucedía dentro de las paredes de la NSA..., incluyendo, al parecer, el almacén de la cafetería.

Brinkerhoff se puso de pie para defenderse, pero Midge ya estaba saliendo por la puerta.

—Las manos encima del escritorio —exclamó ella por encima del hombro—. Nada de cosas raras cuando me vaya. Las paredes tienen ojos.

Él se sentó de nuevo mientras oía el ruido de sus tacones alejándose por el pasillo. Al menos sabía que Midge no se lo contaría a nadie. Ella también tenía sus debilidades y había cometido algunas indiscreciones (en su mayor parte, impúdicos masajes de espalda al propio Brinkerhoff).

Volvió a pensar en Carmen y visualizó su flexible cuerpo, esos muslos morenos, esa emisora de radio de frecuencia AM que ponía a todo volumen (salsa caliente de San Juan). Sonrió. «Puede que cuando termine vaya a la cafetería a por un aperitivo...»

Echó un vistazo al primer informe.

CRIPTOGRAFÍA – PRODUCCIÓN/GASTOS

Se animó de inmediato. Midge le había hecho un regalo; los informes de Criptografía siempre eran fáciles de revisar. Se suponía que debía repasarlos de arriba abajo, pero la única cifra que le interesaba al director era el CMD, el Coste Medio por Descifrado. El CMD representaba el precio estimado que le costaba a TRANSLTR desencriptar cada código. Mientras la cifra se mantuviera por debajo de los mil dólares por código, Fontaine no pestañeaba. «Mil dólares por cada uno. —Brinkerhoff rio entre dientes—. Nuestros impuestos a pleno rendimiento.»

Mientras repasaba el documento para inspeccionar los CMD diarios, imágenes de Carmen Huerta untándose la piel con miel y azúcar glas comenzaron a revolotear por su cabeza. Treinta segundos después, ya casi había terminado. Los datos de Criptografía estaban perfectos, como siempre.

Sin embargo, antes de pasar al siguiente informe, algo llamó su atención. Al pie de la página, el último CMD parecía estar mal. La cifra era tan elevada que seguía en la siguiente columna y arruinaba el diseño de la página. Brinkerhoff se quedó mirándola con gran desconcierto.

«¡¿999.999.999?! —Soltó un grito ahogado—. ¿Mil millones de dólares?» Las imágenes de Carmen se desvanecieron de golpe. ¿Un código de *mil millones*?

Se quedó un momento paralizado. Luego, presa del pánico, salió corriendo al pasillo.

—¡Midge! ¡Vuelve!

Capítulo 44

Phil Chartrukian estaba de pie en medio del laboratorio de Seguridad de Sistemas. Las palabras de Strathmore seguían resonando en su cabeza: «¡Márchese ahora! ¡Es una orden!». Le dio una patada a un bote de basura y maldijo en voz alta.

—¿Un diagnóstico? ¡Qué mierda! ¿Desde cuándo el director adjunto se salta los filtros de Guantelete?

Los técnicos de Seguridad de Sistemas recibían un buen sueldo a cambio de proteger los sistemas informáticos de la NSA, y Chartrukian había aprendido que ese trabajo sólo tenía dos requisitos: ser absolutamente brillante y tremendamente paranoico.

«¡Maldita sea! —maldijo para sí—. ¡Esto no es ninguna paranoia! ¡La lectura del jodido monitor de control indica dieciocho horas!»

Se trataba de un virus. Chartrukian podía sentirlo. En su mente no había dudas sobre lo que estaba sucediendo: Strathmore había cometido un error al saltarse los filtros de Guantelete, y ahora estaba tratando de cubrirse las espaldas con esa disparatada historia del diagnóstico.

Chartrukian no habría estado tan nervioso si TRANSLTR hubiera sido su única preocupación. Pero no lo era. A pesar de las apariencias, la gran bestia descodificadora no era ni mucho menos una isla. Aunque los criptógrafos creían que Guantelete había sido construido únicamente para proteger su obra maestra descifradora de códigos, los técnicos de Seguridad de Sistemas conocían la verdad. Los filtros de Guantelete servían a un Dios mucho mayor: el banco de datos principal de la NSA.

La historia que había detrás de la construcción de dicho banco de datos siempre había fascinado a Chartrukian. A pesar de los esfuerzos que, a finales de la década de 1970, el Departamento de Defensa hizo para reservarse el uso exclusivo de internet, esta red informática había demostrado ser una herramienta demasiado útil para no atraer el sector público. Finalmente, las universidades consiguieron acceder a ella, y poco después vinieron los servidores comerciales. Con ello, las compuertas se abrieron e internet llegó al público general. A finales de los años noventa, internet, la antaño «segura» red interna del gobierno, se había convertido en una congestionada selva de correos electrónicos públicos y ciberpornografía.

A raíz de una serie de infiltraciones informáticas en la Oficina de Inteligencia Naval nunca reveladas pero altamente dañinas, resultó cada vez más claro que los secretos del gobierno no estaban a salvo mientras permanecieran conectados a la pujante internet. El presidente, en colaboración con el Departamento de Defensa, aprobó un decreto clasificado para financiar una nueva red completamente segura que reemplazaría la ya contaminada internet y funcionaría como vínculo entre las agencias de inteligencia norteamericanas. Para evitar más hurtos informáticos de secretos gubernamentales, todos los datos delicados fueron transferidos a una única sede de alta seguridad: el banco de datos principal de la NSA, que venía a ser el Fort Knox de los datos de inteligencia de Estados Unidos.

Literalmente, millones de fotografías, cintas, documentos y videos fueron digitalizados. Después de trasladar estos archivos informáticos al inmenso centro de almacenaje, los originales fueron destruidos. El banco de datos estaba protegido por un relé de tres capas y un sistema estratificado de copias de seguridad digitales. Además, se encontraba a sesenta y cinco metros bajo tierra para protegerlo de campos magnéticos y posibles explosiones. Las actividades que se realizaban dentro de la sala de control recibían la categoría de «Top Secret Umbra», el nivel de seguridad más alto del país.

Los secretos de la nación nunca habían estado más a salvo. Este impenetrable banco de datos albergaba planos de armas avanzadas, listados de protección de testigos, seudónimos de agentes de campo, análisis detallados, propuestas de operaciones encubiertas... La lista era interminable. No habría más infiltraciones clandestinas que pusieran en peligro la inteligencia de Estados Unidos.

Por supuesto, los agentes de la NSA se dieron cuenta de que los datos almacenados únicamente serían útiles si eran accesibles. El verdadero acierto del banco de datos no consistía sólo en resguardar los datos clasificados, sino en hacerlos accesibles únicamente a la gente adecuada. Toda la información almacenada tenía una clasificación de seguridad y, según su nivel, era accesible a distintos funcionarios gubernamentales de forma segmentada. Un comandante de submarino podía acceder al banco y consultar las fotografías más recientes de puertos rusos, pero no tenía acceso a los planes para una misión antidroga en Sudamérica. Los analistas de la CIA podían acceder a historiales de asesinos conocidos, pero no a los códigos de lanzamiento reservados para el presidente.

Los técnicos de Seguridad de Sistemas, claro está, no tenían autorización para acceder a la información almacenada en el banco de datos, pero eran responsables de su seguridad. Como todos los bancos de datos de grandes dimensiones (los de las compañías de seguros o los de las universidades, por ejemplo), las instalaciones de la NSA recibían constantes ataques de hackers informáticos que pretendían acceder a los secretos que albergaba en su interior. Los programadores de la agencia, sin embargo, eran los mejores del mundo. Nadie había conseguido siquiera acercarse a su banco de datos. Y no tenían ninguna razón para pensar que alguien pudiera llegar a hacerlo jamás.

Chartrukian comenzó a sudar mientras intentaba decidir si se marchaba o se quedaba. Que hubiera problemas en TRANSLTR suponía que también los habría en el banco de datos. La indiferencia de Strathmore resultaba desconcertante.

Todo el mundo sabía que TRANSLTR y el principal banco de datos de la NSA estaban inextricablemente vinculados. Una vez descifrado, cada nuevo código era enviado a través de un cable de fibra óptica de cuatrocientos metros hasta el banco de datos para salvaguardarlo. Los accesos al centro de almacenaje sagrado estaban limitados, y TRANSLTR era uno de ellos. Guantelete era el inexpugnable guardián del umbral. Y Strathmore lo había eludido.

Chartrukian podía oír los fuertes latidos de su corazón. «¡TRANSLTR lleva dieciocho horas encallado!» La posibilidad de que un virus informático hubiera entrado en TRANSLTR y estuviera campando a sus anchas en el sótano de la NSA resultaba verdaderamente alarmante.

—Tengo que informar sobre esto —dijo en voz alta.

En una situación como esa, Chartrukian sabía que sólo había una persona a la que podía llamar: el director del Departamento de Seguridad de Sistemas, el irascible gurú informático de ciento ochenta kilos que había construido Guantelete. Su apodo era Jabba, y en la NSA era como un semidiós. Podía vérsele deambulando por los pasillos, apagando fuegos virtuales y maldiciendo la debilidad mental de ineptos e ignorantes. Chartrukian sabía que, en cuanto se enterara de que Strathmore había eludido los filtros de Guantelete, se armaría una buena. «Me hace sentir mal —pensó—, pero tengo un trabajo que hacer» Tomó el teléfono y llamó al celular de Jabba, operativo las veinticuatro horas del día.

Capítulo 45

David Becker deambulaba sin rumbo por la avenida del Cid tratando de poner en orden sus pensamientos. Sombras silenciosas danzaban por la calzada. Aún seguía bajo los efectos del vodka. Nada en su vida parecía estar encarrilado en ese momento. Pensó en Susan y se preguntó si habría recibido ya su mensaje telefónico.

A lo lejos, un autobús del servicio de transporte público de Sevilla se detuvo con un rechinido de frenos delante de una parada. Becker levantó la mirada. Las puertas del autobús se abrieron, pero no descendió nadie. El motor diésel volvió a rugir y, justo cuando el vehículo estaba a punto de arrancar otra vez, tres adolescentes salieron de un bar y corrieron tras él, gritando y agitando las manos. El motor del bus se detuvo de nuevo y los chicos corrieron para tomarlo.

A treinta metros de ellos, Becker se había quedado mirando fijamente el autobús sin dar crédito. De repente, la vista se le había aclarado, pero sabía que lo que estaba viendo era imposible. Se trataba de una posibilidad entre un millón.

«Estoy alucinando...»

Sin embargo, cuando las puertas del autobús se abrieron y los chicos se agolparon para subir, Becker volvió a verla. Esta vez estaba seguro. Claramente iluminada por la neblinosa luz de la lámpara de la esquina. Era ella.

En cuanto los adolescentes subieron al autobús, el vehículo arrancó y Becker comenzó a correr detrás de él con la extraña imagen fijada en su mente: labial negro, marcada sombra de ojos y tres grandes puntas claramente diferenciadas en el cabello, una roja, otra blanca y la tercera azul.

El bus comenzó a alejarse y Becker fue detrás de su estela de monóxido de carbono.

—¡Espere! —exclamó.

Sus mocasines de cordobán se deslizaban a toda velocidad por el pavimento, pero en ese momento Becker carecía de la agilidad que solía tener en los partidos de squash. Se sentía abotargado. A su cerebro le estaba costando seguir el ritmo de sus pies. Culpó al mesero y al *jet lag*.

El autobús era uno de los viejos con motor diésel que había en Sevilla y, afortunadamente para él, la distancia que los separaba era cada vez menor. Sabía que debía alcanzar el vehículo antes de que este acelerara.

Los tubos de escape gemelos escupieron una nube de espeso humo al tiempo que el conductor se disponía a cambiar de velocidad. Becker trató de apresurarse. Al llegar junto a la defensa trasera, se movió hacia la derecha y comenzó a correr al lado del autobús. Podía ver las puertas traseras abiertas, pues el conductor no había tenido tiempo de cerrarlas.

Becker fijó la mirada en la entrada e ignoró la quemazón que sentía en las piernas. A su lado estaban las ruedas del vehículo y giraban ruidosamente a una velocidad cada vez mayor. Se impulsó hacia la puerta, pero no consiguió agarrarse a ella y estuvo a punto de perder el equilibrio. El ruido del clutch le indicó a Becker que el conductor estaba cambiando de velocidad.

«¡Va a cambiar de velocidad! ¡No voy a conseguirlo!»

En ese momento, los engranajes de la caja de velocidades se pusieron en movimiento para pasar a una velocidad superior y el autobús perdió algo de velocidad. Becker aprovechó para impulsarse una última vez. Justo cuando sus dedos se agarraban a la puerta, el vehículo aceleró. El jalón estuvo a punto de dislocarle el hombro, pero lo catapultó a la entrada.

David Becker se quedó un momento acostado en la plataforma del autobús en marcha, a apenas unos centímetros del pavimento. Ya estaba completamente sobrio y le dolían las piernas y el hombro. Con el cuerpo todavía trémulo, se puso de pie, procuró calmarse y se adentró en el oscuro vehículo. Entre la muchedumbre de siluetas, a apenas unos asientos de distancia, vio las peculiares tres puntas de pelo.

«¡Una roja, otra blanca y la tercera azul! ¡Lo conseguí!»

En la mente de Becker se agolparon imágenes del anillo, del avión Learjet 60 que lo aguardaba en el aeropuerto y de Susan esperándolo al final de toda esa aventura.

Cuando ya casi había llegado al asiento de la chica y estaba preguntándose qué iba a decirle, el autobús pasó por debajo de una lámpara y el rostro de la punketa quedó momentáneamente iluminado.

Becker se le quedó mirando horrorizado. Bajo el maquillaje era visible una incipiente barba. No era una chica, sino un chico. Llevaba un arete en el labio superior, una cazadora de cuero negro e iba sin camiseta.

—¿Qué carajo quieres? —le preguntó con voz ronca. Su acento era de Nueva York.

Desorientado, como si estuviera cayendo al vacío a cámara lenta, Becker se fijó en la multitud de pasajeros, que a su vez estaban observándolo a él. Eran todos punks. Y al menos la mitad llevaban el cabello teñido de rojo, blanco y azul.

—¡Siéntese! —exclamó el conductor.

Becker se sentía demasiado aturdido para oír lo que le habían dicho.

—¡Que se siente! —volvió a gritar el conductor.

Esta vez se volteó ligeramente hacia el enojado rostro que lo miraba por el espejo retrovisor, pero lo hizo demasiado tarde.

Molesto, el conductor pisó el freno de golpe. Becker notó cómo su peso se desplazaba. Rápidamente, extendió una mano para agarrarse al respaldo de un asiento, pero no lo consiguió y, por un segundo, permaneció suspendido en el aire. Luego aterrizó con fuerza en el sucio suelo.

En la avenida del Cid, una figura emergió de las sombras y, tras ajustarse los lentes de armazón metálico que llevaba puestos, contempló cómo se alejaba el autobús. David Becker había escapado, pero no por mucho tiempo. De todos los autobuses de Sevilla, el señor Becker había subido al infame número 27.

Y el 27 sólo tenía un destino.

Capítulo 46

Phil Chartrukian colgó furioso el auricular del teléfono. Jabba estaba comunicando, y este despreciaba la llamada en espera por considerarla un intrusivo truco introducido por la compañía telefónica AT&T para incrementar sus beneficios con el hecho de conectar todas las llamadas; la simple frase «Estoy hablando por la otra línea, ahora te llamo» hacía ganar a las compañías telefónicas millones cada año. La negativa de Jabba a la llamada en espera era asimismo su forma de protestar silenciosamente por la exigencia de la NSA de que llevara encima a todas horas un teléfono celular de emergencia.

Chartrukian se volvió y miró la planta desierta de Criptografía. El zumbido de los generadores subterráneos sonaba más alto a cada minuto que pasaba. Tenía la sensación de que se les estaba acabando el tiempo. Sabía que debía marcharse, pero, por encima del fragor de la maquinaria que había bajo tierra, el mantra de Seguridad de Sistemas comenzó a resonar en su cabeza: «Primero actuar y luego dar explicaciones».

En el aventurado mundo de la seguridad informática, unos minutos podían suponer la diferencia entre salvar un sistema o perderlo. Rara vez había tiempo para justificar un procedimiento defensivo antes de emprenderlo. A los técnicos de Seguridad de Sistemas se les pagaba por su pericia técnica... y su instinto.

«Primero actuar y luego dar explicaciones.» Chartrukian sabía lo que tenía que hacer. También que, cuando todo hubiera pasado, o bien sería un héroe en la NSA, o bien estaría en la fila del desempleo.

La gran computadora descodificadora tenía un virus, de eso estaba seguro. Sólo había una forma responsable de proceder: apagarlo.

Y Chartrukian sabía que únicamente había dos formas de apagar TRANSLTR. Una era a través del terminal privado del comandante, que estaba bajo llave en su oficina y, por tanto, fuera de toda consideración. La otra era el interruptor manual situado en uno de los pisos subterráneos.

Tragó saliva ruidosamente. Odiaba los pisos subterráneos. Sólo había estado una vez en ellos, durante su formación. Parecían salidos de un mundo alienígena: largos laberintos de pasarelas, conductos de refrigeración y una mareante caída de cuarenta y un metros hasta los estruendosos generadores que había debajo...

Era el último lugar al que deseaba ir, y Strathmore era la última persona a la que deseaba hacer enojar, pero el deber era el deber. «Mañana me darán las gracias», pensó, y acto seguido se preguntó si sería así.

Tras respirar hondo, abrió el casillero metálico de Jabba. En un estante repleto de piezas de computadora desarmadas, oculta detrás de un concentrador y un comprobador de redes LAN, había una taza de la Universidad de Stanford. Sin tocar el borde, metió la mano y extrajo una llave Medeco.

—Es asombroso lo que los técnicos de Seguridad de Sistemas *desconocen* sobre seguridad —refunfuñó.

Capítulo 47

—¿Un código de mil millones? —dijo burlonamente Midge mientras acompañaba a Brinkerhoff por el pasillo de vuelta al despacho de este—. Esa sí que es buena.

—Te lo juro.

Ella lo miró de reojo.

—Más te vale que esto no sea una estratagema para intentar quitarme el vestido.

—Midge, yo nunca... —dijo él, dándoselas de santurrón.

—Ya lo sé, Chad. No me lo recuerdes.

Treinta segundos después, Midge estaba sentada en la silla de su colega leyendo el informe de Criptografía.

—¿Lo ves? —dijo Brinkerhoff, inclinándose sobre ella y señalando la cifra en cuestión—. ¿Ves este CMD? ¡Mil millones de dólares!

Midge soltó una risa ahogada.

—Parece una cifra un poco alta, ¿no?

—Sí, un poco.

—Podría tratarse de una división por cero.

—¿Cómo dices?

—Una división por cero —repitió ella, examinando los demás datos—. Los CMD calculados como fracción: el gasto total dividido por el número de códigos descifrados.

—Claro. —Brinkerhoff asintió distraídamente y procuró que la mirada no se le fuera al escote de su compañera.

—Cuando el denominador es cero —explicó Midge—, el cociente tiende a infinito. Las computadoras odian el infinito, de modo que escriben una secuencia de nueves. —Señaló una columna distinta—. ¿Ves esto?

—Sí. —Brinkerhoff centró la mirada de nuevo en el papel.

—Es la producción del día de hoy. Mira el número de códigos descifrados.

Los ojos de Brinkerhoff siguieron el dedo de Midge columna abajo.

NÚMERO DE CÓDIGOS DESCIFRADOS = 0

La mujer dio unos golpecitos con la yema sobre el número.

—Es lo que sospechaba. Una división por cero.

Brinkerhoff enarcó las cejas.

—Entonces ¿todo está bien?

Ella se encogió de hombros.

—Sólo significa que hoy no se ha descifrado ningún código. TRANSLTR debe de estar tomándose un descanso.

—¿Un descanso?

A Brinkerhoff le pareció extraño. Llevaba trabajando con el director el tiempo suficiente para saber que los «descansos» no formaban parte de su *modus operandi*; sobre todo en lo que respectaba a TRANSLTR. Fontaine había pagado dos mil millones de dólares por una enorme computadora para descifrar códigos y quería amortizar ese gasto. Cada segundo que la máquina permanecía inactiva era dinero tirado a la basura.

—Sabes perfectamente que TRANSLTR no se toma descansos —repuso—. Está en marcha día y noche.

Ella se encogió de hombros.

—Puede que anoche Strathmore no quisiera quedarse preparando el trabajo del fin de semana. Probablemente sabía que Fontaine está de viaje y se fue pronto para ir a pescar.

—Vamos, Midge... —Brinkerhoff la reprendió con la mirada—. No te pases.

No era ningún secreto que a Midge Milken no le caía bien Trevor Strathmore. Este había intentado llevar a cabo una artimaña artera reescribiendo Skipjack y lo habían atrapado. Por su culpa, la EFF había salido fortalecida, la credibilidad de Fontaine había disminuido en el Congreso y —lo peor de todo— la agencia había perdido gran parte de su anonimato. De repente, había amas de casa en Minnesota que se quejaban a America Online y Prodigy de que la NSA podía estar leyendo sus correos electrónicos (como si la NSA tuviera algún interés en una receta secreta para preparar plátanos caramelizados).

La metedura de pata de Strathmore había tenido un gran costo para la NSA, y Midge se sentía responsable. Si bien ella no podría haber anticipado los planes del comandante, el resultado final era que una acción no autorizada había tenido lugar a espaldas del director Fontaine, y a Midge le pagaban por cubrir esas espaldas. La actitud permisiva de Fontaine lo volvía vulnerable, y eso ponía nerviosa a Midge. Sin embargo, hacía mucho tiempo que el director había aprendido a dejar que la gente inteligente hiciera su trabajo, y así exactamente era como manejaba a Trevor Strathmore.

—Midge, sabes muy bien que el comandante no está escapándose —dijo Brinkerhoff—. Trabaja como un poseso.

Ella asintió. En lo más hondo, sabía que acusar a Strathmore de vago era absurdo. El hombre estaba completamente dedicado a su trabajo. Incluso demasiado. Cargaba con los males del mundo sobre sus hombros como si fueran su propia cruz personal. El proyecto de Skipjack había sido una idea personal suya, un atrevido intento de cambiar el mundo. Lamentablemente, como tantas otras empresas divinas, esa cruzada había terminado en crucifixión.

—De acuerdo —admitió—, reconozco que estoy siendo un poco dura.

—¿Un poco? —Brinkerhoff la miró con los ojos entornados—. La lista de códigos a la espera de ser descifrados de Strathmore es interminable. No va a dejar que TRANSLTR permanezca inactivo todo un fin de semana.

—Está bien, está bien. —Midge suspiró—. Tienes razón. —Luego arrugó el entrecejo y se preguntó cuál podía ser la razón por la que TRANSLTR no había descifrado ningún código en todo el día—. Deja que revise una cosa —dijo, y comenzó a pasar las páginas del informe. Localizó lo que estaba buscando y examinó las cifras. Un momento después, asintió—: Tienes razón, Chad, TRANSLTR no ha dejado de estar en activo. El consumo es incluso un poco alto; medio millón de kilovatios por hora desde la pasada medianoche.

—Y ¿eso qué quiere decir?

Midge se sentía desconcertada.

—No estoy segura. Es extraño.

—¿Quieres recomprobar los datos?

Ella lo miró con desaprobación. Había dos cosas que uno no cuestionaba sobre Midge Milken. Una de ellas eran sus análisis de datos. Brinkerhoff esperó mientras la mujer estudiaba los números.

—¡Hum! —dijo finalmente con un gruñido—. Las estadísticas de ayer son normales: 237 códigos descifrados. CDM, 874 dólares. Tiempo medio por código, un poco más de seis minutos. Consumo, dentro de la media. Último código en ser introducido en TRANSLTR... —Se quedó callada de golpe.

—¿Qué sucede?

—Es extraño —dijo—. El último archivo se puso en cola ayer a las 23.37.

—¿Y?

—TRANSLTR descifra códigos cada seis minutos más o menos. El último archivo del día suele introducirse cerca de la medianoche. Es imposible que... —Midge volvió a interrumpirse de golpe y luego dejó escapar un grito ahogado.

—¡¿Qué pasa?! —exclamó Brinkerhoff, sobresaltado.

Midge seguía mirando la lectura con incredulidad.

—¿Este archivo, el que se introdujo en TRANSLTR anoche...?

—¿Sí?

—Todavía no ha sido descifrado. Fue puesto en fila a las 23:37:08, pero no veo que haya sido desencriptado. —Midge pasó las hojas—. ¡Ni ayer ni hoy!

Brinkerhoff se encogió de hombros.

—Puede que los de Cripto estén realizando un diagnóstico.

Ella negó con la cabeza.

—¿Durante dieciocho horas? —Se quedó un momento callada y luego prosiguió—: Es improbable. Además, la información de la fila indica que se trata de un archivo externo. Deberíamos llamar a Strathmore.

—¿A casa? —Brinkerhoff tragó saliva—. ¿Un sábado por la tarde?

—No —repuso Midge—. Conozco al comandante, ya debe de estar al tanto de esto. Apuesto lo que sea a que está aquí. Tengo un presentimiento. —Los presentimientos de Midge era la otra cosa que uno no cuestionaba jamás—. Vamos —dijo poniéndose en pie de pronto—. Comprobemos si tengo razón.

Brinkerhoff la siguió hasta su despacho. En cuanto llegaron, ella se sentó delante de Gran Hermano y sus manos comenzaron a revolotear sobre el teclado como si fuera un virtuoso organista.

Él levantó la mirada hacia el panel de videomonitores de circuito cerrado que había en la pared. En ese momento, todas las pantallas estaban en negro, con el sello de la NSA sobreimpreso.

—¿Vas a fisgonear en Cripto? —preguntó nerviosamente.

—No —respondió Midge—. Me gustaría poder hacerlo, pero es una zona restringida. En su interior no hay videocámaras. Ni grabadoras. Nada. Órdenes de Strathmore. Sólo dispongo de datos estadísticos y operaciones básicas de TRANSLTR. Y podemos dar gracias por tener incluso eso. El comandante quería un aislamiento total, pero Fontaine insistió en un mínimo.

Brinkerhoff parecía desconcertado.

—¿En Cripto no hay videocámaras?

—Ajá. ¿Por qué? —preguntó ella sin apartar la mirada del monitor—. ¿Carmen y tú están buscando un sitio más íntimo?

Brinkerhoff balbuceó algo inaudible.

Midge tecleó unas pocas cosas más.

—Voy a echar un vistazo en el registro del elevador de Strathmore. —Estudió el monitor durante un momento y luego sus nudillos tamborilearon sobre el escritorio—. Aquí está. Ahora mismo está en Cripto. Mira esto. Ya decías tú que trabajaba mucho: llegó ayer por la mañana a primera hora y desde entonces su elevador no se ha movido. Tampoco veo que haya utilizado su tarjeta en la entrada principal. Definitivamente, todavía está aquí.

Brinkerhoff dejó escapar un pequeño suspiro de alivio.

—Entonces, si Strathmore está aquí es que no pasa nada malo, ¿verdad?

Midge lo pensó un momento.

—Tal vez —decidió finalmente.

—¿Tal vez?

—Deberíamos llamarlo y asegurarnos.

Él dejó escapar un gruñido.

—Es el director adjunto, Midge. Estoy seguro de que lo tiene todo bajo control. No cuestionemos...

—Oh, vamos, Chad, no seas niño. Sólo estamos haciendo nuestro trabajo. Nos encontramos con un problema en los datos de los informes y estamos comprobando de qué se trata exactamente. Además —añadió—, me gustaría recordarle a Strathmore que Gran Hermano permanece al acecho. Así lo pensará dos veces antes de planear alguna de sus descabelladas artimañas para salvar al mundo. —Midge levantó el auricular de su teléfono y comenzó a marcar un número.

Brinkerhoff parecía inquieto.

—¿De verdad crees que debes molestarlo?

—No voy a molestarlo —dijo ella, ofreciéndole el auricular—. Eres tú quien va a hacerlo.

Capítulo 48

—¡¿Qué?! —exclamó Midge con incredulidad—. ¡¿Strathmore te aseguró que nuestros datos son incorrectos?!

Brinkerhoff asintió y colgó el auricular del teléfono.

—¿Negó que TRANSLTR está encallado con un archivo desde hace dieciocho horas?

—Se mostró muy tranquilo, la verdad —sonrió Brinkerhoff, satisfecho consigo mismo por haber sobrevivido a la llamada—. Me aseguró que TRANSLTR funciona perfectamente y que ahora mismo está descifrando códigos cada seis minutos. Luego me dio las gracias por preocuparme.

—Está mintiendo —replicó Midge—. Llevo dos años repasando estos informes de Cripto. Los datos nunca son incorrectos.

—Siempre hay una primera vez para todo —dijo él despreocupadamente.

Ella lo reprendió con la mirada.

—Repaso todos los datos *dos* veces.

—Bueno..., ya sabes lo que dicen sobre las computadoras: cuando la cagan, al menos lo hacen de forma consistente.

Midge se volvió y se le quedó mirando fijamente.

—¡Esto no tiene gracia, Chad! El director adjunto acaba de mentirle descaradamente a la oficina del director. ¡Quiero saber por qué!

De repente, Brinkerhoff deseó no haberle avisado. La conversación telefónica con Strathmore la había desatado. Desde Skipjack, siempre que Midge tenía la sensación de que estaba sucediendo algo sospechoso, pasaba de ser una mujer seductora para convertirse en una maníaca. Nada podía detenerla hasta que averiguaba qué sucedía.

—Midge, es perfectamente posible que los datos del informe sean incorrectos —dijo con firmeza—. Es decir, piensa en ello, un archivo que mantiene a TRANSLTR ocupado durante dieciocho horas... Es algo inaudito. Vete a casa. Es tarde.

Ella lo miró con altivez y arrojó el informe sobre la mesa.

—Confío en los datos que aparecen en el informe. Mi instinto me dice que están bien.

Brinkerhoff frunció el ceño. Ni siquiera el director cuestionaba ya el instinto de Midge Milken; la analista tenía la asombrosa costumbre de estar siempre en lo cierto.

—Aquí está pasando algo —declaró—. Y tengo la intención de averiguar de qué se trata.

Capítulo 49

Becker se levantó del suelo del autobús y se dejó caer en un asiento vacío.

—Buena jugada, idiota —se burló el chico con las tres puntas de colores en el pelo.

Becker aguzó la mirada bajo la tenue iluminación del vehículo. Era el que había perseguido hasta el autobús. Luego observó con desánimo el mar de pelos teñidos de rojo, blanco y azul.

—¿A qué viene ese peinado? —dijo señalando a los demás—. Van todos teñidos de...

—¿Rojo, blanco y azul? —terminó de decir el chico.

Becker asintió, intentando no mirar la perforación infectada que tenía en el labio superior.

El punk escupió en el pasillo, claramente disgustado por la ignorancia de Becker.

—Judas Taboo —se limitó a decir.

Becker no entendió qué quería decir con eso.

—¿Judas Taboo? ¿El punk más grande desde Sid Vicious? Se voló la tapa de los sesos aquí hace un año. Es el aniversario de su muerte.

Becker asintió ligeramente. Estaba claro que seguía sin entender qué relación tenía eso con el cabello.

—Taboo iba peinado así el día de su muerte. —El chico volvió a escupir—. Todo fan suyo que se precie lleva hoy el cabello teñido de rojo, blanco y azul.

Durante un largo rato, Becker no dijo nada. Lentamente, como si le hubieran disparado un dardo tranquilizante, se volvió hacia delante e inspeccionó el grupo que iba en el autobús. Todos eran punks. La mayoría estaban mirándolo.

«Todos sus fans llevan hoy el pelo teñido de rojo, blanco y azul.»

Alargó el brazo y oprimió el botón de parada. Había llegado el momento de bajar del autobús. Pulsó una segunda vez. No pasó nada. Luego una tercera, con más fuerza. Nada.

—Los botones del 27 están desconectados —le explicó el chico—. Para que no juguemos con ellos.

Becker se volvió hacia él.

—¿Quieres decir que no puedo bajar?

El chico se rio.

—No hasta el final de la línea.

Cinco minutos después, el autobús avanzaba a toda velocidad por una oscura carretera rural. Becker se volvió de nuevo hacia el chico que tenía detrás.

—¿Este autobús se detendrá alguna vez?

El muchacho asintió.

—Faltan unos pocos kilómetros.

—¿Adónde vamos?

Una amplia sonrisa se dibujó en el rostro del chico.

—¿Quieres decir que no lo sabes?

Becker se encogió de hombros.

El chico comenzó a reír histéricamente.

—¡Oh, carajo! ¡Te va a encantar!

Capítulo 50

Apenas a unos metros de la cubierta de TRANSLTR, Phil Chartrukian se detuvo sobre unas letras blancas escritas en el suelo:

SUBNIVELES DE CRIPTOGRAFÍA
SÓLO PERSONAL AUTORIZADO

Era consciente de que, definitivamente, él no estaba autorizado. Echó un vistazo rápido al despacho de Strathmore. Las cortinas seguían cerradas. En cuanto a Susan, Chartrukian había visto que había ido al sanitario, así que ella no supondría ningún problema. Se volvió hacia Nodo 3, preguntándose si el otro criptógrafo estaría viéndolo.

—¡A la mierda! —gruñó.

En el suelo, apenas era visible el contorno de una compuerta. Chartrukian apretó con fuerza la llave que acababa de tomar en el laboratorio de Seguridad de Sistemas.

Se arrodilló, la insertó en la cerradura que había en el suelo y la giró con un chasquido. A continuación, abrió el gran cierre de mariposa externo y liberó la portezuela. Tras una última comprobación por encima del hombro, se agachó y jaló con fuerza. El panel era pequeño, apenas medía un metro por un metro, pero pesaba mucho. Cuando finalmente se abrió, Chartrukian no pudo evitar tambalearse hacia atrás.

Una ráfaga de aire cálido le impactó en la cara. En él era perceptible asimismo el punzante olor del gas freón. Nubes de vapor emergieron de la abertura, iluminadas por las luces de servicio rojas. El lejano zumbido de los generadores se convirtió en un fragor. Chartrukian se puso de pie y miró por la abertura. Parecía más la entrada al infierno que una puerta de servicio para acceder a las entrañas de una computadora. Una estrecha escalera conducía a una plataforma subterránea. Más allá había otra escalera, pero él sólo podía ver una arremolinada neblina roja.

Al otro lado del cristal unidireccional de Nodo 3, Greg Hale observaba cómo Phil Chartrukian desaparecía por la escalera en dirección a los subniveles. Desde el lugar en el que se encontraba el criptógrafo, parecía que al técnico le hubieran cercenado la cabeza y la hubieran depositado en el suelo de la planta de Criptografía. Luego, lentamente, Chartrukian se metió en la arremolinada neblina.

—Hay que tener agallas —murmuró Hale.

Sabía perfectamente adónde se dirigía Chartrukian. Una interrupción manual de emergencia era la acción lógica si creía que TRANSLTR tenía un virus. Lamentablemente, eso también supondría que la planta de Criptografía se llenara de técnicos de Seguridad de Sistemas en apenas diez minutos. Las acciones de emergencia activaban avisos en el conmutador principal. Y una investigación de Seguridad de Sistemas era algo que Hale no podía permitirse. De inmediato, el criptógrafo salió de Nodo 3 y se dirigió hacia la compuerta. Tenía que detener a Chartrukian.

Capítulo 51

Jabba parecía un gigantesco renacuajo. Al igual que la criatura cinemática a partir de la cual había sido apodado, su cuerpo era un esferoide sin pelo. Como un ángel de la guarda residente de todos los sistemas informáticos de la NSA, iba de departamento en departamento modificando y soldando máquinas, y reafirmando con ello su credo de que la prevención era la mejor medicina. Ninguna computadora de la NSA se había infectado bajo el reinado de Jabba, y su intención era que la cosa siguiera así.

Su base de operaciones consistía en un cubículo elevado con vistas al ultrasecreto banco de datos subterráneo de la NSA. Ahí era donde un virus podía causar el mayor daño, y también donde pasaba la mayor parte del tiempo. En ese momento, sin embargo, Jabba se había tomado un descanso y estaba disfrutando de unos *calzoni* de *pepperoni* en el comedor de la NSA, abierto toda la noche. Estaba a punto de hincarle el diente al tercer *calzone* cuando sonó su teléfono celular.

—¿Diga? —dijo tosiendo al tiempo que tragaba un bocado.

—Jabba —respondió una voz femenina—. Soy Midge.

—¡La Reina de los Datos! —contestó efusivamente el gigante. Sentía debilidad por Midge Milken. Era inteligente, y también la única mujer que había conocido que coqueteaba con él—. ¿Cómo demonios estás?

—No puedo quejarme.

Jabba se limpió la boca.

—¿Estás en el trabajo?

—Así es.

—¿Te gustaría venir a comer un *calzone* conmigo?

—Me encantaría, Jabba, pero tengo que cuidar mis caderas.

—¿De verdad? —dijo él disimulando una sonrisa—. ¿Quieres que te ayude?

—Eres un chico malo.

—No tienes ni idea...

—Me alegro de haberte encontrado —dijo ella entonces, cambiando de tema—. Necesito consejo.

Él le dio un largo trago a su Dr. Pepper.

—Tú dirás.

—Puede que no sea nada —dijo Midge—, pero vi algo raro en un informe de Criptografía y esperaba que tú pudieras arrojar algo de luz.

—¿Qué viste? —Dio otro trago.

—Según este informe, TRANSLTR lleva dieciocho horas ocupado con un archivo y todavía no lo ha descifrado.

Jabba no pudo evitar escupir su refresco por encima del *calzone.*

—¿Cómo dices?

—¿Alguna idea?

Él intentó secar el *calzone* con una servilleta.

—¿Qué informe es ese?

—Uno de producción. Análisis de costes básicos y demás. —Midge le explicó rápidamente lo que habían encontrado Brinkerhoff y ella.

—¿Llamaste a Strathmore?

—Sí. Dijo que en Cripto todo va bien y que TRANSLTR funciona a la velocidad habitual. Insistió en que los datos están equivocados.

Jabba arrugó su bulboso entrecejo.

—Entonces ¿cuál es el problema? Hay un error en el informe. —Midge no respondió. Jabba captó lo que pensaba—. ¿No crees que haya ningún error en el informe?

—Correcto.

—Entonces piensas que Strathmore está mintiendo.

—No es eso —dijo Midge diplomáticamente, consciente de que se trataba de una cuestión delicada—. Es sólo que nunca me he encontrado con ningún dato erróneo en ningún informe, y pensé que lo mejor era buscar una segunda opinión.

—Bueno —repuso Jabba—, lamento ser yo quien te lo diga, pero los datos de tu informe están mal.

—¿Eso crees?

—Apuesto mi trabajo a que sí. —Jabba le dio un gran mordisco a su empapado *calzone* y siguió hablando con la boca llena—: Lo máximo que ha tardado TRANSLTR en descifrar un archivo han sido tres horas. Eso incluye diagnósticos, pruebas de límites y toda la cosa. Lo único que podría tenerlo atorado dieciocho horas tendría que ser algo viral. Ninguna otra cosa podría hacerlo.

—¿Viral?

—Sí, una especie de ciclo redundante. Algo que se metiera dentro de los procesadores, creara un bucle y, básicamente, impidiera el desarrollo de las operaciones.

—Bueno —aventuró ella—, Strathmore lleva en Cripto unas treinta y seis horas seguidas. ¿Alguna posibilidad de que esté peleándose con un virus?

Jabba se rio.

—¿Strathmore lleva ahí treinta y seis horas? Pobre desgraciado... Seguramente, su esposa no lo deja entrar en casa. Escuché decir que le dio una patada en el culo.

Midge pensó un momento en esa posibilidad. Ella también lo había oído. Se preguntó si no estaba siendo paranoica.

—Midge —dijo Jabba y, antes de seguir, le dio otro trago a su bebida—. Si el juguete de Strathmore tuviera un virus, me habría llamado. El comandante es inteligente, pero no sabe absolutamente nada sobre virus. TRANSLTR es todo lo que tiene. A la primera señal de problemas, habría apretado el botón de pánico. Y, aquí, esto significa llamarme a *mí.* —Jabba sorbió un largo hilo de mozzarella—. Además, es imposible que un virus haya accedido a TRANSLTR. Guantelete es el mejor sistema de filtros que he programado nunca. Nada puede atravesarlo.

Después de un largo silencio, Midge exhaló un suspiro.

—¿Alguna otra idea?

—Sí. Tus datos están mal.

—Eso ya lo dijiste.

—Exacto.

Ella frunció el ceño.

—¿Seguro que no sabes nada al respecto? ¿Nada de nada?

Jabba soltó una risotada.

—Midge..., escucha. Lo de Skipjack fue una canallada. Strathmore la cagó. Pero tienes que pasar página y dejarlo ir. Eso terminó. —Hubo un largo silencio en la línea y Jabba se dio cuenta de que había ido demasiado lejos—. Lo siento, Midge. Soy consciente de que tuviste que cargar con varios muertos por su culpa. Strathmore no actuó bien. Sé lo que piensas sobre él.

—Esto no tiene nada que ver con Skipjack —dijo ella con firmeza.

«Sí, claro», pensó Jabba.

—Escucha, Midge, a mí Strathmore me resulta indiferente. Es decir, se trata de un criptógrafo. Básicamente, esos tipos son unos idiotas egocéntricos que siempre necesitan sus datos para ayer. Cada uno de los archivos en los que están trabajando es el que podría salvar el mundo.

—¿Qué quieres decir con eso?

Jabba exhaló un suspiro.

—Quiero decir que Strathmore es un psicópata como todos los demás de su departamento. Pero también que ama a TRANSLTR más que a su maldita esposa. Si hubiera un problema, me habría llamado.

Ella volvió a quedarse callada. Finalmente, dejó escapar un reticente suspiro.

—Entonces ¿los datos están mal?

Jabba soltó una risa ahogada.

—¿Es que hay eco?

Ella se rio.

—Mira, Midge. Envíame una orden de trabajo y el lunes iré a echarle un vistazo a tu máquina. Mientras tanto, lárgate de aquí de una vez. Es sábado noche. Ve a coger con alguien, o algo así.

Ella suspiró.

—Lo intento, Jabba. Créeme que lo intento.

Capítulo 52

El club Embrujo estaba situado en un barrio que había al final de la línea 27 de autobús. Parecía más una fortificación que una discoteca, rodeado como estaba por altas paredes de estuco en las que habían incrustado restos de botellas de cerveza rotas, un primitivo sistema de seguridad que evitaba que nadie pudiera entrar ilegalmente sin dejar atrás una buena porción de carne.

Durante el trayecto, Becker tuvo que aceptar el hecho de que había fracasado. Había llegado el momento de llamar a Strathmore con las malas noticias. La búsqueda era inútil. Había hecho todo lo que había podido. Había llegado el momento de volver a casa.

Sin embargo, al contemplar la multitud que se agolpaba en la entrada del club, ya no estuvo tan seguro de que su conciencia le permitiera abandonar la búsqueda. Ante sí se encontraba la mayor concentración de punks que hubiera visto nunca; por todas partes había pelos teñidos de rojo, blanco y azul.

Exhaló un suspiro y consideró sus opciones. Tras observar un momento la muchedumbre, finalmente se encogió de hombros. «¿En qué otro lugar podría estar la punk esa un sábado por la noche?» Maldiciendo su mala suerte, Becker descendió del autobús.

El acceso al club Embrujo consistía en un estrecho pasillo de piedra. Al entrar, Becker se sintió inmediatamente arrastrado por la corriente de ansiosos jóvenes.

—¡Apártate de mi camino, marica! —exclamó un alfiler humano empujándolo con el codo.

—Bonita corbata —dijo otro, jalándola con fuerza.

—¿Cogemos? —le soltó una adolescente que parecía salida de *La noche de los muertos vivientes*.

El oscuro pasillo desembocaba en una enorme sala de cemento que apestaba a alcohol y a sudor. La escena era surrealista. Una profunda gruta en la que cientos de cuerpos se movían al unísono. Saltaban arriba y abajo con las manos pegadas a los costados, agitando las cabezas de un lado a otro como bulbos sin vida sobre rígidas espinas dorsales. Algunos locos se tiraban desde un escenario y aterrizaban sobre un mar de extremidades humanas. Sus cuerpos iban entonces de un lado a otro como si fueran pelotas de playa. Las palpitantes luces estroboscópicas que había en el techo conferían a la escena la apariencia de una vieja película muda.

En la pared del fondo, unas bocinas enormes vibraban con tal fuerza que ni siquiera los bailarines más dedicados podían acercarse a menos de diez metros de los atronadores bafles de subgraves.

Becker se tapó los oídos y comenzó a buscar a la punk entre la multitud. Allá adonde mirara, sin embargo, había una cabeza con el pelo teñido de blanco, rojo y azul, y los cuerpos estaban tan apretujados que no podía ver la ropa que vestían. Era incapaz de distinguir si alguien llevaba una bandera inglesa. Estaba claro que nunca sería capaz de internarse entre la muchedumbre sin que lo arrollaran. De repente, alguien comenzó a vomitar a su lado.

«Encantador.» Becker soltó un quejido y decidió meterse por un pasillo con las paredes decoradas con grafitis.

En un momento dado, ese pasillo se transformaba en un estrecho túnel con espejos que desembocaba finalmente en un patio exterior con varias mesas y sillas. Ese lugar también estaba atestado de punks, pero para Becker fue como llegar a Shangri-La: el despejado cielo de verano se extendía sobre su cabeza, y la lejana música apenas se oía.

Ignorando las miradas curiosas, se abrió camino entre la gente y, aflojándose la corbata, se dejó caer en una de las sillas que había junto a una mesa desocupada. Parecían haber pasado siglos desde que Strathmore lo había llamado esa mañana.

Después de apartar varias botellas de cerveza que había sobre la mesa, Becker enterró la cabeza entre las manos. «Sólo un minuto», pensó.

A ocho kilómetros de allí, el hombre con los lentes de armazón metálico iba sentado en el asiento trasero de un taxi Fiat que avanzaba a toda velocidad por una carretera rural.

—Embrujo —dijo con un gruñido, recordándole al conductor su destino.

Este asintió al tiempo que le echaba un vistazo al curioso pasajero por el espejo retrovisor.

—Embrujo —murmuró para sí—. Cada noche acude gente más rara.

Capítulo 53

Tokugen Numataka yacía desnudo en la camilla de masaje que tenía en su oficina. Su masajista personal estaba intentando relajar los contracturados músculos de su cuello. Luego, tras depositar las palmas sobre la flácida piel que rodeaba los omóplatos, las manos de la mujer comenzaron a descender lentamente hasta la toalla que le cubría el trasero y se metieron debajo. Numataka apenas se dio cuenta. Tenía la mente en otro lugar. Estaba esperando una llamada a su línea privada. Todavía no la había recibido.

De pronto, tocaron a la puerta.

—Adelante —dijo con un gruñido.

La masajista retiró rápidamente las manos de debajo de la toalla.

La operadora del conmutador entró e hizo una reverencia.

—Honorable presidente...

—Hable.

La operadora hizo otra reverencia.

—Hablé con la compañía telefónica. El prefijo de la llamada que recibió es uno: Estados Unidos.

Numataka asintió. Eso eran buenas noticias. «La llamada se hizo desde Estados Unidos —sonrió—. Era una llamada auténtica.»

—¿De qué lugar exactamente? —preguntó.

—Están intentando averiguarlo, señor.

—Muy bien. Avíseme cuando sepa algo más.

La operadora volvió a hacer una reverencia y se marchó.

Numataka notó que sus músculos se relajaban. Prefijo 1. Sin duda eso eran buenas noticias.

Capítulo 54

Susan Fletcher comenzó a deambular con impaciencia de un lado a otro en el baño de Criptografía mientras contaba lentamente hasta cincuenta. Podía sentir palpitaciones en la cabeza. «Un poco más —se dijo—. ¡Hale es Dakota del Norte!»

Se preguntó cuáles serían sus planes. ¿Anunciaría la clave de acceso? ¿Sería avaricioso e intentaría vender el algoritmo? Susan ya no podía soportar más tiempo la espera. Había llegado el momento. Tenía que hablar con Strathmore.

Con cuidado, abrió la puerta y echó un vistazo a la pared reflejante que había en el extremo opuesto de la planta de Criptografía. No había modo de saber si Hale todavía estaba al acecho. Tendría que darse prisa en llegar al despacho de su jefe. Sin correr, claro está; no quería que Hale sospechara que lo había descubierto. Cuando ya estaba a punto de salir del baño, oyó algo. Voces. Voces masculinas.

Procedían del conducto de ventilación que había cerca del suelo. Susan volvió a cerrar la puerta y se acercó a la abertura. La conversación parecía estar teniendo lugar en alguna de las pasarelas subterráneas. Una de las voces sonaba aguda y enojada. Parecía la de Phil Chartrukian.

—¿No me cree?

Se trataba de una discusión.

—¡Tenemos un virus!

Y, subiendo el volumen, añadió:

—¡Hay que llamar a Jabba!

A continuación, se oyó lo que parecía una refriega.

—¡Suélteme!

El ruido que se oyó a continuación apenas parecía humano. Un largo grito de pánico, como el de un animal siendo torturado y a punto de morir. Susan se quedó inmóvil junto al conducto de ventilación. El grito terminó tan abruptamente como había comenzado. Luego se hizo el silencio.

Un instante después, como si fuera la matiné de una película mala de terror, las luces del baño comenzaron a atenuarse lentamente. Luego parpadearon y, al final, se apagaron del todo. De repente, Susan Fletcher se encontró a sí misma en la más absoluta oscuridad.

Capítulo 55

—¡Estás en mi silla, imbécil! —exclamó alguien en inglés.

Becker alzó la cabeza. «¿Es que ya nadie habla español en este país?»

Un adolescente bajito, con la cara llena de granos y totalmente rapado, estaba mirándolo con furia. Llevaba la mitad del cuero cabelludo teñida de color rojo y la otra mitad púrpura. Parecía un huevo de pascua.

—¡Dije que estás en mi silla, imbécil!

—Ya te escuché la primera vez —replicó Becker poniéndose en pie. No tenía ganas de pelea. Había llegado el momento de marcharse.

—¿Dónde pusiste mis botellas? —protestó el chico con un gruñido. Llevaba una perforación en la nariz.

Becker señaló las botellas de cerveza que había dejado en el suelo.

—Estaban vacías.

—¡Eran mis jodidas botellas vacías!

—Lo siento —dijo Becker, y dio media vuelta para irse.

El punk se interpuso en su camino.

—¡Recógelas!

Becker parpadeó. Estaba empezando a enojarse.

—Estás bromeando, ¿verdad? —Era un palmo más alto y pesaba al menos veinte kilos más que el chico.

—¿Acaso te parece que estoy bromeando?

Becker no dijo nada.

—¡Recógelas! —volvió a exclamar el chico, alzando todavía más la voz.

Él intentó rodearlo, pero el adolescente se movió para seguir bloqueándole el camino.

—¡Dije que recojas las jodidas botellas!

Diversos punks colocados que se encontraban sentados en las mesas cercanas comenzaron a darse la vuelta para ver la escena.

—Será mejor que te tranquilices, chico —dijo Becker con calma.

—¡Te lo advierto! —replicó el chico furioso—. ¡Esta es mi mesa! Vengo aquí todas las noches. ¡Ahora *recógelas*!

A Becker se le agotó la paciencia. Debería estar en las Smoky Mountains con Susan. ¿Qué diablos estaba haciendo allí, en España, discutiendo con un adolescente psicótico?

Sin advertencia previa, Becker tomó al chico por las axilas, lo levantó y lo sentó de golpe en la mesa.

—Mira, mocoso malcriado, o te tranquilizas ahora mismo o te arrancaré esa argolla que llevas en la nariz y te cerraré la boca con ella.

El rostro del chico empalideció de golpe.

Becker lo mantuvo agarrado un momento y luego lo soltó. A continuación, sin apartar la mirada del asustado chico, se inclinó, recogió las botellas y volvió a dejarlas encima de la mesa.

—¿Qué se dice? —preguntó.

El chico se había quedado sin habla.

—De nada —dijo Becker.

«Este chico es un anuncio andante a favor del control de natalidad.»

—¡Vete al infierno! —gritó de pronto el chico al darse cuenta de que los demás estaban riéndose de él—. ¡Mamón!

Becker no se movió. De repente, recordó algo que el muchacho había dicho antes: «Vengo aquí todas las noches», y pensó que tal vez podría ayudarlo.

—Lo siento —dijo—. No me acuerdo de tu tu nombre.

—Dos Tonos —escupió el adolescente con un bufido, como si estuviera pronunciando una sentencia de muerte.

—¿Dos Tonos? —repitió Becker pensativamente—. Deja que lo adivine..., ¿por el pelo?

—Felicidades, Sherlock.

—Es pegajoso. ¿Lo inventaste tú?

—Así es —dijo con orgullo—. Y voy a patentarlo.

Becker frunció el ceño.

—Querrás decir que vas a *registrarlo.*

El chico parecía confuso.

—Los nombres no se patentan, se registran —le explicó él.

—¡Lo que sea! —exclamó el chico frustrado.

El heterogéneo surtido de chicos borrachos y drogados que había en las mesas cercanas estaba muriéndose de risa. Dos Tonos se puso en pie.

—¿Qué carajos quieres? —preguntó con desdén.

Becker lo consideró un momento. «Quiero que te laves el cabello, te limpies la boca y te busques un trabajo», pensó, pero supuso que era demasiado para una primera cita.

—Necesito información —dijo.

—Vete a la mierda.

—Estoy buscando a alguien.

—Yo no sé *ná*.

—No sé *nada* —lo corrigió Becker mientras avisaba con la mano a una mesera que pasaba cerca.

Pidió dos cervezas Águila y le pasó una a Dos Tonos. El chico parecía desconcertado. Dio un trago a su botella y miró a Becker con recelo.

—¿Acaso estás coqueteando conmigo?

Él sonrió.

—Estoy buscando a una chica.

Dos Tonos soltó una estridente carcajada.

—¡Te aseguro que vestido así no vas a ligar ni de broma!

Becker frunció el ceño.

—No estoy buscando ligue. Sólo quiero hablar con ella. Tal vez puedas ayudarme a encontrarla.

Dos Tonos dejó a un lado su cerveza.

—¿Eres poli?

Él negó con la cabeza.

El chico lo miró con los ojos entornados.

—Pareces poli.

—Mira, chico, soy de Maryland, Estados Unidos. Si fuera poli, estaría un poco lejos de mi jurisdicción, ¿no crees?

La pregunta pareció desconcertar al joven.

—Me llamo David Becker —añadió con una sonrisa, y le ofreció la mano al chico por encima de la mesa.

El punk retrocedió asqueado.

—Aparta eso, maricón.

Becker retiró la mano.

—Te ayudaré, pero te costará dinero —dijo el chico con desdén.

Becker accedió.

—¿Cuánto?

—Cien dólares.

Él frunció el ceño.

—Sólo tengo pesetas.

—Lo que sea. Cien *pesetas*.

Estaba claro que el cambio de divisas no era uno de los fuertes de Dos Tonos: cien pesetas equivalían a ochenta céntimos de dólar.

—De acuerdo —dijo Becker, dejando la botella sobre la mesa.

El chaval sonrió por primera vez.

—Trato hecho.

—Está bien —siguió diciendo Becker en un tono de voz bajo—. Creo que la chica que estoy buscando suele venir aquí. Lleva el pelo teñido de rojo, blanco y azul.

Dos Tonos se rio con un resoplido.

—Hoy es el aniversario de Judas Taboo. Todo el mundo lleva el pelo...

—También lleva una camiseta con una bandera inglesa y un arete con una calavera en una oreja.

La expresión de Dos Tonos pareció indicar que la reconocía vagamente, y de pronto Becker se sintió esperanzado. Un momento después, sin embargo, el rostro del joven se volvió completamente serio. Estampó la botella sobre la mesa y agarró a Becker por la camisa.

—¡Esa es la chica de Eduardo, imbécil! ¡Ten mucho cuidado! ¡Si la tocas, te mato!

Capítulo 56

Midge Milken entró hecha una furia en la sala de conferencias que había enfrente de su despacho. Además de una mesa de caoba de nueve metros con el sello de la NSA en cerezo negro y nogal, la decoración de la sala incluía tres acuarelas de Marion Pike, un helecho de Boston, un mueble bar con barra de mármol y, por supuesto, el inevitable dispensador de agua Sparkletts. Midge se sirvió un vaso con la esperanza de que le calmara los nervios.

Mientras se bebía el agua, echó un vistazo hacia la ventana. La luz de la luna se filtraba por la persiana abierta y se proyectaba sobre las vetas de la cubierta de madera. Siempre había pensado que el despacho de Fontaine debería encontrarse en esa estancia en vez de en su actual localización en la parte delantera del edificio. En lugar de contar con vistas al estacionamiento de la NSA, desde la sala de conferencias podía verse el impresionante conjunto de edificios anexos, entre los cuales destacaba la cúpula de Criptografía, una isla de alta tecnología que flotaba separada del edificio principal en medio de una boscosa zona de una hectárea y media. Situado a propósito detrás del escondite natural que le proporcionaba una arboleda de arces, el edificio de Criptografía resultaba difícil de ver desde la mayoría de las ventanas del complejo de la NSA. A Midge, la sala de conferencias le parecía la atalaya perfecta para que un rey inspeccionara sus dominios. En una ocasión le había sugerido a Fontaine que trasladara allí su despacho, pero el director le contestó que no quería estar en la parte trasera del edificio. Fontaine era un hombre que no quería estar en la parte trasera de nada.

Midge apartó la persiana y miró las colinas. Con un pesaroso suspiro, dejó que su mirada vagara hasta el lugar en el que se encontraba el edificio de Criptografía. Siempre le resultaba reconfortante la visión de la cúpula; una resplandeciente baliza independientemente de la hora que fuera. Esa noche, sin embargo, no sintió consuelo alguno. En vez de eso, se encontró a sí misma mirando al vacío. Midge pegó la cara al cristal, presa repentinamente de un irracional pánico infantil. Allí abajo no había nada más que negrura. ¡Criptografía había desaparecido!

Capítulo 57

El sanitario de Criptografía no tenía ventanas, de modo que la oscuridad que rodeaba a Susan Fletcher era absoluta. Se quedó un momento inmóvil intentando orientarse, plenamente consciente del pánico gradual que atenazaba su cuerpo. El horrible grito que había oído por el conducto de ventilación parecía seguir resonando a su alrededor. A pesar de sus esfuerzos para contener una creciente sensación de pavor, el miedo parecía haberse metido debajo de su piel y haber tomado el control de sus actos.

Presa de la agitación, se encontró a sí misma palpando desesperadamente las puertas de los cubículos y los lavamanos. Desorientada, cruzó la oscuridad con las manos extendidas e intentó visualizar mentalmente la estancia. Tras tropezar con un bote de basura, llegó a una pared de azulejos. Siguiéndola con la mano, consiguió alcanzar la salida y, a tientas, tiró de la manija y finalmente consiguió salir a la planta de Criptografía.

Una vez fuera, se quedó paralizada una segunda vez.

La sala no tenía el mismo aspecto que antes. Ahora TRANSLTR no era más que una gris silueta recortada por la débil luz crepuscular que se filtraba a través de la cúpula. Todas las luces del techo estaban apagadas. Ni siquiera los teclados electrónicos que había en las puertas relucían.

Cuando los ojos de Susan acostumbraron a la oscuridad, pudo ver que la única luz de Criptografía procedía de una compuerta abierta: el tenue resplandor rojo de las luces de servicio subterráneas. Se dirigió hacia ella. También le pareció percibir un débil olor a ozono.

Cuando llegó a la compuerta, echó un vistazo por la abertura. Los conductos de freón seguían expeliendo espesas volutas de humo enrojecidas por las luces de servicio. A juzgar por el zumbido más agudo, Susan se dio cuenta de que Criptografía estaba funcionando con el generador de emergencia. A través de la neblina, distinguió a Strathmore en una pasarela subterránea. Estaba mirando por encima de un barandal hacia las profundidades de las estruendosas entrañas de TRANSLTR.

—¡Comandante!

No hubo respuesta.

Susan comenzó a descender por la escalera. El aire cálido agitaba su falda. Los peldaños estaban resbaladizos a causa de la condensación. Finalmente, llegó a la plataforma de rejilla metálica.

—¿Comandante?

Strathmore no se volvió. Seguía mirando hacia abajo con una expresión desquiciada, como si estuviera en trance. Susan siguió su mirada por encima del barandal. Por un momento, fue incapaz de ver nada a causa del espeso vapor. Y, de repente, vislumbró algo. Una figura. Seis pisos más abajo. Apareció de manera fugaz entre las volutas de vapor. Y luego otra vez. Una enmarañada masa de extremidades retorcidas. A unos treinta metros, Phil Chartrukian yacía sobre las afiladas aletas de refrigeración del generador principal. Su cuerpo estaba calcinado. Su caída había provocado un cortocircuito en la fuente de alimentación principal de Criptografía.

Sin embargo, la imagen más escalofriante no era la de Chartrukian, sino la de otra persona, otro cuerpo que se encontraba agachado en mitad de la larga escalera, oculto entre en las sombras. Su musculosa constitución resultaba inconfundible. Se trataba de Greg Hale.

Capítulo 58

—¡Megan pertenece a mi amigo Eduardo! ¡No te acerques a ella! —exclamó el punk.

—¿Dónde está? —El corazón de Becker latía desbocado.

—¡Vete a la mierda!

—¡Se trata de una emergencia! —dijo Becker agarrando al chico por las mangas—. Tiene un anillo que me pertenece. ¡Pagaré por él! ¡Mucho!

Dos Tonos se detuvo de golpe y estalló en carcajadas.

—¿Quieres decir que esa mierda de oro es tuya?

Los ojos de Becker se abrieron como platos.

—¿Lo viste?

Dos Tonos asintió.

—¿Dónde está? —le preguntó Becker.

—Ni idea. —Dos Tonos rio entre dientes—. Hace un rato, Megan rondaba por aquí intentando colocárselo a alguien.

—¿Estaba intentando *venderlo*?

—No te preocupes, hombre, no lo consiguió. Tienes un gusto de mierda en joyas.

—¿Estás seguro de que no lo compró nadie?

—¿Estás bromeando? ¿Por cuatrocientos dólares? Yo le ofrecí cincuenta, pero ella quería más. Con el dinero quería comprarse un boleto de avión.

Becker notó que su rostro empalidecía.

—¿Para ir adónde?

—Al puto Connecticut —respondió Dos Tonos—. Eddie está hundido.

—¿Connecticut?

—Sí. De vuelta a la mansión de papá y mamá en los suburbios. Odia a su familia de intercambio española. Los tres hijos no dejan de coquetearle, y no tienen agua caliente en casa.

Becker sintió que se le formaba un nudo en la garganta.

—¿Cuándo se marcha?

Dos Tonos levantó la mirada.

—¿Cuándo? —Se rio—. A estas horas, su vuelo ya habrá salido. Hace horas que se fue al aeropuerto. Era el mejor sitio para vender el anillo, por los turistas ricos y demás. En cuanto tuviera el dinero, pensaba comprarse el boleto.

Una vaga sensación de náusea asaltó a Becker. «Esto ha de ser una especie de broma de mal gusto...» Se quedó callado un largo rato.

—¿Cómo se apellida?

Dos Tonos lo pensó y finalmente se encogió de hombros.

—¿Qué vuelo pensaba tomar?

—Mencionó el «vuelo de las cucarachas».

—¿El «vuelo de las cucarachas»?

—Ajá. Así llaman a un vuelo nocturno que sale los fines de semana: Sevilla, Madrid, La Guardia. Los universitarios lo toman porque es barato. Supongo que se sientan en la parte trasera y se ponen a fumar porros.

«Genial», pensó Becker, pasándose una mano por el cabello.

—¿A qué hora se fue?

—El vuelo sale a las dos, todos los sábados por la noche. A estas horas, Megan ya debe de estar sobrevolando el Atlántico.

Becker consultó su reloj. Era la 1.45. Confundido, levantó la mirada hacia Dos Tonos.

—¿Dijiste que el vuelo salía a las dos?

El punk asintió, riéndose.

—Parece que estás jodido, hombre.

Becker señaló su reloj.

—¡Pero si todavía falta un cuarto de hora!

Dos Tonos miró el reloj, aparentemente desconcertado.

—¡Vaya! —rio—. ¡Normalmente no estoy así de puesto hasta las cuatro!

—¿Cuál es el modo más rápido de llegar al aeropuerto? —preguntó.

—En taxi. Puedes tomarlo en la puerta.

Becker sacó un billete de mil pesetas de su bolsillo y se lo puso a Dos Tonos en la mano.

—¡Eh, hombre, gracias! —dijo el punk—. Si ves a Megan, salúdala de mi parte.

Pero Becker ya se había ido.

Dos Tonos suspiró y regresó tambaleándose a la pista. Estaba demasiado borracho para advertir que un hombre con lentes de armazón metálico iba detrás de él.

Una vez fuera del club, Becker buscó un taxi en el estacionamiento. No había ninguno. Se acercó entonces a un fornido portero.

—¡Taxi!

El portero negó con la cabeza.

—Demasiado temprano.

«¿Demasiado temprano? —Becker maldijo para sí—. ¡Si son las dos de la madrugada!»

—¡Llámeme uno!

El tipo tomó un *walkie-talkie*, dijo unas pocas palabras y luego se volvió hacia él.

—Veinte minutos —dijo.

—¡¿Veinte minutos?! —exclamó Becker—. Y ¿el autobús?

El portero se encogió de hombros.

—Cuarenta y cinco minutos.

«¡Perfecto!», pensó él alzando ambas manos con desesperación.

El ruido de un pequeño motor hizo que se diera la vuelta. Sonaba como una sierra metálica. Un corpulento chico y una chica que iba ataviada con cadenas entraron al estacionamiento montados en una vieja Vespa 250. El viento le había subido la falda a la chica por encima de los muslos, pero ella no parecía haberse dado cuenta. Becker corrió hacia ellos. «No puedo creer que esté haciendo esto —pensó—. Odio las motos.»

—¡Te doy diez mil pesetas si me llevas al aeropuerto! —le dijo al chico.

Este lo ignoró y apagó el motor.

—¡Veinte mil! —exclamó Becker—. ¡Necesito ir al aeropuerto!

El chico levantó la mirada.

—*Scusi?* —Era italiano.

—*Aeroporto, per favore! Sulla Vespa! Ventimila pesete!*

El italiano echó un vistazo a su maltrecha motocicleta y se rio.

—*Ventimila pesete? Per la Vespa?*

—*Cinquantamila!* —le ofreció entonces Becker. Eran unos cuatrocientos dólares.

El italiano se rio receloso.

—*Dove sono i soldi?*

Becker sacó cinco billetes de diez mil pesetas de su bolsillo y se los mostró. El italiano miró el dinero y luego a su novia. La chica tomó los billetes y se los metió en la blusa.

—*Grazie!* —dijo el italiano con una amplia sonrisa, y le arrojó a Becker las llaves de su Vespa.

Luego tomó a su novia de la mano y ambos se metieron corriendo en el edificio.

—*Aspetta!* —exclamó Becker—. ¡Yo sólo quería que me llevaras...!

Capítulo 59

Susan tomó al comandante de la mano y lo ayudó a subir la escalera hasta la planta de Criptografía. La imagen del cuerpo destrozado de Phil Chartrukian sobre los generadores se le había quedado grabada en la mente. Y el estómago se le revolvía al recordar que Hale estaba escondido en las entrañas de Criptografía. La verdad estaba clara: Hale había empujado a Chartrukian.

Con paso tambaleante, la criptógrafa pasó por debajo de la sombra de TRANSLTR de vuelta a la salida principal de la planta, la puerta por la que había entrado horas antes. Sin embargo, por más que tecleara frenéticamente el código en el teclado numérico, el enorme portal no se abría. Estaba atrapada. Criptografía era una prisión. La cúpula se erguía como un satélite independiente a cien metros del edificio principal de la NSA y era accesible únicamente mediante la puerta principal. Como Criptografía contaba con su propia fuente de alimentación, lo más probable era que en el conmutador ni siquiera se hubieran dado cuenta de que tenían problemas.

—El generador principal está desactivado —dijo Strathmore junto a ella—. Dependemos únicamente del auxiliar.

El suministro eléctrico de seguridad de Criptografía estaba diseñado de forma que TRANSLTR y sus sistemas de refrigeración tuvieran prioridad sobre todos los demás sistemas, incluidas luces y puertas. De esa manera, un cortocircuito repentino no interrumpiría ningún descifrado importante. Esto también aseguraba que TRANSLTR nunca se quedara sin su sistema de refrigeración de freón; en un recinto no refrigerado, el calor generado por tres millones de procesadores alcanzaría niveles peligrosos y los chips de silicio podrían llegar a arder. Era una posibilidad que nadie se atrevía siquiera a considerar.

Susan procuró recobrar la compostura. La imagen del técnico sobre los generadores consumía todos sus pensamientos. Volvió a teclear con fuerza el código en el teclado. Seguía sin funcionar.

—¡Detenga TRANSLTR! —le pidió a Strathmore. La detención del descifrado de Fortaleza Digital liberaría suficiente energía para que las puertas volvieran a funcionar.

—Cálmate, Susan —dijo Strathmore colocando una tranquilizadora mano sobre su hombro.

El reconfortante gesto del comandante sacó a Susan de su ensimismamiento. De repente, recordó por qué había ido a buscarlo, y se dio la vuelta de golpe.

—¡Comandante! ¡Greg Hale es Dakota del Norte!

Se hizo un momento de silencio aparentemente interminable. Al fin, Strathmore habló. Su voz sonó más desconcertada que sorprendida.

—¿De qué estás hablando?

—Hale... —susurró Susan—. Es Dakota del Norte.

Hubo otro silencio durante el que Strathmore consideró sus palabras.

—¿El rastreador? —Parecía confundido—. ¿Incriminó a Hale?

—El rastreador todavía no ha regresado. ¡Hale lo detuvo!

Susan procedió entonces a explicarle lo que su compañero había hecho y también que ella había descubierto correos electrónicos de Tankado en su cuenta. A eso siguió otro largo silencio. Strathmore negó con la cabeza incrédulo.

—¡Es imposible que Hale fuera la póliza de seguros de Tankado! ¡Es absurdo! Tankado nunca habría confiado en él.

—Comandante —dijo ella—, Hale ya nos hizo daño en una ocasión. Skipjack. Tankado confiaba en él.

Strathmore parecía no encontrar las palabras.

—Detenga TRANSLTR —le imploró Susan—. Descubrimos quién es Dakota del Norte. Avise a seguridad. Marchémonos de aquí.

Strathmore alzó la mano solicitándole un momento para pensar.

Ella se volvió nerviosamente hacia la compuerta. La abertura estaba detrás de TRANSLTR y quedaba fuera de la vista, pero el resplandor rojizo se extendía como el fuego por las losetas negras. «¡Vamos, avise a seguridad, comandante! ¡Detenga TRANSLTR y vámonos de aquí!»

Finalmente, Strathmore se puso en marcha.

—Sígueme —dijo, y comenzó a caminar en dirección a la compuerta.

—¡Comandante, Hale es peligroso! Ha...

Pero Strathmore ya había desaparecido en la oscuridad, de modo que Susan salió corriendo detrás de su silueta. El comandante rodeó TRANSLTR y, al llegar a la compuerta que había en el suelo, se asomó por la humeante abertura. En silencio, echó un vistazo alrededor de la oscurecida planta. Luego se inclinó, tomó la pesada portezuela y la levantó describiendo un pequeño arco. Al volver a soltarla, esta se cerró con un amortiguado ruido sordo. De inmediato, Criptografía volvió a ser una cueva silenciosa y oscura. Dakota del Norte estaba atrapado.

Strathmore se arrodilló y accionó el cierre de mariposa. Los subniveles habían quedado cerrados.

Ni él ni Susan oyeron los sigilosos pasos que se dirigían a Nodo 3.

Capítulo 60

Dos Tonos recorrió el pasillo de espejos que unía el patio exterior con la pista de baile. Al volver el rostro hacia su reflejo para echarle un vistazo al arete que llevaba en la nariz, reparó en una figura que se cernía sobre él. Se dio la vuelta de golpe, pero lo hizo demasiado tarde. Un par de fornidos brazos lo empujaron y lo aplastaron contra el cristal.

El punk intentó darse la vuelta.

—¿Eduardo? Eh, hombre, ¿eres tú? —Notó que una mano le palpaba el cuerpo para agarrar su cartera y cómo luego el cuerpo del desconocido se inclinaba sobre su espalda—. ¡Eddie! —exclamó Dos Tonos—. Déjate ya de bromas. Un tipo anda buscando a Megan.

El otro lo sostenía firmemente.

—¡Eh, Eddie, hombre, basta! —Pero cuando Dos Tonos miró el espejo, vio que la persona que lo había inmovilizado no era para nada su amigo.

Ese tipo tenía el rostro picado de viruela y con cicatrices, y sus dos ojos sin vida, negros como el carbón, lo observaban tras unos lentes de armazón metálico. El hombre se inclinó entonces hacia delante, acercó su boca a la oreja del chico y preguntó con una extraña voz:

—¿Adónde fue? —Sus palabras sonaban algo impostadas.

El punk se quedó paralizado por el miedo.

—¿Adónde fue? —repitió el tipo—. El americano.

—A-al... a-aeropuerto —tartamudeó Dos Tonos.

—¿Al aeropuerto? —repitió el desconocido mirando en el espejo el movimiento de los labios del punk.

Dos Tonos asintió.

—¿Tenía el anillo?

Aterrorizado, el chico negó con la cabeza.

—No.

—Y ¿tú viste el anillo?

Dos Tonos se quedó un momento callado. ¿Cuál era la respuesta adecuada?

—¿Viste el anillo? —volvió a preguntar la sofocada voz.

Dos Tonos asintió con la cabeza, esperando que su honestidad se viera recompensada. Si embargo, no fue así. Segundos después cayó al suelo con el cuello roto.

Capítulo 61

Jabba estaba tendido de espaldas en el suelo, con medio cuerpo metido dentro de un servidor desarmado. Sujetaba una pequeña linterna con la boca, tenía un soldador en la mano y sobre su barriga descansaba un gran diagrama. Acababa de soldar un nuevo juego de atenuadores a una placa base defectuosa cuando su celular comenzó a sonar.

—Mierda —maldijo al tiempo que buscaba a tientas el aparato entre un montón de cables—. Aquí Jabba.

—Jabba, soy Midge.

Su rostro se iluminó.

—¿Dos veces en una noche? La gente comenzará a rumorar...

—En Cripto hay problemas. —Su tono de voz era tenso.

Él frunció el ceño.

—Eso ya lo hablamos, ¿recuerdas?

—Se trata de un problema de *suministro eléctrico*.

—Yo no soy electricista. Llama a los encargados de mantenimiento.

—La cúpula está a oscuras.

—Estás viendo visiones. Vete a casa —dijo Jabba, y se volvió hacia su diagrama.

—¡Completamente a oscuras! —exclamó ella.

Jabba exhaló un suspiro y dejó a un lado la linternita.

—Para empezar, Midge, Cripto cuenta con un generador auxiliar. Nunca podría quedarse completamente a oscuras. Además, la vista que tiene Strathmore de la planta es mejor que la mía. ¿Por qué no lo llamas a él?

—Porque esto tiene que ver con él... Está ocultando algo.

Jabba puso los ojos en blanco.

—Midge, cariño, ahora mismo estoy hasta el cuello de cables. Si quieres una cita, soy todo tuyo. Si no es así, llama a mantenimiento.

—Jabba, esto es serio. Lo presiento.

«¿Lo presiente? Es oficial —pensó él—, hoy Midge no está fina.»

—Si el comandante no está preocupado, yo tampoco lo estoy.

—¡Cripto está a oscuras, maldita sea!

—Puede que Strathmore quiera mirar las estrellas.

—¡Jabba, no estoy bromeando!

—Está bien, está bien —refunfuñó él, y comenzó a incorporarse apoyándose en un codo—. Puede que un generador haya sufrido un cortocircuito. En cuanto termine aquí, pasaré por Cripto y...

—¿Qué hay del generador auxiliar? —preguntó Midge—. Si la fuente de alimentación principal dejó de funcionar, ¿por qué el generador auxiliar no se ha activado?

—No lo sé. Puede que Strathmore tenga TRANSLTR en marcha y este requiera toda la electricidad auxiliar.

—Y ¿por qué no lo interrumpe? Tal vez se trate de un virus. Antes comentaste algo sobre un virus.

—¡Maldita sea, Midge! —explotó Jabba—. ¡Ya te lo dije: en Cripto no hay ningún virus! ¡Deja de ser tan jodidamente *paranoica*!

Hubo un largo silencio en la línea.

—Lo siento, Midge —comenzó a disculparse él—. Deja que te lo explique. —Su tono de voz era tenso—. En primer lugar, contamos con Guantelete. Ningún virus podría atravesarlo. Y, segundo, si hay algún problema de suministro eléctrico, está relacionado con el hardware. Los virus no afectan a la electricidad, atacan el software y los datos. No sé que está pasando en Cripto, pero estoy seguro que no se trata de un virus.

Silencio.

—¿Midge? ¿Estás ahí?

La respuesta de ella fue gélida.

—Jabba, tengo un trabajo que hacer y no acepto que me griten por ello. Cuando llamo para preguntar por qué unas instalaciones que cuestan miles de millones están a oscuras, espero una respuesta profesional.

—Sí, señora.

—Un simple sí o no será suficiente. ¿Es posible que el problema en Cripto esté relacionado con un virus?

—Midge, acabo de...

—¿Sí o no? ¿Es posible que TRANSLTR tenga un virus?

Jabba exhaló un suspiro.

—No, Midge, es totalmente imposible.

—Gracias.

Él fingió una risa e intentó calmar un poco los ánimos.

—A no ser que pienses que el propio Strathmore escribió uno que consiguió eludir mis filtros.

Hubo un silencio. Cuando Midge volvió a hablar, lo hizo con un inquietante tono de voz.

—¿Strathmore puede saltarse Guantelete?

Jabba suspiró.

—Era una *broma*, Midge —repuso, pero supo que ya era demasiado tarde.

Capítulo 62

El comandante y Susan se quedaron un momento de pie junto a la compuerta cerrada, debatiendo qué hacer a continuación.

—Ahí abajo está el cadáver de Phil Chartrukian —comenzó a decir él—. Si llamamos para pedir ayuda, Cripto se convertirá en un circo.

—Y entonces ¿qué propone que hagamos? —preguntó Susan, que sólo pensaba en irse cuanto antes.

Strathmore lo pensó un momento.

—No me preguntes cómo sucedió —dijo bajando la mirada a la portezuela de la compuerta—, pero parece que, sin querer, localizamos y neutralizamos a Dakota del Norte. —Negó con la cabeza mostrando incredulidad—. Un golpe de suerte tremendo, a mi parecer —añadió. Todavía parecía desconcertado por la idea de que Hale estuviera implicado en el plan de Tankado—. Mi suposición es que Hale tiene la clave de acceso oculta en algún lugar de su terminal... Y puede que guarde una copia en casa. Sea como sea, está atrapado.

—¿Por qué no llamamos a los guardias de seguridad del edificio y dejamos que lo detengan ellos?

—Todavía no —dijo Strathmore—. Si algún técnico de Seguridad de Sistemas descubre cuánto tiempo hace que TRANSLTR está intentando descifrar un archivo, nos encontraremos con una nueva serie de problemas. Será mejor que antes de abrir las puertas borremos todo rastro de Fortaleza Digital.

Susan asintió con cierta renuencia. Era un buen plan. Cuando los guardias de seguridad consiguieran finalmente encontrar a Hale en los subniveles y lo acusaran del asesinato de Chartrukian, él probablemente amenazaría con revelar al mundo la existencia de Fortaleza Digital. Si, en cambio, borraban las pruebas, Strathmore podría hacerse el tonto: «¿TRANSLTR encallado? ¿Un algoritmo indescifrable? ¡Eso es absurdo! ¿Es que Hale no ha oído hablar del principio de Bergofsky?».

—Esto es lo que tenemos que hacer. —El comandante expuso entonces su plan con serenidad—: Borramos toda la correspondencia de Hale con Tankado. También todo rastro del hecho de que yo haya burlado Guantelete, así como todos los análisis de Seguridad de Sistemas de Chartrukian, los registros del monitor de control... Todo. Así, Fortaleza Digital desaparece. Nunca estuvo aquí. Enterramos la clave de acceso de Hale y rezamos para que David encuentre la copia de Tankado.

«David», pensó Susan. Rápidamente, sin embargo, lo apartó de sus pensamientos. Tenía que concentrarse en el asunto que tenían entre manos.

—Yo me encargaré del laboratorio de Seguridad de Sistemas, los registros del monitor de control, las estadísticas de actividad de mutación y demás —dijo Strathmore—. Tú, de Nodo 3. Borra todos los correos electrónicos de Hale. Cualquier registro de su correspondencia con Tankado, toda mención a Fortaleza Digital.

—De acuerdo —respondió Susan con determinación—. Borraré todo el disco duro de Hale. Lo reformatearé todo.

—¡No! —exclamó Strathmore en un severo tono de voz—. No hagas eso. Lo más probable es que Hale guarde en él una copia de la clave de acceso. La quiero.

Susan se quedó boquiabierta.

—¿Quiere la clave de acceso? ¡Pensaba que el objetivo de todo esto era destruirla!

—Y lo es. Pero quiero una copia. Quiero abrir ese maldito archivo y echar un vistazo al programa de Tankado.

Susan compartía la curiosidad del comandante, pero el instinto le decía que no era sensato descifrar el algoritmo de Fortaleza Digital, por más interesante que pudiera resultar. En esos momentos, ese programa letal estaba contenido por su encriptación y, por tanto, resultaba completamente inofensivo. Sin embargo, en cuanto fuera desencriptado...

—Comandante, ¿no sería mejor que simplemente...?

—Quiero la clave —respondió él.

Susan debía reconocer que, desde que se había enterado de la existencia de Fortaleza Digital, había sentido cierta curiosidad académica por saber cómo se las había arreglado Tankado para crear dicho algoritmo. Su mera existencia contradecía las reglas más fundamentales de la criptografía. Se quedó mirando al comandante.

—Y después de que veamos el algoritmo, ¿lo borrará?

—No dejaré ningún rastro.

Susan frunció el ceño. Tenía claro que le llevaría tiempo encontrar la clave que guardaba Hale. Localizar una clave de acceso en uno de los discos duros de Nodo 3 era en cierto modo como buscar un calcetín en una habitación del tamaño de Texas. Las búsquedas informáticas sólo funcionaban cuando una sabía qué estaba buscando; el contenido de esa clave, no obstante, era aleatorio. Afortunadamente, sin embargo, como el Departamento de Criptografía tenía que vérselas regularmente con material aleatorio, Susan y otros habían desarrollado un complejo proceso conocido como «búsqueda de no conformidad». Básicamente consistía en pedirle a la computadora que analizara todas las cadenas de caracteres de su disco duro, las comparara con un enorme diccionario y señalara todas aquellas que parecieran incongruentes o aleatorias. Redefinir continuamente los parámetros era un trabajo difícil, pero posible.

Susan sabía que ella era la elección lógica para buscar la clave de acceso. Exhaló un suspiro, esperando no lamentarlo.

—Si todo va bien, tardaré una media hora.

—Entonces pongámonos a trabajar —dijo Strathmore, apoyando una mano en el hombro de Susan y conduciéndola hacia Nodo 3 a través de la oscuridad.

Sobre sus cabezas, el cielo repleto de estrellas se podía vislumbrar a través de la cúpula. Susan se preguntó si David también podía ver las mismas estrellas desde Sevilla.

Al llegar junto a las pesadas puertas de cristal de Nodo 3, Strathmore blasfemó en voz baja. El teclado numérico no estaba iluminado y las puertas no se abrían.

—Maldita sea —dijo—. Se me había olvidado que no hay corriente eléctrica.

Durante unos segundos, estudió las puertas correderizas. Luego colocó las palmas sobre el cristal y empujó para abrirlas por la fuerza, pero tenía las manos sudadas y le resbalaban. Se las secó en los pantalones y volvió a intentarlo. Esta vez se abrieron un poco.

Al ver que había posibilidades de éxito, Susan decidió ayudar a su jefe. Se situó detrás del comandante y empujaron juntos. Las puertas se abrieron un par de centímetros y consiguieron mantenerlas así un instante, pero la presión era demasiado grande y volvieron a cerrarse de golpe.

—Un momento —dijo Susan, y se colocó delante de Strathmore—. Está bien, volvamos a intentarlo.

Empujaron y, de nuevo, la puerta se abrió unos pocos centímetros. Por la ranura se filtró un débil rayo de luz azulada procedente del interior de Nodo 3. Los terminales todavía estaban encendidos. Se consideraban indispensables para el funcionamiento de TRANSLTR y también recibían corriente eléctrica del generador auxiliar.

Susan clavó la punta de su zapato Ferragamo en el suelo y se impulsó con más fuerza. La puerta comenzó a moverse. Strathmore cambió de posición para tener un mejor ángulo. Colocó las palmas de sus manos en el centro de la puerta de la izquierda y la empujó hacia atrás al tiempo que Susan hacía lo propio con la de la derecha. Lenta y arduamente, las puertas comenzaron a abrirse. Esta vez, consiguieron separarlas un palmo.

—No la sueltes —la animó un jadeante Strathmore—. Un poco más.

Susan metió el hombro en la abertura y volvió a empujar, esta vez con un mejor punto de apoyo. Las puertas seguían resistiéndose.

Antes de que Strathmore pudiera detenerla, Susan metió todo su delgado cuerpo en la abertura. El comandante protestó, pero ella estaba decidida. Quería salir de la planta de Criptografía, y conocía suficientemente bien a Strathmore para saber que no lo conseguiría hasta que encontraran la clave de acceso de Hale.

Una vez situada, Susan empujó con todas sus fuerzas. Las puertas parecían empujar en dirección contraria. En un momento dado, sus manos resbalaron y estuvo a punto de quedar atrapada. Strathmore intentó detener las puertas, pero carecía de la fuerza necesaria. Justo cuando ya estaban a punto de cerrarse del todo y arrollar a Susan, esta consiguió deslizarse y saltar al otro lado.

El comandante volvió a abrir ligeramente la puerta y asomó el rostro por la pequeña abertura.

—Dios mío, Susan, ¿estás bien?

Ella se puso de pie y se sacudió el polvo de la ropa con la mano.

—Sí.

Luego miró a su alrededor. Nodo 3 estaba desierto e iluminado únicamente por el resplandor de los monitores. Las sombras azuladas conferían al espacio una atmósfera fantasmal. Se volvió hacia Strathmore, que seguía asomado a la pequeña abertura. Bajo la luz azulada, su rostro se veía pálido y enfermizo.

—Susan —dijo el comandante—, dame treinta minutos para borrar los archivos de Seguridad de Sistemas. Cuando todo rastro de Fortaleza Digital haya desaparecido, iré a mi terminal y detendré TRANSLTR.

—Eso espero —repuso ella con los ojos puestos en las pesadas puertas de cristal. Sabía que, hasta que TRANSLTR dejara de consumir electricidad del generador auxiliar, estaría prisionera en Nodo 3.

Strathmore soltó las puertas y éstas se cerraron de golpe. Susan miró a través del cristal cómo el comandante desaparecía en la oscuridad de la planta de Criptografía.

Capítulo 63

La Vespa recién adquirida avanzaba penosamente por la carretera de acceso al aeropuerto de Sevilla. Becker tenía los dedos agarrotados por la fuerza con la que habían permanecido aferrados al manubrio durante el trayecto. Según su reloj, acababan de dar las 2.00.

Al llegar a la terminal principal, se subió a la acera y saltó de la motocicleta mientras esta todavía estaba en marcha. La moto cayó de golpe al pavimento y se deslizó unos metros hasta detenerse del todo. Las piernas aún le temblaban cuando cruzó la puerta giratoria a toda velocidad. «Nunca más», se juró.

La terminal era espartana y estaba bañada por una cruda iluminación. A excepción de un encargado de la limpieza que estaba puliendo el suelo, no había nadie más. Al otro lado del vestíbulo, divisó a una empleada que estaba cerrando el mostrador de Iberia. Becker lo interpretó como una mala señal.

Corrió hacia allí.

—¿El vuelo a Estados Unidos?

La atractiva andaluza que había detrás levantó la mirada y le sonrió a modo de disculpa.

—Acaba de salir. Lo perdió. —Sus palabras parecieron permanecer un segundo suspendidas en el aire.

«Lo perdí.» Los hombros de Becker se desplomaron.

—¿Había asientos libres en ese vuelo?

—Muchos —dijo la mujer con una sonrisa—. Iba casi vacío. Pero el vuelo de mañana a las ocho de la mañana también tiene...

—Necesito saber si una amiga mía consiguió subir a ese avión. Estaba en lista de espera.

La mujer frunció el ceño.

—Lo siento, señor. Esta noche había varios pasajeros en lista de espera, pero nuestras cláusulas de privacidad...

—Es muy importante —insistió Becker—. Sólo necesito saber si consiguió subir al avión. Eso es todo.

La mujer asintió comprensivamente.

—¿Una pelea de enamorados?

Becker lo pensó un momento y luego sonrió con humildad.

—¿Tan obvio es?

Ella le guiñó un ojo.

—¿Cómo se llama su amiga?

—Megan —respondió él en un tono apesadumbrado.

La empleada sonrió.

—Y ¿no tiene apellido esa amiga...?

Becker exhaló lentamente. «¡Sí, pero lo desconozco!»

—Bueno, es una situación complicada. Usted dijo que el avión iba casi vacío, así que quizá podría...

—Sin el apellido, de verdad que no puedo...

—Da igual —la interrumpió Becker, pues se le había ocurrido otra idea—. ¿Estuvo usted aquí toda la noche?

La mujer asintió.

—De las siete a las siete.

—Entonces es posible que la haya visto. Es una chica joven, de unos quince o dieciséis años, y lleva el pelo... —Antes de terminar la frase, se dio cuenta del error que acababa de cometer.

La mujer se lo quedó mirando con los ojos entornados.

—¿Su novia tiene quince años?

—¡No! —exclamó él con un grito ahogado—. Es decir... —«Mierda»—. Si pudiera ayudarme, es muy importante.

—Lo siento —dijo ella fríamente.

—No es lo que parece. Si pudiera...

—Buenas noches, señor. —La mujer bajó la valla metálica del mostrador y desapareció por una puerta trasera.

Becker dejó escapar un gemido y levantó la mirada hacia el cielo. «Hábil, David, muy hábil...» Echó un vistazo alrededor de la sala de espera. Nada. «Seguramente vendió el anillo y consiguió subir al avión.» Se acercó entonces al empleado de la limpieza.

—¿Ha visto a una chica? —exclamó por encima del ruido de la máquina pulidora.

El hombre, un tipo mayor, extendió la mano y apagó la máquina.

—¿Cómo dice?

—Una chica —repitió Becker—. Con el cabello rojo, azul y blanco.

El empleado de la limpieza se rio.

—¡Qué horror! —Negó con la cabeza y siguió con lo suyo.

David Becker se quedó en medio de la desierta sala de espera del aeropuerto preguntándose qué podía hacer a continuación. La noche había sido una auténtica comedia de equívocos. Las palabras de Strathmore seguían resonando en su cabeza: «No llame hasta que consiga el anillo». De golpe, le sobrevino un profundo agotamiento. Si Megan había vendido el anillo y había conseguido subir al avión, ya no había modo de saber quién tenía ahora la sortija.

Cerró los ojos e intentó concentrarse. «¿Qué puedo hacer ahora?» Decidió que lo pensaría dentro de un momento. Primero tenía que hacer una inaplazable visita al baño.

Capítulo 64

Susan estaba sola en medio de la penumbra de Nodo 3. La tarea que debía realizar era simple: acceder a la computadora de Hale, localizar su clave y luego borrar todas sus comunicaciones con Tankado. No podía quedar rastro alguno de Fortaleza Digital en ninguna parte.

Volvió a sentirse intranquila ante la perspectiva de no destruir la clave y descifrar Fortaleza Digital. La ponía nerviosa la idea de tentar al destino: hasta el momento habían tenido suerte. Dakota del Norte había aparecido milagrosamente justo delante de sus narices y lo habían atrapado. La única cuestión pendiente era David. Él tenía que encontrar la otra clave de acceso. Susan esperaba que hubiera hecho algún progreso.

Mientras se adentraba en Nodo 3, procuró aclararse las ideas. Era extraño que se sintiera inquieta en un lugar con el que estaba tan familiarizada. Todo en Nodo 3 resultaba distinto en la oscuridad. Pero había algo más. Susan sintió una momentánea vacilación y se volvió hacia las puertas inoperativas. No había escapatoria. «Veinte minutos», pensó.

Al volverse hacia el terminal de Hale, reparó en un extraño olor almizclado. Definitivamente, no pertenecía al lugar. Se trataba de un aroma que le resultaba vagamente familiar y que le provocó un perturbador escalofrío. Pensó en Greg encerrado en su enorme celda humeante. «¿Habrá prendido fuego a algo?» Levantó la mirada hacia los conductos de ventilación y olisqueó el aire, pero el olor parecía tener su origen en algún lugar más cercano.

Echó un vistazo a las puertas de rejilla de la cocina y, en ese momento, reconoció el olor. Era loción... y sudor.

Retrocedió instintivamente, pero no estaba preparada para lo que acababa de vislumbrar. Al otro lado de la rejilla de las puertas de la cocina, dos ojos la observaban fijamente. Sólo tardó un instante en comprender la espeluznante realidad. ¡Greg Hale no estaba encerrado en los subniveles! ¡Se encontraba en Nodo 3! Había conseguido escapar antes de que Strathmore cerrara la compuerta. Y había sido lo suficientemente fuerte para abrir las puertas corredizas él solo.

Susan había oído una vez que el terror puro resultaba paralizante. Ahora sabía que eso era un mito. En el mismo momento en que su cerebro captó lo que estaba sucediendo, empezó a retroceder tambaleante en medio de la oscuridad con un único pensamiento en mente: escapar.

El estruendo fue instantáneo. Hale había permanecido sentado en silencio sobre la cocina y, de golpe, extendió las piernas como si fueran dos arietes. Las puertas saltaron de sus bisagras, él dio un salto hacia delante y salió disparado en su dirección con poderosas zancadas.

Susan tiró una lámpara a su espalda con la intención de que Hale tropezara con ella, pero este la esquivó sin demasiado esfuerzo y siguió ganándole terreno.

Cuando finalmente el brazo izquierdo de su compañero le rodeó la cintura por detrás, la criptógrafa sintió como si la golpeara una barra de acero y dejó escapar un grito ahogado de dolor a causa de la presión del bíceps de Hale en su caja torácica.

La criptógrafa se resistió y comenzó a forcejear desesperadamente. En un momento dado, su codo golpeó algo cartilaginoso. Hale soltó su presa y, llevándose las manos a la nariz, cayó al suelo de rodillas.

—¡Hija de...! —gritó presa del dolor.

Susan corrió entonces hacia las placas de presión que activaban la puerta al tiempo que recitaba una inútil oración para que Strathmore hubiera activado la corriente eléctrica y las puertas se abrieran. En vez de eso, sin embargo, se encontró a sí misma golpeando con los puños las puertas de cristal.

Hale se abalanzó sobre ella sangrando profusamente por la nariz y volvió a agarrarla. Una de sus manos se aferró con firmeza a un pecho y la otra le rodeó la cintura. Luego la jaló para apartarla de la puerta.

Susan soltó un grito y extendió las manos en un fútil intento de detenerlo.

Hale la jaló hacia atrás y la mujer pudo notar la hebilla de su cinturón clavándosele en la espina dorsal. Le resultaba increíble la fuerza que tenía su compañero. Este la arrastró por la alfombra y a ella se le salieron los zapatos. Luego la levantó con un único movimiento y la tiró al suelo junto a su terminal.

De repente, la criptógrafa se encontró acostada de espaldas y con la falda por encima de las caderas. El botón superior de su blusa se había desabrochado y su jadeante pecho subía y bajaba bajo la luz azulada. Observó aterrorizada cómo Hale se sentaba a horcajadas encima de ella, aprisionándola con su cuerpo. Susan era incapaz de descifrar su expresión. Parecía de miedo. ¿O era de ira? Aterrorizada por su penetrante mirada, no pudo evitar que le sobreviniera una nueva oleada de pánico.

Hale se había sentado sobre su barriga y la observaba con una mirada gélida. Todo lo que Susan había aprendido sobre autodefensa acudió a su mente e intentó forcejear, pero sentía el cuerpo entumecido y no le respondía. Cerró los ojos.

«¡Oh, por favor, Dios...! ¡No!»

Capítulo 65

Brinkerhoff no dejaba de deambular de un lado a otro del despacho de Midge.

—¡Nadie puede saltarse Guantelete! ¡Es imposible!

—Eso no es cierto —respondió ella—. Acabo de hablar con Jabba. Me dijo que el año pasado instaló un sistema para hacerlo.

El asistente se mostró receloso.

—No me enteré.

—Ni tú ni nadie. Se hizo en secreto.

—¡Pero Jabba es un obseso de la seguridad! —replicó Brinkerhoff—. ¡Nunca instalaría un sistema para saltarse los filtros...!

—Strathmore lo obligó a hacerlo —lo interrumpió ella.

A Brinkerhoff casi le pareció oír los engranajes de la mente de la analista.

—¿Recuerdas cuando el año pasado estaba investigando ese círculo terrorista antisemita de California? —preguntó Midge.

Él asintió. Había sido uno de los mayores éxitos del comandante el año anterior. Utilizando TRANSLTR para descifrar un código interceptado, había descubierto un plan para hacer estallar una bomba colocada en una escuela hebrea de Los Ángeles. Consiguió desencriptar el mensaje de los terroristas sólo doce minutos antes de que la bomba estallara y, gracias a una rápida llamada telefónica, salvó a los trescientos niños que acudían a esa escuela.

—Escucha esto —prosiguió Midge, bajando innecesariamente el tono de voz—, Jabba me explicó que en realidad Strathmore había interceptado el código terrorista *seis horas* antes de que la bomba estallara.

Brinkerhoff se quedó boquiabierto.

—Pero entonces ¿por qué esperó...?

—Porque no podía conseguir que TRANSLTR descifrara el archivo. Lo estuvo intentando una y otra vez, pero Guantelete no dejaba de rechazarlo. Estaba encriptado con un nuevo algoritmo de clave pública que los filtros todavía no habían visto. Jabba tardó casi seis horas en ajustar el filtro.

Brinkerhoff se quedó estupefacto.

—El comandante se puso furioso e hizo que Jabba instalara un sistema para saltarse los filtros de Guantelete por si volvía a suceder algo parecido.

—Dios mío —dijo Brinkerhoff con un silbido—. No tenía ni idea. —Y, luego, arrugando el entrecejo—: Pero ¿qué quieres decir con todo eso?

—Creo que Strathmore utilizó hoy ese sistema... para procesar un archivo que previamente Guantelete había rechazado.

—¿Y? Para eso sirve, ¿no?

Midge negó con la cabeza.

—No si el archivo en cuestión es un virus.

Brinkerhoff se sobresaltó.

—¿Un virus? ¿Quién dijo algo de un virus?

—Es la única explicación —dijo ella—. Jabba acaba de decirme que un virus es la única cosa que podría hacer que TRANSLTR esté tantas horas intentando descifrar un archivo, así que...

—¡Un momento! —Él hizo la señal de tiempo muerto con las manos—. ¡Strathmore dijo que todo estaba bien!

—Está mintiendo.

Brinkerhoff se sentía perdido.

—¿Estás diciendo que Strathmore introdujo intencionadamente un virus en TRANSLTR?

—No —respondió ella—. No creo que supiera que se trataba de un virus. Creo que lo han engañado para que lo hiciera.

Brinkerhoff no sabía qué decir. Definitivamente, Midge Milken había perdido el juicio.

—Eso explicaría muchas cosas —insistió ella—. Como, por ejemplo, qué ha estado haciendo toda la noche ahí dentro.

—¿Introduciendo virus en su propia computadora?

—No —replicó ella molesta—. ¡Intentando encubrir su error! Y ahora no puede detener TRANSLTR y disponer de la corriente eléctrica auxiliar porque el virus bloqueó los procesadores.

Brinkerhoff puso los ojos en blanco. En el pasado, Midge había dado muestras de locura, pero nunca de ese modo. Intentó tranquilizarla.

—Jabba no parece estar muy preocupado.

—Jabba es idiota —soltó ella.

Brinkerhoff se sorprendió. Nadie había llamado nunca idiota a Jabba. Cerdo puede que sí, pero idiota nunca.

—¿Confías más en la intuición femenina que en los conocimientos avanzados de Jabba en programación?

Ella lo fulminó con la mirada.

Brinkerhoff alzó las manos como si se rindiera.

—No importa. Retiro lo dicho. —No hacía falta que Midge le recordara su asombrosa capacidad para presentir desastres—. Oye —le suplicó entonces—, sé que odias a Strathmore, pero...

—¡Esto no tiene nada que ver con Strathmore! —Midge había ido directo al grano—. Lo primero que tenemos que hacer es confirmar que el comandante se saltó los filtros de Guantelete. Luego llamamos al director.

—Genial —protestó Brinkerhoff—. Yo llamaré a Strathmore y le pediré una declaración jurada.

—No —respondió ella, ignorando su sarcasmo—. Strathmore ya nos mintió en una ocasión. —Levantó la mirada y la clavó en los ojos de él—. ¿Tienes las llaves del despacho de Fontaine?

—Claro que sí. Soy su asistente personal.

—Las necesito.

Brinkerhoff se le quedó mirando incrédulo.

—Midge, ni por asomo voy a dejarte entrar en el despacho de Fontaine.

—¡Tienes que hacerlo! —exigió ella. A continuación, se volvió y comenzó a teclear algo en Gran Hermano—. Estoy solicitando un listado con la actividad de TRANSLTR. Si Strathmore burló Guantelete manualmente, aparecerá en el registro.

—¿Qué tiene eso que ver con la oficina de Fontaine?

Ella se volvió de golpe y le lanzó una mirada asesina.

—Este listado sólo puede imprimirse con la impresora de Fontaine, ya lo sabes.

—¡Porque se trata de información clasificada, Midge!

—Nos encontramos en una situación de emergencia. Necesito ver esa lista.

Brinkerhoff apoyó las manos en los hombros de la analista.

—Midge, por favor, tranquilízate. Ya sabes que no puedo...

Ella soltó un sonoro resoplido y se volvió otra vez hacia el teclado.

—Voy a imprimir la lista. Luego entraré en la oficina de Fontaine, la tomaré y volveré a salir. Ahora dame la llave.

—Midge...

Ella terminó de teclear y se volvió de nuevo hacia él.

—Chad, el informe se imprimirá dentro de treinta segundos. Este es el trato. Me das la llave. Si Strathmore burló Guantelete, llamamos a seguridad. Si estoy equivocada, me marcho y tú puedes ir a untar mermelada por todo el cuerpo de Carmen Huerta. —Se le quedó mirando maliciosamente y extendió la mano para que le diera las llaves—. Estoy esperando.

Brinkerhoff soltó un quejido, lamentando haberle avisado para que le echara un vistazo al informe de Criptografía. Miró su mano extendida.

—Estás hablando de entrar a la oficina privada del director de la NSA para consultar información privada. ¿Tienes idea de lo que sucederá si nos descubren?

—El director está en Sudamérica.

—Lo siento. No puedo. —Brinkerhoff cruzó los brazos y se fue.

Midge contempló cómo se alejaba. Sus ojos echaban chispas.

—Y vaya que puedes... —susurró.

Luego se volvió hacia Gran Hermano y buscó los archivos de video.

«Ya lo superará», se dijo Brinkerhoff mientras se sentaba en su escritorio y se ponía a examinar el resto de los informes. No iba a darle las llaves del despacho del director a Midge cada vez que estuviera paranoica.

Acababa de comenzar a comprobar los datos de COMSEC cuando sus pensamientos se vieron interrumpidos por el sonido de unas voces procedentes de la habitación contigua. Dejó a un lado el trabajo y se acercó a la puerta.

La suite principal estaba a oscuras, salvo por un pequeño haz de luz grisácea visible a través de la puerta entreabierta del despacho de Midge. Brinkerhoff aguzó el oído. Las voces seguían oyéndose. Parecían excitadas.

—¿Midge?

No hubo respuesta.

Cruzó la oscuridad en dirección a la oficina de la analista. Las voces le resultaban vagamente familiares. Abrió la puerta. La oficina estaba vacía. Y la silla de Midge también. Levantó entonces la mirada hacia los monitores de video y, al instante, se le congeló la sangre. En las doce pantallas se veía la misma imagen. Se trataba de una especie de ballet perversamente coreografiado. Se apoyó en el respaldo de la silla de Midge y lo contempló horrorizado.

—¿Chad? —dijo una voz a su espalda.

Él se dio la vuelta y aguzó la mirada para intentar ver algo en la oscuridad. Midge estaba de pie al otro lado de la zona de recepción de la suite principal, delante de la puerta doble de la oficina del director. Tenía la palma de la mano extendida.

—La llave, Chad.

Él se sonrojó. Volvió a mirar los monitores. Intentó tapar las imágenes que tenía delante, pero no sirvió de nada. Estaba en todas partes, gimiendo de placer mientras acariciaba con entusiasmo los pequeños pechos cubiertos de miel de Carmen Huerta.

Capítulo 66

Becker cruzó el vestíbulo en dirección a los baños, pero la puerta con el letrero de CABALLEROS estaba bloqueada por un cono naranja y un carrito de la limpieza repleto de botes de detergente y trapeadores. Se volvió entonces hacia la otra puerta: DAMAS. Se acercó a ella rápidamente y tocó con los nudillos.

—¿Hola? —exclamó, y la entreabrió unos centímetros—. Con permiso.

Silencio.

Entró.

Se trataba del típico baño público: una habitación cuadrada con azulejos blancos y un foco incandescente en el techo.

Becker contempló con desagrado el resto del baño. Estaba asqueroso. Una turbia agua de color café había tapado el lavamanos. Por todas partes había toallitas de papel sucias. El suelo estaba empapado. Y el viejo secador de manos eléctrico de la pared estaba cubierto de manchas de dedos verdosas.

Se colocó delante del espejo y exhaló un suspiro. La intensidad habitual de su mirada parecía haberse apagado esa noche. «¿Cuánto tiempo llevo dando vueltas por Sevilla?», se preguntó. Prefería no calcularlo. Por mera costumbre profesional, se ajustó el nudo Windsor de su corbata. Luego se volvió hacia el cubículo que había a su espalda.

Se preguntó entonces si Susan habría llegado ya a casa. «¿Adónde pudo haber ido? ¿A Stone Manor sin mí?»

—¡Eh! —exclamó de repente una enojada voz femenina a su espalda.

Becker se sobresaltó.

—L-lo... —tartamudeó, apresurándose a subirse el cierre—. L-lo siento... Y-yo...

Se dio la vuelta hacia la chica que acababa de entrar en el baño. Era una joven sofisticada que parecía salida de las páginas de la revista *Seventeen*. Iba vestida con unos conservadores pantalones de cuadros y una blusa sin mangas blanca. En una mano sostenía una bolsa de lona L.L.Bean y llevaba el pelo rubio impecablemente peinado.

—Lo siento —farfulló Becker al tiempo que se abrochaba el cinturón—. El baño de hombres estaba... Bueno, da igual... Ya me voy.

—¡Jodido pervertido!

Becker se quedó anonadado. Esa ordinariez parecía inapropiada en los labios de esa chica. Era como si un delicado decantador vertiera aguas residuales. Al examinarla con más atención, sin embargo, se dio cuenta de que no era tan refinada como había pensado. Tenía los ojos inyectados en sangre y el antebrazo izquierdo hinchado. Bajo la irritación rojiza del brazo, la carne estaba azul.

«¡Dios mío! —pensó Becker—. Drogas intravenosas. ¿Quién lo habría imaginado?»

—¡Largo! —exclamó ella—. ¡Largo de aquí!

Becker se olvidó momentáneamente del anillo, la NSA y todo lo demás. Se sentía profundamente apenado por esa chica. Sus padres debían de haberla enviado al extranjero con una tarjeta Visa para que disfrutara de un programa de estudios y ella había terminado drogándose sola en un baño público en medio de la noche.

—¿Te encuentras bien? —preguntó él, retrocediendo hacia la puerta.

—Perfectamente —contestó ella en un altanero tono de voz—. Ahora ya puedes marcharte.

Becker se volvió para salir del baño, pero antes echó un último vistazo al antebrazo de la chica. «No puedes hacer nada, David. Déjalo así», se dijo.

—¡Ahora! —exclamó ella.

Él asintió. Antes de salir del baño, sin embargo, la miró con una triste sonrisa.

—Ten cuidado.

Capítulo 67

—¿Susan? —dijo Hale con la respiración entrecortada, acercando su rostro al de su compañera.

Greg estaba sentado a horcajadas sobre ella y, además de oprimirle el abdomen, su coxis se le clavaba dolorosamente en el pubis a través de la fina tela de su falda y la sangre que goteaba de su nariz le caía encima. La criptógrafa notó una arcada. Él tenía las manos en sus pechos.

Susan no podía sentir nada. «¿Está tocándome?» Tardó un momento en darse cuenta de que Hale estaba abrochándole la blusa.

—Susan —dijo entrecortadamente, sin aliento—. Tienes que sacarme de aquí.

Ella se sentía mareada. Nada tenía sentido.

—¡Tienes que ayudarme, Susan! ¡Strathmore mató a Chartrukian! ¡Lo vi!

Ella tardó un momento en registrar las palabras que acababa de oír. «¿Strathmore mató a Chartrukian?» Estaba claro que Hale no tenía ni idea de que ella lo había visto en los subniveles.

—¡Strathmore sabe que lo vi! —siguió diciendo él—. ¡Me matará a mí también!

De no haber estado paralizada por el miedo, ella se habría reído en su cara. Reconoció la mentalidad «divide y vencerás» de un exmarine. Inventa mentiras y haz que tus enemigos se enfrenten entre sí.

—¡Es cierto! —exclamó Hale—. ¡Tenemos que pedir ayuda! ¡Creo que ambos estamos en peligro!

Ella no se creía ni una sola palabra.

Hale notó entonces que sus musculosas piernas estaban acalambrándose, de modo que alzó la cadera para cambiar ligeramente de posición. A continuación, abrió la boca para decir algo más, pero no llegó a hacerlo.

En cuanto el cuerpo de su colega se alzó, Susan sintió que la circulación regresaba a sus piernas. Antes de que pudiera darse cuenta, su pierna izquierda salió disparada hacia la entrepierna de Hale y notó cómo su rodilla aplastaba el delicado saco de piel que colgaba entre sus piernas.

Él gritó de dolor y cayó al suelo de lado con las manos en la entrepierna. Susan consiguió deshacerse de su presa y, tambaleándose, se dirigió hacia la puerta a sabiendas de que no tenía la suficiente fuerza para abrirla ella sola.

Tomando una rápida decisión, se colocó detrás de la larga mesa de reuniones y clavó los pies en la alfombra. Afortunadamente, la mesa tenía ruedas. Mientras la empujaba, avanzó con todas sus fuerzas en dirección a la pared de cristal curvada. A mitad de trayecto, ya iba a toda velocidad.

Cuando se encontraba a un metro y medio de la pared, empujó con fuerza y soltó la mesa. Luego se hizo a un lado y se tapó los ojos. Tras un ensordecedor estruendo, la pared estalló en una lluvia de cristal. Por primera vez desde su construcción, el ruido de Criptografía invadió Nodo 3.

Susan levantó la mirada. A través del irregular agujero, vio la mesa. Todavía estaba rodando, describiendo amplios círculos antes de desaparecer finalmente en la oscuridad.

Tras calzarse de nuevo sus maltrechos Ferragamo, echó un último vistazo a Greg Hale, que seguía retorciéndose de dolor en el suelo, y cruzó corriendo el mar de cristales rotos en dirección a la planta de Criptografía.

Capítulo 68

—¿Ves como no era tan difícil? —dijo Midge en un tono burlón mientras un abatido Brinkerhoff le daba la llave del despacho de Fontaine.

»Borraré el vídeo antes de marcharme —le prometió—. A no ser que tu esposa y tú lo quieran para su colección privada.

—¡Limítate a agarrar tu maldito listado —respondió él— y luego sal de inmediato!

—Sí, señor —dijo Midge entre risas, forzando un marcado acento puertorriqueño. Luego le guiñó un ojo y cruzó la estancia en dirección a la puerta del despacho de Fontaine.

El despacho privado de Leland Fontaine no se parecía en nada al resto de la suite directoral. No había cuadros, ni mullidos sillones, ni ficus, ni relojes antiguos. La decoración de ese espacio se había simplificado para maximizar la eficiencia. Un escritorio con el tablero de cristal y una silla de cuero negro estaban colocados frente a un enorme ventanal. Tres archivadores descansaban en un rincón junto a una pequeña mesa con una cafetera francesa encima. La luna brillaba sobre Fort Meade, y la suave luz que se filtraba por la ventana acentuaba la austeridad del mobiliario del director.

«¿Qué demonios estoy haciendo?», se preguntó Brinkerhoff.

Midge se dirigió hacia la impresora y examinó el listado. Intentó distinguir algún dato en la oscuridad.

—No puedo leer nada —se quejó—. Enciende las luces.

—Ya la leerás fuera. Salgamos de aquí.

Pero, al parecer, ella estaba pasándoselo en grande y había decidido jugar con Brinkerhoff. Se acercó a la ventana e inclinó el listado para intentar ver algo bajo la luz de la luna.

—Midge...

Ella siguió leyendo.

En la puerta, Brinkerhoff no dejaba de moverse inquieto.

—Vamos, Midge. Este es el despacho privado del director.

—Sé que está aquí, en algún lugar —murmuró ella, estudiando el listado—. Strathmore se saltó Guantelete, estoy segura. —Se acercó todavía más al ventanal.

Brinkerhoff comenzó a sudar mientras Midge seguía examinando el listado.

Unos momentos después, la analista soltó un grito ahogado.

—¡Lo sabía! ¡Lo hizo! ¡Lo hizo de verdad! ¡Será idiota! —Alzó la lista y la sacudió en el aire—. ¡Se saltó Guantelete! ¡Míralo!

Brinkerhoff se quedó un momento atónito y luego cruzó corriendo la oficina del director hasta llegar al lugar en el que se encontraba Midge. Ella le señaló el final de la lista.

Brinkerhoff examinó los datos.

—¿Qué diablos...?

En la lista figuraban los últimos treinta y seis archivos que habían sido introducidos en TRANSLTR. Detrás de cada uno, aparecía el código de autorización de cuatro dígitos que le había asignado Guantelete. Junto al último archivo de la lista, sin embargo, no había ningún código. Simplemente podía leerse: INTERRUPCIÓN MANUAL.

«¡Dios mío! —pensó Brinkerhoff—. Midge ataca de nuevo...»

—¡Será idiota! —exclamó ella, echa una furia—. ¡Mira esto! ¡Guantelete había rechazado el archivo dos veces! ¡Cadenas de mutación! ¡Y, aun así, decidió saltárselo! ¿En qué demonios estaba pensando?

Brinkerhoff sintió que le flaqueaban las piernas. Se preguntó cómo podía ser que Midge siempre tuviera razón. Ninguno de los dos se percató del reflejo que había aparecido en la ventana. Una enorme silueta estaba de pie en el umbral de la puerta.

—¡Santo cielo! —dijo Brinkerhoff con inquietud—. ¿Crees que tenemos un virus?

Midge suspiró.

—No puede ser otra cosa.

—¡Puede que no sea nada de su maldita incumbencia! —exclamó una profunda voz a espaldas de ambos.

Midge se sobresaltó y se golpeó la cabeza contra la ventana. Brinkerhoff tropezó con la silla del director al darse la vuelta hacia la voz. Reconoció de inmediato la silueta.

—¡Director! —exclamó con un grito ahogado, y corrió hacia él con la mano extendida—. Bienvenido a casa, señor.

El corpulento hombre lo ignoró.

—Y-yo pensaba... —comenzó a decir Brinkerhoff, retirando la mano—. P-pensaba que se encontraba usted en Sudamérica.

Leland Fontaine fulminó con la mirada a su ayudante.

—Sí..., y ahora ya estoy de vuelta.

Capítulo 69

—¡Eh, señor!

Becker estaba cruzando el vestíbulo en dirección a una hilera de cabinas telefónicas cuando oyó que lo llamaban. De inmediato, se detuvo y se volvió. Detrás de él venía la chica que acababa de sorprenderlo en el baño. Ella le indicó con la mano que la esperara.

—Aguarde.

«Y ¿ahora qué? —protestó Becker para sí—. ¿Acaso quiere presentar cargos por invasión de privacidad?»

La chica iba arrastrando la bolsa de lona. Al llegar junto a él, Becker reparó en que la joven ahora lucía una amplia sonrisa.

—Disculpe por haberle gritado. Es que me sobresalté al verlo ahí dentro.

—No pasa nada —la tranquilizó él, algo desconcertado—. Yo no debería haber entrado ahí.

—Esto le parecerá una locura —dijo ella parpadeando con los ojos inyectados en sangre—, pero me preguntaba si no podría prestarme algo de dinero.

Becker se le quedó mirando con incredulidad.

—¿Dinero para qué? —preguntó.

«No voy a financiar tu drogadicción, si es eso lo que pretendes.»

—Estoy intentando regresar a casa —dijo la joven rubia—. ¿Puede ayudarme?

—¿Perdiste el vuelo?

Ella asintió.

—No encuentro el boleto, y la maldita compañía aérea no me dejó subir al avión. No tengo dinero para comprar otro.

—¿Dónde están tus padres? —preguntó Becker.

—En Estados Unidos.

—Y ¿no puedes ponerte en contacto con ellos?

—No. Ya lo intenté. Creo que están pasando el fin de semana en el yate de alguien.

Becker examinó la cara ropa que llevaba la chica.

—Y ¿no tienes ninguna tarjeta de crédito?

—Sí, pero mi padre la canceló. Cree que me drogo.

—Y... ¿te drogas? —preguntó Becker en un tono inexpresivo y con los ojos puestos en el hinchado antebrazo de la chica.

Ella se mostró indignada.

—¡Por supuesto que no! —exclamó, y soltó un resoplido como haciéndose la inocente.

Becker tuvo la sensación de que estaba intentando jugársela.

—Vamos —insistió ella—. Tiene usted pinta de ser rico. ¿No podría prestarme algo de dinero para que pueda regresar a casa? Se lo devolveré.

Becker supuso que el dinero que le diera a esa chica terminaría en las manos de algún vendedor de drogas.

—En primer lugar —dijo él—, no soy rico. Sólo soy profesor. Pero te diré lo que puedo hacer... —«Voy a desenmascararte, eso es lo que voy a hacer»—. ¿Por qué no te compro yo el boleto?

La chica se le quedó mirando completamente estupefacta.

—¿H-haría eso? —tartamudeó con unos ojos como platos—. ¿Me compraría un boleto para regresar a casa? ¡Oh, Dios mío, gracias...!

Becker no supo qué decir. Al parecer, había malinterpretado la situación.

Ella lo rodeó con sus brazos.

—Fue un verano de mierda —dijo con la voz quebrada y casi a punto de ponerse a llorar—. ¡Muchas gracias, de verdad! ¡Necesito irme de aquí!

Becker le devolvió el abrazo con escasa convicción. Luego la chica lo soltó y él volvió a mirar su antebrazo.

Ella siguió su mirada hasta la roncha azulada.

—Un asco, ¿verdad?

Él asintió.

—Pensaba que no te drogabas.

La chica se rio.

—¡Es tinta de rotulador! Casi me arranco la piel al intentar borrarla. No lo conseguí del todo.

Becker miró más atentamente. Bajo la luz fluorescente pudo ver, borroso bajo la hinchazón rojiza del antebrazo, el débil trazo de unas palabras garabateadas en la piel.

—P-pero... tus ojos... —dijo sintiéndose idiota—. Están todos rojos.

Ella se rio.

—He estado llorando. Ya se lo dije: perdí mi vuelo.

Becker volvió a mirar las palabras que la chica llevaba escritas en el antebrazo.

Ella arrugó el entrecejo avergonzada.

—Vaya, todavía pueden distinguirse las palabras, ¿verdad?

Él se inclinó para verlo mejor. En efecto, podía distinguirlas perfectamente. El mensaje estaba claro como el agua. Al leer esas cuatro palabras, las últimas doce horas desfilaron ante sus ojos.

De repente, David Becker se encontró a sí mismo de vuelta en la habitación del hotel Alfonso XIII, donde el obeso alemán se tocaba el antebrazo mientras exclamaba en un inglés macarrónico: *«Fock off und die»*.

—¿Se encuentra bien? —preguntó la chica al percatarse de su aturdimiento.

Él seguía con la mirada puesta en su antebrazo. Se sentía mareado. Las cuatro palabras que emborronaban la piel de la chica formaban un mensaje muy claro: *«Fock off und die»*.

La joven rubia bajó la mirada y se les quedó mirando avergonzada.

—Me lo escribió un amigo... Vaya estupidez, ¿verdad?

Él no sabía qué decir. *«Fock off und die.»* No podía creerlo. El alemán no lo había insultado, sino que había tratado de ayudarlo. Becker levantó entonces la mirada hacia el rostro de la chica. Bajo la luz fluorescente del vestíbulo, distinguió entonces restos de tinte rojo y azul en su pelo rubio.

—T-tú... —tartamudeó con los ojos puestos en las orejas sin agujeros de la joven— no acostumbras llevar aretes, ¿verdad?

Ella se le quedó mirando extrañada y, tras meter una mano en el bolsillo, sacó un diminuto objeto y se lo mostró a Becker. Era un pequeño arete con una calavera.

—¿Un arete de clip? —preguntó él.

—Así es —respondió la chica—. Las agujas me dan un miedo atroz.

Capítulo 70

David Becker sintió que las piernas le flaqueaban en medio de la sala de espera desierta. Se quedó mirando a la chica que tenía delante y supo que su búsqueda había terminado. Esta se había lavado el pelo y se había cambiado de ropa —tal vez con la esperanza de tener más suerte a la hora de vender el anillo—, pero no había logrado subir al avión con dirección a Nueva York.

Becker tuvo que hacer esfuerzos para mantener la calma. Su demencial viaje estaba a punto de llegar a su fin. Se fijó en los dedos de la chica. No llevaba ningún anillo. Luego bajó la mirada a la bolsa de lona. «Está ahí —pensó—. ¡Tiene que estar ahí dentro!»

Sonrió sin poder apenas contener la excitación que sentía.

—Esto va a parecerte una locura —dijo—, pero creo que tienes algo que necesito.

—¡Oh! —Megan se mostró recelosa.

Becker sacó su cartera.

—Por supuesto, estaré encantado de pagarte por ello. —Bajó la mirada y comenzó a contar los billetes que llevaba.

Megan malinterpretó sus intenciones y, al verlo contar dinero, dejó escapar un grito ahogado. Asustada, echó un vistazo a la puerta giratoria para calcular la distancia que la separaba de ella. Eran cuarenta y cinco metros.

—Puedo darte suficiente dinero para el boleto de avión si...

—No lo diga —soltó ella con una sonrisa forzada—. Creo que sé exactamente lo que necesita. —Se arrodilló y comenzó a rebuscar algo en su bolsa de lona.

Becker sintió una oleada de esperanza. «¡Lo tiene! —se dijo—. ¡Tiene el anillo!» No entendía cómo diablos había sabido ella lo que él quería, pero estaba demasiado cansado para que eso le importara. Todos los músculos de su cuerpo se relajaron. Se visualizó a sí mismo entregándole el anillo al radiante director adjunto de la NSA. Luego él y Susan se relajarían en la gran cama con dosel de Stone Manor y recuperarían el tiempo perdido.

Finalmente, la chica encontró lo que buscaba: su aerosol de defensa personal, una alternativa ecológica al gas pimienta hecha de una potente mezcla de pimienta roja y chile. Con un rápido movimiento, la joven se incorporó y dirigió un chorro a los ojos de Becker. Luego agarró la bolsa y salió corriendo hacia la puerta. Al mirar por encima del hombro, vio que Becker estaba en el suelo con las manos en la cara, retorciéndose de dolor.

Capítulo 71

Tokugen Numataka encendió su cuarto cigarro y comenzó a deambular de un lado a otro de su despacho. En un momento dado, tomó el teléfono y llamó al conmutador.

—¿Alguna noticia sobre el número de teléfono? —preguntó antes de que la operadora pudiera decir nada.

—Todavía nada, señor. Está costando un poco más de lo esperado; la llamada fue hecha desde un teléfono celular.

«Un teléfono celular —murmuró Numataka para sí—. Era de esperar...» Afortunadamente para la economía japonesa, los norteamericanos poseían un apetito insaciable por los aparatos electrónicos.

—El repetidor se encuentra en el área de Estados Unidos con prefijo dos cero dos, pero todavía no tenemos el número —añadió la operadora.

—¿Dos cero dos? ¿Dónde queda eso? —«¿En qué lugar de la vasta extensión norteamericana se oculta ese misterioso Dakota del Norte?»

—Algún lugar cerca de Washington, D. C., señor.

Numataka enarcó las cejas.

—Llámeme en cuanto tenga el número.

Capítulo 72

Susan Fletcher cruzó a trompicones la planta de Criptografía a oscuras en dirección a la pasarela de Strathmore. El despacho del comandante era el lugar más alejado de Hale al que podía ir dentro del edificio cerrado.

Cuando llegó a lo alto de la escalera de la pasarela, vio que la puerta del despacho estaba abierta y que el teclado numérico había dejado de funcionar a causa del cortocircuito. Se apresuró a entrar.

—¿Comandante? —En el interior del despacho, la única luz era la del resplandor de los monitores de Strathmore—. ¡Comandante! —volvió a exclamar—. ¡Señor!

De repente, Susan recordó que su jefe estaba en el laboratorio de Seguridad de Sistemas y comenzó a dar vueltas por el despacho vacío, todavía presa del pánico a causa de su refriega con Hale. Tenía que salir de Criptografía. Existiera o no Fortaleza Digital, había llegado el momento de actuar: debía interrumpir el análisis de TRANSLTR y escapar. Echó un vistazo a los relucientes monitores de Strathmore y corrió hacia el escritorio. «¡Tengo que interrumpir el análisis!», se dijo. La tarea no suponía dificultad alguna ahora que se encontraba en un terminal autorizado. Susan abrió la ventana de comandos y tecleó:

INTERRUMPIR ANÁLISIS

Dudó por un momento antes de presionar la tecla «Intro».

—¡Susan! —exclamó de repente una voz desde la puerta del despacho.

Asustada, la criptógrafa se volvió de golpe temiendo que se tratara de Hale. Pero no era este, sino Strathmore. Estaba de pie en el umbral, pálido y siniestro bajo el resplandor azulado. Su pecho subía y bajaba con agitación.

—¿Qué demonios está pasando?

—¡C-comandante! —dijo ella con un grito ahogado—. ¡Hale está en Nodo 3! ¡Acaba de atacarme!

—¿Qué? ¡Eso es imposible! Hale está encerrado en...

—¡No, no lo está! ¡Anda suelto! ¡Tenemos que llamar a seguridad! ¡Voy a interrumpir el análisis de TRANSLTR! —Susan extendió los dedos hacia el teclado.

—¡NO TOQUES ESO! —Strathmore se acercó corriendo al terminal y le apartó las manos.

Ella reculó desconcertada. Se quedó mirando fijamente al comandante y, por segunda vez ese día, no lo reconoció. De repente, se sintió sola.

Strathmore vio las manchas de sangre que había en la blusa de la mujer e inmediatamente lamentó su arrebato.

—¡Dios mío, Susan! ¿Estás bien?

Ella no respondió.

Él deseó no haberse mostrado innecesariamente agresivo con ella. Tenía los nervios destrozados. Estaba lidiando con demasiadas cosas a la vez. Tenía muchas cosas en la cabeza. Cosas que no le había contado a Susan y que esperaba no tener que llegar a contarle nunca.

—Lo siento —dijo en un tono de voz más suave—. Cuéntame qué pasó.

Ella se volvió.

—No importa. La sangre no es mía. Sólo sáqueme de aquí.

—¿Estás herida? —Strathmore le colocó una mano en el hombro.

Ella retrocedió. Él apartó la mano y desvió la mirada. Cuando volvió a levantar los ojos hacia el rostro de la criptógrafa, ella parecía estar mirando por encima de su hombro algo que había en la pared.

Allí, en medio de la oscuridad, un pequeño teclado relucía con fuerza. El comandante siguió la mirada de su subordinada y frunció el ceño. Habría preferido que Susan no hubiera reparado en el reluciente panel. Ese teclado iluminado controlaba su elevador privado. Él y sus poderosos invitados lo utilizaban para ir y venir de Criptografía sin llamar la atención del resto del personal. El elevador descendía quince metros por debajo de la cúpula de Criptografía y luego se movía lateramente otros cien metros a través de un túnel subterráneo reforzado hasta los subniveles del complejo principal de la NSA. A pesar del cortocircuito de la planta, seguía contando con corriente eléctrica.

Strathmore era consciente de ello, pero no se lo había mencionado a Susan ni siquiera cuando ella se había puesto a golpear con los puños la puerta de la entrada principal. No podía permitir que se marchara de Criptografía. Todavía no. Se preguntó cuánto tendría que revelarle para que se quedara ahora que se había enterado de lo del elevador.

Susan apartó a su jefe y corrió hacia la pared del fondo. Al llegar, comenzó a teclear furiosamente los botones iluminados.

—Por favor —suplicó, pero la puerta no se abrió.

—Susan —dijo él en voz baja—. El elevador requiere una contraseña.

—¿Una contraseña? —repitió ella en un tono airado, y se fijó en los controles. Reparó entonces en que debajo del teclado principal había un segundo teclado más pequeño con unos botones diminutos. En cada uno de estos había una letra del alfabeto. Se volvió hacia el comandante—. ¿Cuál es la contraseña? —preguntó.

Strathmore guardó silencio un instante y luego suspiró pesadamente.

—Toma asiento, Susan.

Ella se le quedó mirando como si no pudiera creer lo que oía.

—Toma asiento —repitió él en un tono de voz firme.

—¡Déjeme salir de aquí! —exclamó la mujer al tiempo que lanzaba una mirada inquieta hacia la puerta abierta del despacho del comandante.

Strathmore percibió el pánico que sentía Susan Fletcher y se dirigió tranquilamente hacia la puerta, salió un momento y escrutó en la oscuridad. No había rastro de Hale. El comandante regresó entonces a su oficina y cerró la puerta. Luego la atrancó con una silla para que no pudieran abrirla desde fuera, fue a su escritorio y sacó algo de un cajón. Bajo el pálido resplandor de los monitores, Susan pudo distinguir lo que sostenía su mano y se quedó lívida. Era una pistola.

El comandante arrastró entonces dos sillas al centro de la habitación y les dio la vuelta para que quedaran de cara a la puerta. Luego se sentó en una de ellas, alzó la mano que sostenía la reluciente Beretta semiautomática y apuntó hacia la puerta. Un momento después, dejó la pistola en su regazo.

—Aquí estamos a salvo —dijo con solemnidad—. Tenemos que hablar, Susan. Si Greg Hale aparece por la puerta... —No terminó la frase.

Susan no sabía qué decir.

El comandante la miró bajo la tenue luz de su despacho y dio unas palmaditas al asiento de la silla que había a su lado.

—Siéntate, Susan. Tengo que contarte algo. —Ella no se movió—. Cuando termine —dijo Strathmore—, te daré la contraseña del elevador y podrás decidir si quieres marcharte o no.

Hubo un largo silencio. Aturdida, Susan cruzó el despacho y se sentó a su lado.

—Susan —comenzó a decir él—, no he sido del todo sincero contigo.

Capítulo 73

David Becker se sentía como si le hubieran echado aguarrás en la cara y luego le hubieran prendido fuego. Se dio la vuelta en el suelo y, con gran dificultad, consiguió abrir los ojos y ver que la chica ya estaba a medio camino de la puerta giratoria. Corría dando zancadas cortas y aterrorizadas, arrastrando la bolsa de lona por el suelo. Becker intentó ponerse de pie, pero no pudo. Estaba cegado por un fuego incandescente. «¡No puede marcharse!»

Trató de llamarla con un grito, pero no había aire en sus pulmones y sólo consiguió sentir un intenso dolor.

—¡No! —dijo entre toses, pero el sonido apenas cruzó sus labios.

Sabía que, en cuanto ella saliera a la calle, desaparecería para siempre. Intentó volver a llamarla, pero la garganta le ardía.

Megan ya casi había llegado a la puerta. Tambaleándose y respirando con dificultad, Becker consiguió ponerse de pie y fue tras ella avanzando a trompicones. La chica se metió en el primer compartimento de la puerta giratoria, arrastrando la bolsa tras de sí. A unos veinte metros, él avanzaba a ciegas en dirección a ella.

—¡Espera! —exclamó con un grito ahogado.

La chica empujó con fuerza la puerta y esta comenzó a rotar, pero de repente se detuvo. Ella se dio la vuelta aterrada y vio que su bolsa se había quedado atorada en la abertura. Rápidamente, se arrodilló y tiró con furia para liberarla.

Becker fijó su borrosa visión en la tela que sobresalía en la abertura. Una esquina de lona roja era cuanto podía ver, y se lanzó hacia ella con los brazos extendidos.

Justo cuando David Becker caía al suelo con las manos a apenas centímetros de la bolsa, esta desapareció por la abertura. Los dedos de él se cerraron en el aire al tiempo que la puerta giratoria volvía a rotar y la chica y su bolsa salían finalmente a la calle.

—¡Megan! —llamó desde el suelo. Al hacerlo, tuvo la sensación de que unas agujas incandescentes se le clavaban en la parte posterior de las cuencas de los ojos.

No podía ver nada, y sintió una nueva oleada de náuseas. Su voz resonó en la oscuridad. «¡Megan!»

David no estaba seguro de cuánto tiempo llevaba en el suelo cuando finalmente tomó conciencia del zumbido de los tubos fluorescentes que había en el techo. Todo lo demás permanecía en calma y, en medio de ese silencio, de repente oyó una voz. Alguien estaba llamándolo. Intentó levantar la cabeza para ver quién era, pero tenía los ojos llorosos. «Otra vez la voz.» Aguzó la mirada y vio una figura a unos veinte metros.

—¿Señor?

Becker la reconoció. Era la chica. Estaba en una entrada al vestíbulo más lejana, aferrada a su bolsa de lona. Parecía más asustada ahora que antes.

—¿Señor? —volvió a decir con voz trémula—. En ningún momento le dije mi nombre. ¿Cómo sabía cuál era?

Capítulo 74

El director Leland Fontaine era un corpulento hombre de sesenta y tres años con cabello con corte militar y un semblante severo. Sus ojos se volvían negros como el carbón cuando estaba enojado, lo cual era casi siempre. Había ido ascendiendo por la jerarquía de la NSA a base de trabajo duro, una buena planificación y el merecido respeto de sus predecesores. Era el primer director afroamericano de la Agencia de Seguridad Nacional, pero nadie mencionaba nunca esa particularidad; decididamente, la política de Fontaine no tenía en cuenta los colores, y, sabiamente, su personal hacía lo propio.

Fontaine los ignoró mientras llevaba a cabo en silencio el ritual de prepararse una taza de café guatemalteco. Luego se sentó en su escritorio y, dejándolos de pie, se dirigió a ellos como si fueran niños y se encontraran en la oficina del director del colegio.

Midge fue quien habló y explicó la inusual serie de acontecimientos que los había llevado a violar la santidad de la oficina de Fontaine.

—¿Un virus? —preguntó fríamente el director—. ¿Ustedes dos creen que tenemos un virus?

Brinkerhoff hizo una mueca.

—Sí, señor —respondió Midge.

—¿Porque Strathmore eludió Guantelete? —Fontaine miró el listado impreso que tenía delante.

—Sí —dijo ella—. ¡Y hay un archivo que no ha sido descifrado en más de veinte horas!

Fontaine frunció el ceño.

—O eso dicen sus datos...

Midge estuvo a punto de protestar, pero se mordió la lengua y, en vez de ello, optó por lanzarse a la yugular:

—Hubo un apagón en Cripto.

Fontaine levantó la mirada, aparentemente sorprendido.

La mujer confirmó lo que acababa de decir asintiendo levemente.

—No hay electricidad. Jabba piensa que tal vez...

—¿Llamó a Jabba?

—Sí, señor, yo...

—¿A Jabba? —Fontaine se puso en pie furioso—. ¿Por qué demonios no llamó a Strathmore?

—¡Lo hicimos! —se defendió Midge—. Pero nos dijo que no pasaba nada.

El pecho de Fontaine subía y bajaba agitadamente.

—Entonces no tenemos razón alguna para dudar de sus palabras. —Su tono indicaba que daba el tema por concluido. Le dio un trago a su café—. Ahora, si me disculpan, tengo trabajo que hacer.

Midge se quedó boquiabierta.

—¿Cómo dice?

Brinkerhoff ya estaba de camino hacia la puerta, pero ella seguía inmóvil en su sitio.

—Dije que buenas noches, señora Milken —repitió Fontaine—. Puede marcharse.

—P-pero, señor... —tartamudeó—. D-debo protestar... Creo...

—¿Que *usted* protesta? —preguntó el director. Dejó a un lado su taza de café—. *Yo* soy el que protesta. Protesto por su presencia en mi despacho. Protesto por sus insinuaciones de que el director adjunto de esta agencia está mintiendo. Protesto...

—¡Tenemos un virus, señor! Mi instinto me dice que...

—¡Su instinto está equivocado, señora Milken! ¡Por una vez, está equivocado!

Midge se mantuvo firme.

—¡Pero, señor, el comandante Strathmore se saltó Guantelete!

Fontaine se acercó a ella conteniendo apenas su ira.

—¡Es su prerrogativa! ¡A usted le pago para que supervise a los analistas y a los empleados de servicios, no para que espíe al director adjunto! ¡Si no fuera por él, todavía estaríamos descifrando códigos con lápiz y papel! ¡Ahora lárguese! —Y, volviéndose hacia Brinkerhoff, que permanecía en el umbral de la puerta lívido y trémulo, añadió—: ¡Lárguense los dos!

—Con el debido respecto, señor —insistió Midge—. Me gustaría recomendar que enviáramos un equipo de Seguridad de Sistemas a Cripto sólo para asegurarnos de que...

—¡No haremos semejante cosa!

Tras una tensa pausa, Midge asintió.

—Muy bien. Buenas noches.

Acto seguido, dio media vuelta y salió. Al pasar junto a Brinkerhoff, este pudo ver en su mirada que no tenía la menor intención de dejar pasar el asunto. No hasta que su intuición quedara satisfecha.

Brinkerhoff echó un vistazo a su corpulento jefe, que permanecía furioso detrás de su escritorio al otro lado del despacho. Ese no era el director que conocía. Fontaine solía ser una persona muy detallista a la que no le gustaban los cabos sueltos. Siempre animaba a sus empleados a que examinaran y aclararan cualquier inconsistencia que se produjera en su proceder diario, por pequeña que fuera. Y, sin embargo, en ese momento les estaba pidiendo que le dieran la espalda a una serie de coincidencias muy extrañas.

Estaba claro que el director estaba ocultando algo, pero a Brinkerhoff le pagaban para asistir, no para cuestionar. Fontaine había demostrado una y otra vez que actuaba en interés de todo el mundo; si hacerle caso ahora suponía hacerse de la vista gorda, lo haría. Lamentablemente, sin embargo, a Midge le pagaban para cuestionar, y Brinkerhoff temía que pretendiera dirigirse a Criptografía para hacer precisamente eso.

«Habrá que ir preparando el currículum», pensó Brinkerhoff al salir del despacho.

—¡Chad! —exclamó Fontaine a su espalda. El director también había visto la mirada de Midge al salir—. No dejes que salga de la suite.

Brinkerhoff asintió y fue detrás de ella.

Fontaine exhaló un suspiro y apoyó la cabeza en las manos. Le pesaban los párpados. Había sido un largo e inesperado viaje de vuelta a casa. El mes anterior había sido uno de grandes expectativas para él. En la NSA estaban sucediendo cosas que cambiarían el curso de la historia e, irónicamente, él las había descubierto por casualidad.

Tres meses antes, Fontaine había recibido la noticia de que la esposa de Strathmore pensaba abandonarlo. También había oído decir que el comandante estaba trabajando una cantidad absurda de horas y que parecía estar a punto de ceder bajo la presión. A pesar de sus diferencias en muchos asuntos, Fontaine siempre había tenido una gran consideración por su director adjunto. Strathmore era un hombre brillante, quizá el mejor que había tenido nunca la NSA. Al mismo tiempo, desde el fiasco de Skipjack, el comandante había estado sometido a un tremendo estrés. Eso inquietaba a Fontaine; Strathmore tocaba muchas teclas en la NSA, y él tenía que proteger la agencia.

Fontaine necesitaba a alguien que estuviera pendiente de Strathmore y se asegurara de que estaba al cien por ciento. Pero eso no era tan sencillo. El comandante era un hombre orgulloso y con mucho poder. Fontaine tenía que encontrar un modo de comprobar su estado sin minar su confianza o su autoridad.

Por respeto a Strathmore, Fontaine había decidido hacer el trabajo él mismo. Pidió que instalaran un programa invisible de interceptación en su cuenta de Criptografía para tener acceso a su correo electrónico, la correspondencia que mantenía con los demás empleados de la oficina, sus reuniones creativas... De este modo, si Strathmore se desmoronaba, podría ver señales en su trabajo. En vez de indicios de una crisis nerviosa, sin embargo, lo que descubrió fueron los preliminares para uno de los ardides de espionaje más increíbles que había visto nunca. No era de extrañar que Strathmore estuviera matándose a trabajar; si conseguía llevar adelante ese plan, compensaría cien veces el fiasco de Skipjack.

Fontaine concluyó que el comandante se encontraba bien y que estaba trabajando al ciento diez por ciento. Seguía siendo tan astuto, listo y patriótico como siempre. Lo mejor que el director podía hacer era no inmiscuirse y limitarse a contemplar cómo desplegaba su magia. Strathmore había diseñado un plan... Un plan que Fontaine no tenía intención de interrumpir.

Capítulo 75

Strathmore colocó una mano sobre la Beretta que descansaba en su regazo. A pesar de la rabia que bullía en su sangre, estaba programado para pensar con claridad. El hecho de que Greg Hale se hubiera atrevido a poner un dedo sobre Susan Fletcher lo ponía enfermo, pero que eso hubiera sido culpa suya lo apesadumbraba todavía más: había sido él quien había tenido la idea de que Susan fuera a Nodo 3. Sabía que debía separar sus emociones y evitar que estas influyeran en sus intenciones para con Fortaleza Digital. Era el director adjunto de la Agencia de Seguridad Nacional, y hoy su trabajo era más crítico de lo que lo había sido nunca.

Strathmore controló su respiración.

—Susan —dijo con voz eficiente y clara—. ¿Borraste el correo electrónico de Hale?

—No —respondió ella confundida.

—¿Tienes la clave de acceso?

Ella negó con la cabeza.

Su jefe frunció el ceño y se mordió el labio. La mente le iba a mil por hora. Tenía un dilema. Podría introducir la contraseña del elevador y dejar que Susan se marchara. Pero la necesitaba allí. Necesitaba que lo ayudara a encontrar la clave de Hale. Todavía no se lo había dicho, pero encontrar esa clave era mucho más que una mera cuestión de interés académico: se trataba de una absoluta necesidad. Strathmore sospechaba que podía llevar a cabo él mismo la búsqueda de no conformidad que había hecho Susan y encontrar la clave por sí solo, pero ya había tenido problemas al tratar de utilizar su rastreador. No quería arriesgarse a que le sucediera lo mismo.

—Susan —dijo tras exhalar un resolutivo suspiro—, me gustaría que me ayudaras a dar con la clave de acceso de Hale.

—¡¿Qué?! —Ella se levantó y se le quedó mirando con incredulidad.

Strathmore reprimió el impulso de ponerse asimismo de pie. Dominaba a la perfección el arte de la negociación y sabía que la posición de poder siempre pertenecía a aquel que permanecía sentado. Esperó que ella volviera a sentarse. No lo hizo.

—Siéntate, Susan.

Ella lo ignoró.

—Siéntate. —Era una orden.

Susan siguió de pie.

—Comandante, si todavía siente el deseo irrefrenable de descifrar el algoritmo de Tankado, puede hacerlo usted solo. Yo no quiero saber nada.

Strathmore agachó la cabeza y exhaló un profundo suspiro. Estaba claro que Susan iba a necesitar una explicación. «Se merece una», pensó. Finalmente, tomó una decisión: la pondría al tanto de todo. Esperó que no estuviera cometiendo una equivocación.

—La situación no debería haber llegado a este punto, Susan —comenzó a decir mientras se pasaba la mano por el cuero cabelludo—. Hay cosas que no te he contado. A veces, un hombre en mi posición... —Titubeó , como si estuviera haciendo una dolorosa confesión—. A veces, un hombre en mi posición se ve obligado a proteger a la gente que quiere. Hoy es una de esas ocasiones. —Se le quedó mirando con tristeza—. Lo que voy a contarte esperaba no tener que revelarlo nunca..., ni a ti ni a nadie.

Susan sintió un escalofrío. La expresión del comandante era terriblemente seria. Estaba claro que había algunos aspectos de sus motivaciones que ella desconocía. Se sentó.

Hubo una larga pausa mientras Strathmore ordenaba sus pensamientos con la mirada puesta en el techo.

—Susan —dijo finalmente con la voz quebrada—, no tengo familia. —Volvió a mirarla directamente a los ojos—. Mi matrimonio se fue al traste. Lo he sacrificado todo por el amor que siento por este país. Mi vida ha consistido en mi trabajo aquí, en la NSA.

Susan lo escuchaba en silencio.

—Como ya habrás imaginado —prosiguió él—, tengo intención de retirarme pronto. Pero quiero hacerlo con la cabeza en alto, sabiendo que conseguí algo significativo.

—Y sí hizo algo significativo —se oyó decir Susan a sí misma—. Ha construido TRANSLTR.

Strathmore no pareció oírla.

—Durante los últimos años, nuestro trabajo aquí, en la NSA, se ha ido volviendo cada vez más difícil. Hemos hecho frente a enemigos que nunca imaginé que nos desafiarían. Hablo de nuestros propios ciudadanos. Los abogados, los fanáticos de los derechos civiles, la EFF... Todos han hecho su parte, pero es algo más que eso. Se trata de la *gente*. De pronto, nos ve a nosotros como el enemigo. Las personas como tú y como yo que verdaderamente actuamos con el interés de nuestra nación en el corazón nos encontramos en la situación de tener que luchar por el derecho de servir a nuestro país. Ya no somos garantes de la paz. Somos unos simples fisgones, unos mirones que se dedican a violar los derechos de la gente. —Strathmore exhaló un suspiro—. Por desgracia, hay gente muy ingenua en el mundo. Gente que no es capaz de imaginarse los horrores a los que tendrían que hacer frente si no interviniéramos nosotros. Creo de veras que es nuestro deber salvarlos de su propia ignorancia.

Susan no tenía claro adónde quería llegar.

El comandante se quedó mirando un momento al suelo y luego levantó la vista.

—Escúchame —dijo sonriendo con ternura—, sé que quieres detenerme, pero escúchame. Hace dos meses que comencé a interceptar los correos electrónicos de Tankado. Como puedes imaginar, cuando leí por primera vez sus mensajes a Dakota del Norte sobre un algoritmo indescifrable llamado Fortaleza Digital me quedé estupefacto. No creía que fuera posible. Sin embargo, cada vez que interceptaba un nuevo mensaje, Tankado sonaba más y más convincente. Cuando leí que había utilizado cadenas de mutación para escribir una función de texto no cifrado rotatorio, me di cuenta de que estaba a años luz de nosotros; se trataba de algo que nadie aquí había intentado.

—Y ¿por qué íbamos a hacerlo? —preguntó Susan—. Apenas tiene sentido.

Strathmore se puso de pie y comenzó a deambular de un lado a otro de su despacho sin perder de vista la puerta.

—Hace unas pocas semanas, cuando me enteré de que iba a subastar Fortaleza Digital, acepté finalmente que Tankado hablaba en serio. Sabía que si vendía su algoritmo a una empresa de software japonesa nos hundiría, de forma que intenté pensar en algún modo de detenerlo. Consideré la posibilidad de hacer que lo asesinaran, pero con toda la publicidad que rodeaba el algoritmo y sus recientes declaraciones sobre TRANSLTR, supuse que nos convertiríamos en los principales sospechosos. Fue entonces cuando se me ocurrió. —El comandante se volvió hacia Susan—. Me di cuenta de que *no* debía intentar detener Fortaleza Digital.

Ella se le quedó mirando en silencio sin comprender qué quería decir exactamente.

Strathmore prosiguió:

—De repente, vi Fortaleza Digital como una oportunidad única. Me di cuenta de que, con unos pocos cambios, podíamos hacer que trabajara *para* nosotros en vez de contra nosotros.

Susan no había oído nunca nada tan absurdo. Fortaleza Digital era un algoritmo indescifrable. Los destruiría.

—Sólo necesitaba hacer una pequeña modificación en el algoritmo antes de que fuera publicado —dijo a continuación el comandante, y se le quedó mirando directamente a los ojos con una expresión maliciosa en el rostro.

Ella sólo tardó un instante en comprenderlo.

Strathmore percibió el asombro en la mirada de su subordinada y procedió a explicarle animadamente su plan:

—Si conseguía la clave de acceso, podría desencriptar nuestra copia de Fortaleza Digital e insertar dicha modificación.

—Una puerta trasera —dijo ella con creciente entusiasmo, olvidando que el comandante le había mentido—. Como en Skipjack.

Él asintió.

—Entonces podríamos reemplazar el archivo de internet con nuestra versión *alterada*. Como Fortaleza Digital es un algoritmo japonés, nadie sospecharía nunca que la NSA hubiera tenido algo que ver con él. Sólo debíamos hacer el cambio.

Susan comprendió la genialidad de su plan. Era puro... Strathmore. ¡Había planeado la puesta en circulación de un algoritmo que la NSA pudiera descifrar!

—Acceso completo —continuó él—. Fortaleza Digital se convertirá en el estándar de encriptación de la noche a la mañana.

—¿De la noche a la mañana? —dijo Susan—. ¿Cómo puede estar tan seguro de eso? Aunque Fortaleza Digital estuviera disponible en todas partes de forma gratuita, por simple conveniencia, la mayoría de los usuarios informáticos seguirían utilizando sus viejos algoritmos. ¿Por qué iban a comenzar a usar Fortaleza Digital?

Strathmore sonrió.

—Muy simple. Fingimos que sufrimos una filtración de información clasificada mediante la cual todo el mundo descubre la existencia de TRANSLTR.

Susan se quedó boquiabierta.

—Básicamente, Susan, ponemos en circulación la verdad y le decimos a todo el mundo que la NSA cuenta con una computadora que puede descifrar cualquier algoritmo salvo Fortaleza Digital.

La criptógrafa estaba asombrada.

—De forma que todo el mundo comience a usar ese algoritmo... ¡Sin la menor idea de que también podemos desencriptarlo!

Strathmore asintió.

—Así es. —Hubo un largo silencio—. Lamento haberte mentido. Intentar reescribir Fortaleza Digital es una empresa muy arriesgada y no quería implicarte.

—Yo... lo comprendo... —respondió ella pronunciando lentamente las palabras, ya que todavía estaba digiriendo la brillantez del plan—. Miente usted muy bien.

Strathmore soltó una risita.

—Años de práctica. Mentir era la única forma de evitar que te vieras involucrada en este asunto.

Ella asintió.

—Y ¿el asunto es muy grave?

—Lo estás viendo con tus propios ojos.

Susan sonrió por primera vez en una hora.

—Temía que fuera a decir eso.

Él se encogió de hombros.

—En cuanto Fortaleza Digital haya sido desencriptada, informaré al director.

Susan estaba impresionada. El plan del comandante era de una magnitud inimaginable. Y, a pesar de haber intentado llevarlo a cabo él solo, parecía estar a punto de conseguirlo. La clave de acceso estaba en la planta baja. Tankado estaba muerto. El socio de este había sido localizado...

Los pensamientos de Susan se interrumpieron de golpe. «Tankado está muerto...» Eso parecía muy conveniente. Pensó en todas las mentiras que Strathmore le había contado y, de repente, sintió un escalofrío y se volvió con inquietud hacia el comandante.

—¿Mató a Ensei Tankado?

Strathmore se mostró sorprendido y negó con la cabeza.

—Claro que no. No había necesidad de hacerlo. De hecho, preferiría que estuviera vivo. Su muerte podía arrojar una sombra de sospecha sobre Fortaleza Digital. Quería hacer el cambio de la forma más sigilosa y discreta posible. El plan original era hacerlo y dejar que Tankado realizara la venta.

Susan tenía que admitir que tenía sentido. Tankado no habría tenido ninguna razón para sospechar que el algoritmo publicado en internet no era el original. Nadie tenía acceso a dicho archivo, salvo él y Dakota del Norte. A no ser que decidiera repasar la programación del archivo una vez que hubiera sido puesto en circulación, nunca se enteraría de la existencia de una puerta trasera. Y se había pasado tanto tiempo trabajando en Fortaleza Digital que probablemente nunca querría volver a ver su código.

Susan se tomó un momento para asimilarlo todo. De repente, comprendió la necesidad de privacidad del comandante. La tarea que tenía entre manos exigía tiempo y era delicada: escribir una puerta trasera oculta en un complejo algoritmo y llevar a cabo un cambio del archivo en internet sin que fuera detectado. El sigilo era de la máxima importancia. La mera sugerencia de que el archivo de Fortaleza Digital había sido manipulado podía dar al traste con el plan.

Sólo ahora comprendía del todo por qué Strathmore había decidido dejar que TRANSLTR siguiera en marcha. «¡Si Fortaleza Digital va a ser el nuevo juguete de la NSA, tiene que asegurarse de que es indescifrable!»

—¿Todavía quieres irte? —preguntó él.

Ella levantó la mirada. En cierto modo, estar allí sentada en la oscuridad con el gran Trevor Strathmore había logrado que sus miedos se disiparan. Reescribir Fortaleza Digital suponía la oportunidad de hacer historia actuando en pos del bien común, y a Strathmore le sería de utilidad su ayuda. Susan forzó una renuente sonrisa.

—¿Qué hacemos a continuación?

Radiante, él le colocó una mano en el hombro.

—Gracias. —Luego sonrió y se puso manos a la obra—. Iremos juntos a Nodo 3. Tú buscarás el archivo en el terminal de Hale y yo te cubriré —dijo alzando la Beretta.

A Susan no le hizo mucha ilusión la idea de volver a Nodo 3.

—¿No podemos limitarnos a esperar a que David encuentre la copia de Tankado?

El comandante negó con la cabeza.

—Cuanto antes hagamos el cambio, mejor. No tenemos garantías de que David vaya a encontrar la otra copia. Si, por casualidad, el anillo cayera en las manos equivocadas, preferiría que nosotros ya hubiéramos hecho el cambio del algoritmo. De esta forma, quienquiera que tenga la clave descargaría nuestra versión del mismo. —Strathmore tomó con fuerza su pistola y se puso de pie—. Tenemos que ir a buscar la clave de Hale.

Susan se quedó callada. El comandante tenía razón. Necesitaban la clave de acceso de Hale. Y la necesitaban ahora.

Cuando se levantó, notó que le flaqueaban las piernas. Desearía haber golpeado a Hale con más fuerza. Luego echó un vistazo a la pistola de Strathmore y sintió que se le revolvía el estómago.

—¿De verdad está dispuesto a disparar a Hale?

—No. —El comandante frunció el ceño, dirigiéndose ya a la puerta—. Pero confiemos en que él no sepa eso.

Capítulo 76

Delante de la terminal del aeropuerto de Sevilla había un taxi estacionado con el taxímetro en marcha. El pasajero con lentes de armazón metálico miraba el interior del vestíbulo a través de las paredes de cristal de la iluminada terminal. Sabía que había llegado a tiempo.

Desde el taxi, pudo ver a una chica rubia. Estaba ayudando a David Becker a sentarse en una silla. Este parecía estar adolorido. «Todavía no sabe lo que es el dolor...», pensó el pasajero. En un momento dado, la chica sacó un pequeño objeto de su bolsillo y se lo dio a Becker. Este lo sostuvo en alto y lo estudió bajo la luz de las luces fluorescentes. Luego se lo puso en un dedo, tomó un fajo de billetes que llevaba en el bolsillo y pagó a la chica. Estuvieron hablando unos minutos más y ella lo abrazó. Finalmente, la joven se despidió con un movimiento de la mano, se colgó del hombro su bolsa de lona y cruzó el vestíbulo.

«Al fin —pensó el hombre del taxi—. Al fin.»

Capítulo 77

Strathmore salió de su despacho con el arma en alto. Susan lo siguió de cerca, preguntándose si Hale todavía estaría en Nodo 3.

La luz que arrojaba el monitor del comandante a sus espaldas proyectaba las siniestras sombras de sus cuerpos sobre la pasarela de rejilla metálica. Susan se acercó todavía más a su jefe.

A medida que iban alejándose de la puerta del despacho, la luz iba disminuyendo y, finalmente, quedaron engullidos por la oscuridad. La única luz en la planta de Criptografía era la de las estrellas que había en el cielo y el débil resplandor procedente de la ventana de Nodo 3 hecha añicos.

Strathmore siguió adelante lentamente en busca del lugar en el que comenzaba la estrecha escalera. Al llegar a esta, se cambió de mano la Beretta para agarrarse al barandal con la derecha. Supuso que tendría la misma mala puntería con la mano izquierda y necesitaba la derecha para apoyarse. Caer en esa escalera en particular podía dejar a cualquiera lisiado de por vida, y los sueños de Strathmore para su jubilación no incluían ninguna silla de ruedas.

Cegada por la oscuridad de la cúpula de Criptografía, Susan descendió la escalera con una mano en el hombro de Strathmore. A pesar de que este se encontraba a apenas medio metro, era incapaz de ver bien toda su silueta.

En cuanto pisaba un escalón, arrastraba el pie en busca del borde.

De repente, Susan comenzó a tener dudas sobre el hecho de ir a Nodo 3 para intentar obtener la clave de acceso de Hale. El comandante había insistido en que este no se atrevería a hacerles nada, pero ella no estaba tan segura. Hale estaba desesperado. Tenía dos opciones: escapar de Criptografía o ir a la cárcel.

Una vocecita no dejaba de decirle que deberían esperar la llamada de David y usar su clave de acceso, pero era consciente de que no había ninguna garantía de que llegara siquiera a encontrarla. Se preguntó por qué estaba tardando tanto, pero optó por no dejarse llevar por el desasosiego que sentía y seguir adelante.

Strathmore descendía los peldaños en silencio. No había necesidad de alertar a Hale de su presencia. Cuando ya se acercaban al pie de la escalera, el comandante aminoró la velocidad y buscó el último escalón con el pie. Al encontrarlo, el talón de su mocasín resonó al posarse en la dura baldosa negra. Susan notó que el hombro de Strathmore se tensaba. Habían llegado a la zona de peligro. Hale podía estar en cualquier parte.

A lo lejos, ahora oculto detrás de TRANSLTR, se encontraba su destino: Nodo 3. Susan rezó para que Hale todavía estuviera allí, tumbado en el suelo, retorciéndose de dolor como el perro que era.

Strathmore soltó el barandal y volvió a cambiarse la Beretta de mano. Sin decir nada, comenzó a avanzar en la oscuridad. Susan seguía aferrada con fuerza a su hombro. Si lo perdía, el único modo de encontrarlo de nuevo sería hablando. Y, en ese caso, Hale podría oírlos. A medida que se alejaban de la seguridad que les proporcionaba la escalera, Susan recordó cuando de niña jugaba a las escondidillas por las noches; había dejado atrás el refugio y ahora se encontraba al descubierto. Era vulnerable.

TRANSLTR era la única isla en el vasto mar negro. Cada pocos pasos, Strathmore se detenía con el arma en alto y aguzaba el oído. El único ruido era el débil zumbido procedente de los subniveles. Susan quería jalarlo y llevarlo de vuelta a la seguridad del refugio. Le parecía ver rostros en la oscuridad que los rodeaba.

A mitad de camino de TRANSLTR, el silencio de Criptografía se vio interrumpido. Un agudo sonido que parecía proceder de lo alto resonó en medio de la oscuridad. Strathmore se dio la vuelta de golpe y Susan lo perdió. Asustada, extendió rápidamente la mano buscándolo, pero el comandante había desaparecido. Donde antes había estado su hombro ahora no había nada. Se tambaleó hacia delante en el vacío.

El timbre seguía sonando. Estaba cerca. Susan se dio la vuelta. Oyó un roce de ropa y, de repente, el sonido se detuvo. La criptógrafa se quedó inmóvil. Un instante después, como en una de sus peores pesadillas infantiles, un rostro fantasmal y verdoso apareció justo delante de ella. Parecía el de un demonio con los rasgos deformados con marcadas sombras. Ella retrocedió de un salto y se dio la vuelta para salir corriendo, pero la figura la agarró del brazo.

—¡No te muevas! —le ordenó.

Por un instante, había creído ver a Hale en esos dos ojos ardientes, pero la voz no era la de este. Y su forma de agarrarla era más delicada. Se trataba de Strathmore. El rostro de su jefe estaba iluminado desde abajo por un objeto reluciente que acababa de tomar del bolsillo. Aliviada, Susan relajó los hombros y sintió que volvía a respirar. El objeto que Strathmore tenía en la mano tenía una especie de pantalla electrónica que emitía un resplandor verdoso.

—Maldita sea —se lamentó Strathmore en voz baja—. Mi nuevo *beeper*. —Bajó la mirada disgustado hacia el

SkyPager que tenía en la mano. Se le había olvidado silenciarlo.

Irónicamente, había acudido a una tienda local de productos electrónicos para comprar ese aparato y había pagado en efectivo para que la transacción fuera anónima. Nadie sabía mejor que él hasta qué punto la NSA vigilaba a los suyos y, definitivamente, quería mantener en privado los mensajes digitales enviados y recibidos mediante ese *beeper*.

Susan miró a su alrededor con inquietud. Si hasta entonces Hale todavía no se había dado cuenta de que estaban acercándose, seguro que ahora ya lo habría hecho. Strathmore pulsó unos pocos botones del *beeper* y leyó el mensaje entrante. Soltó un leve gruñido. Eran más malas noticias desde España. No de David Becker, sino de la *otra* persona que había enviado a Sevilla.

A seis mil kilómetros de distancia, una unidad móvil de vigilancia recorría a toda velocidad las oscuras calles de Sevilla. La furgoneta procedía de la base militar norteamericana que había en Rota y estaba llevando a cabo una misión secreta clasificada como «Umbra». Los dos hombres que iban dentro estaban tensos. No era la primera vez que recibían órdenes de emergencia desde Fort Meade, pero normalmente no venían desde tan arriba.

—¿Alguna señal de nuestro hombre? —preguntó el agente que iba al volante.

Los ojos de su compañero no se apartaron del videomonitor que emitía las imágenes procedentes de la cámara de gran angular que llevaban en el techo.

—No. Sigue conduciendo.

Capítulo 78

Jabba no dejaba de sudar debajo del entramado de cables. Seguía tumbado de espaldas con la pequeña linterna entre los dientes. Se había acostumbrado a trabajar hasta tarde los fines de semana; las horas en las que había menos bullicio en la NSA solían ser el único momento en el que podía llevar a cabo tareas de mantenimiento de hardware. El técnico maniobraba con extremo cuidado el soldador a través del laberinto que tenía encima; quemar el revestimiento de alguno de esos cables colgantes supondría una verdadera catástrofe.

«Unos pocos centímetros más», pensó. El trabajo estaba llevándole más tiempo del esperado.

Justo cuando acercaba la punta del soldador al tramo final de soldadura, su teléfono celular comenzó a sonar. Jabba se sobresaltó, movió involuntariamente el brazo y un enorme pegote de chisporroteante estaño líquido cayó sobre su brazo.

—¡Mierda! —Soltó el soldador y a punto estuvo de tragarse la linternita—. ¡Mierda! ¡Mierda! ¡Mierda!

Se frotó furiosamente la zona del brazo en la que le había caído la gota de soldadura y, al retirarla, vio un impresionante moretón. En ese momento, el chip que estaba intentando soldar cayó también y lo golpeó en la cabeza.

—¡Maldita sea!

Su teléfono volvió a sonar. Pero él lo ignoró.

—Midge —maldijo en voz baja.

«¡Maldita sea! ¡En Cripto no pasa nada...!» El teléfono seguía sonando. Jabba reanudó su trabajo y se dispuso a soldar el chip. Un minuto después, ya estaba en su lugar, pero el teléfono continuaba sonando. «¡Por el amor de Dios, Midge! ¡Déjalo así!»

El teléfono siguió sonando otros quince segundos y finalmente dejó de hacerlo. Jabba exhaló un suspiro de alivio.

Un minuto después, se oyó el intercomunicador que había en lo alto de la pared:

—Agradeceríamos que el jefe de Seguridad de Sistemas se pusiera inmediatamente en contacto con el conmutador principal para recibir un mensaje.

Incrédulo, Jabba puso los ojos en blanco. «¿Es que no piensa rendirse?» Ignoró el mensaje.

Capítulo 79

Strathmore volvió a guardarse el *beeper* en el bolsillo y escrutó en la negrura de Nodo 3.

—Vamos —le dijo a Susan al tiempo que extendía el brazo para tomarla de la mano.

Pero sus dedos no llegaron a tocarse.

Se oyó un prolongado grito gutural en la oscuridad y, de repente, una enorme figura se cernió sobre el comandante como si de un camión sin faros se tratara. Un instante después, hubo una colisión y Strathmore salió disparado por el suelo.

Era Hale. El *beeper* los había delatado.

Susan oyó que la Beretta caía. Por un momento, se quedó inmóvil, sin saber hacia dónde correr ni qué hacer. Su instinto le decía que escapara, pero no tenía el código del elevador. Su corazón le aconsejaba que ayudara a Strathmore, pero no sabía cómo. Giró sobre sí misma esperando oír el ruido de una pelea a vida o muerte en el suelo, pero de repente todo se había quedado en silencio, como si Hale hubiera golpeado al comandante y luego hubiera desaparecido de vuelta en la oscuridad.

Mientras esperaba, Susan aguzó la mirada para intentar ver algo en la penumbra. Esperaba que Strathmore no estuviera herido. Después de lo que pareció una eternidad, susurró:

—¿Comandante?

En cuanto lo hizo, se dio cuenta de que había cometido un error. Un instante después, percibió el olor de Hale a su espalda. Se volvió demasiado tarde. Sin advertencia previa, se encontró a sí misma intentando liberarse y esforzándose por respirar. Tenía la cabeza aplastada contra el pecho de Hale.

—Todavía me duelen las pelotas —dijo él jadeante en su oído.

Las rodillas de Susan cedieron y las estrellas de la cúpula comenzaron a dar vueltas a su alrededor.

Capítulo 80

Agarrando con fuerza el cuello de Susan, Hale gritó en la oscuridad:

—¡Tengo a su queridita, comandante! ¡Quiero salir de aquí!

Su exigencia se encontró con el silencio.

Hale apretó con más fuerza.

—¡Le romperé el cuello!

De repente, se oyó el ruido de una pistola amartillándose a sus espaldas.

—Suéltela —dijo Strathmore en un calmado tono de voz.

—¡Comandante! —dijo Susan con una mueca de dolor.

Hale se dio la vuelta y colocó el cuerpo de Susan en dirección al lugar del que había procedido el ruido.

—Si dispara, matará a su querida Susan. ¿Está dispuesto a correr ese riesgo?

Strathmore se acercó.

—Suéltela.

—Ni hablar. Si hago eso, me matará.

—No voy a matar a nadie.

—¿Ah, no? ¡Dígaselo a Chartrukian!

Strathmore se acercó todavía más.

—Chartrukian está muerto.

—¡No me diga! ¡Fue usted quien lo mató! ¡Lo vi!

—Ríndase, Greg —dijo Strathmore sin perder la calma.

Sin soltarle el cuello a Susan, Hale le susurró al oído:

—¡Strathmore empujó a Chartrukian, te lo juro!

—No va a caer en su táctica de divide y vencerás —dijo el comandante, acercándose—. Suéltela.

—¡Chartrukian no era más que un chico, por el amor de Dios! —replicó Hale—. ¿Por qué lo hizo? ¿Para proteger su pequeño secreto?

Strathmore no perdió la calma.

—Y ¿qué pequeño secreto es ese?

—¡Sabe jodidamente bien a qué secreto me refiero! ¡Fortaleza Digital!

—Vaya vaya... —murmuró Strathmore en un tono condescendiente y frío como un iceberg—. Así que conoce la existencia de Fortaleza Digital... Estaba comenzando a pensar que también negaría eso.

—Váyase a la mierda.

—Una respuesta inteligente.

—Está usted loco —soltó Hale—. Para su información, TRANSLTR está sobrecalentándose.

—¿De verdad? —Strathmore rio entre dientes—. Deje que lo adivine... ¿Debería abrir las puertas y llamar a los técnicos de Seguridad de Sistemas?

—¡Exacto! —respondió Hale—. Sería un idiota si no lo hace.

Esta vez, Strathmore soltó una carcajada.

—¿Ese es su gran plan? ¿Que abra las puertas porque TRANSLTR está sobrecalentándose?

—¡Es cierto, maldita sea! ¡Bajé a los subniveles! ¡El generador auxiliar no está suministrando suficiente freón!

—Gracias por el consejo —dijo Strathmore—, pero TRANSLTR tiene un sistema automático de interrupción y, si estuviera sobrecalentándose, dejaría de descifrar Fortaleza Digital por sí solo.

—Está loco. ¿A mí qué más me da que TRANSLTR explote? Esa maldita máquina debería estar prohibida de todos modos —dijo Hale con desprecio.

Strathmore exhaló un suspiro.

—La psicología infantil sólo funciona con niños, Greg. Ahora suéltela.

—¿Para que pueda dispararme?

—No voy a dispararle. Sólo quiero la clave de acceso.

—¿Qué clave de acceso?

Strathmore volvió a suspirar.

—La que le envió Tankado.

—No tengo ni idea de qué está hablando.

—¡Mentiroso! —consiguió decir Susan—. ¡Vi el correo electrónico de Tankado en tu cuenta!

Hale se quedó petrificado y le dio la vuelta a su colega.

—¿Husmeaste en mi cuenta de correo electrónico?

—*Tú* interrumpiste mi rastreador —replicó ella.

Hale notó cómo se le aceleraba el pulso. Creía haber borrado sus huellas; no tenía ni idea de que Susan se había enterado de lo que había hecho. No era de extrañar que no creyera una sola palabra de lo que le estaba diciendo. De pronto sintió que las paredes se estrechaban a su alrededor, y supo que no conseguiría salir de esa con palabras. Al menos, no a tiempo.

—Susan..., Strathmore mató a Chartrukian —le susurró al oído, desesperado.

—Suéltela —dijo el comandante—. No lo cree.

—¡Claro que no! —contestó Hale—. ¡Cabrón mentiroso! ¡Le lavó el cerebro! ¡Sólo le cuenta lo que le conviene! ¿Sabe ella cuáles son sus verdaderas intenciones con respecto a Fortaleza Digital?

—Y ¿cuáles son? —se burló Strathmore.

Hale supo que lo que estaba a punto de decir podía abrirle las puertas de la libertad o ser su sentencia de muerte. Finalmente, respiró hondo y decidió jugarse el todo por el todo.

—Planea escribir una puerta trasera en el algoritmo.

El desconcertado silencio que siguió a sus palabras le indicó que había dado en el clavo.

La imperturbabilidad de Strathmore estaba siendo puesta a prueba.

—¿Quién le dijo eso? —preguntó en un tono más agresivo.

—Lo leí en una transcripción de una de sus reuniones —dijo Hale con suficiencia, intentando aprovechar el cambio de roles.

—Imposible. Nunca imprimo las transcripciones de mis reuniones.

—Ya lo sé. Lo leí directamente en su cuenta.

Strathmore no parecía terminar de creerlo.

—¿Entró en mi despacho?

—No. Lo espié en Nodo 3. —Hale forzó una risa ahogada. Sabía que necesitaría recurrir a todas las estrategias de negociación que había aprendido en los Marines para salir de Criptografía con vida.

Strathmore se acercó todavía más a él con la Beretta en la mano.

—¿Cómo se enteró de lo de la puerta trasera?

—Ya se lo he dicho: espié su cuenta.

—Imposible.

Hale soltó una risa sarcástica.

—Es uno de los problemas de contratar a los mejores, comandante. A veces son incluso mejores que uno mismo.

—Joven —dijo Strathmore furioso—, no sé dónde obtuvo esa información, pero no tiene ni idea de lo que está diciendo. O suelta a la señorita Fletcher ahora mismo o llamaré a seguridad y haré que lo encierren de por vida.

—No lo hará —afirmó Hale con seguridad—. Llamar a seguridad arruinaría sus planes. Yo se lo contaría todo. —Hale se detuvo un momento y luego prosiguió—: Pero, si me deja salir, no diré una palabra a nadie sobre Fortaleza Digital.

—No hay trato —respondió Strathmore—. Quiero la clave de acceso.

—¡No tengo ninguna jodida clave!

—¡Basta de mentiras! —exclamó el comandante—. ¿Dónde está?

Hale apretó el cuello de Susan.

—¡Deje que me marche o la mato!

Trevor Strathmore había participado en suficientes negociaciones de alto riesgo en su vida para saber que Hale se encontraba en un estado mental muy peligroso. El joven criptógrafo estaba arrinconado, y los oponentes en esa situación siempre eran los más difíciles: la desesperación los volvía impredecibles. El comandante era consciente de que el siguiente paso que diera sería clave. La vida de Susan dependía de ello. Y también el futuro de Fortaleza Digital.

Lo primero que debía hacer era relajar la tensión. Al cabo de un largo momento, exhaló un suspiro.

—Está bien, Greg —dijo—. Usted gana. ¿Qué quiere que haga?

Silencio. Hale no parecía saber cómo interpretar el nuevo tono conciliador de su superior. Aflojó un poco la presión que ejercía sobre el cuello de Susan.

—B-bueno... —tartamudeó en un tono de voz vacilante—. En primer lugar, tiene que darme su arma. Ambos vendrán conmigo.

—¿Rehenes? —Strathmore se rio fríamente—. Debería pensarlo mejor, Greg. Desde Cripto al estacionamiento hay por lo menos una docena de guardias armados.

—No soy idiota —respondió Hale—. Tomaré su elevador y sólo Susan vendrá conmigo. Usted se quedará aquí.

—Lamento decirle que el elevador no cuenta con corriente eléctrica —contestó Strathmore.

—¡De ninguna manera! —exclamó Hale—. ¡El elevador funciona con la corriente del edificio principal! ¡Conozco los planos!

—Ya lo intentamos —dijo Susan con dificultad, intentando ayudar—. No funciona.

—Ambos están mintiendo. —Hale le apretó con más fuerza el cuello—. Si el elevador no funciona, apagaré TRANSLTR y restauraré la electricidad.

—El ascensor necesita una contraseña —replicó Susan envalentonada.

—Bueno, estoy seguro de que Strathmore la compartirá conmigo —rio Hale—. ¿Verdad, comandante?

—Ni hablar —dijo éste categóricamente.

Hale estaba a punto de explotar.

—Escúcheme, vejete, este es el trato: si me deja utilizar el ascensor, me largaré en coche con Susan y dentro de unas horas la soltaré.

Strathmore se dio cuenta de que la apuesta había subido. Había sido él quien había metido a Susan en eso y tenía que conseguir sacarla con vida. Contestó con un tono firme como una roca:

—Y ¿qué hay de mis planes para Fortaleza Digital?

Hale rio.

—Puede escribir su maldita puerta trasera. No diré nada —y, en tono amenazador, añadió—: Pero si algún día tengo la menor sensación de que anda detrás de mí, acudiré a los medios de comunicación y lo revelaré todo. ¡Explicaré que Fortaleza Digital fue manipulada y hundiré toda esta jodida organización!

Strathmore consideró la oferta. Era clara y simple. Si la aceptaba, Susan sobreviviría y él conseguiría introducir una puerta trasera en Fortaleza Digital. Mientras no fuera detrás de Hale, eso seguiría siendo un secreto. Strathmore sabía que este no era capaz mantener la boca cerrada durante mucho tiempo, pero aun así... su conocimiento de la existencia de Fortaleza Digital era el único seguro de vida que tendría. Tal vez eso haría que se comportara con inteligencia. En cualquier caso, sabía que Hale podía ser eliminado más adelante si era necesario.

—¡Decídase, vejete! ¿Nos marchamos o no? —dijo Hale en un tono desafiante, y aumentó la presión alrededor del cuello de Susan.

Strathmore sabía que, si descolgaba el teléfono en ese momento y llamaba a seguridad, Susan sobreviviría. Apostaría la vida a ello. Podía imaginar la escena con toda claridad. La llamada tomaría a Hale completamente por sorpresa, le entraría el pánico y, al final, al encontrarse ante un pequeño ejército, sería incapaz de actuar. Tras un breve compás de espera, acabaría rindiéndose. «Pero si llamo a seguridad —pensó—, mi plan se irá por la borda.»

Hale aumentó la fuerza con la que apretaba el cuello de Susan. Esta dejó escapar un grito de dolor.

—¡¿Y bien?! —exclamó él—. ¿La mato?

Strathmore consideró las opciones que tenía. Si dejaba que Hale se marchara de Criptografía con Susan, no había ninguna garantía de que ella sobreviviera. Hale podía alejarse de la NSA, estacionarse en el bosque, y tenía un arma... Se le revolvió el estómago. No había forma de saber qué sucedería antes de que liberara a Susan..., si es que llegaba a hacerlo. «Tengo que llamar a seguridad —decidió el comandante—. ¿Qué otra cosa puedo hacer?» Se imaginó a Hale en un juzgado, revelando todo lo que sabía sobre Fortaleza Digital. «Mi plan se irá al traste. Debe de haber alguna otra solución...»

—¡Decídase! —exclamó Hale, arrastrando a Susan hacia la escalera.

Strathmore no lo escuchó. Si salvar a la mujer suponía desbaratar sus planes, estaba dispuesto a aceptarlo. Nada valía la pena perderla. Susan Fletcher era un precio que Trevor Strathmore no estaba dispuesto a pagar.

Hale mantenía el brazo de Susan retorcido a su espalda y el cuello inclinado a un lado.

—¡Es su última oportunidad, viejo! ¡Deme el arma!

La mente de Strathmore seguía dando vueltas a sus posibilidades. «¡Siempre hay otras opciones!» Finalmente habló en un tono calmado, casi triste.

—No, Greg, lo siento. No puedo dejarlo marchar.

Hale se quedó anonadado.

—¡¿Qué?!

—Voy a llamar a seguridad.

Susan soltó un grito ahogado.

—¡No, comandante!

Hale le apretó todavía más el cuello a la mujer.

—¡Si llama a seguridad, ella morirá!

El comandante tomó el teléfono celular que llevaba sujeto al cinturón y lo encendió.

—No lo creo, Greg. Está alardeando.

—¡No lo hará! —exclamó Hale—. ¡Hablaré! ¡Arruinaré sus planes! ¡Está a unas pocas horas de cumplir su sueño, de controlar todos los datos del mundo! Sin necesidad de TRANSLTR, sin límites... Información accesible en cualquier momento. ¡Es una oportunidad única! ¡No dejará que se le escape!

—Comprobémoslo —dijo Strathmore en un tono de voz duro como el acero.

—P-pero... ¿qué hay de Susan? —tartamudeó Hale—. ¡Si toma esa decisión, la mataré!

Strathmore se mantuvo firme.

—Es un riesgo que estoy dispuesto a asumir.

—¡No lo creo! ¡Ella se la pone más dura que Fortaleza Digital! ¡Lo conozco! ¡No se arriesgará!

Susan comenzó a protestar, pero Strathmore avanzó hacia él.

—¡Usted no me conoce en absoluto, joven! ¡Mi trabajo consiste en correr riesgos! ¡Si quiere jugar duro, eso haremos! —Comenzó a marcar un número en su celular—. ¡Me juzgó mal, hijo! ¡Nadie amenaza la vida de mis empleados y luego se va como si nada! —Y, llevándose el teléfono a la oreja, exclamó—: ¡Conmutador! ¡Comuníqueme con seguridad!

Hale comenzó a retorcer el cuello de Susan.

—L-la mataré! ¡Lo juro!

—¡No lo harás! —replicó Strathmore—. Matar a Susan sólo empeoraría... —Interrumpió la frase y, hablando al teléfono, comenzó a decir—: ¡Seguridad! ¡Soy el comandante Trevor Strathmore! ¡Secuestraron a una persona en Cripto! ¡Envíen hombres! ¡Sí, *ahora*, maldita sea! También tenemos un problema eléctrico. Quiero que redirijan la corriente de todas las fuentes externas disponibles. ¡Dentro de cinco minutos quiero abastecidos todos los sistemas de Cripto! Greg Hale asesinó a uno de mis técnicos de Seguridad de Sistemas. Ahora retiene como rehén a mi criptógrafa *senior*. Están autorizados a usar gas lacrimógeno si es necesario. Si el señor Hale no coopera, asegúrense de que los francotiradores lo maten. Yo asumiré la responsabilidad. ¡Deprisa!

Hale se quedó paralizado por la incredulidad. Aflojó la presión del cuello de Susan.

Strathmore colgó el teléfono y volvió a guardárselo en el cinturón.

—Su turno, Greg.

Capítulo 81

Becker se encontraba junto a una cabina telefónica del vestíbulo de la terminal con los ojos todavía llorosos. A pesar de la quemazón en la cara y una leve náusea, se sentía más animado. Todo había terminado. Por fin. Estaba a punto de regresar a casa. El anillo dorado que llevaba puesto en el dedo era el grial que había estado buscando. Alzó la mano para examinarlo bajo la luz. Todavía no podía enfocar bien la vista, pero la inscripción no parecía estar en inglés. El primer símbolo era una «Q», una «O», o quizá un «0». Le dolían demasiado los ojos para estar seguro. Se fijó en los primeros caracteres. No tenían sentido. «¿Esto es lo que era una cuestión de seguridad nacional?»

Entró en la cabina y marcó el número de Strathmore. Antes de que hubiera terminado de marcar el prefijo internacional, oyó una grabación: «Todas las líneas están ocupadas —decía la voz—. Por favor, cuelgue y vuelva a intentarlo más tarde.» Frunció el ceño y colgó. Se le había olvidado que realizar una llamada telefónica internacional era como jugar a la ruleta, había que tener suerte en el momento en el que se hacía. Tendría que volver a intentarlo al cabo de unos minutos.

Se esforzó por ignorar el intenso escozor en los ojos. Megan le había dicho que frotárselos sólo empeoraría las cosas. A Becker le costaba imaginar que eso fuera posible. Presa de la impaciencia, trató de llamar de nuevo. Las líneas seguían ocupadas. Ya no podía esperar más, los ojos le ardían. Tenía que echarse agua. Strathmore debería esperar un minuto o dos. Medio ciego, se dirigió hacia el baño.

A pesar de su visión borrosa, pudo distinguir que el carrito de la limpieza seguía delante del baño de caballeros, de modo que volvió a dirigirse hacia la puerta con el letrero de DAMAS. Le pareció oír ruido dentro, por lo que tocó con los nudillos y exclamó:

—¿Hola?

Silencio.

«Seguramente se trata de Megan», pensó. Todavía faltaban cinco horas para que saliera su vuelo y le había dicho que iba a lavarse el antebrazo hasta que estuviera completamente limpio.

—¿Megan? —preguntó, y volvió a tocar con los nudillos. No hubo respuesta, así que abrió la puerta—. ¿Hola? —volvió a preguntar, y luego entró.

El baño parecía estar vacío. Se encogió de hombros y se acercó al lavamanos.

Este seguía igual de sucio, pero el agua estaba fría. Al echársela en los ojos, sintió como sus poros se tensaban. El dolor comenzó a disminuir y la bruma a disiparse. Se miró al espejo. Parecía que había estado llorando durante varios días.

Se secó la cara con la manga del saco y, de repente, cayó en la cuenta de algo. Con la excitación del momento, se le había olvidado que estaba en un aeropuerto. En algún lugar de la pista o en alguno de los tres hangares privados que había en el aeropuerto de Sevilla estaba esperándolo el Learjet 60 para llevarlo de vuelta a casa. El piloto había sido muy claro: «Tengo órdenes de aguardar aquí hasta que regrese».

A Becker le costaba creer que, después de todo lo que había pasado, hubiera terminado en el mismo sitio que había empezado. «¿Qué estoy esperando? —se rio—. ¡Estoy seguro de que el piloto puede enviarle un mensaje por radio a Strathmore!»

Riendo para sí, volvió a mirarse en el espejo y se ajustó la corbata. Cuando ya estaba a punto de marcharse, le llamó la atención el reflejo de algo que había a su espalda. Al volverse, vio que se trataba de un extremo de la bolsa de lona de Megan que sobresalía de la puerta ligeramente entreabierta del cubículo.

—¿Megan? —preguntó. No hubo respuesta—. *¿Megan?*

A continuación, se acercó al cubículo y tocó con los nudillos en un lateral. Tampoco hubo respuesta, de modo que empujó con cuidado la puerta.

Becker reprimió un grito de horror. Megan estaba sentada en el inodoro con los ojos mirando al cielo. La sangre manaba del agujero de bala que tenía en el centro de la frente.

—¡Oh, Dios mío! —exclamó horrorizado.

—Está muerta —dijo una voz apenas humana a su espalda.

Era como un sueño. Becker se volvió.

—¿Señor Becker? —preguntó el tipo de la siniestra voz.

Aturdido, él estudió al hombre que acababa de entrar en el baño. Le resultaba vagamente familiar.

—Soy Hulohot —dijo el asesino. Las palabras parecían surgir de las profundidades de su estómago. Hulohot extendió entonces la mano—. El anillo.

Becker se le quedó mirando inexpresivamente.

El hombre metió la otra mano en el bolsillo y sacó una pistola. Alzó el arma y le apuntó a la cabeza.

—El anillo.

En un instante de claridad, Becker experimentó una sensación completamente nueva. Todos los músculos de su cuerpo se tensaron a la vez, como si hubieran sido activados por una especie de instinto de supervivencia inconsciente. Justo en el momento en el que el tipo apretaba el gatillo, saltó a un lado y cayó encima de Megan. La bala impactó en la pared.

—¡Mierda! —exclamó Hulohot. De algún modo, en el último instante posible, David Becker había conseguido esquivar la bala.

El asesino comenzó a caminar hacia el cubículo.

Becker se apartó del cuerpo sin vida de la adolescente. Oyó unos pasos que se aproximaban, una respiración profunda y una pistola siendo amartillada.

—Adiós —susurró el hombre al llegar al cubículo con el arma en la mano.

La pistola detonó y hubo un fogonazo rojo, pero no era sangre. Se trataba de otra cosa. Un objeto había aparecido de la nada y había golpeado al asesino en el pecho, provocando que su arma se disparara antes de tiempo. Era la bolsa de lona de Megan.

A continuación, Becker se impulsó hacia delante con fuerza y, hundiendo su hombro en el pecho del tipo, lo empujó hasta el lavamanos. Hubo un tremendo choque y el espejo se rompió en mil pedazos. La pistola salió volando. Los dos hombres cayeron al suelo. Becker se levantó y fue corriendo hacia la salida. Hulohot buscó su arma a tientas, la tomó y disparó. La bala atravesó la puerta del baño cuando esta ya estaba cerrándose.

El gran vestíbulo vacío de la terminal del aeropuerto se extendía frente a Becker como un desierto imposible de cruzar. Aun así, sus piernas se movían más rápido de lo que nunca habría imaginado posible.

Justo cuando se metía en la puerta giratoria, una bala pasó silbando por su lado. El panel de cristal que tenía delante explotó en una lluvia de cristales. Becker empujó el marco con el hombro y la puerta comenzó a rotar. Un momento después, logró salir a la calle con paso tambaleante.

Vio un taxi estacionado.

—¡Déjeme entrar! —exclamó Becker, aporreando la puerta cerrada.

El conductor se negó. El cliente con los lentes de armazón metálico le había pedido que lo esperara.

Becker echó un vistazo por encima del hombro y vio que Hulohot estaba cruzando el vestíbulo con el arma en la mano. Luego se dio cuenta de que su pequeña Vespa todavía estaba en la banqueta. «Estoy muerto», pensó.

Hulohot emergió de la puerta giratoria justo a tiempo de ver cómo Becker intentaba en vano poner en marcha su Vespa. El asesino sonrió y levantó la pistola.

«¡El *starter*!» Becker buscó a tientas la palanca que había debajo del depósito de gasolina. Cuando la encontró, trató de arrancar la moto de nuevo. El motor carraspeó, pero no llegó a encender.

—El anillo —dijo la voz, muy cerca de él.

Becker levantó la mirada. Vio el cañón de la pistola. El tambor ya estaba rotando. Pisó la palanca de arranque una vez más.

La pequeña moto se puso finalmente en marcha y salió impulsada hacia delante. El disparo de Hulohot falló por poco y no llegó a impactar en la cabeza de Becker. Aferrado al manubrio de la Vespa, este cruzó un montículo de hierba y luego dobló la esquina del edificio en dirección a la pista de aterrizaje.

Hecho una furia, Hulohot corrió hacia el taxi que estaba esperándolo. Unos segundos después, el conductor yacía aturdido en la banqueta viendo cómo su vehículo se alejaba en medio de una nube de polvo.

Capítulo 82

En cuanto tomó conciencia de las implicaciones de la llamada telefónica del comandante, Greg Hale sintió una debilitante oleada de pánico. «¡Llamó a seguridad!» Notó entonces que Susan comenzaba a resbalársele, de modo que la agarró por la cintura y jaló.

—¡Suéltame! —gritó ella. Su voz resonó por toda la cúpula.

La mente de Hale iba a mil por hora. La llamada del comandante lo había tomado completamente por sorpresa. «¡Strathmore llamó a seguridad! ¡Está sacrificando sus planes con respecto a Fortaleza Digital!»

Ni en un millón de años habría imaginado que el comandante sería capaz de dejar escapar esa posibilidad. La inclusión de una puerta trasera en Fortaleza Digital era una oportunidad única.

Presa del pánico, su mente comenzó a jugarle malas pasadas. Allá adonde mirara, creía ver el cañón de la Beretta de su superior. Empezó entonces a girar de un lado a otro sin soltar a Susan para impedir que el comandante pudiera dispararle e, impulsado por el miedo, comenzó a arrastrar a la criptógrafa hacia la escalera. Al cabo de cinco minutos, las luces se encenderían, las puertas se abrirían y un equipo de guardias de seguridad entraría en Criptografía.

—¡Me haces daño! —exclamó Susan. Los movimientos desesperados de Hale apenas la dejaban respirar.

Él consideró la idea de soltarla y salir corriendo en dirección al elevador de Strathmore, pero eso supondría un suicidio. No tenía la contraseña. Y, además, en cuanto saliera de la agencia sin rehén, lo matarían. Ni siquiera su Lotus podría escapar de una flota de helicópteros de la NSA. «Ella es lo único que puede evitar que Strathmore me eche la caballería encima.»

—¡Ven conmigo, Susan! —dijo arrastrándola hacia la escalera—. ¡Te juro que no te haré daño!

Mientras ella forcejeaba, Hale se dio cuenta de que tenía nuevos problemas. Aunque consiguiera llegar al elevador de Strathmore y llevar consigo a la mujer, sin duda esta se resistiría a salir del edificio. Sabía bien que el elevador del comandante sólo tenía una parada: la «autopista subterránea», un laberinto de túneles de acceso restringido excavados bajo tierra a través de los cuales los halcones de la NSA se desplazaban en secreto. Hale no tenía ninguna intención de perderse en los pasillos de la NSA con un rehén hostil. Eso sería una trampa mortal. Y, aunque consiguiera salir, no tenía ninguna arma. ¿Cómo se las arreglaría para cruzar el estacionamiento con Susan? ¿Cómo conduciría?

La respuesta se la proporcionó la voz de uno de sus profesores de estrategia militar en los Marines. «Obliga a alguien a hacer algo, y se resistirá —le recordó la voz—. Si, en cambio, lo convences para que piense como tú quieres, tendrás un aliado.»

—¡Strathmore es un asesino, Susan! —se oyó decir a sí mismo Hale—. ¡Si te quedas aquí, estarás en peligro!

Pero ella no parecía estar escuchándolo. Hale era consciente de que, de todos modos, era una idea absurda; Strathmore nunca le haría daño a Susan, y ella lo sabía.

Escrutó la oscuridad preguntándose dónde debía de estar el comandante. Este se había quedado repentinamente callado, y eso lo ponía todavía más nervioso. Tenía la sensación de que se le había acabado el tiempo. Los guardias de seguridad llegarían en cualquier momento.

Agarró con fuerza a Susan por la cintura y, jalándola, comenzó a subir por la escalera. Su colega se resistió intentando sujetarse al primer escalón con los talones, pero no sirvió de nada. Él era más fuerte.

Lentamente, Hale ascendió la escalera de espaldas, arrastrando a Susan. Hacerlo empujándola de frente habría sido más fácil, pero el descanso que había en lo alto estaba iluminado por los monitores de la computadora de Strathmore. En cuanto Susan llegara arriba, la espalda de Hale quedaría a tiro. Si, en cambio, subía de espaldas y la arrastraba, podía usarla de escudo humano.

Cuando ya había subido un tercio, a Hale le pareció percibir un movimiento al pie de la escalera. «¡Strathmore va a hacer algo...!»

—Ni lo intente, comandante —advirtió—. Sólo conseguirá matarla a ella.

Acto seguido, permaneció un momento a la espera. Silencio. Aguzó los oídos, pero nada. No hubo ningún otro movimiento abajo. ¿Estaría imaginando cosas? No importaba. Strathmore nunca se arriesgaría a disparar si Susan estaba delante.

No obstante, cuando reanudó el ascenso sucedió algo inesperado. Oyó claramente un débil ruido seco en el descanso. Hale sintió una oleada de adrenalina y se detuvo. ¿Estaría Strathmore ahí arriba? No podía ser. El instinto le decía que se encontraba abajo. De repente, sin embargo, volvió a suceder. Esta vez más alto. ¡Era un paso!

Presa del pánico, Hale se dio cuenta de la equivocación que había cometido. «¡Strathmore está en el descanso! ¡Puede dispararme por la espalda!» Desesperado, dio la vuelta con Susan a rastras y comenzó a bajar la escalera.

Al llegar al pie, miró hacia arriba y exclamó:

—¡Atrás, comandante! ¡Atrás o le romperé el...!

La culata de la Beretta surcó rápidamente el aire e impactó con fuerza en el cráneo de Hale.

Al notar que este aflojaba su presa, Susan se soltó y se volvió confundida. Strathmore la agarró entonces y la atrajo hacia sí, abrazando su tembloroso cuerpo.

—Shhh —susurró tranquilizándola—. Soy yo. No pasa nada.

Susan estaba temblando.

—¿C-comandante? —dijo con un grito ahogado, desorientada—. C-creía que estaba arriba... Escuché...

—Tranquilízate —susurró él—. Lo que escuchaste eran los mocasines que tiré al descanso.

Susan se encontró a sí misma riendo y llorando al mismo tiempo. El comandante acababa de salvarle la vida. De pie en medio de la oscuridad, sintió una abrumadora sensación de alivio. Acompañada, sin embargo, de una sensación de culpa: los guardias de seguridad estaban de camino. Había permitido que Hale la atrapara y este la había utilizado contra Strathmore. Susan era consciente de que el comandante había pagado un enorme precio para salvarla.

—Lo siento —dijo.

—¿Por qué?

—Los planes que tenía con respecto a Fortaleza Digital se fueron por la borda.

Su superior negó con la cabeza.

—Para nada.

—Pero... ¿qué hay de los guardias de seguridad? Llegarán de un momento a otro. No tendremos tiempo de...

—No va a venir nadie, Susan. Tenemos todo el tiempo del mundo.

Ella se sentía confundida. «¿No va a venir nadie?»

—Pero usted llamó a...

Strathmore rio entre dientes.

—El truco más viejo del mundo. Fingí la llamada.

Capítulo 83

Indudablemente, la Vespa de Becker era el vehículo más pequeño que había recorrido nunca la pista del aeropuerto de Sevilla. Su velocidad máxima, de unos ochenta kilómetros por hora, hacía que el motor sonara más como una motosierra que como una motocicleta y, por desgracia, estaba muy por debajo de la necesaria para despegar.

Por el espejo retrovisor, vio que el taxi también entraba en la oscura pista. Debía de estar a unos trescientos cincuenta metros, pero de inmediato comenzó a ganarle terreno. Becker volvió a mirar hacia delante. A unos ochocientos metros, el perfil de los hangares se recortaba contra el cielo nocturno. Se preguntó si el taxi lo alcanzaría antes de que llegara. Pensó que Susan sólo habría necesitado un par de segundos para calcular las posibilidades. Y de repente sintió que lo acometía el miedo más atroz que había sentido nunca.

Bajó la cabeza y aceleró a fondo. Definitivamente, la Vespa iba a su velocidad máxima. Becker supuso que el taxi avanzaba al menos a ciento cincuenta kilómetros por hora, casi el doble que él. Posó la mirada en los tres edificios que se alzaban a lo lejos. «El del medio. Ahí está el Learjet», se dijo. Luego oyó un disparo.

La bala aterrizó en el asfalto, a pocos metros de la rueda trasera. Becker echó un vistazo por encima del hombro. El asesino se había asomado por la ventanilla del coche y estaba apuntándole con el arma. Dio un brusco golpe de manubrio y el espejo retrovisor estalló en añicos. Becker agachó el cuerpo tanto como pudo. «¡Que Dios me ayude! ¡No voy a conseguirlo!»

La pista que se extendía por delante de la Vespa estaba cada vez mejor iluminada: el taxi se acercaba y sus faros proyectaban sombras fantasmales sobre ella. Se oyó otro disparo. La bala rebotó en la carrocería de la moto.

Becker se aferró con fuerza al manubrio. «¡Tengo que llegar al hangar!», se dijo, y se preguntó si el piloto del Learjet los vería llegar. «¿Tendrá un arma? ¿Abrirá las puertas de la cabina a tiempo?» Sin embargo, al acercarse a la extensión iluminada en la que se encontraban los hangares, se dio cuenta de que esas preguntas eran inútiles. El Learjet no se veía por ningún lugar. Aguzó la mirada y rezó para que sólo fueran alucinaciones, pero no lo eran. El hangar estaba desierto. «¡Oh, Dios mío...! ¿Dónde está el avión?»

En cuanto los dos vehículos entraron en el hangar vacío, Becker buscó desesperadamente una salida. No había ninguna. La pared del fondo, una gigantesca lámina de metal corrugado, no tenía puertas ni ventanas. El taxi llegó finalmente a su altura y vio que Hulohot alzaba la pistola.

Los reflejos de Becker tomaron el control y frenó de golpe. Su velocidad, sin embargo, apenas aminoró. El suelo del hangar estaba cubierto de aceite y la Vespa siguió adelante, deslizándose por él.

A su lado, los frenos del taxi emitieron un ensordecedor chirrido y las ruedas comenzaron a patinar asimismo por la resbaladiza superficie. En medio de una nube de humo y llanta quemada, el coche dio una vuelta a apenas unos centímetros a la izquierda de la deslizante Vespa.

Los dos vehículos se precipitaban fuera de control en dirección a la pared del fondo del hangar. Becker intentó accionar desesperadamente los frenos, pero no había tracción. Era como conducir sobre hielo. Delante de él se alzaba la pared de metal. Se acercaba a ella rápidamente y se preparó para el impacto.

Finalmente, se produjo una ensordecedora colisión de acero y metal corrugado, pero Becker no sintió dolor alguno. Al abrir los ojos, se encontró a sí mismo al aire libre, todavía sobre su Vespa, avanzando en medio de los baches de un campo de hierba. Era como si la pared del hangar se hubiera desvanecido delante de él. El taxi seguía a su lado. De repente, una enorme lámina de metal de la pared del hangar se alzó sobre el cofre y salió volando por encima de la cabeza de Becker.

Con el corazón a mil, este aceleró y se perdió en la noche.

Capítulo 84

Jabba exhaló un suspiro de satisfacción al terminar la última soldadura. Apagó el soldador, dejó a un lado la linterna y se quedó un momento tumbado en la oscuridad del servidor central. Estaba agotado. Le dolía el cuello. El espacio para trabajar en el interior de una computadora era siempre escaso, sobre todo para un hombre de su tamaño.

«Y cada vez los construyen más pequeños», pensó.

Cerró los ojos para disfrutar de un merecido momento de relajación, y de repente alguien comenzó a jalarlo de sus botas.

—¡Sal de ahí, Jabba! —exclamó una voz de mujer.

«Midge me encontró...» Soltó un gruñido.

—¡Dije que salgas de ahí!

A regañadientes, Jabba se arrastró por el suelo para salir del interior de la computadora.

—¡Por el amor de Dios, Midge, ya te dije...! —Pero no era Midge—. ¿Soshi?

Soshi Kuta era un torbellino de apenas cuarenta kilos. Era la asistente y mano derecha de Jabba, una perspicaz técnica de Seguridad de Sistemas graduada en el MIT. Solía trabajar hasta tarde con él, y era la única persona de su equipo a la que no parecía intimidar.

—¿Por qué demonios no contestas el teléfono ni el *beeper*? —preguntó mirándolo enfurecida.

—¿Cómo? ¿Eras tú? Pensaba que...

—No importa. Algo extraño sucede en el banco de datos principal.

Jabba consultó su reloj.

—¿Extraño? —Empezó a sentirse preocupado—. ¿Puedes ser más específica?

Dos minutos después, cruzaba a toda velocidad el vestíbulo en dirección al banco de datos.

Capítulo 85

Greg Hale yacía hecho bola en el suelo de Nodo 3. Strathmore y Susan acababan de arrastrarlo hasta allí desde Criptografía y lo habían atado de manos y pies con unos cables de calibre doce de las impresoras láser.

Susan seguía asombrada con la astuta maniobra que acababa de ejecutar el comandante. «¡Fingió la llamada!» Con su sagacidad, Strathmore se las había ingeniado para capturar a Hale, salvarla a ella y ganar algo de tiempo para reescribir el código de Fortaleza Digital.

Miró con inquietud al criptógrafo maniatado. Greg respiraba fatigosamente. Strathmore se había sentado en un sofá con la Beretta sobre el regazo. Susan volvió a centrar su atención en el terminal de Hale y continuó con su búsqueda de la clave de acceso.

Llevaba cuatro intentos y aún no había obtenido ningún resultado.

—Todavía nada —dijo con un suspiro—. Puede que tengamos que esperar a que David encuentre la copia de Tankado.

Strathmore la reprendió con la mirada.

—Si David fracasa y la clave de Tankado cae en las manos equivocadas...

No hacía falta que terminara la frase. Susan comprendió lo que quería decir. Hasta que el archivo de Fortaleza Digital que estaba publicado en internet fuera reemplazado con la versión modificada de Strathmore, la clave de acceso de Tankado era peligrosa.

—Cuando hayamos hecho el cambio —añadió su jefe—, no me importará cuántas claves de acceso haya pululando por ahí. Cuantas más, mejor. —Le hizo un gesto a Susan para que siguiera buscando—. Hasta entonces, esto es una carrera contrarreloj.

Ella abrió la boca para mostrarse de acuerdo, pero sus palabras se vieron ahogadas por un estruendo ensordecedor. El silencio de Criptografía se vio interrumpido por una potente sirena procedente de los subniveles. Strathmore y ella intercambiaron miradas de alarma.

—¿Qué es eso? —exclamó Susan entre los intermitentes sirenazos.

—¡TRANSLTR! —respondió el comandante con preocupación—. Está sobrecalentándose. Puede que Hale tuviera razón con lo de que el generador auxiliar no es capaz de suministrar una cantidad suficiente de freón.

—Y ¿qué hay del sistema automático de interrupción?

Strathmore reflexionó un momento.

—Algo debe de haber fallado —señaló con el rostro iluminado por el intermitente resplandor que proyectaba la sirena amarilla que daba vueltas sobre sus cabezas.

—¡Será mejor que interrumpa el análisis! —dijo Susan.

Su jefe asintió. No quería ni imaginar lo que podía suceder si los tres millones de chips de silicio se sobrecalentaban y ardían. Tenía que subir a su despacho e interrumpir el análisis de Fortaleza Digital. Sobre todo, antes de que alguien fuera de Criptografía descubriera el problema y decidiera enviar a la caballería.

Hale todavía yacía en el suelo medio inconsciente. El comandante le dirigió una mirada y luego dejó la Beretta en una mesa que había cerca de Susan.

—¡Ahora vuelvo! —dijo y, antes de desaparecer por el agujero en la pared de Nodo 3, añadió—: ¡Encuéntrame esa clave de acceso!

Susan miró los resultados de su improductiva búsqueda de la clave y esperó que Strathmore se diera prisa en interrumpir el análisis. El ruido y las luces de Criptografía parecían propios del lanzamiento de un misil.

En el suelo, Hale comenzó a moverse. Con cada sirenazo, hacía una mueca. Susan se sorprendió a sí misma tomando la Beretta. Cuando finalmente él abrió los ojos, vio que la mujer estaba de pie, apuntándolo a la entrepierna con la pistola.

—¿Dónde está la clave de acceso? —le preguntó.

Hale estaba completamente desorientado.

—¿Q-qué pasó?

—Que la cagaste. Eso es lo que pasó. Ahora dime dónde está la clave.

Él intentó mover los brazos, pero se dio cuenta de que estaba maniatado. Una tensa expresión de pánico se dibujó en su rostro.

—¡Suéltame!

—Necesito la clave de acceso —repitió Susan.

—¡No la tengo! ¡Suéltame! —Hale intentó ponerse de pie, pero apenas pudo darse la vuelta.

—¡Eres Dakota del Norte, y Ensei Tankado te mandó una copia de su clave! ¡La necesito ahora! —exclamó ella entre dos sirenazos.

—¡Estás loca! —replicó Hale con un grito ahogado—. ¡Yo no soy Dakota del Norte! —añadió mientras se esforzaba inútilmente por liberarse.

—No me mientas —contestó ella enojada—. ¿Por qué diablos tu cuenta de correo electrónico está llena de correos de Dakota del Norte?

—¡Ya te lo dije! —exclamó Hale mientras la sirena seguía atronando—. ¡Espié la cuenta de correo de Strathmore! ¡Ese correo electrónico lo copié de su cuenta!

—¡No lo creo! ¡Tú nunca podrías espiar la cuenta de correo del comandante!

—¡No lo comprendes! —exclamó Greg—. ¡La cuenta de Strathmore *ya* estaba intervenida! —Hablaba en frases cortas entre sirenazos—. Alguna otra persona había instalado un programa de interceptación de correos electrónicos. Creo que el director Fontaine. Yo sólo me aproveché de ello. Debes creerme... Así fue como descubrí sus planes de reescribir Fortaleza Digital. Leí los planes que Strathmore diseñó con BrainStorm.

«¿BrainStorm?» Susan se quedó un momento callada. Sin duda Strathmore debía de haber utilizado el software BrainStorm para trazar su estrategia respecto de Fortaleza Digital. Si alguien hubiera espiado la cuenta del comandante, podría haber accedido a toda la información...

—¡Reescribir Fortaleza Digital es una barbaridad! —exclamó Hale—. Sabes perfectamente lo que eso implicaría... ¡La NSA contaría con acceso absoluto a todas las comunicaciones! —La sirena continuaba atronando, ahogando las palabras de Hale, pero este parecía estar poseído—. ¿Crees que estamos preparados para una responsabilidad semejante? ¿Crees que alguien lo está? ¡Hay que ser jodidamente corto de miras! ¿Dices que el gobierno actúa pensando en el bien general? ¡Genial! Pero ¿qué sucedería si algún gobierno futuro no lo hiciera? ¡Esa tecnología es *para siempre*!

Susan apenas podía oírlo. El ruido en Criptografía era ensordecedor.

Mientras tanto, Hale seguía esforzándose por liberarse. La miró a los ojos y continuó gritando:

—¡¿Cómo demonios se defenderá la gente en un estado policial cuando el tipo al mando tenga acceso a *todas* sus líneas de comunicación?! ¡¿Cómo podrá planear una revuelta?!

Susan ya había oído ese argumento del gobierno futuro muchas veces. Era una queja habitual de la EFF.

—¡Hay que detener a Strathmore! —exclamó Hale en medio del estruendo de la sirena—. Me prometí a mí mismo que lo haría, y eso es lo que he estado haciendo aquí todo el día..., observando su cuenta, esperando que actuara. Necesitaba pruebas de que había escrito una puerta trasera en Fortaleza Digital. Por eso copié todos sus correos electrónicos en mi cuenta. Eran pruebas de sus tejemanejes. Mi intención era acudir luego a los medios de comunicación con toda la información.

A Susan el corazón le dio un vuelco. Lo que estaba oyendo encajaba con el Greg Hale que conocía. ¿Era posible que fuera cierto? Si, efectivamente, Hale se había enterado de los planes de Strathmore de poner en circulación una versión manipulada de Fortaleza Digital, era perfectamente posible que pretendiera esperar hasta que todo el mundo estuviera utilizando el algoritmo para soltar esa bomba...

Ya podía imaginarse los titulares: EL CRIPTÓGRAFO GREG HALE REVELA UN PLAN SECRETO DE ESTADOS UNIDOS PARA CONTROLAR LA INFORMACIÓN GLOBAL.

¿Volvían a encontrarse en una situación como la de Skipjack? Revelar una puerta trasera de la NSA haría a Greg Hale más famoso de lo que hubiera imaginado nunca. Y también hundiría a la NSA. De repente, Susan comenzó a preguntarse si Hale no estaría diciendo la verdad. «¡No! —decidió—. ¡Claro que no!»

Él siguió con sus explicaciones.

—¡Interrumpí tu rastreador porque pensaba que ibas detrás de *mí*! ¡Creía que sospechabas que Strathmore estaba siendo espiado! ¡No quería que descubrieras la filtración y me la atribuyeras a mí!

«Es plausible, pero improbable.»

—Y entonces ¿por qué mataste a Chartrukian? —preguntó Susan.

—¡No fui yo quien lo hizo! —exclamó él por encima del ruido—. ¡Fue Strathmore quien lo empujó! ¡Lo vi todo desde la escalera! ¡Chartrukian estaba a punto de llamar a los técnicos de Seguridad de Sistemas y arruinar, así, los planes del comandante!

«Hale es bueno —pensó ella—. Tiene una explicación para todo.»

—¡Suéltame! —imploró él—. ¡Yo no he hecho nada!

—¿Que no has hecho nada? —exclamó Susan, preguntándose por qué tardaba tanto Strathmore—. Tankado y tú estaban chantajeando a la NSA. Al menos, hasta que traicionaste a tu socio. Cuéntame —prosiguió—, ¿murió realmente de un ataque al corazón o hiciste que uno de tus compinches lo liquidara?

—¡Estás ciega! —exclamó Hale—. ¿Es que no te das cuenta de que yo no tengo nada que ver? ¡Desátame antes de que lleguen los guardias de seguridad!

—No van a venir —dijo ella con rotundidad.

Hale se volvió lívido.

—¿Cómo?

—Strathmore fingió la llamada telefónica.

Hale abrió unos ojos como platos. Pareció quedarse paralizado un instante y, de repente, comenzó a retorcerse frenéticamente.

—¡Strathmore me matará! ¡Estoy seguro! ¡Sé demasiadas cosas!

—Tranquilízate, Greg.

—¡Pero soy inocente! —exclamó él en medio del estruendo de la sirena.

—¡Estás mintiendo! ¡Y tengo pruebas de ello! —Susan se dirigió hacia el círculo de terminales—. ¿Recuerdas el rastreador que interrumpiste? —preguntó al llegar a su computadora—. ¡Volví a enviarlo! ¿Quieres que comprobemos si ya regresó?

Efectivamente, en la pantalla de su computadora, un parpadeante icono la alertaba del regreso del rastreador. Susan posó la mano sobre el ratón e hizo clic. «Esto sellará su destino —pensó—. Hale es Dakota del Norte. —El rastreador se abrió—. Hale es...»

Cuando los datos del rastreador se materializaron finalmente ante sus ojos, Susan no pudo evitar quedarse en atónito silencio. Tenía que haber algún error. Señalaban a otra persona. A la más improbable.

Procuró calmarse y volvió a leer la información que tenía frente a sí. ¡Eran los mismos datos que había obtenido Strathmore! Susan había creído que el comandante debía de haber cometido algún error al reprogramar y enviar su rastreador, pero no tenía ninguna duda de que ella lo había hecho bien.

Y, sin embargo, la información que había aparecido en la pantalla era impensable:

NDAKOTA = ET@DOSHISHA.EDU

—¿«ET»? —se preguntó incrédula—. ¿Ensei Tankado es Dakota del Norte?

Era inconcebible. Si esos datos eran correctos, Tankado y su socio eran la *misma* persona. De pronto, el estruendo de la sirena interrumpió sus pensamientos y deseó que dejara de sonar. «¿Por qué Strathmore no la apaga de una maldita vez?»

Hale se retorció en el suelo y estiró el cuello para intentar ver a su colega.

—¿Qué dice el rastreador? ¡Dime!

Ella bloqueó la presencia de Hale y el caos que había a

su alrededor para poder concentrarse en el descubrimiento que acababa de hacer. «Ensei Tankado es Dakota del Norte...»

Reordenó las piezas del rompecabezas para tratar de encajarlas. Que Tankado fuera Dakota del Norte quería decir que había estado enviándose correos electrónicos a sí mismo, lo que significaba a su vez que Dakota del Norte no existía. El socio de Tankado era falso.

«Dakota del Norte es un fantasma —se dijo—. Mero humo.»

La estratagema era brillante. Al parecer, Strathmore había estado viendo un partido de tenis. Como Tankado recibía la pelota de vuelta, el comandante supuso que había alguien al otro lado de la red. Pero, en realidad, Tankado había estado jugando con una pared. Había estado proclamando las virtudes de Fortaleza Digital en unos correos electrónicos que enviaba a un servidor anónimo y, unas pocas horas después, este se los reenviaba de vuelta.

Ahora todo estaba claro. La intención de Tankado era que el comandante lo espiara. Quería que leyera sus correos electrónicos. Ensei Tankado había ideado un seguro de vida imaginario sin tener que confiarle a nadie su clave de acceso. Por supuesto, para disipar cualquier sospecha y que toda la farsa pareciera auténtica, Tankado había utilizado una cuenta de correo secreta. Él era su propio socio. Dakota del Norte no existía. El suyo había sido un espectáculo individual.

«Un espectáculo individual.»

Un aterrador pensamiento atenazó entonces a Susan: «Tankado podría haber utilizado su correspondencia secreta para convencer a Strathmore de cualquier cosa».

Recordó la primera reacción que había tenido ella cuando su jefe le había contado lo del algoritmo indescifrable: había asegurado que era imposible. Al darse cuenta del perturbador potencial de la situación, se le hizo un nudo en el estómago. ¿Qué prueba tenían en realidad de que efectivamente Tankado había creado Fortaleza Digital? Sólo los comentarios de sus correos electrónicos. Y, por supuesto..., TRANSLTR. La computadora llevaba atascada con ese archivo más de veinte horas. Susan sabía, sin embargo, que había otros programas que podían mantener ocupado a TRANSLTR durante tanto tiempo. Programas mucho más fáciles de crear que un algoritmo indescifrable.

Un virus.

Un escalofrío le recorrió el cuerpo.

«Pero ¿cómo puede un virus haber llegado a TRANSLTR?»

Como si le hablara desde la tumba, Phil Chartrukian le dio la respuesta: «¡Strathmore se saltó Guantelete!».

Y finalmente comprendió la verdad. Strathmore había descargado el archivo de Fortaleza Digital de Tankado y luego había tratado de introducirlo en TRANSLTR para descifrarlo, pero Guantelete lo había rechazado porque contenía peligrosas cadenas de mutación. En circunstancias normales, Strathmore se habría mostrado preocupado, pero había visto el correo electrónico de Tankado: «El truco reside en las cadenas de mutación». Así pues, convencido de que el archivo de Fortaleza Digital era seguro, Strathmore había eludido los filtros de Guantelete y lo había enviado a TRANSLTR.

Susan apenas podía hablar.

—Fortaleza Digital *no existe...* —murmuró con voz estrangulada mientras la sirena seguía atronando.

Lenta y débilmente, se apoyó en su terminal. Tankado había ido a cazar inocentes... y la NSA había mordido el anzuelo.

En ese momento se oyó un prolongado grito procedente de arriba. Era Strathmore.

Capítulo 86

Trevor Strathmore estaba inclinado sobre su escritorio cuando Susan llegó sin aliento a la puerta de su despacho. El comandante tenía la cabeza baja y su sudorosa frente relucía bajo la luz de su monitor. La sirena de los subniveles seguía atronando.

Ella corrió hacia el escritorio.

—¿Comandante?

Strathmore no se movió.

—¡Comandante! ¡Tenemos que apagar TRANSLTR! ¡Tenemos un...!

—Nos embaucó —dijo él sin levantar la mirada—. Tankado nos engañó a todos...

Susan se dio cuenta por su tono de voz de que el comandante también había descubierto la estratagema del japonés. El bombo que le había dado este a su código indescifrable, la subasta de la clave de acceso..., todo formaba parte de una farsa, de un timo. Tankado había engañado a la NSA para que espiara su cuenta de correo, creyera que tenía un socio y descargara un archivo muy peligroso.

—Las cadenas de mutación... —El comandante no llegó a terminar la frase.

—Lo sé.

Él levantó la mirada despacio.

—El archivo que descargué de internet... era un...

Susan trató de conservar la calma. Todas las piezas del juego habían cambiado de posición. Nunca había existido ningún algoritmo indescifrable. Fortaleza Digital era una patraña. El archivo que Tankado había publicado en internet era un virus que probablemente había cifrado con algún algoritmo de encriptación genérico, suficientemente fuerte para no perjudicar a nadie, salvo a la NSA. TRANSLTR había desencriptado el sello protector y, con ello, había liberado el virus.

—Las cadenas de mutación —añadió el comandante en un tono quejumbroso—. Tankado dijo que eran parte del algoritmo. —Y se dejó caer de nuevo sobre el escritorio.

Susan comprendía su dolor. Había sido engatusado. Tankado nunca había tenido la intención de que alguna empresa comprara su algoritmo. De hecho, no existía ningún algoritmo. Era todo una farsa. Fortaleza Digital era un fantasma, una farsa, un cebo creado para tentar a la NSA. Tankado había estado entre bastidores, moviendo los hilos de cada una de las decisiones de Strathmore.

—Me salté Guantelete —dijo él.

—Usted no lo sabía.

Strathmore dejó caer el puño sobre el escritorio.

—¡Debería haberlo sabido! ¡Su alias, por el amor de Dios...! ¡NDAKOTA! ¡Échale un vistazo!

—¿Qué quiere decir?

—¡Estaba riéndose de nosotros! ¡Es un maldito anagrama!

Susan se quedó un momento pasmada. «¿NDAKOTA es un anagrama?» Visualizó las letras y comenzó a reordenarlas mentalmente. *«Ndakota... Kado-tan... Oktadan... Tankado.»* Las rodillas le flaquearon. Strathmore tenía razón. Estaba claro como el agua. ¿Cómo demonios no se habían dado cuenta? Dakota del Norte no era ninguna referencia al estado de Estados Unidos, ¡era el mismo Tankado echándole sal a la herida! Le había enviado a la NSA una advertencia, una pista descarada de que él mismo era NDAKOTA. Ese seudónimo no era más que un anagrama de *Tankado*, pero, tal y como él había planeado, los mejores descifradores de códigos del mundo no se habían dado cuenta.

—Estaba burlándose de nosotros —dijo Strathmore.

—Tiene que detener TRANSLTR —declaró Susan.

Él se quedó absorto, mirando la pared.

—¡Comandante! ¡Deténgalo! ¡Sólo Dios sabe lo que está sucediendo ahí dentro!

—Lo intenté —susurró él en el tono más débil que ella le había oído nunca.

—¿Qué quiere decir con que lo *intentó*?

Strathmore giró la pantalla de su computadora para que ella pudiera verla. El brillo del monitor se había atenuado y tenía una extraña tonalidad café. Al pie, un cuadro de diálogo mostraba varios intentos de apagar TRANSLTR. Todos habían obtenido la misma respuesta:

IMPOSIBLE INTERRUMPIR EL PROCESO
IMPOSIBLE INTERRUMPIR EL PROCESO
IMPOSIBLE INTERRUMPIR EL PROCESO

Susan sintió un escalofrío. «¿Imposible interrumpir el proceso? ¿Por qué?» Horrorizada, de repente cayó en la cuenta de la respuesta. «¿Esta es la venganza de Tankado? ¿Destruir TRANSLTR?» Durante años, el japonés había querido que el mundo conociera la existencia de TRANSLTR, pero nadie lo había creído. Así pues, había decidido destruir la gran bestia él mismo. Había luchado hasta la muerte por aquello en lo que creía: el derecho individual a la privacidad.

En Criptografía, la sirena seguía atronando.

—¡Tenemos que cortar todo el suministro eléctrico! —declaró Susan—. ¡Ahora!

Sabía que, si se daban prisa, podían salvar la gran máquina de procesamiento en paralelo. Todas las computadoras del mundo —de las PC vendidas en grandes almacenes a los sistemas de controles de satélites de la NASA— contaban con un sistema de emergencia para situaciones como esa. No era especialmente glamuroso, pero siempre funcionaba. Se conocía popularmente como *desconectar la computadora*.

Si cortaban el suministro eléctrico de Criptografía, conseguirían apagar TRANSLTR. Ya eliminarían el virus más adelante. Sólo necesitarían reformatear los discos duros. Eso borraría completamente la memoria de la computadora: datos, programas, virus..., todo. En la mayoría de los casos, reformatear suponía la pérdida de miles de archivos. A veces incluso años de trabajo. Pero TRANSLTR era distinto. Sus discos duros podían ser reformateados sin apenas pérdidas. Las computadoras de procesamiento en paralelo estaban diseñadas para pensar, no para recordar. Nada se almacenaba dentro de TRANSLTR. En cuanto descifraba un código, enviaba los resultados al banco de datos principal de la NSA para...

Susan se quedó inmóvil y se llevó una mano a la boca para sofocar un grito.

—¡El banco de datos principal!

Strathmore permanecía absorto mirando la oscuridad. Al parecer, ya había llegado a esa conclusión.

—Sí, Susan, el banco de datos principal... —dijo en un incorpóreo tono de voz.

Ella asintió inexpresivamente. «Tankado utilizó TRANSLTR para introducir un virus en nuestro banco de datos principal.»

Strathmore se volvió rápidamente hacia su monitor. Susan volvió a fijar la mirada en la pantalla que tenía delante y miró el cuadro de diálogo. Al pie se podían leer las siguientes palabras:

REVELEN LA EXISTENCIA DE TRANSLTR

AHORA SÓLO LA VERDAD LOS SALVARÁ

Susan estaba horrorizada. La información más secreta de la nación estaba almacenada en la NSA: protocolos de comunicación militar, planos de armas avanzadas, documentos digitalizados, acuerdos comerciales..., la lista era interminable.

—¡Tankado no se atrevería! —declaró—. ¿Corromper toda la información clasificada de un país?

Le costaba creer que Ensei Tankado fuera capaz de atacar el banco de datos de la NSA. Volvió a leer la última frase de su mensaje:

AHORA SÓLO LA VERDAD LOS SALVARÁ

—¿La verdad? —preguntó ella—. ¿La verdad sobre qué?

Strathmore respiraba con dificultad.

—TRANSLTR —dijo quejumbrosamente—. La verdad sobre TRANSLTR.

Susan asintió. Tenía todo el sentido del mundo. Tankado estaba obligando a la NSA a revelarle al mundo la existencia de la súper computadora de la NSA. A fin de cuentas, sí se trataba de un chantaje. Estaba dándoles una oportunidad: o bien le revelaban al mundo la existencia de TRANSLTR o perderían el banco de datos. Sobrecogida, volvió a mirar el mensaje que tenía delante. Al pie de la pantalla, una única línea parpadeaba amenazadoramente:

INTRODUCIR CLAVE DE ACCESO

Con la mirada puesta en esas palabras, Susan lo comprendió todo: el virus, la clave de acceso, el anillo de

Tankado, la ingeniosa trama de chantaje. La clave de acceso no tenía nada que ver con el descifrado de un algoritmo, sino que era un *antídoto*. La clave detenía el virus. Susan había leído mucho sobre virus como ese, programas mortales que incluían en su programación una cura, una clave secreta que podía utilizarse para ser desactivados. «¡La intención de Tankado no era destruir el banco de datos de la NSA, sino que hiciéramos pública la existencia de TRANSLTR! ¡Entonces nos daría la clave de acceso que detendría el virus!»

Y estaba claro que el plan de Tankado había salido terriblemente mal. Este no había contado con la posibilidad de morir. Su intención era ver en algún bar español la retransmisión que la CNN haría de la rueda de prensa sobre la computadora secreta que descifraba códigos. Luego llamaría a Strathmore, le leería la clave de acceso inscrita en el anillo y salvaría el banco de datos en el último momento. Tras echarse unas risas, volvería a desaparecer convertido en un héroe de la EFF.

Susan dejó caer el puño sobre el escritorio

—¡Necesitamos ese anillo! ¡Es la única clave de acceso!

Ahora lo comprendía todo: si no existía Dakota del Norte, tampoco había ninguna segunda clave de acceso. Aunque la NSA hiciera pública la existencia de TRANSLTR, Tankado ya no podía salvar el banco de datos.

Strathmore permanecía en silencio.

La situación era más grave de lo que Susan podría haber imaginado. Lo más sorprendente de todo era que Tankado hubiera permitido que las cosas llegaran tan lejos. Estaba claro que sabía lo que sucedería si la NSA no conseguía el anillo y, sin embargo, en los últimos segundos de su vida, se lo había dado a un desconocido. Es decir, deliberadamente había procurado que la NSA no pudiera obtenerlo. Aunque, claro, pensó ella, ¿qué otra cosa podía esperar que hiciera Tankado? ¿Darle el anillo a la NSA cuando seguramente estaba convencido de que ellos eran quienes lo habían asesinado?

Aun así, a Susan le costaba creer que la intención del japonés fuera destruir el banco de datos. Él era pacifista. Nunca había querido causar mal a nadie. Seguramente, lo único que pretendía era corregir una situación que consideraba injusta. Para él, el problema era TRANSLTR. Quería defender el derecho de todo el mundo a mantener su privacidad. Por eso pretendía que todo el mundo supiera que la NSA estaba espiándolo. Borrar el banco de datos de la NSA, en cambio, era un acto de agresión del que creía incapaz a Tankado.

La sirena la devolvió a la realidad. Susan echó un vistazo al abatido comandante y supo qué estaba pensando. No sólo su plan de incluir una puerta trasera en Fortaleza Digital se había ido al traste, sino que su falta de cautela había puesto a la NSA al borde de lo que podía ser el peor desastre de seguridad de toda la historia de Estados Unidos.

—¡Esto no es culpa suya, señor! —insistió por encima del estruendo de la sirena—. ¡Si Tankado no hubiera muerto, todavía contaríamos con capacidad de negociación y opciones!

Pero el comandante Strathmore no la escuchaba. Su vida había terminado. Se había pasado treinta años sirviendo a su país. Se suponía que ese iba a ser su momento de gloria, su *pièce de résistance*: una puerta trasera en el estándar mundial de encriptación. En cambio, en vez de eso, había enviado un virus al banco de datos principal de la Agencia de Seguridad Nacional, y no había modo de detenerlo. No sin cortar la electricidad y perder hasta el último de los miles de millones de bytes de datos irrecuperables. Sólo el anillo podía salvarlos, y si a esas alturas David todavía no lo había encontrado...

—¡Tengo que apagar TRANSLTR! —Susan decidió tomar el control de la situación—. Bajaré a los subniveles para interrumpir el suministro eléctrico.

Strathmore se volvió lentamente hacia ella. Estaba deshecho.

—Yo lo haré —dijo en un tono quejumbroso y, tambaleándose, intentó ponerse de pie detrás del escritorio.

Susan hizo que volviera a sentarse.

—¡No! —exclamó—. Yo iré. —Su tono de voz no dejaba lugar a discusiones.

Strathmore se llevó las manos a la cara.

—Está bien. Último piso. Junto a las bombas de freón.

Ella se dirigió rápidamente hacia la puerta. A medio camino, se volvió y miró a su superior.

—¡Comandante! —exclamó—. ¡Esto no ha terminado! ¡Todavía no hemos sido vencidos! ¡Si David encuentra el anillo a tiempo, podemos salvar el banco de datos!

Él no dijo nada.

—¡Llame al banco de datos y adviértalos del virus! —le ordenó Susan—. ¡Es usted el director adjunto de la NSA! ¡Un superviviente!

Strathmore levantó la mirada a cámara lenta y, como si estuviera tomando la decisión más importante de su vida, asintió completamente desconsolado.

Susan desapareció en la oscuridad.

Capítulo 87

La Vespa avanzaba a trompicones por el carril lento de la autopista. Todavía no había amanecido, pero había mucho tráfico: jóvenes sevillanos que regresaban de sus fiestas nocturnas en la playa. Una furgoneta repleta de adolescentes tocó el claxon y pasó a toda velocidad junto a la motocicleta de Becker. Esta parecía un juguete en medio de la autopista.

A medio kilómetro de distancia, un taxi destrozado se incorporó a la vía en medio de una lluvia de chispas. Al acelerar, golpeó de refilón un Peugeot 504 y lo envió al camellón.

Becker vio un letrero: SEVILLA CENTRO, 2 KM. Si conseguía llegar al centro, sabía que podía tener una oportunidad. El velocímetro indicaba que circulaba a sesenta kilómetros por hora. «Dos minutos hasta la salida...» No disponía de tanto tiempo. En algún lugar de la autopista, el taxi estaba ganándole terreno. Echó un vistazo a las lejanas luces del centro de la ciudad y rezó para conseguir llegar vivo a ellas.

Se encontraba a apenas medio camino de la salida cuando percibió el ruido del metal al rozar el asfalto cerniéndose a su espalda. Se inclinó entonces sobre la moto y aceleró al máximo. Al oír el ruido amortiguado de un disparo y una bala que pasaba cerca de él, giró bruscamente hacia la izquierda y comenzó a zigzaguear de un carril a otro con la esperanza de ganar algo de tiempo. No sirvió de nada. Todavía faltaban unos doscientos cincuenta metros para la rampa de salida cuando el taxi llegó a escasos coches de la moto. Becker sabía que, en cuestión de segundos, o recibiría un disparo o sería atropellado. Buscó alguna posible escapatoria, pero la autopista estaba delimitada a ambos lados por unas pronunciadas pendientes con gravilla. Al oír un nuevo disparo, tomó finalmente una decisión.

Con un estruendo de llanta quemada y chispas, se inclinó bruscamente hacia la derecha y salió de la carretera. Las ruedas de la moto se adentraron entonces en el montículo de tierra y Becker tuvo que hacer un gran esfuerzo para mantener el equilibrio mientras la Vespa levantaba una nube de polvo y comenzaba a ascender por la pendiente. Las ruedas derrapaban trazando surcos en la tierra y el pequeño motor se lamentaba patéticamente por el esfuerzo de la escalada. Becker lo animaba con la esperanza de que no se quedara parado. No se atrevía a mirar tras de sí, seguro como estaba de que en cualquier momento el taxi se detendría y ese tipo comenzaría a dispararle.

Pero no fue así.

Finalmente, la moto llegó a lo alto de la colina y, desde ahí, Becker pudo ver las luces del centro de la ciudad extendiéndose ante él como un cielo estrellado. Descendió entonces a través de la maleza y, tras pasar por la cuneta, de repente su Vespa pareció ir más rápido. Era como si las ruedas se deslizaran por la calle Luis Montoto. Había conseguido escapar.

Sin embargo, entonces oyó el familiar rechinido del metal sobre el asfalto. Levantó la mirada y a unos cientos de metros vio el taxi recorriendo a toda velocidad la rampa de salida e incorporándose a la calle. Iba directamente hacia él.

Debería haber sentido una oleada de pánico, pero no fue así. Sabía exactamente adónde se dirigía. Giró a la izquierda para tomar la avenida de Menéndez Pelayo y aceleró al máximo. Algunas manzanas después, la moto cruzó a trompicones un pequeño parque y se metió por la calle adoquinada de Mateos Gago, una estrecha callejuela de sentido único que conducía al barrio de Santa Cruz.

«Un poco más», se dijo.

El taxi estaba cada vez más cerca. Siguió a Becker a través del pórtico que daba entrada al barrio de Santa Cruz y perdió el espejo retrovisor lateral en el estrecho arco de entrada. Becker sabía que había ganado. Esa era la sección más antigua de Sevilla. Entre los edificios sólo había un laberinto de estrechas calles peatonales que tenían origen en la Antigua Judería de Sevilla. Por ellas sólo podían pasar peatones y, de vez en cuando, alguna motocicleta. En una ocasión, él se perdió durante horas por sus estrechas callejuelas.

Aceleró por el tramo final de Mateos Gago y, de repente, la catedral gótica de Sevilla apareció como una montaña frente a él. A su lado, la torre de la Giralda se elevaba cien metros y se recortaba contra el cielo del amanecer. Se encontraba en el barrio de Santa Cruz, que albergaba una de las catedrales más grandes del mundo y era hogar de las familias más antiguas y devotas de la ciudad.

Becker cruzó a toda velocidad la plaza empedrada. En un momento dado, oyó un disparo, pero ya era demasiado tarde. Él y su motocicleta desaparecieron por un estrecho callejón.

Capítulo 88

El faro de la Vespa proyectaba pronunciadas sombras en las paredes de los estrechos callejones. A pesar de las dificultades que tenía Becker con el cambio de velocidades, avanzaba a toda velocidad entre los edificios de paredes blancas, obsequiando a los habitantes del barrio de Santa Cruz con un temprano despertar esa mañana de domingo.

No había pasado mucho tiempo desde su huida del aeropuerto. Desde entonces, había estado a la carrera mientras su mente trataba de buscar respuestas a interminables preguntas: «¿Quién está intentando asesinarme? ¿Qué tiene de especial este anillo? ¿Dónde está el avión de la NSA?». Recordó la imagen de Megan muerta en el baño y sintió náuseas.

La intención de Becker era atravesar directamente el barrio y salir por el otro lado, pero Santa Cruz era un confuso laberinto repleto de falsos comienzos de calle y callejones sin salida. Poco después, se había perdido. Intentó divisar la torre de la Giralda para orientarse, pero las paredes de los edificios que lo rodeaban eran tan altas que no podía ver nada salvo una estrecha franja de cielo matinal sobre su cabeza.

Se preguntó dónde estaría el hombre de los lentes de armazón metálico. Estaba seguro de que no se habría dado por vencido. Probablemente, en esos instantes estaría buscándolo a pie. Becker tenía dificultades para maniobrar la Vespa alrededor de las cerradas esquinas. El golpeteo del motor resonaba con fuerza en los callejones. Era consciente de que eso lo convertía en un objetivo fácil en medio del silencio del barrio. En ese momento, lo único a su favor era la velocidad. «¡Tengo que llegar al otro lado!»

Después de una serie de giros y rectas, Becker fue a parar a una intersección de tres calles. Se dio cuenta de que se hallaba en una situación problemática: ya había estado allí. Mientras permanecía parado tratando de decidir qué calle debía tomar, el motor de la moto se apagó. El indicador de gasolina señalaba VACÍO. Y, justo en ese momento, una sombra apareció en el callejón de la izquierda.

La mente humana es la computadora más rápida que existe. En la siguiente fracción de segundo, la de Becker registró la forma de los lentes del hombre, buscó una correspondencia en su memoria, encontró una, detectó el peligro y solicitó una decisión. Obtuvo una. Becker dejó la inútil moto sin gasolina y se echó a correr.

Lamentablemente para él, Hulohot se encontraba ahora en tierra firme en vez de ir a bordo de un maltrecho taxi. El asesino alzó tranquilamente su pistola y disparó.

La bala impactó en el costado de Becker justo cuando este estaba doblando una esquina. Tardó cinco o seis zancadas en registrar la sensación. Al principio le pareció que se trataba de un mero tirón muscular justo encima de la cadera. Luego sintió un cálido cosquilleo. Cuando vio la sangre, se percató de qué había pasado en realidad. Pero no sentía dolor alguno. Toda su atención seguía puesta en la precipitada carrera a través del mareante laberinto del barrio de Santa Cruz.

Hulohot salió corriendo detrás de su presa. Había estado tentado de dispararle en la cabeza, pero era un profesional y calculó las probabilidades. Becker era un objetivo en movimiento, y apuntarle al tronco le proporcionaba el mayor margen de error tanto vertical como horizontalmente. Las probabilidades habían jugado a su favor. Becker había girado en el último momento, y, en vez de fallar el tiro a la cabeza, Hulohot le había dado en el costado. Aunque sabía que la bala apenas lo había arañado y no le había causado ninguna herida grave, el disparo había servido a su propósito. Le había dado. La presa había tomado contacto con la muerte. El juego había cambiado.

Becker siguió adelante a ciegas, doblando una esquina tras otra y manteniéndose alejado de las rectas. Los pasos que oía a su espalda parecían implacables. Su mente estaba en blanco, ajena a todo (dónde estaba, quién lo perseguía...). Actuaba únicamente por instinto y espíritu de conservación; no sentía dolor, sólo miedo y una energía primigenia.

Una bala impactó en un azulejo a su espalda y miles de pedazos fueron a parar a su nuca. Becker torció a la izquierda para tomar otro callejón. Se oyó a sí mismo pidiendo ayuda a gritos, pero a excepción del ruido de pasos y de la respiración jadeante, el barrio permanecía en un silencio sepulcral.

El costado comenzó a arderle y temió estar dejando un rastro carmesí en la banqueta. Buscó alguna puerta abierta, alguna escapatoria de los asfixiantes cañones. Nada.

—¡Socorro! —Su voz era apenas audible—. ¡Ayuda!

Las paredes empezaron a estrecharse a cada lado. El callejón describió una curva. Él buscó con la mirada una intersección, una bifurcación, una salida de cualquier tipo. El callejón era cada vez más estrecho. Todas las puertas y las rejas estaban cerradas. Los pasos a su espalda estaban acercándose. Becker llegó entonces a una recta en pendiente. Esta era cada vez más empinada y, poco después, comenzaron a arderle las piernas e iba cada vez más lento.

Y entonces llegó.

El callejón terminaba abruptamente, como una autopista que se quedó sin financiamiento. Había una pared alta, un banco de madera y nada más. Ninguna escapatoria. Becker levantó la mirada hasta lo alto del edificio de tres pisos y luego se dio la vuelta y comenzó a recorrer de vuelta el largo callejón. Apenas había dado unos pocos pasos cuando se detuvo de golpe.

Al pie de la pendiente había aparecido una figura. El hombre avanzaba en dirección a él con mesurada determinación. En una de sus manos, una pistola relucía bajo el sol matinal.

Mientras retrocedía hacia la pared, Becker experimentó una súbita lucidez. De pronto, sintió el dolor de la herida en el costado. Se la tocó y echó un vistazo. La sangre le había manchado los dedos y el anillo de oro de Ensei Tankado. Se le había olvidado que lo llevaba puesto. Y también por qué había viajado a Sevilla. Levantó la mirada hacia la figura que se acercaba a él. Luego volvió a bajarla hacia el anillo. ¿Esa era la razón por la que había muerto Megan? ¿Esa era la razón por la que iba a morir *él*?

La sombra seguía subiendo la cuesta. Becker miró a ambos lados. Sólo había paredes y la calle terminaba a su espalda. Entre él y su perseguidor había algunas puertas, pero ya era demasiado tarde para pedir ayuda.

Caminando hacia atrás, llegó al final del callejón y pegó la espalda en la pared del fondo. De repente, podía sentir cada mota de suciedad bajo las suelas de sus zapatos, cada bulto en la pared de su espalda. Y, entonces, sus pensamientos comenzaron a retroceder: su infancia, sus padres..., Susan...

«Oh, Dios mío..., Susan...»

Por primera vez desde que era niño, Becker se puso a rezar. No para librarse de la muerte, pues no creía mucho en los milagros. Rezó para que la mujer que dejaba atrás encontrara fuerza y supiera más allá de toda duda que había sido amada. Cerró los ojos y los recuerdos acudieron a él como un torrente. No recuerdos de reuniones del departamento, ni de asuntos de la universidad, ni de las demás cosas que ocupaban el noventa por ciento de su tiempo. Sólo la recordó a ella. Cosas simples: él enseñándole a usar palillos chinos o ambos navegando por el cabo Cod. «Te quiero —pensó—. Nunca lo olvides.»

Fue como si desapareciera toda defensa, toda fachada, toda exageración debida a la inseguridad. Estaba desnudo. En carne y hueso ante Dios. «Soy un hombre —pensó. Y, con cierta ironía, apuntó—: Un hombre sin cera.» Permaneció con los ojos cerrados mientras el tipo de los lentes de armazón metálico se acercaba a él. A lo lejos, comenzó a repicar una campana. Becker esperó en la oscuridad el sonido que pondría fin a su vida.

Capítulo 89

El sol del amanecer estaba comenzando a brillar por encima de los tejados de Sevilla y a asomarse por los callejones que había debajo. Las campanas de la Giralda llamaban a la misa del alba. Ese era el momento que los habitantes del barrio habían estado esperando. Eran las fiestas de la Virgen de los Reyes. De repente, por todas partes se abrieron las puertas y las familias salieron a los callejones. Como si de sangre recorriendo las venas del viejo barrio de Santa Cruz se tratara, la gente fluía en dirección al corazón de su pueblo, el núcleo de su historia, su Dios, su templo, su catedral.

En algún lugar de la mente de Becker resonaba una campana. «¿Estoy muerto?», pensó. Casi a regañadientes, entreabrió los ojos y vislumbró los primeros rayos de sol. Sabía exactamente dónde estaba. Bajó la mirada y buscó a su perseguidor. Pero el hombre de los lentes de armazón metálico no estaba allí. En su lugar había otras personas, familias españolas que, ataviadas con sus mejores ropas, salían de los portales de sus casas a la calle sin dejar de hablar y de reír.

Al pie del callejón, fuera de la vista de Becker, Hulohot se lamentaba presa de la frustración. Al principio, una única pareja se había interpuesto entre él y su presa. Creyó que esta se marcharía dentro de poco, pero el sonido de las campanas reverberando por el callejón sacó a más gente de sus casas y apareció una segunda pareja con niños. Las parejas se saludaron y, tras besarse en las mejillas, comenzaron a hablar y a reír. Después apareció otro grupo de gente y Hulohot ya no pudo ver a su presa. Enfurecido, corrió hacia la multitud creciente. ¡No podía permitir que David Becker se le escapara!

El asesino fue abriéndose paso entre la gente y, en un momento dado, se encontró momentáneamente perdido en un mar de cuerpos ataviados con abrigos y corbatas, vestidos negros, mantillas de encaje... Todos parecían ajenos a su presencia; avanzaban despreocupadamente, vestidos de negro, arrastrando los pies y moviéndose al unísono. Hulohot hizo lo posible por abrirse paso y llegar al final del callejón sin salida con el arma en la mano. Cuando por fin lo hizo, no pudo evitar un apagado grito inhumano. David Becker ya no estaba.

Este no había vacilado en mezclarse con la multitud e ir abriéndose paso al tiempo que seguía su corriente. «Sigue a los lugareños —pensó—. Ellos saben por dónde se sale de aquí.» Al llegar al cruce, giró a la derecha y tomó un callejón más ancho. Por todas partes se abrían puertas y la gente salía de sus casas. El tañido de las campanas se hizo más alto.

El costado seguía ardiéndole, pero advirtió que la herida había dejado de sangrar. Se echó a correr. En algún lugar a su espalda, pisándole los talones, había un hombre armado.

Fue entrando y saliendo de distintos grupos de fieles, procurando mantener la cabeza baja. La catedral estaba cerca. Podía sentirlo. La cantidad de gente había aumentado. El callejón se había ensanchado. Ya no estaba en un pequeño afluente. Ese era el río principal. Al doblar una esquina, finalmente vio la torre de la Giralda alzándose ante él.

El tañido de las campanas reverberaba entre los altos edificios que rodeaban la plaza y resultaba ensordecedor. La multitud convergía de camino a la catedral. Todo el mundo iba vestido de negro y avanzaba lentamente hacia sus puertas. Becker intentó abrirse paso en dirección a Mateos Gago, pero estaba atrapado en medio del gentío.

El gentío se acercaba cada vez más a la enorme estructura de piedra, y Becker intentó girar de nuevo a la izquierda, pero la corriente era más fuerte. Las ansias, los empujones, el murmullo. Se dio la vuelta e intentó abrirse camino contradirección entre la impaciente muchedumbre. Era imposible, como tratar de nadar contracorriente en un profundo río. Se giró de nuevo y las puertas de la catedral se cernieron ante él como la entrada a una oscura atracción en la que preferiría no haberse subido. De repente, David Becker se dio cuenta de que iba a asistir a misa.

Capítulo 90

La sirena de Criptografía seguía resonando a todo volumen. Strathmore no tenía ni idea de cuánto tiempo hacía que se había marchado Susan. Sentado a solas en la oscuridad, le pareció que el zumbido de TRANSLTR le susurraba: «Es usted un superviviente... Es usted un superviviente...».

«Sí —pensó—. Soy un superviviente, pero la supervivencia no significa nada sin honor. Preferiría morir antes que vivir bajo la sombra de la deshonra.»

Y la deshonra era lo que le esperaba. Había ocultado información al director. Había introducido un virus en la computadora más segura de la nación. Y no tenía ninguna duda de que sería duramente castigado por ello. Sus intenciones habían sido patrióticas, pero nada había salido tal y como había planeado. Habían tenido lugar muertes y traiciones. Y próximamente habría juicios, acusaciones y un escándalo público. Había servido a ese país con honor e integridad durante muchos años, no podía permitir que eso terminara así.

«Soy un superviviente», se repitió.

«Eres un mentiroso», le respondieron sus propios pensamientos.

Y era cierto. *Era* un mentiroso. Había personas con las que no había sido honesto. Susan Fletcher era una de ellas. Había muchas cosas que no le había contado; cosas de las que ahora se sentía muy avergonzado. Durante años, ella había sido su ilusión, su fantasía viva. Por las noches soñaba con ella y era su nombre el que pronunciaba cuando dormía. No podía evitarlo. Era la mujer más brillante y hermosa que había conocido nunca. Su esposa había intentado mostrarse paciente, pero cuando finalmente conoció a Susan, perdió toda esperanza. Bev Strathmore nunca culpó a su marido por sus sentimientos. E intentó incluso soportar el dolor tanto tiempo como le fue posible, pero al final no pudo más y le dijo que su matrimonio había terminado; no quería pasar el resto de su vida a la sombra de otra mujer.

Poco a poco, los sirenazos sacaron al comandante de su embotamiento. Su capacidad analítica buscó una salida. A regañadientes, su mente confirmó lo que su corazón ya sospechaba: sólo había una verdadera escapatoria, una única solución.

Bajó la mirada al teclado y comenzó a escribir. No se molestó en mirar el monitor para ver lo que estaba redactando. Sus dedos tecleaban las palabras con lentitud y decisión:

Queridos amigos, he decidido quitarme la vida...

De este modo, nadie se sorprendería. No habría preguntas, ni acusaciones. Le contaría al mundo lo que había sucedido. Muchos habían muerto..., pero todavía faltaba terminar con una vida.

Capítulo 91

En una catedral siempre es de noche. El calor del día se convierte en húmeda frialdad. El tráfico queda silenciado detrás de sus gruesos muros de piedra. No hay ninguna cantidad de candelabros que pueda iluminar la vasta oscuridad del interior del edificio. Por todas partes hay sombras. Sólo los vitrales, en lo alto, filtran la fealdad del mundo exterior, convirtiéndola en rayos de apagados colores rojos y azules.

La planta de la catedral de Sevilla tiene forma rectangular. El coro y el altar se encuentran justo en el extremo y se abren a la nave central. El eje vertical está completamente ocupado por bancos de madera: una abrumadora extensión de unos cien metros hasta la base de la cruz. A la derecha e izquierda del altar, el transepto de la cruz alberga confesionarios, tumbas sagradas y asientos adicionales.

Becker se encontró a sí mismo atrapado en medio de un largo banco de la parte posterior. Sobre su cabeza, en medio de un mareante vacío, un incensario de plata del tamaño de un elevador colgaba de una raída cuerda y describía unos enormes arcos que dejaban tras de sí un profundo rastro de incienso. Las campanas de la Giralda seguían tañendo, y sus retumbantes ondas podían sentirse a través de la piedra. Becker bajó la mirada al retablo dorado que había detrás del altar. Tenía muchas cosas por las que dar gracias. Estaba respirando. Estaba vivo. Era un milagro.

Mientras todos estaban de pie cantando la oración de apertura, Becker se miró el costado. Tenía una mancha roja en la camisa, pero ya no sangraba. La herida era pequeña, más una rozadura que un agujero. Volvió a meterse la camisa por dentro del pantalón y estiró el cuello. A su espalda, las puertas de la catedral estaban cerrándose. Sabía que si el asesino lo había seguido estaba atrapado. De todas las puertas que tenía la catedral de Sevilla sólo una era funcional. Este era un diseño popularizado en la época en que las iglesias se utilizaban como fortalezas para protegerse de la invasión árabe. Así sólo había que cerrar con barricadas una única puerta. Hoy en día ese único punto de acceso tenía otra función: asegurarse de que todos los turistas que accedían a la catedral compraran un boleto de entrada.

Finalmente, las puertas de varios metros de altura se cerraron con un decisivo golpe. Becker estaba recluido en la casa del Señor. Cerró los ojos y se sentó en el banco. Era el único allí que no iba vestido de negro. Unas voces comenzaron a cantar.

Al fondo de la iglesia, una figura comenzó a recorrer uno de los pasillos laterales manteniéndose en la sombra. Había conseguido entrar antes de que las puertas se cerraran. Sonrió para sí. La cacería estaba poniéndose interesante. «Becker está aquí... Puedo sentirlo.» Se movía metódicamente, hilera a hilera. Por encima de su cabeza, el incensario describía sus largos y perezosos arcos. «Un buen lugar para morir —pensó Hulohot—. Espero que el mío sea igual de bueno.»

Becker se arrodilló en el frío suelo de la catedral y agachó la cabeza para ocultarse. El hombre que estaba sentado a su lado lo reprendió con la mirada, pues se trataba de un comportamiento de lo más irregular en la casa de Dios.

—No me siento bien —se disculpó él.

Sabía que debía permanecer escondido. Había visto una silueta familiar acercándose por el pasillo lateral. «¡Es él! ¡Está aquí!»

A pesar de hallarse en medio de una enorme congregación, Becker temía ser un objetivo fácil: su saco de color caqui era como un faro en medio de la muchedumbre vestida de negro. Consideró la posibilidad de quitárselo, pero la camisa Oxford blanca que llevaba debajo no mejoraría la situación. Finalmente, pues, optó por agacharse todavía más.

El hombre que tenía al lado frunció el ceño.

—Turistas... —gruñó. Y luego añadió en tono sarcástico—: ¿Quiere que llame a un médico?

Becker levantó la mirada hacia el rostro cubierto de lunares del anciano.

—No, gracias. Estoy bien.

—Pues siéntese —pidió el hombre enojado.

Varias personas les indicaron que bajaran la voz, y el anciano guardó silencio y miró hacia delante.

Becker cerró los ojos y agachó aún más la cabeza, preguntándose cuándo terminaría el servicio. Él, que había sido criado en la fe protestante, siempre había tenido la impresión de que los católicos eran muy prolijos. Esperaba que fuera cierto: en cuanto terminara la misa, se vería obligado a ponerse de pie y dejar que la gente se fuera. Vestido de caqui, estaba muerto.

No obstante, también sabía que, de momento, no tenía ninguna otra opción. Se limitó, pues, a permanecer arrodillado en el frío suelo de piedra de la gran catedral. Finalmente, el anciano perdió interés en él. La congregación comenzó a cantar un himno. Becker siguió agachado. Las piernas estaban comenzando a acalambrársele. No tenía espacio para estirarlas. «Paciencia —pensó—. Paciencia.» Cerró los ojos y respiró hondo.

Tras un buen rato, notó que alguien le daba unas pataditas. Al levantar la mirada, vio que el hombre del rostro con lunares estaba esperando impacientemente para salir del banco.

A Becker le entró el pánico. «¿Ya quiere salir? ¡Tendré que ponerme de pie!» Le indicó por señas que pasara por encima. El hombre apenas podía contener su enojo. Jaló la parte inferior de su blazer negro y se hizo a un lado para mostrarle a Becker toda la gente que estaba esperando para salir. Luego este último se volvió hacia la izquierda y vio que la mujer que antes estaba sentada ahí se había marchado. Todo el banco a su izquierda estaba vacío.

«¡El servicio no puede haber terminado! ¡Es imposible!»

Pero cuando Becker vio al monaguillo al final del banco y las dos hileras de personas que avanzaban por el pasillo central en dirección al altar supo lo que estaba sucediendo.

«Ah, van a comulgar», gimió para sí.

Capítulo 92

Susan comenzó a descender la escalera que conducía a los subniveles. Volutas de espeso vapor se arremolinaban alrededor de la cubierta de TRANSLTR. Las pasarelas estaban húmedas por la condensación. Sus zapatos planos apenas le ofrecían tracción y estuvo a punto de resbalar. Se preguntó cuánto tiempo más aguantaría TRANSLTR. La sirena seguía resonando con fuerza de forma intermitente. Las luces de emergencia daban vueltas a intervalos de dos segundos. Tres pisos más abajo, podía oírse el lamento del extenuado generador auxiliar. Susan sabía que en algún lugar de la brumosa oscuridad había un interruptor. Tenía la sensación de que se le estaba acabando el tiempo.

Arriba, Strathmore sostenía la Beretta en la mano. Releyó la nota y la dejó en el suelo. Lo que estaba a punto de hacer era un acto de cobardía, no había ninguna duda de ello. «Soy un superviviente», se dijo. Luego pensó en el virus del banco de datos de la NSA, en Becker en España, en sus planes de una puerta trasera... Había contado muchas mentiras. Era culpable de muchas cosas. Sabía que esa era la única forma de no tener que rendir cuentas..., la única forma de evitar la vergüenza. Con cuidado, alzó la pistola y apuntó. Luego cerró los ojos y apretó el gatillo.

Susan sólo había descendido seis tramos de escalera cuando oyó el apagado disparo. Sonó lejano y apenas fue audible a causa del ruido de los generadores. Ella nunca había oído un disparo salvo en la televisión, pero no tuvo ninguna duda de que se había tratado de eso.

Se detuvo de golpe mientras el estampido todavía resonaba en sus oídos. Horrorizada, temió lo peor. Pensó en los sueños del comandante: la puerta trasera en Fortaleza Digital y lo que habría supuesto. Luego pensó en el virus en el banco de datos, en su matrimonio fracasado y en esa escalofriante inclinación de cabeza con la que se había despedido. Las piernas le flaquearon. Dio media vuelta en el descanso agarrada al pasamanos para no caerse. «¡Comandante! ¡No...!»

Permaneció un momento inmóvil y con la mente en blanco. El eco del disparo parecía haber ahogado el caos que había a su alrededor. Su cerebro le ordenó que siguiera adelante, pero las piernas no le respondían. «¡Comandante!» Un momento después, se encontró a sí misma subiendo a trompicones la escalera, olvidando completamente el peligro que la rodeaba.

Subía corriendo a ciegas, resbalando en el mojado metal. La humedad sobre su cabeza parecía lluvia. Cuando llegó al último tramo y empezó a subirlo, tuvo la sensación de que una tremenda oleada de vapor prácticamente la impulsaba a través de la compuerta. Al salir, rodó por el suelo de la planta de Criptografía, sintiendo cómo la envolvía el aire fresco. La blusa, empapada, se le pegó a la piel.

Estaba oscuro. Susan se tomó un momento para orientarse. El ruido del disparo seguía resonando en bucle en su cabeza. Las volutas de vapor caliente ascendían a través de la compuerta como gases de un volcán a punto de hacer en erupción.

Se maldijo a sí misma por haberle dejado la Beretta a Strathmore. Porque se la había dejado a él, ¿verdad? ¿O estaba en Nodo 3? Mientras sus ojos se acomodaban a la oscuridad, echó un vistazo al agujero en la pared de cristal de Nodo 3. El resplandor de los monitores era débil, pero a lo lejos pudo ver a Hale inmóvil en el suelo. No había señal alguna del comandante. Temerosa de lo que pudiera encontrar, se dirigió hacia el despacho de Strathmore.

Un momento después, cayó en la cuenta de que había visto algo extraño. Retrocedió unos pocos pasos y volvió a mirar por el agujero que daba a Nodo 3. Bajo la débil luz pudo ver el brazo de Hale. No estaba en el costado. Lo tenía sobre la cabeza. Ya no estaba atado como una momia. Hale yacía de espaldas, con las extremidades extendidas. ¿Se había soltado? Su cuerpo permanecía completamente inmóvil.

Susan levantó la mirada hacia el despacho de Strathmore.

—¿Comandante?

Silencio.

Con paso vacilante, comenzó a caminar entonces hacia Nodo 3. Había un objeto en la mano de Hale. Resplandecía bajo la luz de los monitores. Susan se acercó más... y más. Y, de repente, pudo ver lo que sostenía la mano de Hale. Era la Beretta.

La criptógrafa dejó escapar un grito ahogado. Su mirada siguió el arco del brazo y finalmente sus ojos se posaron sobre el rostro de Hale. Lo que veía era espantoso. Parte de su cabeza estaba cubierta de sangre. La mancha oscura se había extendido por la alfombra.

«¡Oh, Dios mío!» Susan retrocedió con paso tambaleante. Al parecer, Hale había conseguido liberarse. Los cables de impresora estaban amontonados en el suelo, al lado de su cadáver. «Debo de haber dejado la pistola en el sofá», pensó ella. La sangre que salía del agujero que tenía en el cráneo parecía negra bajo la luz azulada.

Junto al cuerpo de Hale había una hoja de papel. Con paso inestable, Susan se acercó y la tomó. Era una carta:

> Queridos amigos, he decidido quitarme la vida en penitencia por los siguientes pecados...

Presa de la más absoluta incredulidad, leyó lentamente la nota de suicidio que sostenía en la mano. Se trataba de una lista de los crímenes que había cometido, algo surrealista e impropio de Hale. Lo admitía todo: el descubrimiento de que NDAKOTA era un engaño, la contratación de un mercenario para que asesinara a Ensei Tankado y poder así hacerse con el anillo, haber empujado a Phil Chartrukian, su intención de vender Fortaleza Digital...

Cuando Susan llegó a la última línea, no estaba preparada para lo que leyó. Las palabras finales supusieron un entumecedor golpe:

> Por encima de todo, pido perdón por lo de David Becker. Lo siento, estaba cegado por la ambición.

Mientras permanecía temblorosa junto al cadáver de Hale, la criptógrafa oyó el ruido de unos pasos acercándose a su espalda. Se volvió como en cámara lenta.

Strathmore apareció por el agujero en el cristal roto, pálido y sin aliento. Bajó la mirada al cadáver de Hale aparentemente horrorizado.

—¡Oh, Dios mío! —exclamó—. ¿Qué pasó?

Capítulo 93

«La comunión.»

Hulohot divisó a Becker al instante. Era imposible no ver el saco caqui con la mancha roja en un costado que recorría el pasillo central en medio de un mar negro. «No debe saber que estoy aquí —se dijo sonriendo para sí—. Es hombre muerto.»

Impaciente por contarle a su contacto norteamericano la buena noticia, Hulohot comenzó a mover los dedos para que los diminutos sensores metálicos que llevaba en las yemas entraran en contacto. «Pronto —pensó—. Muy pronto.»

Como un depredador avanzando a favor del viento, regresó entonces al fondo de la catedral y enfiló el pasillo central. No estaba de humor para esperar a que la gente saliera de la iglesia para perseguir a Becker. Gracias a un afortunado giro de los acontecimientos, su presa estaba atrapada. Sólo necesitaba una forma de eliminarla sin hacer mucho ruido. Su silenciador, el mejor que podía encontrarse en el mercado, emitía poco más que una leve tos. Eso sería suficiente.

De camino al saco caqui, hizo caso omiso de los murmullos de la gente a la que adelantaba. La congregación podía comprender las ansias de ese hombre por comulgar, pero aun así había estrictas reglas de protocolo: dos colas en fila india.

Hulohot siguió adelante. Estaba acercándose rápidamente. Su mano se aferró con fuerza a la pistola que llevaba en el bolsillo de la chamarra. El momento había llegado. Hasta entonces, David Becker había sido muy afortunado, pero no había necesidad de seguir tentando a la fortuna.

Apenas diez personas se interponían entre el asesino y el saco caqui. Becker estaba mirando al frente con la cabeza baja. Hulohot ensayó mentalmente el asesinato. La imagen estaba clara: se acercaría a él por la espalda manteniendo el arma baja para que no la viera nadie, le dispararía dos veces, Becker se desplomaría y él lo tomaría y lo llevaría a un banco como si fuera un amigo preocupado. Luego fingiría que iba a buscar ayuda al fondo de la iglesia y aprovecharía la confusión para desaparecer antes de que nadie se diera cuenta de lo que había pasado.

Cinco personas. Cuatro. Tres.

Hulohot acarició la pistola que llevaba en el bolsillo. Desde esa posición, le dispararía a la columna vertebral. De ese modo, la bala impactaría en la columna o en un pulmón antes de llegar al corazón y, aunque errara este, Becker moriría. Un pulmón perforado era letal.

«Dos personas... Una.» Hulohot llegó junto a Becker. Como un bailarín ejecutando un movimiento bien ensayado, se volvió hacia la derecha, colocó una mano en el hombro del saco caqui, apuntó el arma y... disparó. Se oyeron dos golpes sordos.

En cuanto recibió los impactos, el cuerpo de Becker se puso rígido y luego se desplomó. Hulohot tomó a su víctima por las axilas y, con un único movimiento, llevó su cuerpo a la banca más cercana antes de que las manchas de sangre fueran visibles en su espalda. La gente que había alrededor se dio la vuelta. Hulohot los ignoró; en un instante ya no estaría allí.

Rápidamente, palpó los dedos sin vida en busca del anillo. Nada. Volvió a hacerlo. No había ningún anillo. Enojado, le dio la vuelta al cuerpo. El horror fue instantáneo. El rostro del cadáver no era el de David Becker.

Rafael de la Maza, un banquero de una zona residencial de Sevilla, había muerto casi al instante. Una de sus manos seguía aferrada a las cincuenta mil pesetas que el extraño norteamericano le había pagado por un saco negro barato.

Capítulo 94

Midge Milken se encontraba frente al dispensador de agua que había junto a la entrada de la sala de conferencias. Estaba hecha una furia. «¿Qué demonios está haciendo Fontaine?» Arrugó el vaso hasta convertirlo en una bola y lo tiró al bote de basura. «¡En Criptografía está sucediendo algo! ¡Lo presiento!» Midge sabía que sólo había una forma de demostrar que tenía razón. Iría ella misma allí a comprobarlo. Y llevaría consigo a Jabba si hacía falta. Dio media vuelta y se dirigió hacia la puerta.

Brinkerhoff apareció de la nada, impidiéndole el paso.

—¿Adónde vas?

—¡A casa! —mintió ella.

Él se negó a dejarla pasar.

Midge lo fulminó con la mirada.

—Fontaine te dijo que no me dejaras salir, ¿verdad?

Brinkerhoff apartó la mirada.

—Chad, de verdad te digo que sucede algo raro en Cripto. Algo gordo. No sé por qué Fontaine se hace el tonto, pero TRANSLTR tiene problemas. ¡Algo raro está sucediendo aquí esta noche!

—Midge —repuso él en un tono tranquilizador al tiempo que pasaba a su lado en dirección a las ventanas con cortinas de la sala de conferencias—, deja que se encargue el director.

Ella le clavó la mirada.

—¿Tienes idea de lo que sucederá si falla el sistema de refrigeración de TRANSLTR?

Brinkerhoff se encogió de hombros y se acercó a la ventana.

—De todos modos, estoy seguro de que el suministro eléctrico ya se restableció. —Recorrió las cortinas y miró fuera.

—¿Todavía está a oscuras? —preguntó Midge.

Pero él no contestó. Se había quedado embelesado. La escena que tenía ante sí era inimaginable. El interior de la cúpula de cristal de Criptografía era un torbellino de luces giratorias, parpadeantes luces estroboscópicas y remolinos de vapor. El asistente personal del director se quedó paralizado, con la cabeza apoyada en el cristal, hasta que finalmente salió corriendo presa del pánico.

—¡Director! *¡Director!*

Capítulo 95

«La sangre de Cristo... El cáliz de la salvación...»

La gente se congregó alrededor del cuerpo desfallecido en la banca. Sobre sus cabezas, el incensario seguía describiendo pacíficamente sus arcos. Hulohot miraba a un lado y a otro desde el centro del pasillo, escudriñando la catedral. «¡Tiene que estar aquí!» Se volvió hacia el altar.

Treinta hileras más adelante, la sagrada comunión seguía su curso. El portador principal del cáliz, el padre Gustaphes Herrera, observó con curiosidad la pequeña conmoción que se había formado en una de las bancas del centro, pero no se preocupó. A veces, algún anciano se sentía abrumado por el Espíritu Santo y se desvanecía. Un poco de aire solía ser suficiente para que volviera en sí.

Mientras tanto, Hulohot seguía buscando frenéticamente a Becker, pero este parecía haberse esfumado. Unas cien personas se habían arrodillado ante el largo altar para recibir la comunión. Hulohot se preguntó si Becker sería uno de ellos. Se fijó en sus espaldas. Estaba preparado para disparar a cuarenta y cinco metros de distancia y salir corriendo.

«El cuerpo de Jesús, el pan del cielo.»

El joven sacerdote que dio la comunión a Becker se le quedó mirando con reprobación. Comprendía la impaciencia del desconocido por comulgar, pero eso no era excusa para meterse en la fila.

Becker inclinó la cabeza y, mientras tomaba la hostia lo mejor que podía, advirtió que a su espalda sucedía algo, una especie de alboroto. Pensó entonces en el hombre al que le había comprado el saco y esperó que le hubiera hecho caso y no se hubiera puesto la suya. Comenzó a volver la cabeza para mirar, pero temió que el hombre de los lentes de armazón metálico estuviera al acecho, de modo que se agachó con la esperanza de que el saco negro cubriera la parte posterior de sus pantalones casuales. Sin embargo, no era así.

El cáliz se acercaba rápidamente a su derecha. En cuanto la gente tomaba el vino, se persignaba y se ponía de pie para irse. «¡No tan rápido...!» Becker no tenía ninguna prisa para abandonar el altar, pero había dos mil personas esperando para recibir la comunión y sólo ocho sacerdotes, de modo que estaba mal visto demorarse con el vino.

El cáliz estaba justo a la derecha de Becker cuando Hulohot divisó los pantalones casuales. «Ya estás muerto», susurró para sí, y comenzó a recorrer el pasillo central. El momento de las sutilezas ya había pasado. Dos disparos en la espalda y tomaría el anillo y se largaría. Había una parada de taxis a media manzana, en Mateos Gago. Se dispuso a tomar su arma.

«Adiós, señor Becker...»

«La sangre de Cristo, el cáliz de la salvación...»

El padre Herrera acercó el cáliz de plata pulida a mano a Becker y el espeso aroma del vino tinto inundó las fosas nasales de este. «Un poco pronto para beber», pensó él inclinándose hacia delante. Sin embargo, cuando el cáliz de plata llegó a la altura de sus ojos, percibió un movimiento borroso. Una figura deformada por el reflejo de la copa se aproximaba a él a toda velocidad.

Becker vislumbró entonces un destello metálico. Estaban apuntándolo con un arma. Instantánea e inconscientemente, como un corredor que emprendiera la salida al oír el disparo, se impulsó hacia delante. El sacerdote cayó de espaldas horrorizado, el cáliz salió volando por los aires y el vino tinto se desparramó por el suelo de mármol blanco. Los sacerdotes y los monaguillos salieron corriendo en todas direcciones al tiempo que Becker saltaba por encima del barandal. Se oyó un disparo con silenciador y, justo cuando él aterrizaba al otro lado, la bala impactó en el suelo a su espalda. Un instante después, ya estaba descendiendo tres escalones de granito en dirección a un estrecho pasadizo a través del cual los clérigos accedían a la iglesia, lo que les permitía aparecer en el altar como por gracia divina.

Al pie de la escalera, tropezó y salió disparado sin control por el resbaladizo suelo de piedra. Sintió una intensa punzada de dolor en las entrañas al aterrizar de costado, pero un momento después ya había cruzado la puerta con cortinas y estaba bajando por unos escalones de madera.

Dolor. Atravesó corriendo la sacristía. Estaba a oscuras. Se oían gritos procedentes del altar. Y unos fuertes pasos que iban detrás de él. Cruzó una puerta doble y llegó a una especie de estudio. Estaba también en penumbra y ornamentado con tapices orientales y muebles de caoba pulida. En la pared del fondo había un crucifijo de tamaño natural. Becker se detuvo. No había salida. Podía oír los pasos de Hulohot acercándose. Se quedó mirando la cruz y maldijo su mala suerte.

—¡Maldita sea! —exclamó.

De repente, a su izquierda oyó ruido de cristales rompiéndose. Se volvió. Un hombre ataviado con una sotana roja dejó escapar un grito ahogado y dirigió una mirada horrorizada a Becker. Como un gato atrapado con un canario, el clérigo se limpió la boca e intentó ocultar la botella rota de vino de comunión que había a sus pies.

—¿La salida? —le preguntó Becker—. ¿Por dónde se sale?

El cardenal Guerra reaccionó por instinto. Un demonio había entrado en su cámara secreta y le pedía a gritos ser liberado de la casa del Señor. Guerra le concedería ese deseo de inmediato. El demonio había entrado en el momento más inoportuno.

Pálido, el cardenal le señaló la cortina que colgaba en la pared de su izquierda. Detrás había una puerta oculta. La había hecho instalar hacía tres años y conducía directamente al patio. El cardenal se había cansado de salir de la iglesia por la puerta principal como un vulgar pecador.

Capítulo 96

Susan permanecía acurrucada en el sofá de Nodo 3, empapada y sin dejar de temblar. Strathmore le había colocado su chamarra sobre los hombros. El cadáver de Hale yacía en el suelo a unos pocos metros. La sirena seguía resonando. De pronto, como un estanque helado que estuviera descongelándose, la cubierta de TRANSLTR emitió un fuerte crujido.

—Voy a bajar para cortar el suministro eléctrico —dijo Strathmore mientras le apoyaba a Susan una tranquilizadora mano en el hombro—. Enseguida vuelvo.

Ella contempló distraídamente cómo el comandante cruzaba corriendo la planta de Criptografía. Ya no era el hombre catatónico que había visto diez minutos antes. El comandante Trevor Strathmore había vuelto: racional, mesurado, haciendo lo que fuera necesario para cumplir con su cometido.

Susan no podía dejar de dar vueltas a las palabras finales de la nota de suicidio de Hale: «Por encima de todo, pido perdón por lo de David Becker. Lo siento, estaba cegado por la ambición».

Acababa de confirmar su peor pesadilla. David estaba en peligro... o algo peor. Puede que ya fuera demasiado tarde. «Pido perdón por lo de David Becker.»

Se quedó mirando la nota. Hale ni siquiera la había firmado. Simplemente había escrito su nombre al pie: Greg Hale. Lo había confesado todo, había impreso la nota y luego se había disparado. Ella lo había oído jurar que nunca volvería a la cárcel, y había mantenido su palabra: en vez de eso, había preferido la muerte.

—David... —dijo Susan entre sollozos. «David...»

Justo en ese momento, a tres metros por debajo de la planta de Criptografía, el comandante Strathmore terminó de descender el primer tramo de escalera y llegó al primer descanso. Había sido un día repleto de fiascos. Lo que había comenzado como una misión patriótica se había descontrolado, y se había visto obligado a tomar duras decisiones y a cometer actos horrendos que nunca habría imaginado que fuera capaz de llevar a cabo.

«¡Fue una solución! ¡La *única* solución posible!»

Tenía que pensar en el deber: patria y honor. Sabía que todavía había tiempo. Podía apagar TRANSLTR y usar el anillo para salvar el banco de datos más valioso del país. «Sí —se dijo—. Todavía hay tiempo.»

Strathmore contempló el desastre que tenía ante sí. Los rociadores automáticos del techo se habían puesto en marcha. TRANSLTR no dejaba de emitir preocupantes ruidos. La sirena resonaba sin cesar. Las luces giratorias daban la impresión de ser helicópteros aterrizando en medio de una espesa niebla. No podía quitarse de la cabeza el rostro implorante del joven criptógrafo Greg Hale ni el disparo que había terminado con su vida. Había muerto por su país. La NSA no podía permitirse otro escándalo. Strathmore necesitaba un chivo expiatorio. Además, lo de Hale era un desastre anunciado.

El sonido del celular lo hizo volver en sí. Apenas oía nada por encima del ruido de la sirena y el silbido de los vapores. Lo tomó del cinturón sin detenerse.

—¿Sí?

—¿Dónde está mi clave de acceso? —exigió una voz familiar.

—¿Con quién hablo?

—¡Numataka! —exclamó la enojada voz—. ¡Me prometió una clave de acceso!

Strathmore siguió caminando.

—¡Quiero Fortaleza Digital! —protestó Numataka.

—¡Fortaleza Digital *no* existe! —contestó Strathmore.

—¿Qué?

—¡No existe ningún algoritmo indescifrable!

—¡Claro que existe! ¡Lo vi en internet! ¡Mi gente lleva días tratando de desencriptarlo!

—¡Es un virus codificado, idiota! ¡Suerte tuvo de no poder abrirlo!

—Pero...

—¡No hay trato! —exclamó Strathmore—. Yo no soy Dakota del Norte. ¡No existe ningún Dakota del Norte! ¡Olvide que lo mencioné!

Terminó la llamada cerrando de golpe su celular plegable y, tras quitarle el sonido, volvió a colgárselo en el cinturón. Ya no habría más interrupciones.

A miles de kilómetros de allí, Tokugen Numataka se había quedado estupefacto frente al ventanal de su despacho. De sus labios colgaba sin fuerza un cigarro Umami. El trato de su vida acababa de desintegrarse ante sus ojos.

Strathmore continuó descendiendo. «No hay trato.» Numatech Corp. nunca conseguiría el algoritmo indescifrable... y la NSA jamás tendría su puerta trasera.

Había pasado mucho tiempo planeando su sueño. Había escogido a Numatech cuidadosamente. Era una empresa que disponía de mucho capital y, por tanto, una más que plausible ganadora de la subasta de la clave de acceso. Nadie sospecharía nada si terminaba obteniéndola. Al mismo tiempo, no había una empresa menos sospechosa de estar confabulada con el gobierno de Estados Unidos. Tokugen Numataka era de la vieja escuela: preferiría la muerte antes que el deshonor. Odiaba a los norteamericanos. Odiaba su comida, odiaba sus costumbres y, sobre todo, odiaba su dominio en el mercado global del software.

La visión de Strathmore había sido atrevida: un estándar de encriptación mundial con una puerta trasera para la NSA. Le habría gustado poder compartir su sueño con Susan, llevarlo a cabo junto a ella, pero sabía que no habría sido posible. A pesar de que la muerte de Ensei Tankado salvaría la vida de miles de personas en el futuro, la criptógrafa jamás habría estado de acuerdo; era pacifista. «Yo también lo soy —pensó Strathmore—, sólo que no puedo permitirme el lujo de poder actuar como tal.»

El comandante nunca había tenido la menor duda de quién debía ser el encargado de matar a Tankado. Este se encontraba en España, y eso significaba Hulohot. El mercenario portugués de cuarenta y dos años era uno de sus profesionales favoritos. Hacía muchos años que trabajaba para la NSA. Nacido y criado en Lisboa, Hulohot había llevado a cabo numerosos encargos de la NSA por toda Europa, y ninguno de sus asesinatos había sido vinculado con Fort Meade. El único problema era que Hulohot era sordo, y la comunicación telefónica con él era imposible. Recientemente, sin embargo, Strathmore le había conseguido el último juguete de la NSA: la computadora Monocle. El comandante se compró un *beeper* y lo programó en la misma frecuencia. A partir de ese momento, su comunicación con Hulohot pasó a ser no sólo instantánea, sino también completamente irrastreable.

El primer mensaje que Strathmore le había enviado dejaba escaso espacio a malinterpretaciones. Ya lo habían discutido. Debía matar a Ensei Tankado y obtener la clave de acceso.

El comandante nunca le preguntaba a Hulohot cómo obraba su magia, pero, de algún modo, este había vuelto a conseguirlo. Tankado había muerto y las autoridades se habían quedado convencidas de que se había tratado de un ataque al corazón. Un asesinato de manual, salvo por una cosa. Hulohot se había equivocado al escoger la localización. Al parecer, que Tankado muriera en un lugar público formaba parte necesaria de la ilusión, pero había aparecido gente demasiado pronto y Hulohot se había visto obligado a ocultarse antes de que pudiera registrar el cuerpo para obtener la clave de acceso. Cuando la conmoción pasó, el cadáver del japonés se encontraba ya en la morgue de Sevilla.

Strathmore estaba furioso. Por primera vez, Hulohot había fallado en una misión, y había escogido el peor momento posible para hacerlo. Conseguir la clave de Tankado era fundamental, pero el comandante sabía que enviar a un asesino sordo a la morgue era una misión suicida, de modo que ponderó otras opciones. Un segundo plan comenzó a tomar cuerpo en su mente y, de pronto, vio la posibilidad de ganar en dos frentes, la perspectiva de hacer realidad dos sueños en lugar de uno. A las seis y media de esa mañana, había llamado a David Becker.

Capítulo 97

Fontaine irrumpió en la sala de conferencias a la carrera. Brinkerhoff y Midge aparecieron inmediatamente detrás de él.

—¡Mire! —dijo ella casi sin aliento al tiempo que señalaba frenéticamente por la ventana.

El director miró las luces estroboscópicas que parpadeaban en el interior de la cúpula de Criptografía y abrió unos ojos como platos. No había ninguna duda de que eso *no* formaba parte del plan.

—¡Parece una maldita discoteca! —soltó Brinkerhoff.

Fontaine intentó encontrarle algún sentido a lo que estaba viendo. En los pocos años que TRANSLTR había estado operativo, nunca había hecho eso. «Está sobrecalentándose», pensó. Se preguntó por qué diablos Strathmore no lo había apagado, y tardó apenas un instante en tomar una decisión.

Tomó el auricular del teléfono que había en la mesa de conferencias y marcó la extensión de Criptografía. Esperó un momento y luego oyó un sonido, como si la extensión no estuviera en funcionamiento.

Colgó con fuerza el auricular.

—¡Maldita sea! —exclamó.

Volvió a descolgarlo y marcó el número del celular privado de Strathmore. Esta vez, la línea comenzó a sonar.

Seis timbrazos.

Brinkerhoff y Midge observaban cómo Fontaine deambulaba de un lado a otro tanto como le permitía la extensión del cable del auricular. Parecía un tigre enajulado. Al cabo de un minuto entero, el rostro del director había enrojecido de ira.

Volvió a colgar con fuerza el teléfono.

—¡Increíble! —exclamó—. ¡Cripto está a punto de estallar y Strathmore no contesta su maldito teléfono!

Capítulo 98

Hulohot salió corriendo de los aposentos del cardenal Guerra a la cegadora luz del sol. Se protegió los ojos con la mano y maldijo en voz alta. Se encontraba en un pequeño patio de la catedral bordeado por una alta pared de piedra, la fachada oeste de la torre de la Giralda y dos vallas de hierro forjado. La puerta estaba abierta. Daba a la plaza, que en esos momentos se hallaba desierta. Al otro lado podían verse los edificios del barrio de Santa Cruz. Era imposible que Becker hubiera llegado tan lejos en tan poco tiempo. Hulohot giró sobre sí mismo escudriñando el patio. «Está aquí. ¡Estoy seguro!»

El sitio, conocido como el Patio de los Naranjos, era famoso en Sevilla por sus sesenta y seis naranjos. Se decía que era el lugar de nacimiento de la mermelada inglesa. Al parecer, en el siglo XVIII, un comerciante inglés compró más de una tonelada de naranjas a la catedral de Sevilla. De vuelta en Londres, descubrió que eran demasiado amargas para comer, por lo que decidió hacer mermelada con las pieles y terminó añadiendo montones de azúcar para que fuera sabrosa al paladar. Había nacido la mermelada inglesa.

Hulohot comenzó a caminar entre los naranjos con la pistola en la mano. Los árboles eran viejos, y su follaje se encontraba a gran altura. Las ramas más bajas eran inalcanzables, y los delgados troncos no ofrecían protección alguna. Hulohot no tardó en comprobar que el patio estaba vacío. Levantó la mirada. La Giralda.

La entrada a la Giralda estaba cerrada mediante una gruesa cuerda y un pequeño letrero de madera. La cuerda colgaba inmóvil. Hulohot recorrió con la mirada los cien metros de altura de la torre e inmediatamente supo que era una idea ridícula. No podía ser que Becker hubiera sido tan estúpido. La puerta de entrada conducía directamente a un cubículo de piedra. En este había ventanas para mirar al exterior, pero ninguna salida.

David Becker ascendió el último tramo de la empinada rampa y llegó a un pequeño cubículo. A su alrededor sólo había altas paredes de piedra y, en su perímetro, unas ventanas. Ninguna salida.

El destino no le había hecho ningún favor esa mañana. Al salir corriendo de la catedral al patio abierto, se le había atorado el saco en la puerta. La tela lo había detenido en plena carrera y lo había hecho girar bruscamente a la izquierda antes de romperse. Él había seguido corriendo a trompicones bajo el sol cegador. Al levantar la mirada, había visto que iba directamente hacia una rampa. Había saltado la cuerda y seguido adelante. Para cuando se había dado cuenta de adónde conducía, ya era demasiado tarde.

Ahora se hallaba en una angosta celda, tratando de recobrar el aliento. Le ardía el costado. Franjas de luz se filtraban por las ventanas de la pared. Echó un vistazo por una de ellas. El hombre de los lentes de armazón metálico estaba abajo, de espaldas a él, mirando el patio. Becker cambió de posición para ver mejor. «¡Cruza el patio!», lo apremió mentalmente.

La sombra de la Giralda se extendía por el patio como una gigantesca secuoya caída. Hulohot se le quedó mirando. En el extremo, tres franjas de luz se filtraban por las aberturas de la torre y formaban unos nítidos rectángulos en los adoquines. De repente, la sombra de un hombre tapó uno de esos rectángulos. Sin echar siquiera un vistazo a lo alto de la torre, Hulohot dio media vuelta y salió corriendo en dirección a la entrada de la Giralda.

Capítulo 99

Fontaine golpeó con un puño la palma de su otra mano. Iba deambulando de un lado a otro de la sala de conferencias sin dejar de mirar por la ventana las luces estroboscópicas de Criptografía.

—¡Detengan TRANSLTR, maldita sea! ¡Deténganlo de una vez!

Midge apareció en la puerta con una nueva página impresa.

—¡Director! ¡Strathmore no puede detenerlo!

—¿Qué? —exclamaron Brinkerhoff y Fontaine al unísono.

—¡Lo ha intentado, señor! —dijo Midge sosteniendo en alto el informe—. ¡Nada menos que cuatro veces! Al parecer, TRANSLTR está atascado en una especie de bucle interminable.

Fontaine se volvió y miró de nuevo por la ventana.

—¡Dios mío!

De repente, el teléfono de la sala de conferencias comenzó a sonar.

—¡Debe de ser Strathmore! ¡Ya era hora! —dijo el director alzando los brazos.

Brinkerhoff contestó la llamada.

—Despacho del director.

Fontaine extendió la mano para que le pasara el auricular.

Claramente incómodo, Brinkerhoff se volvió hacia Midge.

—Es Jabba. Quiere hablar *contigo*.

El director se volvió hacia ella, que ya estaba cruzando la sala para contestar el aparato. En cuanto llegó junto a este, activó el altavoz.

—Adelante, Jabba.

La voz metálica de este último resonó en la sala.

—Estoy en el banco de datos principal, Midge. Parece que sucede algo raro. Me preguntaba si...

—¡Maldita sea, Jabba! —estalló ella—. ¡Eso era lo que estaba intentando decirte antes!

—Puede que no sea nada, pero... —comenzó a responder él.

—¡Deja de decir eso! ¡Claro que es *algo*! Sea lo que sea, tómatelo en serio. *Muy* en serio. Mis datos no eran erróneos. Nunca lo han sido y nunca lo serán. —Y, antes de colgar, añadió—: ¡Ah, Jabba! Para que no te lleves ninguna sorpresa, te aviso de que Strathmore eludió los filtros de Guantelete.

Capítulo 100

Hulohot ascendía a la carrera por las rampas de la Giralda. La única luz procedía de las ventanas que se abrían en los muros cada 180 grados. «¡Está atrapado! ¡David Becker morirá!» Caminaba con la pistola lista para usar y pegado a la pared exterior por si acaso este decidía atacarlo desde arriba. Los grandes candeleros que había en cada descanso podían ser unas buenas armas si Becker decidía utilizar uno. Pero si subía pegado al muro exterior, podría verlo a tiempo. El alcance de su pistola era significativamente mayor que el de un candelero.

Hulohot se movía rápidamente pero con cuidado.

Hulohot se detuvo un momento junto a una de las ventanas y echó un vistazo al exterior. Estaba en el lado norte y, a juzgar por las vistas, a medio camino.

Siguió subiendo hasta que la entrada que daba al cubículo fue visible. El último tramo de rampa estaba vacío. David Becker no parecía estar esperándolo. Hulohot pensó que quizá no lo había visto entrar en la torre. Eso significaría que el elemento sorpresa también estaba de su lado, si bien no lo necesitaba. Ya contaba con todas las cartas. Hasta la estructura interior de la torre jugaba a su favor: la rampa conectaba con el cubículo por el rincón suroeste. Becker no tendría lugar donde esconderse ni posibilidad alguna de situarse a su espalda. Y, para colmo, Hulohot emergería de la oscuridad. «Es una trampa mortal», se dijo.

Calculó la distancia hasta la puerta del cubículo y practicó el asesinato mentalmente. Si se acercaba a la entrada por la derecha, podría ver el rincón izquierdo de la plataforma antes de entrar. Si Becker estaba ahí, Hulohot dispararía. Si no, entraría y se volvería hacia el rincón derecho, el único lugar en el que Becker podría estar escondido. Sonrió para sí.

ASUNTO: DAVID BECKER — ELIMINADO

Había llegado el momento. Comprobó el arma.

Con un violento impulso, Hulohot salió corriendo hacia la puerta. La plataforma quedó a la vista. El rincón izquierdo estaba vacío. Tal y como había ensayado mentalmente, en cuanto entró se volvió hacia la derecha y disparó. La bala rebotó en la pared desnuda y a punto estuvo de darle a él. Hulohot miró a un lado y a otro frenéticamente y soltó un grito ahogado. Allí no había nadie. David Becker había desaparecido.

Tres pisos más abajo, suspendido varias decenas de metros por encima del Patio de los Naranjos, David Becker estaba colgado de la fachada de la Giralda como si fuera un hombre haciendo elevaciones en el marco de una ventana. Mientras Hulohot subía corriendo la rampa, él había descendido tres pisos y se había descolgado por una de las ventanas. Lo había hecho justo a tiempo. Inmediatamente después, el asesino había pasado a su lado. Lo había hecho con demasiada prisa para advertir los blanquecinos nudillos aferrados a la cornisa.

Colgado de la fachada, Becker agradeció a Dios que su rutina diaria de squash incluyera veinte minutos de ejercicios para desarrollar los bíceps y mejorar así su saque. Lamentablemente, a pesar de sus fuertes brazos, estaba costándole volver a subir. Le ardían los hombros, y tenía la sensación de que la herida del costado estaba abriéndose. Además, las rugosas piedras de la cornisa no ofrecían mucho agarre y se le clavaban en las yemas de los dedos como si fueran cristales rotos.

Sabía que era sólo cuestión de segundos que su perseguidor volviera a bajar. Cuando lo hiciera, sin duda vería sus dedos aferrados a la cornisa.

Cerró los ojos y flexionó los brazos para izarse. Necesitaría un milagro para escapar de la muerte. Estaban comenzando a resbalársele los dedos. Echó un vistazo abajo, más allá de sus piernas colgantes. La caída a los naranjos equivalía casi a la extensión de un campo de fútbol. Imposible sobrevivir. El dolor del costado estaba empeorando. Oyó pasos en los pisos superiores. Becker cerró los ojos. Era ahora o nunca. Apretó los dientes e intentó alzarse.

Al impulsarse hacia arriba, la roca se le clavó en la muñeca. Los pasos se acercaban con rapidez. Se agarró al borde de la ventana y se impulsó con los pies. Su cuerpo parecía de plomo. Era como si alguien le hubiera atado una cuerda a las piernas y estuviera jalándolo hacia abajo. Hizo más fuerza y consiguió apoyar los codos. Su cabeza asomó entonces por el interior de la ventana como si esta fuera una guillotina y quedó completamente a la vista desde la rampa. Agitando las piernas, consiguió introducir el torso por la abertura. Ya casi estaba dentro. Los pasos sonaban cada vez más cerca. Finalmente, se agarró a ambos costados de la ventana y se impulsó hacia delante. Cayó con fuerza en la rampa.

Hulohot notó la vibración que provocó el cuerpo de Becker al caer en la rampa unos metros más abajo y apretó el paso con la pistola en la mano. Poco después, vio una ventana. «¡Ahí estaba!» Se pegó entonces al muro exterior y apuntó hacia abajo. Lo hizo justo a tiempo para ver las piernas de Becker desapareciendo por detrás de la esquina. Presa de la frustración, apretó el gatillo. La bala rebotó en el suelo.

Tras fallar el disparo, el asesino siguió bajando pegado a la pared exterior para contar con el ángulo de visión más amplio posible. A medida que descendía, sin embargo, Becker siempre parecía ir 180 grados por delante de él, por lo que nunca llegaba a tenerlo a tiro: el norteamericano corría pegado al muro interior. Pero Hulohot no bajaba el ritmo. Sólo necesitaba un único disparo. Estaba recortando la distancia. En cualquier caso, sabía que, aunque Becker llegara a la planta baja, no tendría dónde esconderse y podría dispararle cuando estuviera cruzando el patio abierto. La carrera desesperada siguió su curso en la rampa.

En un momento dado, Hulohot decidió pegarse al muro interior, donde el descenso era más rápido. Le pareció que ganaba terreno. Podía ver la sombra de Becker cada vez que pasaban por delante de una ventana. Una vuelta más. Y otra. Descendiendo en espiral. Pero el norteamericano siempre parecía estar justo detrás de la esquina. Hulohot mantenía un ojo en su sombra y otro en la rampa.

De pronto le pareció que la sombra de Becker tropezaba. Describió un errático movimiento hacia la izquierda y luego dio la vuelta en el aire antes de regresar al centro de la rampa. Hulohot siguió adelante. «¡Ya es mío!»

Apenas pudo ver el destello del acero que surcó el aire como un florete de esgrima. Por detrás de la esquina apareció un objeto metálico a la altura de sus tobillos. El asesino intentó esquivarlo, pero ya era demasiado tarde. Tropezó con él y salió despedido hacia delante con las manos extendidas. Al volar por los aires, vio a Becker tumbado bocabajo, con los brazos extendidos sujetando un candelero.

Hulohot se estrelló contra el muro exterior y, al caer al suelo, empezó a rodar rampa abajo. La pistola que sostenía en la mano salió despedida y su cuerpo dio cinco vueltas completas antes de detenerse del todo. Unos pocos metros más y habría ido a parar al patio.

Capítulo 101

Era la primera vez que David Becker empuñaba un arma. El cuerpo de Hulohot yacía tirado en la oscuridad de la rampa de la Giralda. Becker presionó el cañón de la pistola contra la sien de su perseguidor y se arrodilló con cuidado. Un mero pestañeo y dispararía. Pero no hubo ninguno. Hulohot estaba muerto.

El norteamericano dejó caer el arma y se sentó en el suelo. Por primera vez desde hacía siglos, sintió ganas de llorar. Contuvo las lágrimas. Ya habría tiempo más tarde para dejar que afloraran las emociones; ahora tenía que regresar a casa. Trató de ponerse de pie, pero estaba demasiado cansado para moverse. Permaneció sentado en la rampa un largo rato, agotado.

Distraídamente, estudió el retorcido cuerpo que tenía ante sí. Los ojos del asesino habían comenzado a ponerse vidriosos y ya no estaban mirando nada en particular. De algún modo, sus lentes habían conseguido permanecer intactos. Eran unas lentes extraños, pensó. Por detrás de la patilla sobresalía un cable que estaba conectado con una especie de cajita que llevaba sujeta al cinturón, pero Becker estaba demasiado cansado para sentir curiosidad.

Mientras permanecía sentado en la rampa tratando de ordenar sus pensamientos, bajó la mirada al anillo que llevaba puesto. La vista se le había despejado y finalmente pudo leer la inscripción. Tal y como había sospechado, no estaba en inglés. Estudió la inscripción un largo rato y al cabo frunció el ceño. «¿De veras vale la pena matar por esto?»

El sol de la mañana resultaba ya cegador cuando Becker salió al patio. El dolor en el costado había remitido, y su vista estaba regresando a la normalidad. Se quedó un momento inmóvil, aturdido, disfrutando del aroma de las naranjas. Luego comenzó a cruzar lentamente el patio.

Mientras se alejaba de la torre, una furgoneta se detuvo con una frenada brusca a escasa distancia de él. Dos hombres descendieron de un salto. Eran jóvenes e iban vestidos con ropa militar. Se acercaron al norteamericano con la rígida precisión de unas máquinas bien engrasadas.

—¿David Becker? —preguntó uno.

Él se detuvo de golpe, sorprendido por el hecho de que conocieran su nombre.

—¿Q-quiénes son ustedes?

—Acompáñenos, por favor.

Había algo irreal en ese encuentro. Algo que hizo que Becker volviera a sentir un cosquilleo y, de repente, se encontró a sí mismo retrocediendo unos pasos para apartarse de esos tipos.

El más bajo le dirigió una mirada glacial.

—Por aquí, señor Becker. *Ahora.*

Él dio media vuelta para salir corriendo, pero sólo tuvo tiempo de dar un paso. Uno de los hombres sacó un arma. Se oyó un disparo.

De repente, Becker sintió un lacerante dolor en el pecho que se extendió rápidamente a su cráneo, los dedos se le agarrotaron y cayó al suelo. Un instante después, todo quedó envuelto en una espesa negrura.

Capítulo 102

Strathmore llegó a la planta de TRANSLTR y abandonó la pasarela. En el suelo había un centímetro y medio de agua. La gigantesca computadora temblaba ante él. Enormes gotas de agua caían como si de lluvia se tratara a través de los remolinos de niebla.

El comandante se volvió hacia el generador principal. Phil Chartrukian estaba ahí. Sus chamuscados restos yacían tirados sobre las aletas de refrigeración. La escena parecía salida de un perverso escaparate de Halloween.

Aunque lamentaba la muerte del joven, no había duda alguna de que se había tratado de una «muerte justificada». Phil Chartrukian no le había dejado ninguna otra alternativa. Cuando el técnico de Seguridad de Sistemas había subido corriendo de los subniveles diciendo a gritos que TRANSLTR tenía un virus, Strathmore lo había interceptado en el descanso y había tratado de hacerlo entrar en razón. Sin embargo, Chartrukian no le había hecho caso: «¡Tenemos un virus! ¡Voy a llamar a Jabba!». Al intentar rodear al comandante, este se lo había impedido. El descanso era estrecho. Habían forcejeado. El barandal era bajo. Strathmore pensó que resultaba irónico que al final Chartrukian tuviera razón sobre lo del virus.

La caída del joven había sido escalofriante: un momentáneo aullido de terror y luego el silencio. Pero todavía había sido peor lo que Strathmore había visto a continuación. Greg Hale estaba unos pisos más abajo, mirándolo desde las sombras completamente horrorizado. Fue entonces cuando supo que también debía morir.

TRANSLTR emitió un crujido y Strathmore volvió a centrar su atención en la tarea que tenía entre manos. Debía cortar el suministro eléctrico. El interruptor estaba al otro lado de las bombas de freón, a la izquierda del cadáver. Strathmore podía verlo perfectamente. Lo único que tenía que hacer era jalar una palanca e interrumpiría la corriente que alimentaba la planta de Criptografía. Luego, pasados unos segundos, reiniciaría el generador principal y todas las puertas y las funciones volverían a activarse, el freón fluiría de nuevo y TRANSLTR estaría a salvo.

No obstante, de camino al interruptor, se dio cuenta de que había un obstáculo final: el cuerpo de Chartrukian todavía estaba sobre las aletas de refrigeración del generador principal. Reiniciar este no haría sino causar otro cortocircuito. Tenía que mover el cadáver.

El comandante se quedó mirando un momento el macabro cuerpo del técnico de Seguridad de Sistemas y finalmente se dirigió hacia él. Al llegar a su lado, agarró el cadáver de una muñeca. Su carne era como poliestireno. El tejido había quedado chamuscado, deshidratado por completo. Strathmore cerró los ojos y jaló el cuerpo por la muñeca. Este se desplazó dos o tres centímetros. Luego volvió a jalar más fuerte. El cuerpo se movió unos pocos centímetros más. El comandante hizo una pausa, respiró hondo y jaló entonces con todas sus fuerzas, pero sólo consiguió caer de espaldas. Al incorporarse en el agua, se dio cuenta horrorizado de lo que tenía en la mano. Era el antebrazo de Chartrukian. Se lo había arrancado a la altura del codo.

Susan seguía esperando en Nodo 3. Permanecía sentada

en el sofá. Hale yacía a sus pies. No entendía por qué el comandante estaba tardando tanto. Pasaron los minutos. Intentó apartar a David de sus pensamientos, pero fue incapaz. Cada vez que sonaba la sirena, recordaba las palabras de Hale: «Pido perdón por lo de David Becker». Susan tenía la sensación de que iba a perder el juicio.

Estaba a punto de levantarse y salir corriendo hacia la planta de Criptografía cuando finalmente sucedió. Strathmore había accionado el interruptor y cortado el suministro eléctrico.

Al instante, la planta quedó sumida en el más absoluto silencio. La sirena dejó de sonar de golpe y los monitores de Nodo 3 se fundieron en negro. El cadáver de Greg Hale desapareció en la oscuridad. Instintivamente, ella levantó las piernas y, tras colocar los pies sobre el sofá, se envolvió con la chamarra de Strathmore.

Oscuridad.

Silencio.

Susan nunca había experimentado semejante silencio en Criptografía. Siempre podía oírse al menos el leve zumbido de los generadores. Ahora no había nada. Únicamente, los jadeos y suspiros de la gran bestia que comenzaba a enfriarse entre crujidos y siseos.

Cerró los ojos y rezó por David. Su oración fue muy simple: que Dios protegiera al hombre al que amaba.

Como no era una mujer religiosa, no esperaba oír ninguna respuesta a su oración. Pero, de repente, notó un estremecimiento. Se irguió de golpe y se llevó las manos al pecho. Un momento después lo comprendió. La vibración que sentía no se debía ni mucho menos a la mano de Dios, sino que provenía del bolsillo de la chamarra del comandante. Tenía activada la vibración de su *beeper* y alguien estaba enviándole un mensaje.

Seis pisos más abajo, Strathmore se encontraba delante del interruptor. Los subniveles de Criptografía estaban tan negros como la noche más profunda. Se quedó un momento inmóvil disfrutando de la oscuridad. De algún lugar seguía cayendo agua. Era una tormenta de medianoche. Echó la cabeza atrás y dejó que las cálidas gotas lavaran la culpa. «Soy un superviviente...» Luego se arrodilló y se limpió los restos de carne de Chartrukian de las manos.

Su sueño de incluir una puerta trasera en Fortaleza Digital se había ido al traste, pero ya lo había aceptado. Ahora lo único que importaba era Susan. Por primera vez en décadas, comprendía realmente que había algo más en la vida que la patria y el honor. «He sacrificado los mejores años de mi vida por la patria y el honor. Ahora bien, ¿qué hay del amor?» Se había privado a sí mismo de él durante demasiado tiempo. Y ¿para qué? ¿Para que un joven profesor le robara su sueño? Strathmore había cuidado de Susan. La había protegido. Se la *merecía*. Y ahora, finalmente, sería suya. Ella buscaría consuelo en sus brazos cuando ya no tuviera ningún otro sitio al que acudir. Acudiría a él desamparada y herida por la pérdida, pero, a su debido tiempo, él le enseñaría que el amor lo cura todo.

«Honor. Patria. Amor.» David Becker iba a morir por las tres cosas.

Capítulo 103

El comandante emergió a través de la compuerta como Lázaro resucitando de entre los muertos. A pesar de la ropa empapada, su paso era ligero. Se dirigió hacia Nodo 3. Hacia Susan. Hacia su futuro.

La planta de Criptografía volvía a estar bañada en luz. El freón fluía a través de la sobrecalentada cubierta de TRANSLTR como si de sangre oxigenada se tratara. Strathmore sabía que el gas refrigerante tardaría unos minutos en alcanzar la base y evitar así que los procesadores situados más abajo llegaran a arder, pero estaba convencido de que había actuado a tiempo. Exhaló un suspiro de victoria sin sospechar la verdad: en realidad ya era demasiado tarde.

«Soy un superviviente», pensó. Ignorando el agujero en la pared de Nodo 3, se dirigió hacia las puertas electrónicas. Éstas se abrieron con un silbido y el comandante entró en la sala.

Susan estaba esperándolo de pie, empapada y ataviada con su chamarra. Parecía una estudiante de primer año a la que había sorprendido la lluvia. Él se veía a sí mismo como el estudiante experimentado que le había prestado su suéter universitario. Por primera vez en años, se sintió joven. Su sueño estaba haciéndose realidad.

Pero, al acercarse, el comandante tuvo la sensación de que no reconocía a esa mujer. Su mirada era glacial. La suavidad había desaparecido. Susan Fletcher permanecía rígida, como una estatua inamovible. El único movimiento perceptible eran las lágrimas que anegaban sus ojos.

—¿Susan?

Una única lágrima resbaló por la trémula mejilla de la mujer.

—¿Qué sucede? —preguntó él.

El charco de sangre que había debajo del cadáver de Hale estaba extendiéndose como una fuga de aceite. Inquieto, Strathmore miró el cuerpo y luego otra vez a Susan. «¿Es posible que se haya enterado?» Era imposible. No tenía ninguna duda de que había borrado todas las posibles pistas.

—¿Susan? —volvió a decir, acercándose a ella—. ¿Qué sucede?

Ella no se movió.

—¿Estás preocupada por David?

Había un ligero temblor en su labio superior.

El comandante se acercó un poco más. Iba a extender el brazo hacia ella, pero vaciló. La mención del nombre de David había agrietado los diques del dolor y, tras unos amagos —un estremecimiento, un temblor—, finalmente una convulsa oleada de tristeza pareció recorrer las venas de la mujer. Sin apenas poder controlar el temblor de sus labios, Susan abrió la boca para hablar. No pudo decir nada.

Sin apartar su glacial mirada de Strathmore, la mujer sacó la mano del bolsillo de la chamarra de este que llevaba puesta. En su mano había un objeto. Lo sostuvo en alto, temblando.

Strathmore medio esperaba encontrarse con la Beretta apuntándole al estómago, pero la pistola todavía estaba en el suelo, apoyada inofensivamente en la mano de Hale. El objeto que Susan sostenía era más pequeño. El comandante se le quedó mirando y, un instante después, lo comprendió todo.

La realidad se distorsionó y el tiempo se hizo lento. De pronto, Strathmore pudo oír el sonido de su propio corazón. El hombre que había vencido a gigantes durante tantos años había sido derrotado en un momento, aniquilado por el amor y por su propia estupidez. En un simple acto de caballerosidad, le había dado a Susan su chamarra. Y, con esta, su *beeper*.

Esta vez fue él quien se puso rígido. A Susan le temblaba la mano. El *beeper* cayó a los pies de Hale. Con una mirada de estupefacción y desengaño que Strathmore nunca olvidaría, Susan Fletcher pasó a su lado y salió de Nodo 3.

El comandante la dejó ir. En cámara lenta, se arrodilló y recogió el *beeper*. No había nuevos mensajes. Susan los había leído todos. Strathmore examinó desesperadamente la lista.

ASUNTO: ENSEI TANKADO — ELIMINADO
ASUNTO: PIERRE CLOUCHARDE — ELIMINADO
ASUNTO: HANS HUBER — ELIMINADO
ASUNTO: ROCÍO EVA GRANADA — ELIMINADA

La lista continuaba. Strathmore sintió una oleada de horror. «¡Puedo explicarlo! ¡Ella lo comprenderá! ¡Honor! ¡Patria!...» Pero había un mensaje que todavía no había visto. Uno que nunca podría explicar. Con un estremecimiento, llegó a la última transmisión:

ASUNTO: DAVID BECKER — ELIMINADO

El comandante bajó la cabeza. Su sueño había llegado a su fin.

Capítulo 104

Susan salió de Nodo 3 con paso tambaleante.

ASUNTO: DAVID BECKER – ELIMINADO

Como si estuviera en un sueño, enfiló hacia la salida principal de Criptografía. Recordó las palabras de Greg Hale: «¡Strathmore me matará! ¡El comandante está enamorado de ti, Susan!».

Llegó a la enorme puerta circular y comenzó a marcar desesperadamente el código de salida en el teclado numérico. La puerta no se movió. Lo intentó de nuevo, pero la enorme losa se negaba a rotar. Susan dejó escapar un grito ahogado. Al parecer, el cortocircuito había borrado los códigos de salida de las puertas. Seguía atrapada.

Sin advertencia previa, dos brazos la rodearon por la espalda y agarraron su cuerpo medio embotado. Le resultaban familiares y, al mismo tiempo, repulsivos. Carecían de la brutal fuerza de Greg Hale, pero había en ellos una desesperada brusquedad, una férrea determinación.

Susan se dio la vuelta. El hombre que estaba sujetándola parecía desolado y asustado. Nunca antes había visto esa expresión en su rostro.

—Susan —le imploró Strathmore sin soltarla—. Puedo explicártelo todo.

Ella intentó soltarse.

El comandante la sujetaba con fuerza.

Susan intentó gritar, pero no tenía voz. Luego trató de correr, pero las fuertes manos del comandante se lo impidieron jalándola hacia atrás.

—Te quiero —susurró él—. Siempre te he querido.

A Susan se le revolvió el estómago.

—Quédate conmigo.

Una sucesión de horrendas imágenes desfiló por la mente de la criptógrafa: los brillantes ojos verdes de David cerrándose lentamente por última vez, el cadáver de Greg Hale derramando sangre en la alfombra, el chamuscado y fracturado cuerpo de Phil Chartrukian sobre el generador.

—El dolor pasará —le aseguró el comandante—. Volverás a amar.

Pero ella no oía nada.

—Quédate conmigo —le imploró él—. Curaré tus heridas.

Indefensa, Susan forcejeó.

—Lo hice por nosotros. Estamos hechos el uno para el otro. Te quiero. —Las palabras salían de su boca como si el comandante hubiera estado esperado una década para pronunciarlas—. ¡Te quiero! *¡Te quiero!*

Justo en ese instante, a treinta metros de allí, como si refutara la vil confesión de Strathmore, TRANSLTR emitió un salvaje e inhumano siseo. Se trataba de un sonido completamente nuevo: una especie de chisporroteo lejano y ominoso que parecía crecer como una serpiente en las profundidades del silo. Al parecer, el freón no había llegado a tiempo a todos los puntos de la computadora.

El comandante soltó a Susan y, volviéndose hacia la computadora de dos mil millones de dólares, abrió unos ojos como platos.

—¡No! —Se llevó las manos a la cabeza—. ¡No!

El cohete de seis pisos empezó a temblar. Strathmore dio un tambaleante paso hacia la cubierta. Luego cayó de rodillas como un pecador ante un enojado dios. No sirvió de nada. En la base del silo, los procesadores de titanato de estroncio de TRANSLTR habían comenzado a arder.

Capítulo 105

Una bola de fuego ascendiendo a través de tres millones de chips hace un sonido único. Algo así como una mezcla de la crepitación de un incendio forestal, el aullido de un tornado, el humeante chorro de un géiser... Todos esos ruidos atrapados en una cubierta reverberante. Strathmore se había quedado petrificado de rodillas ante el abominable ruido que ascendía hacia ellos. Era como el aliento del diablo aprisionado en una caverna sellada intentando encontrar una escapatoria. La computadora más cara del mundo estaba a punto de convertirse en un infierno de ocho pisos.

El comandante se volvió hacia Susan como en cámara lenta. Ella permanecía inmóvil junto a la puerta de Criptografía. Strathmore se quedó mirando su rostro bañado por las lágrimas. Parecía relucir bajo la luz de las luces fluorescentes. «Es un ángel», pensó. Buscó entonces el paraíso en su mirada, pero lo único que encontró fue muerte. La muerte de la confianza. El amor y el honor habían desaparecido. La fantasía que lo había impulsado todos esos años ya no existía. Susan Fletcher nunca sería suya. Nunca. El repentino vacío que lo atenazó fue abrumador.

Ella se volvió hacia TRANSLTR. Sabía que una bolsa de fuego estaba a punto de estallar en el interior de esa cubierta de cerámica. Podía notar cómo crecía cada vez más rápido, alimentándose del oxígeno liberado por los chips en llamas. Dentro de unos momentos, la cúpula de Criptografía sería un ardiente infierno.

La mente le dijo que saliera corriendo, pero el recuerdo de David le impedía moverse. Le pareció oír su voz llamándola, diciéndole que escapara, pero no había adónde ir. Criptografía era una tumba sellada. No importaba; la idea de la muerte no la asustaba. La muerte detendría el dolor. Estaría con David.

El suelo de la planta de Criptografía comenzó a temblar como si debajo hubiera un enojado monstruo marino emergiendo de las profundidades. La voz de David parecía estar llamándola: «¡Corre, Susan! ¡Corre!».

De repente, vio que Strathmore se acercaba a ella. Su rostro era como un lejano recuerdo. Sus fríos ojos grises carecían de vida. El patriota que había vivido en su mente como un héroe había muerto. En su lugar había ahora un asesino. Sus brazos volvieron a rodearla, aferrándose a ella con desesperación. La besó en las mejillas.

—Perdóname —le suplicó.

Ella intentó liberarse, pero el comandante no se lo permitió.

TRANSLTR se puso a vibrar como un misil en la rampa de lanzamiento y el suelo de la planta empezó a temblar. Strathmore sujetó a Susan todavía más fuerte.

—Abrázame... Te necesito.

Una violenta oleada de furia se extendió por las extremidades de la criptógrafa al tiempo que volvía a oír la voz de David: «¡Te quiero! ¡Huye!». Con una repentina descarga de energía, la mujer se liberó de la presa del comandante. El rugido de TRANSLTR se había vuelto ensordecedor. El fuego había llegado a la presión alta del silo y TRANSLTR gruñía a causa de la tensión en las junturas.

La voz de David pareció impulsar y guiar a Susan. Tras liberarse, cruzó corriendo la planta de Criptografía y comenzó a subir la escalera que conducía al despacho de Strathmore. A su espalda, TRANSLTR soltó un ensordecedor rugido.

Cuando el último de los chips se desintegró, una tremenda ráfaga de aire caliente reventó la parte superior de la cubierta del silo y los fragmentos de cerámica llegaron hasta los diez metros de altura. Al instante, el enorme vacío del interior succionó violentamente el aire rico en oxígeno de Criptografía.

Susan llegó al descanso y se agarró al barandal justo cuando la tremenda corriente sacudía todo su cuerpo y la hacía girar sobre sí misma. En ese instante vio al director adjunto de operaciones de pie junto a TRANSLTR, mirándola. Una violenta tormenta se había desatado a su alrededor y, sin embargo, en sus ojos parecía haber paz. El comandante abrió los labios y susurró su última palabra:

—Susan.

Al penetrar en el interior de TRANSLTR, se produjo una enorme deflagración. Con un cegador destello, el comandante Trevor Strathmore pasó de hombre a silueta, y de eso a leyenda.

Cuando el estallido alcanzó a Susan, esta salió disparada hacia atrás cinco metros y fue a parar al despacho de su superior. Su último recuerdo fue sentir un calor abrasador.

Capítulo 106

Tres rostros sin aliento se asomaron a la ventana de la sala de conferencias del director. La explosión había sacudido todo el complejo de la NSA. Leland Fontaine, Chad Brinkerhoff y Midge Milken miraban hacia afuera horrorizados.

Veinte metros por debajo de la sala de conferencias, la cúpula de Criptografía estaba en llamas. El techo de policarbonato seguía intacto, pero por debajo de este revestimiento transparente arreciaba el fuego y nubes de humo negro se arremolinaban como la niebla en el interior de la cúpula.

Los tres se quedaron un momento contemplando la escena sin decir nada. El espectáculo poseía una espeluznante majestuosidad.

Finalmente, Fontaine habló en un tono de voz débil pero firme:

—Midge, envíe a un equipo ahí abajo. Ahora.

Al otro lado de la sala, el teléfono del director comenzó a sonar.

Era Jabba.

Capítulo 107

Susan no tenía ni idea de cuánto tiempo había pasado. El ardor en la garganta le hizo recobrar el sentido y miró desorientada a su alrededor. Estaba sobre una alfombra, detrás de un escritorio. La única luz en la habitación era un extraño parpadeo naranja. El aire olía a plástico quemado. La estancia en la que se encontraba ya no era tal, sino un espacio completamente devastado. Las cortinas ardían y las paredes de acrílico estaban derritiéndose.

Entonces lo recordó todo.

«David...»

Presa del pánico, la criptógrafa se puso de pie. Podía sentir en la tráquea el escozor del aire cáustico. Con paso tambaleante, se dirigió hacia la puerta en busca de una salida, pero al cruzar su umbral su pierna se encontró con el vacío. Afortunadamente, se agarró al marco de la puerta justo a tiempo. La pasarela había desaparecido. Cinco metros por debajo había una montaña de metal humeante. Susan contempló horrorizada la planta de Criptografía. Era un mar de fuego. Los derretidos restos de los tres millones de chips de silicio habían sido expulsados de TRANSLTR como si de lava se tratara. Por todas partes ascendían volutas de un humo espeso y acre. Susan conocía ese olor. Humo de silicio. Un veneno mortal.

Retrocedió al interior de los restos del despacho de Strathmore y comenzó a sentirse mareada. Le ardía la garganta. Todo el lugar estaba bañado por una intensa luz anaranjada. Criptografía estaba muriendo. «Y yo también lo haré», pensó.

Por un momento, consideró la única salida posible: el elevador de Strathmore. Pero sabía que era inútil. Era imposible que los circuitos electrónicos hubieran sobrevivido a la explosión.

Sin embargo, mientras se abría paso ente el espeso humo, recordó las palabras de Hale: «¡El elevador funciona con la corriente del edificio principal! ¡Conozco los planos!». Susan sabía que era cierto. Y también que todo el hueco del elevador estaba recubierto de concreto reforzado.

El espeso humo se arremolinaba a su alrededor. Con paso tambaleante, atravesó la nube en dirección al elevador. Al llegar vio que el botón de llamada no estaba iluminado. Pulsó inútilmente el oscurecido panel y luego cayó de rodillas y comenzó a aporrear las puertas con los puños.

Casi al instante, se detuvo. Algo al otro lado de las puertas parecía estar emitiendo un zumbido. Levantó la cabeza desconcertada. ¡Parecía como si la cabina estuviera ahí mismo! Susan volvió a pulsar el botón. De nuevo, se oyó un zumbido al otro lado de las puertas.

Y, de repente, lo vio.

El botón de llamada no estaba estropeado, tan sólo cubierto de hollín. Ahora que lo había pulsado varias veces, relucía débilmente debajo de sus dedos manchados.

«¡Hay corriente!»

Con una oleada de esperanza, volvió a pulsar el botón una vez más. De nuevo, algo se activó al otro lado de la puerta. Podía oír el ventilador de la cabina. «¡Está aquí! ¿Por qué no se abren las malditas puertas?»

A través del humo vislumbró el diminuto teclado secundario con las letras de la A a la Z. Con una oleada de desesperación, Susan recordó: debía introducir la contraseña.

El humo estaba comenzando a filtrarse a través de los marcos derretidos de las ventanas. Susan volvió a aporrear las puertas del elevador. Seguían sin abrirse. «¡La contraseña! —pensó—. ¡Strathmore nunca llegó a decirme cuál era!» El humo de silicio estaba comenzando a inundar el despacho. Asfixiada y derrotada, se dejó caer al suelo. El ventilador se encontraba a unos pocos metros y ella se encontraba encerrada allí, mareada y prácticamente sin poder respirar.

Cerró los ojos, pero la voz de David volvió a despertarla: «¡Huye, Susan! ¡Abre la puerta! ¡Huye!». La criptógrafa abrió los párpados esperando ver los intensos ojos verdes y la sonrisa juguetona del hombre al que amaba, pero lo que se encontró fue el teclado alfabético. «La contraseña...» Se quedó mirando las letras del teclado. Tenía la vista nublada y apenas podía distinguirlas. En la pequeña pantalla que había debajo del teclado, cinco espacios vacíos permanecían a la espera. «Una contraseña de cinco caracteres», pensó. Rápidamente, calculó las probabilidades: veintiséis elevado a la quinta potencia; es decir, 11.881.376 posibilidades distintas. Introduciendo una cada segundo, tardaría diecinueve semanas.

Mientras yacía en el suelo asfixiándose junto al teclado, Susan Fletcher recordó la patética voz del comandante. Estaba dirigiéndose a ella de nuevo: «¡Te quiero, Susan! ¡Siempre te he querido! ¡Susan! Susan...».

Sabía que Strathmore estaba muerto, pero su voz era implacable. Podía oír cómo pronunciaba su nombre una y otra vez.

«Susan... Susan...»

Y, en un instante de escalofriante claridad, lo supo.

Temblando, se incorporó hacia el teclado y marcó la contraseña: S-U-S-A-N.

Un instante después, las puertas corredizas se abrieron.

Capítulo 108

El elevador de Strathmore descendió con rapidez. En el interior de la cabina, Susan respiró hondo varias veces para introducir aire fresco en sus pulmones. Mareada, se apoyó en una de las paredes mientras la cabina aminoraba la velocidad hasta detenerse. Un momento después, oyó que se activaba algún mecanismo y el elevador comenzó a moverse de nuevo, esta vez horizontalmente. La criptógrafa notó que la cabina aceleraba en dirección al complejo principal de la NSA. Finalmente, se detuvo con un zumbido y las puertas se abrieron.

Salió tosiendo y con paso tambaleante a un oscuro pasadizo de cemento. Estaba en un túnel estrecho y de techos bajos. Una línea doble amarilla se extendía ante ella y se perdía en el oscuro vacío.

«La "autopista subterránea".»

Comenzó a recorrer el túnel con la mano en la pared. A su espalda, las puertas del elevador se cerraron. Susan Fletcher volvió a quedarse sumida en la oscuridad.

Silencio.

Ningún ruido salvo un leve zumbido en las paredes.

Cada vez más alto.

De repente fue como si se hiciera de día y la negrura pasó a ser un neblinoso gris. Las paredes del túnel empezaron a tomar forma. De improviso, un pequeño vehículo apareció por detrás de una esquina. Cegada por sus faros, Susan pegó la espalda a la pared y se tapó los ojos.

Al poco tiempo, sintió una ráfaga de viento y el transporte pasó a toda velocidad por su lado.

Un instante después, oyó el ensordecedor rechinido de las llantas en el cemento y, acto seguido, el zumbido volvió a acercarse a ella, esta vez desde el otro lado. Segundos más tarde, el vehículo se detuvo a su lado.

—¡Señorita Fletcher! —exclamó una asombrada voz.

Susan observó el rostro vagamente familiar que iba en el asiento del conductor de un carrito de golf.

—¡Dios mío! —dijo el hombre con un grito ahogado—. ¿Se encuentra bien? ¡Pensábamos que estaba usted muerta!

Susan se quedó mirando al tipo inexpresivamente.

—Chad Brinkerhoff —dijo él al advertir que la criptógrafa estaba en estado de shock—. Asistente del director.

—TRANSLTR... —fue lo único que consiguió murmurar Susan.

Él asintió.

—Olvídese ahora de eso. ¡Suba!

El haz de luz de los faros del carrito alumbró las paredes de cemento.

—Hay un virus en el banco de datos principal —dijo Brinkerhoff.

—Ya lo sé —se oyó susurrar a sí misma Susan.

—Necesitamos que nos ayude.

Ella estaba intentando contener las lágrimas.

—Strathmore... Él...

—Lo sabemos —asintió Brinkerhoff—. Se saltó Guantelete.

—Sí..., y... —Las palabras se le quedaron atoradas en la garganta.

«¡Mató a David!»

Brinkerhoff le colocó una mano en el hombro.

—Ya casi llegamos, señorita Fletcher. Aguante un poco más.

El carrito de golf Kensington rodeó una esquina a toda velocidad y luego se detuvo con un derrape. A un lado, en perpendicular al túnel, había un pasillo tenuemente iluminado por una luz roja.

—Vamos —dijo Brinkerhoff ayudando a Susan a descender del vehículo.

El asistente la guio por el pasillo y la criptógrafa fue detrás de él completamente desconcertada. El corredor de baldosas descendía de forma pronunciada. Ella se agarró al barandal y siguió a Brinkerhoff. El aire iba haciéndose cada vez más fresco conforme iban bajando.

A medida que iban descendiendo al interior de la tierra, el túnel se iba estrechando. De repente se oyó el eco de unos pasos a sus espaldas. Eran firmes y decididos. Su ruido se fue haciendo cada vez más alto. Tanto Brinkerhoff como Susan se detuvieron y se volvieron.

Un enorme hombre negro estaba acercándose a ellos. Susan no lo había visto nunca. Al llegar a su lado, el tipo posó su penetrante mirada en la criptógrafa.

—¿Quién es ella? —preguntó.

—Susan Fletcher —respondió Brinkerhoff.

El hombre enarcó las cejas. Incluso cubierta de hollín y empapada, Susan Fletcher era más atractiva de lo que había imaginado.

—¿Y el comandante? —preguntó.

Brinkerhoff negó con la cabeza.

El corpulento hombre se les quedó mirando en silencio un momento. Luego se volvió hacia Susan.

—Leland Fontaine —dijo ofreciéndole la mano—. Me alegro de que esté bien.

Susan se le quedó mirando un instante. Siempre había sabido que algún día conocería al director, pero esa no era la situación que había imaginado.

—Venga con nosotros, señorita Fletcher —dijo Fontaine, indicándole el camino—. Necesitaremos toda la ayuda posible.

Alzándose al fondo del túnel, apenas visible en medio de la neblina rojiza, había una pared de acero que les bloqueaba el paso. Fontaine se acercó y marcó el código de entrada en un teclado empotrado en el muro. Luego colocó la mano derecha sobre un pequeño panel de cristal. Una luz estroboscópica emitió un destello. Un momento después, la enorme pared se desplazó ruidosamente hacia la izquierda.

Sólo había una cámara de la NSA más sagrada que Criptografía, y Susan Fletcher presintió que estaba a punto de adentrarse en ella.

Capítulo 109

El centro de mando del banco de datos principal de la NSA parecía una versión a escala reducida de la sala de control de misiones de la NASA. Una docena de terminales de computadora estaban situados frente a una pantalla de diez por doce metros que había en la pared del fondo de la misma. En esa pantalla se sucedían a toda velocidad números y diagramas, apareciendo y desapareciendo como si alguien estuviera cambiando de canal en canal. Un puñado de técnicos corrían desenfrenadamente de un terminal a otro con largas hojas impresas en la mano y exclamando órdenes. Era un caos.

Susan se quedó mirando las impresionantes instalaciones. Recordaba vagamente que se habían excavado doscientas cincuenta toneladas de tierra para crearlas. La cámara estaba a sesenta y cinco metros de la superficie, a salvo de bombas y explosiones nucleares.

En el centro de la sala había un terminal situado a más altura que los demás en el que estaba sentado Jabba. Desde su plataforma, el técnico daba órdenes a gritos como un rey a sus súbditos. En la pantalla que había justo detrás de él podía leerse un mensaje que a Susan le resultaba muy familiar. El texto, del tamaño de una valla publicitaria, colgaba amenazante sobre la cabeza de Jabba:

AHORA SÓLO LA VERDAD LOS SALVARÁ

INTRODUCIR CLAVE DE ACCESO __________

Susan siguió a Fontaine en dirección al estrado. La confusa realidad parecía moverse en cámara lenta, y tenía la sensación de encontrarse atrapada en una pesadilla surrealista.

Jabba se percató de que se acercaban y se volvió como un toro enfurecido.

—¡Construí Guantelete por una razón!

—Guantelete ya no existe —dijo Fontaine sin alzar la voz.

—Esa noticia ya es antigua, director —replicó Jabba—. ¡La onda expansiva me tiró al suelo! ¿Dónde está Strathmore?

—El comandante murió.

—Justicia jodidamente poética.

—Tranquilícese, Jabba —le ordenó el director—. Póngamos al corriente. ¿Cuán peligroso es ese virus?

El aludido se quedó mirando a Fontaine un largo rato hasta que, de repente, estalló en carcajadas.

—¿Un *virus*? —Su estridente risotada resonó por toda la cámara subterránea—. ¿Eso es lo que cree que es?

Fontaine mantuvo la calma. La insolencia de Jabba era del todo inaceptable, pero el director sabía que ese no era el momento ni el lugar para hacérselo saber. Allí abajo, Jabba estaba por encima del mismísimo Dios. Los problemas informáticos no entendían de rangos jerárquicos.

—¿No es un virus? —exclamó Brinkerhoff esperanzado.

Jabba resopló disgustado.

—¡Los virus tienen cadenas de reproducción, jovencito! ¡Esto no!

Susan se mantenía a cierta distancia, incapaz de registrar lo que estaba oyendo.

—Entonces ¿qué está sucediendo? —preguntó Fontaine—. Pensaba que teníamos un virus.

Jabba respiró hondo y bajó el tono de voz.

—Los virus... —dijo secándose el sudor de la frente—. Los virus se reproducen. Crean clones. Son vanos y estúpidos. Egomaníacos binarios. Dan a luz bebés con más rapidez que los conejos. Esa es su debilidad. Si uno sabe lo que está haciendo, puede cruzarlos una y otra vez hasta su neutralización. Lamentablemente, este programa no tiene ego. Carece de la necesidad de reproducirse. Tiene las ideas claras y sabe lo que tiene que hacer. De hecho, cuando haya cumplido con su objetivo, probablemente cometerá un suicidio digital. —Jabba extendió los brazos para mostrar en la enorme pantalla el caos que habían proyectado—. Señoras y señores —suspiró—, les presento al kamikaze de los invasores informáticos: el *gusano*.

—¿Gusano? —exclamó Brinkerhoff desconcertado. Parecía un término muy mundano para describir a tan insidioso intruso.

—Gusano —asintió Jabba—. Carece de estructuras complejas. Es todo instinto: come, caga, se arrastra. Nada más. Simplicidad. Simplicidad mortal. Hace lo que está programado para hacer y luego desaparece.

Fontaine se le quedó mirando con severidad.

—Y ¿este gusano qué está programado para hacer?

—Ni idea —respondió Jabba—. Ahora mismo está propagándose e infiltrándose en todos nuestros datos clasificados. Después de eso, podrá hacer cualquier cosa. Tal vez borrarlos todos, o quizá sólo incluir emojis sonrientes en ciertas transcripciones de la Casa Blanca.

—¿Puede detenerlo? —El tono de voz de Fontaine permanecía sereno.

Jabba exhaló un largo suspiro y miró al frente.

—No tengo ni idea. Todo depende de lo enojado que esté el autor del gusano. —Señaló el mensaje de la pantalla—. ¿Alguien quiere decirme qué demonios significa *eso*?

AHORA SÓLO LA VERDAD LOS SALVARÁ

INTRODUCIR CLAVE DE ACCESO __________

A continuación, esperó una respuesta, pero no obtuvo ninguna.

—Parece que alguien está jugando con nosotros, director. Esto parece chantaje. Si no me equivoco, están intentando extorsionarnos.

—Es... Ensei Tankado —dijo Susan en un tono de voz que apenas era un susurro vacío y hueco.

Jabba se volvió hacia ella y se le quedó mirando con unos ojos como platos.

—*¿Tankado?*

Susan asintió débilmente.

—Quería que le confesáramos al mundo la existencia de TRANSLTR..., pero le costó la...

—¿Una confesión? —la interrumpió Brinkerhoff perplejo—. ¿Tankado quiere que revelemos la existencia de TRANSLTR? ¡Diría que ya es un poco tarde para eso!

Susan abrió la boca para hablar, pero Jabba se le adelantó.

—Parece que Tankado tiene un código de desactivación —dijo levantando la mirada hacia el mensaje de la pantalla.

Todo el mundo se volvió.

—¿Un código de desactivación? —preguntó Brinkerhoff.

Jabba asintió.

—Sí, una clave de acceso que detiene el gusano. Básicamente, si admitimos que poseemos TRANSLTR, Tankado nos proporciona el código de desactivación. Nosotros lo introducimos y, con ello, salvamos el banco de datos. Demos la bienvenida a la extorsión digital.

Fontaine permanecía completamente imperturbable.

—¿Cuánto tiempo tenemos? —preguntó.

—Más o menos una hora —dijo Jabba—. El tiempo suficiente para convocar una rueda de prensa y soltarlo todo.

—Y ¿cuál es su recomendación? —quiso saber Fontaine—. ¿Qué propone que hagamos?

—¿Recomendación? —repitió Jabba incrédulo—. ¿Quiere una recomendación? ¡Le daré una! ¡Deje de joder, *eso* es lo que tiene que hacer!

—Tranquilícese —le advirtió el director.

—¡Oiga, ahora mismo Ensei Tankado es el *amo* de este banco de datos! —prosiguió Jabba—. Dele lo que pida. Si quiere que el mundo conozca la existencia de TRANSLTR, llame a la CNN y bájese los pantalones. Además, ahora mismo TRANSLTR es tan sólo un agujero en el suelo, ¿no? ¿Qué más le da?

Hubo un silencio. Fontaine parecía estar considerando sus opciones. Susan se disponía a hablar, pero Jabba volvió a interrumpirla.

—¿Qué está esperando, director? ¡Llame a Tankado y dígale que está dispuesto a hacer lo que pide! ¡Necesitamos ese código de desactivación o todo nuestro banco de datos desaparecerá!

Nadie se movió.

—¿Es que están todos locos? —exclamó Jabba—. ¡Llamen a Tankado! ¡Díganle que cedemos! ¡Consíganme ese código de desactivación! ¡AHORA! —A continuación, tomó su teléfono celular y lo encendió—. Da igual. Denme su número. ¡Yo mismo llamaré a ese pequeño imbécil!

—No se moleste —susurró Susan—. Tankado está muerto.

Tras un momento de perplejidad, Jabba cayó en la cuenta de las implicaciones. Fue como si hubiera recibido un disparo en el estómago. El gigantesco jefe de Seguridad de Sistemas parecía estar a punto de venirse abajo.

—*¿Muerto?* P-pero entonces... Eso quiere decir que no podemos...

—Eso significa que necesitaremos un nuevo plan —dijo Fontaine con pragmatismo.

Los ojos de Jabba seguían vidriosos a causa del shock cuando alguien que se encontraba en el fondo de la sala comenzó a gritar:

—¡Jabba! ¡Jabba!

Era Soshi Kuta, su asistente, que se acercaba corriendo al estrado con una larga hoja impresa en las manos. Parecía aterrorizada.

—¡Jabba! —dijo con un grito ahogado—. ¡El gusano...! ¡Acabo de descubrir para qué está programado! —La técnica puso la hoja en las manos de su superior—. Obtuve esto del análisis de la actividad de sistemas. Aislamos los comandos de ejecución del gusano... ¡Mira la programación! ¡Mira lo que planea hacer!

Aturdido, él empezó a leer los datos impresos. En cuanto terminó, tuvo que agarrarse del barandal.

—¡Oh, Dios mío! —dijo con un grito ahogado—. Tankado... ¡Pedazo de cabrón!

Capítulo 110

Jabba se quedó mirando inexpresivamente la hoja impresa que acababa de darle Soshi. Palideció y se secó el sudor de la frente con la manga.

—No tenemos elección, director. Tenemos que cortar el suministro eléctrico del banco de datos.

—Eso es inaceptable —respondió Fontaine—. Los resultados serían catastróficos.

Jabba sabía que el director tenía razón. Había más de tres mil conexiones RDSI al banco de datos de la NSA procedentes de todo el mundo. Cada día, comandantes militares accedían a las últimas imágenes vía satélite de los movimientos enemigos. Ingenieros de Lockheed descargaban planos segmentados de nuevas armas. Agentes secretos accedían a las últimas actualizaciones sobre las misiones que estaban llevando a cabo. El banco de datos de la NSA era la espina dorsal de miles de operaciones de Estados Unidos en todo el mundo. Cerrarlo sin advertencia previa supondría un apagón informativo en misiones de espionaje de vida o muerte que estaban desarrollándose en todo el globo.

—Soy consciente de las implicaciones, señor —insistió Jabba—, pero no tenemos ninguna otra opción.

—Explíquese —le ordenó Fontaine. Luego echó un vistazo a Susan. La mente de la mujer parecía estar muy lejos de allí.

Jabba respiró hondo y volvió a secarse el sudor de la frente. A juzgar por su expresión, las personas que se encontraban en el estrado tenían claro que no iba a gustarles lo que iban a oír.

—Este gusano —comenzó a decir— no sigue un ciclo degenerativo convencional, sino selectivo. En otras palabras, es un gusano con *gusto*.

Brinkerhoff abrió la boca para decir algo, pero Fontaine le indicó que no lo hiciera con un gesto de la mano.

—La mayoría de las aplicaciones destructivas se limitan a borrar por completo todo aquello que encuentran en el banco de datos —prosiguió Jabba—. Esta, en cambio, es más compleja. Elimina únicamente los archivos que cumplen con determinados parámetros.

—¿Quiere decir que no borrará todo el banco de datos? —preguntó Brinkerhoff esperanzado—. Eso es bueno, ¿no?

—¡No! —estalló Jabba—. ¡Es malo! ¡Es jodidamente malo!

—¡Tranquilícese! —le ordenó Fontaine—. ¿Qué parámetros busca este gusano? ¿Militares? ¿Operaciones secretas?

Jabba negó con la cabeza. Se volvió hacia Susan, que seguía absorta en sus pensamientos, y luego levantó la mirada para posar sus ojos en los del director.

—Señor, como sabe, todo aquel que quiere conectarse a este banco de datos desde el exterior tiene que pasar por una serie de barreras de seguridad antes de ser admitido.

Fontaine asintió. Las jerarquías de acceso al banco de datos estaban brillantemente concebidas. El personal autorizado podía conectarse a él a través de internet y, según su nivel de autorización, tenía acceso a determinadas zonas segmentadas.

—Como estamos conectados a la internet global —explicó Jabba—, hackers, gobiernos extranjeros y tiburones de la EFF permanecen al acecho las veinticuatro horas del día para intentar acceder a él.

—Sí —dijo Fontaine—, y las veinticuatro horas del día nuestros filtros de seguridad los mantienen alejados. ¿Adónde quiere llegar?

Jabba bajó la mirada a la hoja que tenía en las manos.

—Lo que quiero decir, señor, es que el gusano de Tankado no pretende atacar nuestros datos —se aclaró la garganta—, sino nuestros *filtros de seguridad.*

El director palideció. Al parecer, había comprendido las implicaciones: ese gusano pretendía atacar los filtros que mantenían la confidencialidad del banco de datos de la NSA. Sin filtros, toda la información que contenía sería accesible para todo el mundo.

—Tenemos que apagarlo —repitió Jabba—. Dentro de una hora aproximadamente, cualquier chico con un módem podrá acceder a los datos secretos del gobierno de Estados Unidos.

Fontaine guardó silencio un largo rato.

Jabba esperó con impaciencia hasta que, al final, se volvió hacia Soshi.

—¡Soshi! ¡RV! ¡AHORA!

La técnica salió corriendo.

Jabba solía recurrir a menudo a la RV. En la mayoría de los círculos informáticos, RV quería decir «realidad virtual», pero en la NSA significaba «representación visual». En un mundo lleno de técnicos y políticos con distintos niveles de conocimientos técnicos, una representación gráfica solía ser el único modo de dejar clara una cuestión a todo el mundo; un gráfico descendente acostumbraba a provocar más reacciones que un montón de documentos. Jabba sabía que con una RV de la crisis actual conseguiría exponer claramente a todos la gravedad de la situación.

—¡RV! —exclamó Soshi desde un terminal situado al fondo de la sala.

Un diagrama generado por computadora apareció en la gran pantalla de la pared. Susan levantó la mirada distraídamente, ajena al caos que la rodeaba.

El diagrama que tenían delante parecía un tiro al blanco. En el centro se veía un círculo rojo con la palabra DATOS. A su alrededor había cinco círculos concéntricos de distinto grosor y color. El más alejado del centro estaba tan descolorido que era casi transparente.

—Tenemos un sistema de defensa de cinco niveles —comenzó a explicar Jabba—. Un servidor bastión primario, dos series de filtros de paquetes para FTP y X-11, un bloqueador de conexiones de túnel y, finalmente, una ventana de autorización PEM derivada del proyecto Truffle. El escudo exterior que aparece descolorido en el gráfico representa el servidor bastión expuesto. Prácticamente ha desaparecido. Dentro de una hora, los cinco escudos restantes lo habrán hecho y todos los bytes de datos de la NSA pasarán a ser de dominio público.

Fontaine estudió el gráfico con los ojos encendidos de ira.

Brinkerhoff dejó escapar un débil gemido.

—¿Está diciendo que ese gusano puede abrir nuestro banco de datos al mundo?

—Un juego de niños para Tankado —afirmó Jabba—. Guantelete era nuestra garantía de seguridad, pero Strathmore la cagó al saltárselo.

—Esto es un acto de guerra —susurró Fontaine endureciendo el tono.

Jabba negó con la cabeza.

—Realmente dudo que Tankado pretendiera que esto llegara tan lejos. Sospecho que contaba con estar vivo y poder desactivar el gusano antes de que la cosa empeorara.

El director advirtió entonces que la primera de las cinco barreras desaparecía por completo.

—¡El servidor bastión ya no existe! —exclamó un técnico desde el fondo de la sala—. ¡El segundo escudo quedó expuesto!

—Tenemos que comenzar a apagarlo todo —insistió Jabba—. A juzgar por el gráfico, nos quedan unos cuarenta y cinco minutos. El proceso de apagado es complejo.

Era cierto. El banco de datos de la NSA había sido construido de ese modo para garantizar que nunca se quedara sin suministro eléctrico, tanto si esto se debía a un accidente como a un ataque. Múltiples dispositivos de seguridad telefónica y eléctrica estaban sepultados bajo tierra en contenedores de acero reforzado y, además de los generadores que había en el complejo de la NSA, había numerosos generadores auxiliares independientes de la red pública. El apagado implicaba una compleja serie de confirmaciones y protocolos significativamente más laboriosos que el lanzamiento de un misil en un submarino nuclear.

—Si nos damos prisa, todavía tenemos tiempo —indicó Jabba—. El apagado manual debería llevarnos unos treinta minutos.

Fontaine seguía mirando el gráfico. Parecía estar ponderando sus opciones.

—¡Director! —estalló Jabba—. ¡Cuando estos cortafuegos caigan, cualquier usuario informático dispondrá de autorización para acceder al archivo que quiera! ¡Incluidos los más clasificados! ¡Operaciones secretas! ¡La identidad de agentes en el extranjero! ¡Nombres y localizaciones de testigos protegidos! ¡Códigos de lanzamiento de misiles! ¡Tenemos que apagarlo todo! ¡Ahora!

El director permanecía inmutable.

—Tiene que haber algún otro modo.

—¡Sí, hay uno! —exclamó Jabba—. ¡El código de desactivación! ¡Pero el único tipo que lo conoce resulta que está muerto!

—Y ¿qué hay de la fuerza bruta? —intervino Brinkerhoff—. ¿No podríamos averiguar el código de ese modo?

Jabba alzó los brazos al cielo.

—¡Por el amor de Dios...! ¡Los códigos de desactivación son como las claves de encriptado: aleatorios! ¡Imposibles de adivinar! ¡Si cree que puede introducir seiscientos trillones de combinaciones en los próximos cuarenta y cinco minutos, adelante!

—El código de desactivación está en España —dijo Susan débilmente.

Todos los que se hallaban en el estrado se voltearon de golpe hacia ella. Era lo primero que decía en mucho tiempo.

La criptógrafa levantó la mirada. Tenía los ojos llorosos.

—Tankado se lo dio a alguien antes de morir.

Todos se quedaron estupefactos.

—La clave de acceso... —Un escalofrío recorrió el cuerpo de Susan—. Esta mañana, el comandante Strathmore envió a alguien en su busca.

—¿Y? —preguntó Jabba—. ¿El hombre de Strathmore la encontró?

Susan intentó contener las lágrimas, pero fue en vano.

—Sí —dijo con voz estrangulada—. Eso creo.

Capítulo 111

Un ensordecedor grito resonó en la sala de control:

—¡*Tiburones!*

Era Soshi.

Jabba se volvió en dirección al gráfico. Dos finas líneas habían aparecido en la parte exterior de los círculos concéntricos. Parecían dos espermatozoides intentando acceder al interior de un óvulo reticente.

—¡Hay sangre en el agua, amigos! —Jabba miró al director—. Necesito una decisión. O bien comenzamos a apagarlo todo en breve o ya no podremos hacerlo a tiempo. En cuanto esos dos intrusos vean que ya no disponemos del servidor bastión, su grito de guerra alertará a todo el mundo.

Fontaine no respondió. Estaba completamente absorto en sus pensamientos. La noticia de Susan Fletcher sobre la clave de acceso en España le había parecido prometedora. Se volvió hacia ella. La criptógrafa se encontraba sumida en su propio mundo, derrumbada en una silla y con la cabeza apoyada entre las manos. Fontaine no estaba seguro de qué le pasaba, pero, fuera lo que fuera, ahora no tenía tiempo para preocuparse por ello.

—¡Necesito una decisión! —exigió Jabba—. ¡Ahora!

Fontaine levantó la mirada y habló en un tono tranquilo:

—Está bien. Aquí la tiene. *No* vamos a apagar nada. Esperaremos.

El jefe de Seguridad de Sistemas se quedó boquiabierto.

—¡¿Qué?! Pero eso es...

—Una apuesta —lo interrumpió el director—. Una apuesta que tal vez ganemos. —Tomó el teléfono celular de Jabba y marcó un número—. Midge —dijo—, soy Leland Fontaine. Escuche atentamente...

Capítulo 112

—Será mejor que sepa qué está haciendo, director —dijo Jabba—. En breve ya no nos resultará posible apagarlo todo a tiempo.

Fontaine no respondió.

Acto seguido, se abrió la puerta que había al fondo y Midge entró corriendo en la sala. Llegó al estrado sin aliento.

—¡Director! ¡La videollamada está lista!

Fontaine se volvió con expectación hacia la pantalla de la pared. Quince segundos después, esta se iluminó con un parpadeo.

Al principio había interferencias y las imágenes se veían entrecortadas, pero poco a poco fueron volviéndose más nítidas. Se trataba de una transmisión digital en QuickTime de sólo cinco fotogramas por segundo. En ella se podía ver a dos hombres. Uno era pálido y llevaba corte de cabello tipo militar, y el otro, un rubio de aspecto típicamente norteamericano. Ambos estaban sentados frente a la cámara como dos presentadores de noticias esperando a entrar en directo.

—¿Qué diablos es esto? —preguntó Jabba.

—Siéntese y cierre el pico —le ordenó Fontaine.

Los hombres parecían estar dentro de una especie de furgoneta. A su alrededor colgaban montones de cables electrónicos. La conexión de audio cobró vida y, de repente, se oyó un ruido de fondo.

—Ya disponemos de audio entrante —exclamó un técnico a su espalda—. Dentro de cinco segundos también tendremos el saliente.

—¿Quiénes son esos dos tipos? —preguntó Brinkerhoff intranquilo.

—Mis ojos en el terreno —respondió Fontaine, levantando la mirada hacia los dos hombres que había enviado a España.

Había sido una precaución necesaria. Fontaine había confiado en casi todos los aspectos del plan de Strathmore: la lamentable pero necesaria eliminación de Ensei Tankado, la reescritura de Fortaleza Digital... Todo parecía estar bien pensado. Había una cosa, sin embargo, que no le había convencido: el uso de Hulohot. Se trataba de un asesino muy capaz, sí, pero era un mercenario. ¿Sería de fiar? ¿No se sentiría tentado a quedarse la clave de acceso? Por si acaso, Fontaine había preferido mantenerlo vigilado y había tomado las medidas necesarias para ello.

Capítulo 113

—¡Ni hablar! —exclamó a cámara el hombre con corte de cabello militar—. ¡Tenemos órdenes! ¡Rendimos cuentas única y exclusivamente al director Leland Fontaine!

A este último eso pareció hacerle cierta gracia.

—No sabe quién soy yo, ¿verdad?

—¿Es que acaso importa? —dijo acaloradamente el tipo rubio.

—Escúchenme bien —dijo Fontaine—. Voy a explicárselo ahora mismo.

Segundos después, los dos hombres se disponían a contárselo todo al director de la Agencia de Seguridad Nacional con el rostro ruborizado.

—D-director —dijo el rubio con un tartamudeo—. Soy el agente Coliander. Este es el agente Smith.

—De acuerdo —asintió Fontaine—. Ahora quiero oír su informe.

Al fondo de la sala, Susan Fletcher permanecía sentada luchando contra la asfixiante soledad que la atenazaba. Lloraba con los ojos cerrados. Tenía todo el cuerpo entumecido y un permanente zumbido en los oídos. El caos de la sala de control se había convertido en un sordo murmullo.

El grupo de personas que se encontraba en el estrado escuchó con inquietud el informe del agente Smith.

—Siguiendo sus órdenes, señor —comenzó a decir este—, hemos estado en Sevilla dos días vigilando al señor Ensei Tankado.

—Hábleme del asesinato —dijo Fontaine con impaciencia.

Smith asintió.

—Lo vimos desde la furgoneta a unos cincuenta metros. Fue impecable. Sin duda, Hulohot era un profesional. Luego, sin embargo, su comportamiento se volvió errático. Llegó otro tipo y Hulohot no consiguió obtener el objeto.

Fontaine asintió. Mientras estaba en Sudamérica, los agentes habían contactado con él para informarle de que algo había salido mal, de modo que había decidido interrumpir su viaje.

Coliander prosiguió con el relato:

—Tal y como usted nos había ordenado, no perdimos de vista a Hulohot, pero, en lugar de ir a la morgue, el asesino comenzó a seguir a su vez el rastro del otro tipo que había aparecido. Este iba vestido con saco y corbata y tenía aspecto de civil.

—¿De civil? —musitó Fontaine. Sin duda, lo de mantener alejada a la NSA sonaba a la típica estratagema de Strathmore...

—¡Los filtros FTP están fallando! —exclamó de pronto un técnico.

—Necesitamos el objeto —indicó Fontaine tajante—. ¿Dónde se encuentra Hulohot?

Smith echó un vistazo por encima del hombro.

—Bueno..., está con nosotros, señor.

Fontaine exhaló un suspiro.

—¿Dónde? —Era la mejor noticia que había oído en todo el día.

Smith extendió la mano para tomar la cámara y mostrarle al director el interior de la furgoneta. En la pantalla se vieron entonces dos cuerpos flácidos apoyados contra la pared del fondo. Ambos permanecían inmóviles. Uno era un tipo corpulento con unos lentes de armazón metálico. El otro, un joven con una mata de pelo oscuro y la camisa ensangrentada.

—Hulohot es el de la izquierda —dijo Smith.

—¿Está muerto? —preguntó el director.

—Sí, señor.

Fontaine sabía que más adelante ya habría tiempo para explicaciones. Levantó la mirada hacia el gráfico. Los escudos eran cada vez más delgados.

—Agente Smith —dijo entonces, pronunciando las palabras lenta y claramente—. El objeto. Lo necesito.

—Señor, me temo que todavía no tenemos ni idea de *cuál* es el objeto que estamos buscando —dijo con tono avergonzado.

Capítulo 114

—¡Entonces vuelvan a revisar! —exclamó Fontaine.

El director observó consternado las entrecortadas imágenes de los agentes registrando los dos cuerpos flácidos de la furgoneta en busca de una lista de números y letras aleatorias.

Jabba estaba lívido.

—¡Dios mío, no lo encuentran! ¡Estamos muertos!

—¡Hemos perdido los filtros FTP! ¡El tercer escudo quedó expuesto! —exclamó una voz. El frenesí en la sala aumentó todavía más.

En la pantalla, el agente con corte de cabello tipo militar extendió los brazos en señal de derrota.

—La clave de acceso no está aquí, señor. Hemos registrado a ambos hombres. Bolsillos, ropa, carteras... No hay ningún rastro. Hulohot llevaba una computadora Monocle y comprobamos asimismo las transmisiones hechas con él, pero no parece que haya enviado nada remotamente parecido a caracteres aleatorios, sólo un listado de asesinatos.

—¡Maldita sea! —exclamó Fontaine perdiendo la calma—. ¡Tiene que estar ahí! ¡Sigan buscando!

Al parecer, Jabba ya había visto suficiente. El director había hecho una apuesta y había perdido. Decidió asumir el control. El corpulento jefe de Seguridad de Sistemas descendió de su púlpito como una tormenta de una montaña y empezó a dar órdenes a su ejército de programadores.

—¡Accedan a los interruptores auxiliares! ¡Inicien el proceso de apagado! ¡Ahora!

—¡No conseguiremos hacerlo a tiempo! —exclamó Soshi—. ¡Necesitamos media hora! ¡Para cuando lo hayamos apagado todo ya será demasiado tarde!

Jabba abrió la boca para contestar, pero fue interrumpido por un grito de dolor procedente del fondo de la sala.

Todo el mundo se volvió. Como si se tratara de una aparición, Susan Fletcher se alzó de la silla en la que había permanecido sentada. Tenía el rostro lívido y la mirada puesta en la imagen de David Becker en la pantalla, tirado en el suelo de la camioneta, inmóvil y ensangrentado.

—¡Lo mataron! —exclamó—. *¡Lo mataron!* —Con paso tambaleante, comenzó a caminar en dirección a la pantalla con una mano extendida—. David...

Confundido, todo el mundo levantó la mirada hacia la proyección. Susan siguió adelante sin apartar la mirada de la imagen del cuerpo de David.

—David —dijo con un grito ahogado—. Oh, David... ¿Cómo pudieron...?

Fontaine parecía desorientado.

—¿Conoce a ese hombre?

Susan pasó junto al estrado, se detuvo a unos pocos metros de la enorme pantalla y, ofuscada y aturdida, levantó la mirada sin dejar de pronunciar una y otra vez el nombre del hombre al que amaba.

Capítulo 115

El vacío en la mente de David Becker era absoluto. «Estoy muerto.» Y, sin embargo, de repente le pareció oír un ruido. Una voz lejana...

—David.

Sintió un abrasador dolor debajo del brazo. Su sangre parecía hecha de fuego. «Este no es mi cuerpo.» Y, no obstante, podía oír esa voz llamándolo. Era débil y sonaba distante, pero formaba parte de él. También había otras voces, desconocidas y sin importancia, gritando. Procuró ignorarlas. Sólo había una que importaba. Iba y venía.

—David..., lo siento...

Luego vio una luz moteada. Tenue al principio, una mera hendidura grisácea. Luego fue haciéndose cada vez más grande. Becker intentó moverse. Dolor. Intentó hablar. Silencio. La voz seguía llamándolo.

Alguien estaba su lado, levantándolo. Él se movió en dirección a la voz. ¿O estaban moviéndolo? La voz seguía llamándolo. Alzó la vista hacia la imagen iluminada que había en una pequeña pantalla. Era una mujer, que lo observaba desde otro mundo. «¿Está mirando cómo muero?»

—David...

La voz le resultaba familiar. Era un ángel. Había venido por él. El ángel volvió a hablar:

—David, te quiero.

Y, de repente, lo supo.

Susan extendió la mano hacia la pantalla, llorando, riendo, sumida en un torrente de emociones. Se limpió las lágrimas.

—David, y-yo pensaba...

El agente Smith ayudó a David Becker a sentarse delante del monitor.

—Está un poco mareado, señora. Dele un segundo.

—P-pero... —tartamudeó ella—. Vi la transmisión. Decía que...

Smith asintió.

—Nosotros también la vimos. Parece que Hulohot cantó victoria antes de tiempo.

—Pero la sangre...

—Una herida superficial —contestó Smith—. Se la vendamos.

Susan no podía hablar.

—Le disparamos con la nueva J23, una pistola paralizante de acción prolongada. Probablemente le dolió horrores, pero al menos ahora está a salvo —dijo Coliander, que se encontraba fuera del campo de visión de la cámara.

—No se preocupe, señora —la tranquilizó Smith—. Se pondrá bien.

David Becker se quedó mirando el monitor que tenía delante. Se sentía desorientado y mareado. La imagen de la pantalla mostraba una sala en pleno caos. Susan estaba en una especie de claro que había en el centro, mirándolo.

Lloraba y reía.

—¡David! ¡Gracias a Dios! ¡Creía que te había perdido!

Él se frotó la sien. Se colocó delante de la pantalla y se acercó el micrófono flexible a la boca.

—¿Susan?

Ella no salía de su asombro. Los rasgos de David ocuparon toda la pantalla que tenía delante y su voz resonó en la sala.

—Necesito preguntarte algo, Susan. —La resonancia y el volumen de la voz de Becker pareció suspender momentáneamente la acción en la sala de control.

Todo el mundo se detuvo de golpe y se volvió hacia la pantalla.

—Susan Fletcher —continuó Becker—, ¿quieres casarte conmigo?

Un repentino silencio se extendió por toda la sala. Una tabla portapapeles y una taza llena de lápices cayeron al suelo, pero nadie se arrodilló para recogerlos. Sólo podía oírse el débil zumbido de los ventiladores de los terminales y el sonido de la respiración de David Becker en el micrófono.

—D-david... —tartamudeó Susan, ajena al hecho de que detrás de ella hubiera treinta y siete personas esperando su respuesta—. Ya me lo pediste, ¿recuerdas? Hace seis meses, y te dije que sí.

—Ya lo sé —repuso él con una sonrisa—. Pero esta vez tengo un anillo —dijo al tiempo que alzaba la mano izquierda en dirección a la cámara y mostraba la sortija que llevaba en el dedo anular.

Capítulo 116

—¡Léala, señor Becker! —le ordenó Fontaine.

Jabba permanecía sentado con las manos sobre el teclado, sin dejar de sudar.

—¡Sí —dijo—, lea la bendita inscripción!

Susan Fletcher estaba entre ambos, con las piernas temblorosas y el rostro radiante. Toda la gente que había en la sala había dejado de lado lo que estaba haciendo y ahora observaba la enorme proyección de David Becker. El profesor giró el anillo entre los dedos y estudió la inscripción.

—¡Y lea con *mucha* atención! —le ordenó Jabba—. ¡Un mero error y la cagamos!

Fontaine fulminó con la mirada al jefe de Seguridad de Sistemas. Si había una cosa que el director de la NSA conocía bien eran las situaciones de emergencia, y crear tensión adicional nunca era una buena idea.

—Relájese, señor Becker. Si cometemos un error, volveremos a introducir el código hasta que sea el correcto.

—Ese es un pésimo consejo, señor Becker —replicó Jabba—. Acierte a la primera. Los códigos de desactivación suelen tener un mecanismo de penalización para evitar que puedan adivinarse mediante prueba y error. Si introducimos un código erróneo, el ciclo probablemente se acelerará. Y si lo hacemos mal una segunda vez, el sistema nos bloqueará permanentemente. Fin de la partida.

El director frunció el ceño y se volvió otra vez hacia la pantalla.

—¿Señor Becker? Me equivoqué. Lea con mucha atención. Con *extrema* atención.

Él asintió y estudió un momento el anillo. Luego comenzó a recitar la inscripción:

—Q... U... I... S... Espacio... C...

Jabba y Susan le interrumpieron al unísono:

—*¿Espacio?* —Jabba dejó de teclear—. ¿Hay un espacio?

Becker se encogió de hombros con la mirada puesta en el anillo.

—Sí, hay unos cuantos.

—¿Me perdí algo? —preguntó Fontaine—. ¿Qué estamos esperando?

—Señor —dijo Susan, aparentemente desconcertada—. Es... es sólo...

—Estoy de acuerdo —intervino Jabba—. Es extraño. Las contraseñas *nunca* tienen espacios.

Brinkerhoff tragó saliva.

—Y ¿qué quiere decir eso?

—Lo que quiere decir es que tal vez esto no sea el código de desactivación —contestó Susan.

—¡Claro que lo es! ¿Qué otra cosa podría ser? ¿Por qué, si no, Tankado se lo dio a alguien antes de morir? ¿Quién demonios inscribiría un puñado de letras aleatorias en un anillo?

Fontaine silenció a Brinkerhoff con una mirada asesina.

—Disculpen —intervino Becker, no muy seguro de si debía interrumpirlos—. No dejan ustedes de hablar de letras *aleatorias*. Creo que deberían saber que las letras inscritas en este anillo no lo son.

—¡¿Qué?! —exclamaron al unísono todos los que estaban en el estrado.

Becker se mostró inquieto.

—Lo siento, pero, sin duda alguna, lo que hay inscrito aquí son palabras. Admito que están muy juntas y que a simple vista pueden parecer caracteres aleatorios, pero si uno se fija bien, descubre que la inscripción es una frase en..., bueno, en *latín*.

Jabba se quedó boquiabierto.

—¡Está tomándome el pelo!

Becker negó con la cabeza.

—No. Dice: «*Quis custodiet ipsos custodes?*», que podría traducirse como...

—«¿Quién vigilará a los vigilantes?» —lo interrumpió Susan terminando su frase.

Becker se quedó sorprendido.

—Susan, no sabía que podías...

—¡Procede de las *Sátiras* de Juvenal! —aclaró ella—. ¿Quién vigilará a los vigilantes? ¿Quién vigilará a la NSA mientras nosotros vigilamos el mundo? Era la cita favorita de Tankado.

—Entonces ¿es la clave de acceso o no? —preguntó Midge.

Fontaine permanecía en silencio, como si estuviera procesando la información.

—No lo sé —dijo Jabba—, pero me parece improbable que Tankado utilizara una construcción no aleatoria.

—¡Limítese a omitir los espacios y teclee el maldito código! —exclamó Brinkerhoff.

Fontaine se volvió hacia Susan.

—¿Usted qué opina, señorita Fletcher?

Ella lo pensó un momento. No sabía exactamente qué era, pero había algo que no terminaba de encajar. Conocía a Tankado suficientemente bien para saber hasta qué punto este apreciaba la simplicidad. Sus pruebas y su programación siempre eran cristalinas y perfectas. El hecho de que los espacios tuvieran que omitirse parecía extraño. Era un pequeño detalle, pero sin duda se trataba de una imperfección, un *defecto*; desde luego, no el golpe maestro final que ella habría esperado de Ensei Tankado.

—Algo no termina de encajar —dijo finalmente—. No creo que sea la clave.

Fontaine respiró hondo y, sin apartar los ojos de ella, preguntó:

—Señorita Fletcher, si esa no es la clave, ¿por qué Tankado le dio el anillo a alguien? Si sabía que nosotros éramos los asesinos, ¿no cabría esperar que quisiera castigarnos haciéndolo desaparecer?

Una nueva voz interrumpió el diálogo:

—Perdón... ¿Director?

Todos los ojos se volvieron hacia la pantalla. Se trataba del agente Coliander, desde Sevilla. Se había inclinado sobre el hombro de Becker y hablaba directamente al micro.

—Por si le sirve de algo, no estoy seguro de que Tankado supiera que estaba siendo asesinado.

—¿Cómo dice? —preguntó Fontaine.

—Hulohot era un profesional, señor. Nosotros vimos el asesinato desde una distancia de apenas cincuenta metros. Todas las pruebas sugieren que Tankado no se dio cuenta.

—¿Pruebas? —preguntó Brinkerhoff—. ¿*Qué* pruebas? Tankado le dio el anillo a alguien. ¡Eso es prueba suficiente!

—Agente Smith —dijo Fontaine—, ¿qué le hace pensar que Ensei Tankado no se dio cuenta de que estaba siendo asesinado?

Smith se aclaró la garganta.

—Hulohot le disparó una BTN, una bala traumática no invasiva. Se trata de una especie de vaina de goma que se expande tras impactar en el pecho. Un método silencioso y muy limpio. Tankado sólo debió de sentir una intensa punzada antes de sufrir el ataque de corazón.

—Una bala de goma —musitó Becker para sí—. Eso explicaría el moretón.

—Dudo que Tankado asociara la sensación con un disparo —añadió Smith.

—Y, sin embargo, le dio el anillo a alguien —afirmó Fontaine.

—Cierto, señor, pero en ningún momento miró a su alrededor en busca de su agresor. Las víctimas *siempre* buscan a su asesino cuando reciben un disparo. Es instintivo.

Fontaine parecía desconcertado.

—¿Está diciendo que Tankado no buscó a Hulohot?

—No, señor. Lo grabamos. Si quiere...

—¡Los filtros X-11 están a punto de desaparecer! —exclamó un técnico—. ¡El gusano ya está a medio camino!

—Olvídese de la grabación —declaró Brinkerhoff—. ¡Tecleemos el maldito código de desactivación y acabemos con esto de una vez!

Jabba exhaló un suspiro. De repente era él quien parecía estar sereno.

—Director, si introducimos el código equivocado...

—Sí —lo interrumpió Susan—. Si Tankado no sospechó que estaba siendo asesinado, primero tenemos que responder algunas preguntas.

—¿Cuánto tiempo nos queda, Jabba? —preguntó Fontaine.

El jefe de Seguridad de Sistemas levantó la mirada hacia el gráfico.

—Unos veinte minutos. Sugiero que empleemos bien el tiempo.

Fontaine se quedó en silencio un largo rato. Luego suspiró sonoramente.

—De acuerdo, Smith, enséñeme esa grabación.

Capítulo 117

—El vídeo comenzará dentro de diez segundos —dijo la crepitante voz del agente Smith—. Nos saltaremos uno de cada dos fotogramas y el audio para que la transmisión se acerque lo más posible al tiempo real.

Todos los que se encontraban en el estrado permanecían a la espera en silencio y con los ojos puestos en la pantalla. Jabba tecleó algo en su terminal y reorganizó el contenido de la pantalla de video. El mensaje de Tankado aparecía en el extremo izquierdo:

AHORA SÓLO LA VERDAD LOS SALVARÁ

A la derecha se veía la imagen del interior de la furgoneta con Becker y los dos agentes apretados delante de la cámara. En el centro apareció un fotograma borroso que dio paso a unas interferencias y luego a la imagen en blanco y negro de un parque.

—¡Transmitiendo! —anunció el agente Smith.

El plano parecía sacado de una película antigua y las imágenes estaban entrecortadas como consecuencia de haber eliminado algunos fotogramas. Sin embargo, así se reducía a la mitad la cantidad de información enviada y eso facilitaba una transmisión más rápida.

La cámara hacía una panorámica de una enorme explanada cercada a un lado por una fachada semicircular: la Delegación del Gobierno. En primer plano había árboles. El parque estaba vacío.

—¡Los X-11 cayeron! —exclamó un técnico—. ¡Este monstruo tiene hambre!

Smith comenzó a narrar con el tono desapegado del agente experimentado que era.

—Esto está filmado desde la furgoneta —dijo—, a aproximadamente cincuenta metros del lugar en el que se produjo el asesinato. Tankado aparecerá por la derecha. Hulohot está a la izquierda, entre los árboles.

—El tiempo apremia —advirtió Fontaine—. Vaya al grano.

El agente Coliander presionó unos pocos botones y las imágenes se aceleraron.

Las personas que se encontraban en la sala observaron cómo su antiguo colega Ensei Tankado aparecía en el plano. El video en cámara rápida hacía que las imágenes resultaran cómicas. Tankado avanzaba por la explanada mientras parecía estar contemplando el paisaje. Luego se protegía los ojos del sol con la mano y levantaba la mirada hacia la fachada del enorme edificio.

—Ahora es cuando sucede —advirtió Smith—. Hulohot era un profesional. Disparó en cuanto tuvo en la mira al japonés.

Smith tenía razón. De repente se veía un destello entre los árboles a la izquierda de la pantalla y, un instante después, Tankado se llevaba la mano al pecho y se tambaleaba momentáneamente. Con algunas sacudidas y desenfoques, la cámara hacía zoom para acercar la imagen.

La filmación continuó avanzando a cámara rápida y Smith prosiguió su fría narración:

—Como pueden ver, un instante después Tankado sufre el ataque cardíaco.

Susan sintió que se le revolvía el estómago. Tankado se aferraba al pecho con sus manos deformes y una expresión de confusión y terror se le dibujaba en el rostro.

—Advertirán que mantiene la cabeza baja, como si se mirara a sí mismo. En ningún momento la levanta para ver si hay alguien a su alrededor —añadió Smith.

—Y ¿eso es importante? —dijo Jabba en un tono entre afirmativo e interrogativo.

—Mucho —asintió Smith—. Si Tankado hubiera sospechado un juego sucio de algún tipo, habría mirado instintivamente a su alrededor en busca del asesino. Como pueden ver, no lo hace.

En la pantalla, Tankado caía de rodillas todavía apretándose el pecho. En ningún momento levantaba la vista. A juzgar por las imágenes, Ensei Tankado estaba solo y fallecía de muerte natural.

—Lo raro —dijo Smith desconcertado— es que normalmente las balas traumáticas no matan tan rápido. A veces, si el objetivo es muy grande, ni siquiera lo hacen.

—Un corazón débil —aventuró Fontaine.

Smith enarcó las cejas impresionado.

—Una buena elección de arma, pues.

Susan observó cómo Tankado se desplomaba al suelo de costado y luego quedaba tendido bocarriba, mirando al cielo y con la mano sobre el pecho. De repente, la imagen se apartaba de él y regresaba a los árboles. Entre estos aparecía entonces un hombre con unos lentes de armazón metálico y un maletín grande en la mano. De camino al cuerpo moribundo de Tankado, que yacía en la explanada, sus dedos comenzaban a agitarse siguiendo una extraña danza silenciosa que parecía activar el mecanismo que llevaba sujeto a la mano.

—Está tecleando en su Monocle —explicó Smith—. Enviando el mensaje de que Tankado fue eliminado. —Se volvió hacia Becker y se rio entre dientes—. Parece que Hulohot tenía la mala costumbre de anunciar sus asesinatos antes de que sus víctimas hubieran muerto del todo.

Coliander aceleró un poco más la filmación mientras la cámara seguía a Hulohot de camino a su víctima. De repente, un hombre mayor salía de un jardín cercano, corría hacia Tankado y se arrodillaba a su lado. Al verlo, el asesino aminoraba el paso. Un momento después, dos personas más salían del jardín y se acercaban a la víctima: un hombre obeso y una mujer pelirroja.

—Un pésimo lugar para llevar a cabo el asesinato —dijo Smith—. Hulohot creía haber aislado a la víctima.

En la pantalla, el asesino observaba un momento la escena y luego regresaba a los árboles supuestamente a esperar.

—Ahora es cuando les da el anillo —avisó Smith—. Al principio, no nos dimos cuenta.

Susan siguió contemplando las repugnantes imágenes de la pantalla. Tankado se esforzaba por respirar e intentaba comunicar algo a los samaritanos que se habían arrodillado a su lado. Luego, presa de la desesperación, extendía la mano izquierda hasta casi golpear al hombre mayor en el rostro y mantenía su deforme apéndice ante los ojos del tipo. La cámara enfocaba entonces los tres dedos deformes del japonés y, en uno de ellos, reluciendo claramente bajo el sol español, podía verse el anillo de oro. Luego, Tankado levantaba de nuevo la mano y el hombre mayor retrocedía. El moribundo se volvía entonces hacia la mujer y extendía la mano hacia ella, como suplicándole que lo comprendiera. El anillo relucía bajo la luz del sol. La mujer apartaba la mirada. Asfixiándose, incapaz ya de emitir sonido alguno, Tankado se volvía finalmente hacia el hombre obeso y lo intentaba una última vez.

De repente, el hombre mayor se ponía de pie y salía corriendo, presumiblemente para pedir ayuda. Tankado parecía estar debilitándose, pero continuaba con la mano extendida, sosteniendo el anillo a la altura del rostro del hombre obeso. Finalmente, este lo tomaba de la muñeca y le sujetaba la mano. Tankado bajaba entonces la mirada hacia sus propios dedos y su anillo y luego volvía a mirar a los ojos del hombre. A modo de última súplica antes de morir, Ensei Tankado asentía casi imperceptiblemente al hombre, como diciéndole que *sí*.

Y, finalmente, expiraba.

—Dios mío —dijo Jabba con un gemido.

La imagen se desplazaba entonces hacia el lugar en el que se ocultaba Hulohot. El asesino había desaparecido. En ese momento aparecía una moto patrulla y la cámara regresaba al lugar en que yacía el cuerpo de Tankado. Al oír la sirena de la policía, la mujer que estaba arrodillada a su lado miraba a su alrededor con nerviosismo y comenzaba a jalar a su obeso acompañante suplicándole que se fueran, cosa que hacían a toda velocidad.

La cámara enfocaba entonces a Tankado, que permanecía tendido en el suelo con las manos sobre su pecho sin vida. El anillo que anteriormente llevaba en el dedo ya no estaba.

Capítulo 118

—Es la prueba —dijo Fontaine con decisión—. Tankado se deshizo del anillo. Quería alejarlo de él tanto como fuera posible para impedir que lo encontráramos.

—Pero eso no tiene sentido, director —repuso Susan—. Si Tankado no era consciente de que le habían disparado, ¿por qué querría deshacerse del código de desactivación?

—Estoy de acuerdo —convino Jabba—. El tipo era un rebelde, pero un rebelde con conciencia. Obligarnos a revelar la existencia de TRANSLTR es una cosa, sacar a la luz nuestro banco de datos clasificado, otra muy distinta.

Fontaine se les quedó mirando con escepticismo.

—¿Creen que Tankado *quería* detener ese gusano? ¿Creen que sus últimos pensamientos al morir estuvieron dedicados a la NSA?

—¡El bloqueador de conexiones de túnel está desapareciendo! —exclamó un técnico—. ¡Vulnerabilidad plena dentro de quince minutos como máximo!

—Escúchenme bien —declaró el director, tomando el control de la situación—. Dentro de quince minutos, cualquier país del mundo dispondrá de la información necesaria para construir un misil balístico intercontinental. Si alguien en esta sala tiene un mejor candidato para ser el código de desactivación que la inscripción de ese anillo, soy todo oídos. —Fontaine esperó. Nadie dijo nada. Se volvió hacia Jabba y lo miró a los ojos—. Tankado se deshizo de ese anillo por algo, Jabba. Da igual si estaba intentando ocultarlo o si pensó que el tipo gordo iría corriendo a una cabina para llamarnos. Tomé la decisión. Vamos a introducir esa cita. Ahora.

El jefe de Seguridad de Sistemas respiró hondo. Sabía que Fontaine tenía razón. No había ninguna otra opción. El tiempo estaba agotándose. Se sentó.

—De acuerdo..., hagámoslo. —Se acercó al teclado—. ¿Señor Becker? La inscripción, por favor. Deletréemela con calma.

David Becker leyó la inscripción y Jabba la tecleó. Cuando terminaron, comprobaron que no hubieran cometido ningún error y omitieron todos los espacios. En el panel central de la pantalla de la pared, cerca de la parte superior, podían leerse las letras:

QUISCUSTODIETIPSOSCUSTODES

—No me gusta —murmuró Susan en voz baja—. No es nada pulcro.

Jabba titubeó con el dedo índice sobre la tecla «Intro».

—Hágalo —le ordenó Fontaine.

El jefe de Seguridad de Sistemas presionó la tecla. Segundos después, toda la sala supo que había sido una equivocación.

Capítulo 119

—¡Está acelerando! —exclamó Soshi desde el fondo de la sala de control—. ¡No es el código correcto!

Todos enmudecieron horrorizados.

En la pantalla apareció un mensaje:

CÓDIGO INCORRECTO. SÓLO CAMPOS NUMÉRICOS

—¡Maldita sea! —exclamó Jabba—. ¡*Sólo* numéricos! ¡El código de desactivación es un maldito número! ¡Estamos jodidos! ¡El anillo no sirve para nada!

—¡El gusano dobló su velocidad! —informó Soshi—. ¡Nos penalizó el intento!

En el centro de la pantalla, justo debajo del mensaje de error, el gráfico mostró una imagen aterradora. Al caer el tercer cortafuegos, la aproximadamente media docena de líneas negras que representaban a los acechantes hackers seguía avanzando de forma implacable en dirección al núcleo. A cada segundo aparecía una nueva línea.

—¡Cada vez son más! —exclamó Soshi.

—¡También nos atacan desde el extranjero! —dijo otro técnico—. ¡Se corrió la voz!

Susan apartó los ojos de la imagen de los cortafuegos desintegrándose y posó la mirada en la pantalla lateral. La filmación del asesinato de Ensei Tankado seguía mostrándose en bucle. Eran las mismas imágenes de antes: Tankado llevándose las manos al pecho, desplomándose y, con una expresión de pánico, ofreciéndole su anillo a un grupo de turistas ajenos a todo ese asunto. «No tiene sentido —pensó—. Si no sabía que le habíamos disparado... —A Susan no se le ocurría nada. Era demasiado tarde—. Se nos escapó algo.»

En el gráfico, el número de hackers que estaba intentando acceder al banco de datos se había multiplicado en los últimos minutos. Y seguiría creciendo de forma exponencial. Al igual que las hienas, los piratas informáticos eran una gran familia siempre dispuesta a difundir la noticia de una nueva presa.

Leland Fontaine ya había visto suficiente.

—¡Apáguenlo! —exclamó—. ¡Apáguenlo todo!

Jabba mantuvo la mirada al frente como el capitán de un barco que estuviera yéndose a pique.

—Demasiado tarde, señor. Perdimos el control.

Capítulo 120

El jefe de Seguridad de Sistemas de ciento ochenta kilos permanecía inmóvil con las manos en la cabeza y una expresión de incredulidad. Había ordenado que comenzaran a desconectar todo el sistema, pero el apagado completo tendría lugar veinte minutos tarde. Durante ese tiempo, tiburones con módems de alta velocidad podrían descargar ingentes cantidades de información clasificada.

Jabba se despertó de su pesadilla cuando Soshi subió al estrado con una nueva hoja impresa.

—¡Encontré algo! —dijo con excitación—. ¡Huérfanas en el código fuente! ¡Por todas partes hay pequeñas agrupaciones de letras sueltas!

Él permaneció inmutable.

—¡Estamos buscando números, maldita sea, no letras! ¡El código que buscamos es un *número*!

—¡Pero hay huérfanas! Tankado era demasiado bueno para dejar huérfanas, y menos todavía esta cantidad.

El término «huérfanas» hacía referencia a las líneas extras de programación que no servían en modo alguno al propósito del programa. No alimentaban nada, no se referían a nada, no conducían a nada, y normalmente se eliminaban durante el proceso final de depuración y compilación.

Jabba tomó la hoja y la estudió.

Fontaine permanecía en silencio.

Susan echó un vistazo por encima del hombro de Jabba.

—¿Estamos siendo atacados por un *borrador* del gusano de Tankado?

—Borrador o no —respondió Jabba—, nos está destrozando.

—No me lo trago —declaró ella—. Tankado era un perfeccionista, y lo sabe. Es imposible que dejara imperfecciones en su programa.

—¡Hay montones! —exclamó Soshi. Le quitó la hoja a Jabba de las manos y se la dio a Susan—. ¡Mire!

Ella asintió. Efectivamente, aproximadamente cada veinte líneas de programación, había cuatro caracteres flotantes. Susan los examinó.

PACE

SAIN

RDIL

—Agrupamientos alfabéticos de cuatro bits —señaló desconcertada—. Desde luego, no forman parte de la programación.

—Déjelo así —dijo Jabba con un gruñido—. Está agarrándose a un clavo ardiendo.

—Puede que no —repuso Susan—. Muchos códigos suelen usar agrupaciones de cuatro bits. Podría tratarse de uno.

—Sí —se burló Jabba—. Dice: «Ja, ja, ja. Van a sufrir las consecuencias». —Y, levantando la mirada hacia el gráfico, añadió—: Dentro de aproximadamente nueve minutos.

Susan lo ignoró y se volvió hacia Soshi.

—¿Cuántas huérfanas hay?

La técnica se encogió de hombros y, tras sentarse ante el terminal de Jabba, tecleó todas las agrupaciones. Cuando terminó, se apartó de la computadora. Toda la gente que había en el estrado se quedó mirando la pantalla.

PACE SAIN RDIL RBRA IIAE ELOG MFEM SESA
AENE PSHS ERTN ODIA SERT NEMK LNEO SHAI

Susan era la única que sonreía.

—Sin duda, resulta familiar —dijo—. Agrupaciones de cuatro caracteres, igual que Enigma.

El director asintió. Enigma era la máquina de escritura de códigos más famosa de la historia, la bestia de doce toneladas que usaban los nazis. Encriptaba en agrupaciones de cuatro caracteres.

—Genial —protestó—. No tendrá una por aquí, ¿verdad?

—¡Eso es lo de menos! —dijo Susan volviendo en sí. Esa era su especialidad—. La cuestión es que se trata de un código. ¡Tankado nos dejó una pista! Está burlándose de nosotros, desafiándonos a averiguar a tiempo la clave de acceso. Nos dejó un rastro de pistas.

—Absurdo —intervino Jabba—. Tankado sólo nos ha ofrecido una posibilidad: revelar la existencia de TRANSLTR. Eso es todo. Esa era nuestra vía de escape, y la desaprovechamos.

—Estoy de acuerdo con él —dijo Fontaine—. Dudo que Tankado se arriesgara a darnos pistas del código de desactivación.

Susan asintió débilmente, pero recordaba que el japonés también había usado el obvio truco de NDAKOTA. Se quedó mirando las letras preguntándose si ese no sería otro de sus juegos.

—¡El bloqueador de conexiones de túnel está a punto de desaparecer! —avisó un técnico.

En el gráfico, una multitud de líneas negras se acercó todavía más a los dos escudos restantes.

David llevaba unos minutos en silencio, observando el drama que estaba desarrollándose en la sala de control a través del monitor que tenía ante sí.

—¿Susan? —dijo entonces—. Se me ocurrió una cosa: ¿el texto ese está formado por dieciséis agrupamientos de cuatro?

—Oh, por el amor de Dios... —exclamó en voz baja Jabba—. ¿Ahora todo el mundo quiere jugar?

Susan lo ignoró y contó los agrupamientos.

—Sí. Dieciséis.

—Omite los espacios —dijo Becker con firmeza.

—David —dijo ella ligeramente avergonzada—. Creo que no lo entiendes. Los agrupamientos de cuatro son...

—Omite los espacios —repitió él.

Susan dudó por un momento y luego le hizo una seña con la cabeza a Soshi. Esta quitó los espacios de inmediato. El resultado no era mucho más aclaratorio.

PACESAINRDILRBRAIIAEELOGMFEMSESAAENEPSHSERTNODIASERT-
NEMKLNEOSHAI

—¡YA BASTA! —estalló Jabba—. ¡Se acabaron los juegos! ¡El gusano va el doble de rápido! ¡Nos quedan unos ocho minutos! ¡Tenemos que buscar un *número*, no un puñado de letras sin sentido!

—Cuatro por dieciséis —dijo David sin perder la calma—. Haz la multiplicación, Susan.

Ella se quedó mirando su imagen en la pantalla. «¿Que haga la multiplicación? ¡Qué mal se le dan las matemáticas!» Sabía que David podía memorizar conjugaciones verbales y vocabulario como si fuera una fotocopiadora. Las matemáticas, en cambio...

—Tablas de multiplicar —dijo Becker.

«¿Tablas de multiplicar? —se preguntó Susan—. ¿De qué está hablando?»

—Cuatro por dieciséis —repitió el profesor—. En cuarto tuve que aprender las tablas de multiplicar.

Susan pensó en la típica tabla de multiplicar escolar. «Cuatro por dieciséis.»

—Sesenta y cuatro —dijo inexpresivamente—. ¿Y?

David se inclinó hacia la cámara y su rostro ocupó toda la pantalla.

—Sesenta y cuatro letras...

Susan asintió.

—Sí, pero son... —De repente se quedó callada.

—Sesenta y cuatro letras —repitió él.

La criptógrafa dejó escapar un grito ahogado.

—¡Oh, Dios mío! ¡Eres un genio, David!

Capítulo 121

—¡Siete minutos! —advirtió un técnico.

—¡Ocho hileras de ocho! —exclamó Susan excitada.

Soshi tecleó. Fontaine observaba en silencio. En el gráfico, el penúltimo escudo era cada vez más fino.

—¡Sesenta y cuatro letras! —Susan había tomado el control de la situación—. ¡Es un cuadrado perfecto!

—¿Un cuadrado perfecto? —preguntó Jabba—. ¿Y *qué*?

Diez segundos después, Soshi ya había reorganizado las letras aparentemente aleatorias en la pantalla. Ahora formaban ocho hileras de ocho letras. Jabba las miró y alzó las manos desesperado. La nueva disposición no parecía mucho más reveladora que la original.

P	A	C	E	S	A	I	N
R	D	I	L	R	B	R	A
I	I	A	E	E	L	O	G
M	F	E	M	S	E	S	A
A	E	N	E	P	S	H	S
E	R	T	N	O	D	I	A
S	E	R	T	N	E	M	K
L	N	E	O	S	H	A	I

—Tan claro como el agua —dijo Jabba con un gruñido.

—Explíquese, señorita Fletcher —le pidió Fontaine.

Todos los ojos se volvieron hacia ella.

La criptógrafa seguía estudiando atentamente el bloque de texto. Poco después, comenzó a asentir y finalmente se dibujó una amplia sonrisa en su rostro.

—¡Que me parta un rayo, David!

Todas las personas que estaban en el estrado intercambiaron miradas de desconcierto.

David le guiñó un ojo a la diminuta imagen de Susan que había en la pantalla que tenía delante.

—Sesenta y cuatro letras. Julio César ataca de nuevo.

Midge parecía perdida.

—¿De qué están hablando?

—Se trata de un cifrado César —dijo Susan radiante—. Lea el texto de arriba abajo. Tankado está enviándonos un mensaje.

Capítulo 122

—¡Seis minutos! —exclamó un técnico.

—¡Léalo de arriba abajo y reescríbalo en horizontal! —le ordenó Susan a Soshi.

Esta se apresuró a reescribir el texto.

—Julio César enviaba códigos de este modo —explicó Susan—. ¡El total de letras de sus mensajes siempre formaba un cuadrado perfecto!

—¡Hecho! —dijo Soshi.

Todos se quedaron mirando la línea de texto recién reordenado que había en la pantalla.

—Otro galimatías —se burló Jabba, mostrando su desaprobación—. Fíjense, no es más que una sucesión aleatoria de... —De repente, las palabras se le quedaron atascadas en la garganta y abrió unos ojos como platos—. Oh, Dios mío...

Fontaine también lo había visto. Enarcó las cejas claramente impresionado.

—¡Madre de Dios! —exclamaron Midge y Brinkerhoff al unísono.

La línea de texto de sesenta y cuatro letras rezaba ahora lo siguiente:

PRIMAESLADIFERENCIAENTREELEMENTOSRESPONSABLES
DEHIROSHIMANAGASAKI

—Añada los espacios —ordenó Susan—. Tenemos que resolver un acertijo.

Capítulo 123

Un técnico de rostro ceniciento corrió hacia el estrado:

—¡Los bloqueadores de conexiones de túnel están a punto de desaparecer!

Jabba levantó la mirada hacia el gráfico de la pantalla. Los atacantes seguían adelante y estaban a punto de asaltar el quinto y último muro. El banco de datos pendía de un hilo.

Susan se abstrajo del caos que había a su alrededor leyendo el extraño mensaje de Tankado una y otra vez:

PRIMA ES LA DIFERENCIA ENTRE ELEMENTOS
RESPONSABLES DE HIROSHIMA NAGASAKI

—¡Ni siquiera es una pregunta! —exclamó Brinkerhoff—. ¿Cómo va a tener una respuesta?

—Necesitamos un número —recordó Jabba—. El código de desactivación es *numérico*.

—Silencio —pidió Fontaine en tono tranquilo, y luego, volviéndose hacia Susan—: Señorita Fletcher, usted nos trajo hasta aquí. ¿Qué opina de la frase?

Ella respiró hondo.

—Los campos para introducir el código sólo aceptan caracteres numéricos. Mi suposición es que la frase es una pista de algún tipo sobre cuáles son esos números. El texto menciona Hiroshima y Nagasaki, las dos ciudades que fueron atacadas con bombas atómicas. Puede que el código que buscamos esté relacionado con el número de víctimas, o sea una estimación en dólares de los daños sufridos... —Se detuvo un momento y releyó la frase—. La palabra «diferencia» parece importante. La diferencia entre Nagasaki e Hiroshima. Al parecer, Tankado opinaba que ambos incidentes diferían de algún modo.

La expresión de Fontaine no cambió. No obstante, su esperanza estaba desapareciendo con rapidez. Al parecer, había que analizar y comparar el trasfondo político de las dos bombas más devastadoras de la historia para poder así obtener un número mágico... en los próximos cinco minutos.

Capítulo 124

—¡El último escudo está bajo ataque!

En el gráfico, el programa de autorización PEM había comenzado a mermar. Una multitud de líneas negras rodearon el último escudo protector y comenzaron a taladrarlo para llegar al núcleo.

Los hackers atacantes procedían ahora de todo el mundo. A cada minuto, el número prácticamente se doblaba. En breve, cualquier persona que contara con una computadora —espías extranjeros, radicales, terroristas— tendría acceso a toda la información clasificada del gobierno de Estados Unidos

Mientras los técnicos intentaban en vano apagar el sistema, el grupo de personas reunido en el estrado seguía estudiando el mensaje. Incluso David y los dos agentes de la NSA estaban tratando de descifrar el código desde la furgoneta estacionada en España.

PRIMA ES LA DIFERENCIA ENTRE ELEMENTOS
RESPONSABLES DE HIROSHIMA NAGASAKI

—Elementos responsables de Hiroshima y Nagasaki... —caviló en voz alta Soshi—. ¿Pearl Harbor? La negativa de Hirohito a....

—Necesitamos un *número*, no teorías políticas —insistió Jabba—. ¡Estamos hablando de matemáticas, no de historia!

Soshi se quedó callada.

—¿Cargas explosivas? —aventuró Brinkerhoff—. ¿Número de víctimas? ¿Tal vez daños en dólares?

—Tenemos que encontrar una cifra exacta —dijo Susan—. Las estimaciones de daños, por ejemplo, varían. —Y volvió a leer el mensaje—: «Elementos responsables...».

A más de seis mil kilómetros de allí, David Becker abrió unos ojos como platos.

—¡Elementos! —exclamó—. ¡Estamos hablando de matemáticas, no de historia!

Todas las cabezas se volvieron hacia la pantalla que emitía la transmisión vía satélite.

—Es un juego de palabras —prosiguió él—. ¡La palabra «elementos» tiene múltiples significados!

—Explíquese, señor Becker —pidió Fontaine.

—¡El texto se refiere a elementos *químicos*, no sociopolíticos!

El anuncio de Becker se encontró con miradas de confusión.

—¡Elementos! —repitió—. ¡La tabla periódica! ¡Elementos *químicos*! ¿Ninguno de ustedes ha visto la película *Creadores de sombras* sobre el Proyecto Manhattan? Las dos bombas atómicas no eran iguales. Usaban distintos productos radiactivos, es decir, ¡distintos *elementos*!

—¡Sí! —dijo Soshi aplaudiendo—. ¡Tiene razón! ¡Lo leí! ¡Las dos bombas eran distintas! ¡Una era de uranio y la otra de plutonio! ¡Dos elementos diferentes!

En la sala se hizo el silencio.

—¡Uranio y plutonio! —exclamó Jabba repentinamente esperanzado—. ¡En el texto se pregunta por la diferencia entre los dos elementos! —Se volvió hacia su ejército de trabajadores—. ¡La diferencia entre el uranio y el plutonio! ¿Quién sabe cuál es?

Expresiones en blanco por todas partes.

—¡Vamos! —dijo Jabba—. ¿Es que nadie fue a la universidad? ¡Alguien! ¡Cualquiera! ¡Necesito saber la diferencia entre el uranio y el plutonio!

Ninguna respuesta.

Susan se volvió hacia Soshi.

—Necesito acceder a internet. ¿Esta computadora tiene instalado algún navegador?

La técnica asintió.

—Netscape. El mejor.

Susan la tomó de la mano.

—Perfecto. Vamos a navegar por la red.

Capítulo 125

—¿Cuánto tiempo nos queda? —preguntó Jabba desde el estrado.

Ningún técnico dijo nada. Estaban todos inmóviles y con los ojos puestos en el gráfico. El último escudo era cada vez más peligrosamente fino.

Cerca de ahí, Susan y Soshi examinaban los resultados de su búsqueda.

—¿Outlaw Labs? —preguntó Susan—. ¿Quiénes son?

La técnica se encogió de hombros.

—¿Quiere que abra el enlace?

—Adelante —dijo ella—. Seiscientas cuarenta y siete referencias a uranio, plutonio y bombas atómicas. Parece nuestra mejor opción.

Soshi abrió el enlace. Apareció un texto de declaración de no responsabilidad.

> La información contenida en este archivo es para uso estrictamente académico. Todo aquel que intente construir alguno de los dispositivos descritos corre el peligro de sufrir contaminación radiactiva y/o explosiones accidentales.

—¿Explosiones accidentales? —exclamó la técnica—. ¡Dios mío!

—Siga adelante —ordenó Fontaine asomándose por encima de su hombro—. Veamos qué se dice en la página.

Soshi abrió el documento y comenzó a leerlo. Se mencionaba el nitrato de urea, un explosivo diez veces más poderoso que la dinamita. Ofrecían la información al respecto como si fuera una receta para preparar galletitas de mantequilla.

—Plutonio y uranio —repitió Jabba—. No nos desviemos del tema.

—Vuelva atrás —pidió Susan—. El documento es demasiado grande. Echemos un vistazo al índice.

Soshi retrocedió hasta que lo encontró.

I. Mecanismo de una bomba atómica
   A) Altímetro
   B) Detonador
   C) Cabezas detonadoras
   D) Cargas explosivas
   E) Deflector de neutrones
   F) Uranio y plutonio
   G) Escudo de plomo
   H) Espoletas
II. Fisión nuclear/Fusión nuclear
   A) Fisión (Bomba A) y Fusión (Bomba H)
   B) U-235, U-238 y plutonio
III. Historia de las armas atómicas
   A) Desarrollo (el Proyecto Manhattan)
   B) Detonación
      1) Hiroshima
      2) Nagasaki
      3) Consecuencias de las detonaciones atómicas
      4) Zonas de las explosiones

—¡Sección dos! —exclamó Susan—. ¡Uranio y plutonio! ¡Vamos!

Todo el mundo esperó mientras Soshi encontraba la sección.

—Aquí está —dijo—. Un momento. —Examinó rápidamente el texto—. Aquí hay mucha información. Toda una tabla. ¿Cómo sabremos cuál es la diferencia que estamos buscando? Un elemento es natural y el otro artificial. El plutonio fue descubierto por...

—Un *número* —recordó Jabba—. Necesitamos un *número*.

Susan volvió a leer el mensaje de Tankado. «"Prima es la diferencia entre elementos..." "Diferencia entre..." Necesitamos un número...»

—¡Un momento! —dijo—. La palabra «diferencia» tiene múltiples significados. Necesitamos un número, de modo que estamos hablando de *matemáticas*. Es otro de los juegos de palabras de Tankado. «Diferencia» también significa sustracción.

—¡Sí! —afirmó Becker desde la pantalla—. ¿Es posible que los elementos tengan un número distinto de protones o algo así? Si se sustrae...

—¡Tiene razón! —exclamó de pronto Jabba volviéndose hacia su asistente—. ¿Hay algún número en la tabla esa? Recuentos de protones, período de semidesintegración, cualquier cosa que podamos sustraer...

—¡Tres minutos! —avisó un técnico.

—¿Y la masa supercrítica? —aventuró Soshi—. Aquí dice que la masa supercrítica del plutonio es de 15,9 kilos.

—¡Sí! —exclamó Jabba—. ¡Mira la del uranio! ¿Cuál es la masa supercrítica del uranio?

Soshi la buscó.

—Pues... 49,8 kilos.

—¿49,8? —dijo Jabba esperanzado—. ¿Cuánto es 49,8 menos 15,9?

—33,9 —respondió Susan—. Pero no creo que...

—Apártese —dijo Jabba, abriéndose paso hacia el teclado—. ¡Tiene que tratarse del código de desactivación! ¡La diferencia entre sus masas críticas! ¡33,9!

—Un momento —indicó Susan, mirando la tabla por encima del hombro de Soshi—. Aquí hay más cosas. Pesos atómicos. Recuentos de neutrones. Técnicas de extracción. El uranio se divide en bario y criptón; el plutonio hace otra cosa. El uranio tiene noventa y dos protones y ciento cuarenta y seis neutrones, pero...

—Necesitamos la diferencia más *obvia* —intervino de repente Midge—. El mensaje se refiere a la «diferencia primaria entre los elementos».

—En realidad —la interrumpió David—, el mensaje dice «prima» no «primaria».

Esa palabra golpeó a Susan como un mazazo.

—*¡Prima!* —exclamó—. ¡Prima! —Se volvió hacia Jabba—. ¡El código de desactivación es un número primo! ¡Piénselo! ¡Tiene todo el sentido del mundo!

Jabba supo al instante que Susan estaba en lo cierto. Ensei Tankado había construido toda su carrera a partir de los números primos. Estos eran los elementos esenciales de todos los algoritmos de encriptación: valores únicos divisibles sólo por uno y por sí mismos. Resultaban útiles para la escritura de códigos porque las computadoras no podían adivinarlos mediante el típico árbol de factores.

—¡Sí! ¡Es perfecto! —intervino Soshi—. ¡Los números primos son esenciales en la cultura japonesa! Los haikus los usan. Tres versos de cinco, siete y cinco sílabas cada uno. Todo ellos primos. Y todos los templos de Kioto tienen...

—¡Ya basta! —exclamó Jabba—. ¿Qué más da que el código sea un número primo? ¡Las posibilidades son infinitas!

Susan sabía que Jabba tenía razón. La serie de números primos era infinita, siempre se podía ir más allá y encontrar otro. Entre cero y un millón, había más de setenta mil posibilidades. Todo dependía de lo grande que fuera el número que Tankado hubiera decidido utilizar. Cuanto mayor fuera, más difícil sería de averiguar.

—Será enorme —dijo Jabba con un gruñido—. Seguro que Tankado escogió un número gigantesco.

—¡Dos minutos! —se oyó desde el fondo de la sala.

Jabba levantó la mirada hacia el gráfico. El escudo final estaba comenzando a caer. Los técnicos no dejaban de correr de un lado para otro.

Aun así, algo le decía a Susan que estaban cerca.

—¡Podemos hacerlo! —declaró la criptógrafa, tomando el control de la situación—. De todas las diferencias entre el uranio y el plutonio, apuesto lo que sea a que sólo una puede ser representada mediante un número *primo*. Esa es la pista fundamental. ¡El número que tenemos que encontrar es primo!

Jabba miró la tabla de uranio/plutonio que mostraba el monitor y alzó los brazos en señal de derrota.

—¡Aquí debe de haber cientos de datos! ¡Es imposible que podamos sustraerlos todos en busca del número que necesitamos!

—Muchos de los datos no son numéricos —apuntó Susan—. Esos podemos ignorarlos. El uranio es natural, el plutonio artificial. El uranio usa un ensamblaje de cañón y el plutonio de implosión. ¡Nada de eso es numérico, de modo que es irrelevante!

—¡Hagámoslo! —dijo Fontaine.

En el gráfico, el último escudo apenas tenía el grosor de una cáscara de huevo.

Jabba se secó el sudor de la frente.

—Está bien, que sea lo que Dios quiera. Comencemos a sustraer. Yo me encargaré de la parte superior. Susan, usted de la central. Todos los demás, repártanse el resto. Tenemos que encontrar una diferencia que sea un número primo.

Al cabo de unos segundos tuvieron claro que nunca lo lograrían. Los números eran enormes y, en muchos casos, las unidades ni siquiera concordaban.

—Esto es como comparar manzanas con naranjas —dijo Jabba—. Tenemos rayos gamma y pulso electromagnético. Fisionable y no fisionable. Una cosa es pura. Otra porcentual. ¡Esto es un caos!

—Ha de estar aquí —insistió Susan con firmeza—. Tenemos que pensar. ¡Hay una diferencia entre el plutonio y el uranio que se nos está escapando! ¡Algo simple!

—Esto... —comenzó a decir Soshi. Había abierto una segunda ventana y estaba examinando el resto del documento de Outlaw Labs.

—¿Qué sucede? —preguntó Fontaine—. ¿Encontró alguna cosa?

—Algo así —dijo la técnica en un tono intranquilo—. ¿Saben que dije que la bomba de Nagasaki era de plutonio?

—Sí —contestaron todos al unísono.

—Bueno... —Soshi respiró hondo—. Parece que cometí un error.

—¡¿Qué?! —exclamó Jabba, atragantándose—. ¿Hemos estado buscando un dato equivocado?

Su asistente señaló la pantalla. Los demás la rodearon y leyeron el texto:

> ... es común la idea errónea de que la bomba de Nagasaki era de plutonio. En realidad, empleaba uranio, como su bomba hermana de Hiroshima.

—P-pero... —tartamudeó Susan—. Si el elemento de ambas bombas es el uranio, ¿qué diferencia se supone que podemos encontrar?

—Tal vez Tankado cometió un error —aventuró Fontaine—. Puede que no supiera que ambas bombas emplearon el mismo elemento.

—No —suspiró Susan—. Se quedó lisiado por culpa de esas bombas. Conocía los hechos a la perfección.

Capítulo 126

—¡Un minuto!

Jabba miró el gráfico.

—La autorización PEM está cayendo con rapidez. Es la última línea de defensa. Y una muchedumbre aguarda a la puerta.

—¡Concentrémonos! —ordenó Fontaine.

Soshi siguió leyendo en voz alta el documento.

> ... la bomba de Nagasaki no usaba plutonio, sino un isótopo de uranio 238 saturado de neutrones y creado artificialmente.

—¡Maldita sea! —protestó Brinkerhoff—. Ambas bombas empleaban uranio. El elemento responsable de Hiroshima y Nagasaki es el mismo. ¡No hay ninguna diferencia!

—Estamos muertos —se lamentó Midge.

—Un momento —dijo Susan—. Vuelva a leer esa última parte, Soshi.

Ella repitió el texto:

—«... un isótopo de uranio 238 saturado de neutrones y creado artificialmente.»

—¡238! —exclamó Susan—. ¿No leímos algo antes acerca de que la bomba de Hiroshima utilizaba otro isótopo de uranio?

Todos intercambiaron miradas de confusión. Soshi se apresuró a buscar el fragmento anterior en el documento.

—¡Sí! ¡Aquí dice que la bomba de Hiroshima utilizó un isótopo de uranio diferente!

Midge dejó escapar un grito ahogado.

—¡Ambas usaban uranio, pero de un tipo distinto!

—¿Ambas uranio? —Jabba se abrió paso entre la gente que se agolpaba alrededor del monitor y examinó el párrafo—. ¡Manzanas y manzanas! ¡Perfecto!

Soshi repasó el documento.

—Un momento..., estoy mirando... De acuerdo...

—¡Cuarenta y cinco segundos! —exclamó una voz.

Susan levantó la mirada. El escudo final era prácticamente invisible.

—¡Aquí está! —exclamó Soshi.

—¡Léelo! —Jabba estaba sudando profusamente—. ¿Cuál es la diferencia? ¡Tiene que haber una diferencia entre ambas!

—¡Sí! —Soshi señaló el monitor—. ¡Miren!

> ... en las dos bombas se emplearon dos elementos distintos [...] con características químicas absolutamente idénticas. Mediante una extracción química convencional no pueden separarse los dos isótopos. Son perfectamente idénticos salvo una mínima diferencia de peso.

—¡El peso atómico! —dijo Jabba excitado—. ¡Eso es! ¡La única diferencia son sus pesos! ¡Esa es la clave! ¡Dime sus pesos! ¡Los sustraeremos!

—Un momento —pidió ella mientras seguía examinando el documento—. ¡Ya casi llego! *¡Sí!*

Todos miraron el texto.

> ... mínima diferencia de peso...
> ... difusión gaseosa para separarlos...
> ...10,032498×10^134encomparacióncon19,39484×10^23*

—¡Ahí están! —exclamó Jabba—. ¡Eso es! ¡Esos son los pesos!

—¡Treinta segundos!

—Adelante —susurró Fontaine—. Haga la sustracción. Rápido.

Jabba tomó su calculadora y comenzó a introducir las cifras.

—¿Qué quiere decir el asterisco? —preguntó Susan—. ¡Hay un asterisco detrás de los números!

Jabba la ignoró y siguió presionando frenéticamente las teclas de su calculadora.

—¡Ve con cuidado! —lo avisó Soshi—. Necesitamos una cifra *exacta*.

—El asterisco —repitió Susan—. Hay una nota a pie de página.

Soshi se dirigió al final del documento.

Susan leyó la nota y palideció de golpe.

—¡Oh, Dios mío...!

Jabba levantó la mirada.

—¿Qué sucede?

Todos se inclinaron hacia delante y luego exhalaron al unísono un suspiro de derrota. La diminuta nota a pie de página rezaba lo siguiente:

* Margen de error del 12 %. Las cifras publicadas varían de un laboratorio a otro.

Capítulo 127

Se hizo un repentino y reverente silencio entre el grupo de gente que se encontraba en el estrado. Era como si estuvieran contemplando un eclipse o la erupción de un volcán, una increíble cadena de acontecimientos sobre los que no tenían control alguno. El tiempo pareció frenarse hasta casi detenerse.

—¡Estamos perdiendo el escudo! —exclamó un técnico—. ¡Las conexiones entrantes están a punto de alcanzar el banco de datos!

En la ventana del extremo izquierdo de la pantalla, David y los agentes Smith y Coliander miraban su cámara inexpresivamente. En el gráfico, el último cortafuegos era prácticamente invisible. Una negrura lo rodeaba: cientos y cientos de líneas a la espera de entrar. A la derecha se encontraba Tankado. Las imágenes entrecortadas de sus últimos momentos seguían proyectándose en un bucle infinito: ahí estaban otra vez su expresión de desesperación, la mano extendida, el anillo reluciendo bajo el sol.

Susan volvió a mirar la filmación y se fijó en los ojos del japonés. Parecían estar colmados de arrepentimiento. «Nunca quiso llegar tan lejos —se dijo—. Quería salvarnos.» Y, sin embargo, una y otra vez extendía la mano hacia delante, ofreciéndoles el anillo a los desconocidos que se habían arrodillado a su lado. Intentaba asimismo decirles algo, pero no podía. Se limitaba a agitar el anillo ante sus rostros.

En Sevilla, la mente de Becker seguía en ebullición.

—¿Qué dos isótopos dijeron que eran? ¿U-238 y U...? —Suspiró sonoramente. Qué más daba. Era profesor de lengua, no físico.

—¡Líneas entrantes preparándose para la autenticación!

—¡Dios mío! —exclamó Jabba—. ¿En qué se diferencian esos dos malditos isótopos?... ¿Es que nadie lo sabe? —No hubo ninguna respuesta. Los técnicos que había en la sala permanecían absortos observando el gráfico. El jefe de Seguridad de Sistemas se volvió hacia el monitor y alzó los brazos en señal de frustración—. ¿Dónde están los físicos nucleares cuando se les necesita?

Susan seguían mirando la transmisión en QuickTime en la pantalla de la pared. En cámara lenta, Tankado moría una y otra vez. Intentaba hablar y extendía la mano deforme como si quisiera comunicar algo. «Estaba tratando de salvar el banco de datos —se dijo—. Pero nunca sabremos cómo.»

—¡Los atacantes están a las puertas!

Jabba se quedó mirando la pantalla.

—¡Estamos perdidos! —El sudor corría por su rostro.

En la pantalla del centro, el vestigio final del último cortafuegos estaba a punto de desaparecer. La multitud negra de líneas que rodeaban el núcleo era completamente opaca y palpitante. Midge apartó la vista. Fontaine permanecía inmóvil, con los ojos al frente. Brinkerhoff parecía a punto de desvanecerse.

—*¡Diez segundos!*

Susan seguía con los ojos puestos en las imágenes de Tankado. Percibía su desesperación. Su arrepentimiento. El japonés extendía una y otra vez la mano con el anillo reluciente y los dedos deformes arqueados ante el rostro de los desconocidos. «Está diciéndoles algo. ¿Qué?»

En la pantalla de la izquierda, David parecía absorto en sus pensamientos.

—Diferencia... —seguía diciendo para sí—. Una diferencia entre U-238 y U-235. Tiene que haber algo simple.

Un técnico comenzó una cuenta atrás:

—*¡Cinco! ¡Cuatro! ¡Tres!*

La palabra llegó a España en menos de una décima de segundo: «*Tres... tres...*».

Fue como si hubieran vuelto a dispararle con la pistola paralizante. El mundo se detuvo. «Tres... tres... tres... ¡238 menos 235! ¡La diferencia es tres!» A cámara lenta, extendió la mano hacia el micrófono.

En ese mismo momento, Susan seguía contemplando la mano extendida de Tankado y, de repente, dejó de prestar atención al anillo de oro y su inscripción y se fijó en la carne que había debajo. Los dedos. *Tres* dedos. Lo importante no era el anillo, sino los dedos. Tankado no estaba intentando decirles nada a esos desconocidos, sino enseñándoselo. Estaba contándoles su secreto, revelándoles el código de desactivación; suplicando que alguien lo comprendiera, rezando para que su secreto llegara a la NSA a tiempo.

—Tres —susurró Susan anonadada.

—*¡Tres!* —exclamó David desde España.

Pero en medio del caos nadie pareció oírlos.

—*¡El escudo cayó!* —exclamó un técnico.

El gráfico comenzó a parpadear salvajemente cuando el núcleo sucumbió al diluvio. Comenzaron a sonar sirenas.

—*¡Fuga de datos!*

—*¡Conexiones de alta velocidad en todos los sectores!*

Susan empezó a moverse como si estuviera en un sueño. Se volvió hacia el teclado de Jabba con la mirada puesta en la imagen en la pantalla de su prometido, David Becker, cuya voz resonaba justo en ese instante por los altavoces de la sala:

—*¡Tres! ¡La diferencia entre 238 y 235 es tres!*

Toda la gente que se encontraba en la sala levantó la mirada.

—*¡Tres!* —exclamó asimismo Susan por encima de la ensordecedora cacofonía de sirenas y técnicos, y luego señaló la pantalla.

Todas las miradas se volvieron para observar la mano extendida de Tankado, agitando tres dedos deformes desesperadamente bajo el sol sevillano.

Jabba se quedó petrificado.

—¡Oh, Dios mío! —De repente se dio cuenta de que el genio lisiado había estado dándoles la respuesta desde el principio.

—¡Tres es un número primo! —exclamó Soshi—. ¡Tres es un número *primo*!

Fontaine parecía aturdido.

—¿Puede ser algo tan simple?

—*¡Fuga de datos!* —exclamó un técnico—. *¡A toda velocidad!*

Todos los que estaban en el estrado se abalanzaron con las manos extendidas sobre el terminal al mismo tiempo. En medio de esa aglomeración, Susan fue quien consiguió alcanzar el objetivo y, como una tenista golpeando la pelota, tecleó el número «3». Todos se volvieron entonces hacia la pantalla. Por encima del caos, podía leerse:

¿INTRODUCIR CLAVE DE ACCESO? 3

—¡Sí! —ordenó Fontaine—. ¡Hágalo ahora!

Susan contuvo el aliento y su dedo descendió hasta presionar la tecla «Intro». La computadora emitió un único sonido.

Nadie se movió.

Tres agonizantes segundos después, no pasó nada.

La sirena seguía sonando. Cinco segundos. Seis segundos.

—*¡Fuga de datos!*

—*¡No hay ningún cambio!*

De repente, Midge comenzó a señalar frenéticamente la pantalla de la pared.

—¡Miren!

En ella había aparecido un mensaje:

CÓDIGO DE DESACTIVACIÓN CONFIRMADO

—¡Activen los cortafuegos! —ordenó entonces Jabba.

Pero Soshi ya se le había adelantado.

—¡Fuga de datos interrumpida! —exclamó un técnico.

—¡Conexiones entrantes bloqueadas!

En el gráfico, el primero de los cinco cortafuegos estaba reapareciendo. Las líneas negras que habían atacado el núcleo quedaron bloqueadas al instante.

—¡Está restaurándose! —dijo Jabba—. ¡El maldito sistema está restaurándose!

Hubo un momento de incredulidad, como si en cualquier instante todo fuera a venirse abajo. Pero entonces comenzó a reaparecer en el gráfico el segundo cortafuegos... y luego el tercero. Momentos después, toda la serie de filtros estaba activa. El banco de datos volvía a ser seguro.

La sala estalló en vítores y se desató un auténtico pandemonio. Los técnicos arrojaban hojas impresas al aire y se abrazaban. La sirena había dejado de sonar. Brinkerhoff tomó de la mano a Midge. Soshi rompió a llorar.

—¿A cuántos documentos han conseguido acceder, Jabba? —preguntó Fontaine.

—A muy pocos —dijo el jefe de Seguridad de Sistemas mientras estudiaba su monitor—. Y a ninguno en su totalidad.

El director asintió lentamente y una leve sonrisa se dibujó en la comisura de sus labios. Buscó con la mirada a Susan Fletcher, pero esta ya estaba dirigiéndose hacia la parte delantera de la sala. El rostro de David Becker ocupaba por completo la pantalla de la pared.

—¿David?

—Hola, preciosa —sonrió él.

—Vuelve a casa. Ahora mismo —le pidió ella.

—¿Nos vemos en Stone Manor? —preguntó él.

Susan asintió con lágrimas en los ojos.

—Hecho.

—¿Agente Smith? —dijo Fontaine.

Smith reapareció en la pantalla detrás de Becker.

—¿Sí, señor?

—Parece que el señor Becker tiene una cita. ¿Podría asegurarse de que llega a casa de inmediato?

El agente asintió.

—Nuestro avión está en Málaga. —Y, dándole unas palmaditas a Becker en la espalda, añadió—: Prepárese, profesor. ¿Alguna vez ha viajado en un Learjet 60?

Él rio entre dientes.

—No desde ayer.

Capítulo 128

Cuando Susan se despertó, el sol ya había salido. Sus suaves rayos se filtraban a través de las cortinas y caían sobre el edredón de plumas de ganso. La criptógrafa extendió la mano hacia David. «¿Estoy soñando?» Su cuerpo permanecía inmóvil y sentía un hormigueo en la piel. Todavía estaba agotado y aturdido de la noche anterior.

—¿David? —dijo con un gemido.

No hubo respuesta. Susan abrió los ojos. Al otro lado de la cama, el colchón estaba frío. David se había ido.

«Estoy soñando», pensó. Se encontraba en una habitación victoriana, con telas de encaje y muebles antiguos: la mejor suite de Stone Manor. Su bolsa estaba en medio del suelo de madera... y su ropa interior en una silla estilo reina Ana que había junto a la cama.

¿De verdad había regresado David? Recordaba algunas cosas: su cuerpo contra el de ella, los suaves besos que la habían despertado. ¿Acaso lo había soñado todo? Se volvió hacia el buró. Había una botella vacía de champán, dos copas... y una nota.

Frotándose los ojos todavía adormilados, Susan se cubrió el cuerpo desnudo con el edredón y leyó el mensaje:

Queridísima Susan:
te quiero.
Sin cera,

DAVID

Se le encendió el rostro y se llevó la nota al pecho. Efectivamente, era de David. «Sin cera...», el único código que todavía no había conseguido descifrar.

Hubo un movimiento en un rincón de la habitación y Susan se volvió de golpe. Sentado en un lujoso diván y envuelto en una gruesa bata, David Becker estaba observándola en silencio bajo el sol de la mañana. Ella extendió una mano y le indicó que se acercara.

—¿«Sin cera»? —murmuró estrechándolo en sus brazos.

—«Sin cera» —sonrió él.

Susan le dio un profundo beso.

—Dime qué significa.

—Ni hablar. —David rio—. Las parejas necesitan secretos. Hace que las cosas mantengan el interés.

Susan sonrió con timidez.

—Si se ponen todavía más interesantes que anoche, no podré volver a caminar.

David la tomó en sus brazos. Se sentía ingrávido. El día anterior había estado a punto de morir asesinado y, sin embargo, allí estaba ahora, más vivo de lo que se había sentido nunca.

Ella apoyó la cabeza en su pecho y escuchó los latidos de su corazón. Le costaba creer que hubiera llegado a pensar que no volvería a verlo.

—David —dijo tras exhalar un suspiro con los ojos puestos en la nota que había sobre el buró—. Explícame lo de «sin cera». Ya sabes que odio los códigos que no puedo descifrar.

Él no dijo nada.

—Explícamelo —insistió Susan haciendo pucheros—. O no volverás a acostarte conmigo.

—Mentirosa.

Ella lo golpeó con la almohada.

—¡Explícamelo ahora!

Pero David sabía que nunca lo haría. El secreto detrás de la expresión «sin cera» era demasiado dulce. Sus orígenes eran muy antiguos. Durante el Renacimiento, los escultores españoles que cometían una equivocación al tallar el caro mármol solían enmendar los desperfectos con cera. A las estatuas sin imperfecciones y que, por tanto, no habían requerido arreglo alguno se las denominaba *sin cera*. Con el tiempo, la expresión pasó a designar algo honesto o verdadero. Según la etimología popular, la palabra *sincere* provenía de la misma. El código secreto de David no era, pues, ningún gran misterio. Simplemente estaba firmando sus cartas con un «sinceramente», y, por alguna razón, pensaba que a Susan no le parecería nada especial.

—Estarás contenta de saber que, durante el vuelo de regreso, llamé al rector de la universidad —dijo para cambiar de tema.

Ella levantó la mirada esperanzada.

—Dime que renunciaste a dirigir el departamento.

David asintió.

—Regresaré a las aulas el próximo semestre.

Ella exhaló un suspiro aliviada.

—El lugar al que siempre has pertenecido.

Una tenue sonrisa se dibujó en el rostro de él.

—Sí, supongo que la estancia en España me recordó lo que es importante.

—¿Romper los corazones de las estudiantes? —bromeó Susan, y le dio un beso en la mejilla—. Bueno, al menos tendrás tiempo para ayudarme a corregir mi manuscrito.

—¿Manuscrito?

—Sí, decidí publicar un libro.

—¿Un libro? —pregunto David extrañado—. ¿Sobre qué?

—Algunas ideas que tengo sobre protocolos de filtros variables y residuos cuadráticos.

Él soltó un resoplido.

—Seguro que será un *bestseller*.

Susan rio.

—Te sorprendería.

David metió la mano en uno de los bolsillos de su bata y sacó un pequeño objeto.

—Cierra los ojos. Tengo algo para ti.

Ella hizo lo que le pedía.

—Deja que lo adivine: ¿es un llamativo anillo de oro con una inscripción en latín?

—No. —David rio entre dientes—. Le dije a Fontaine que se lo devolviera a los herederos de Tankado.

A continuación, tomó la mano de Susan y deslizó algo en su dedo.

—Mentiroso —rio ella, abriendo los ojos—. Lo sabía...

Sin embargo, se quedó callada de golpe. El anillo que había en su dedo no era el de Ensei Tankado. Este era de platino y en él relucía un diamante solitario.

Dejó escapar un grito ahogado.

—¿Quieres casarte conmigo? —le preguntó David mirándola directamente a los ojos.

Susan se quedó sin aliento. Lo miró a él y luego de nuevo el anillo. Las lágrimas se agolparon en sus ojos.

—Oh, David..., no sé qué decir.

—Di que sí.

Ella se volvió.

David esperó.

—Susan Fletcher, te quiero. Cásate conmigo.

Ella alzó la mirada. Tenía los ojos llenos de lágrimas.

—Lo siento, David —susurró—. Yo... N-no puedo.

Él se quedó estupefacto. Buscó en sus ojos el juguetón brillo que solía encontrar en ellos. No lo encontró.

—S-Susan... —tartamudeó—. N-no lo entiendo.

—No puedo —repitió ella—. No puedo casarme contigo. —Apartó la mirada. Le temblaban los hombros. Se llevó las manos a la cara.

David se sentía consternado.

—Pero, Susan... Creía que...

La tomó por los trémulos hombros y volvió su cuerpo hacia él. Entonces lo comprendió. Susan no estaba llorando. Tenía un ataque de risa.

—¡No me casaré contigo! —dijo ella entre carcajadas mientras comenzaba a atacarlo de nuevo con la almohada—. ¡No hasta que me expliques lo de «sin cera»! ¡Estás volviéndome loca!

Epílogo

Dicen que, al morir, todo se vuelve claro. Tokugen Numataka sabía ahora que era cierto. De pie junto al féretro en la oficina de aduanas de Osaka, sintió una amarga lucidez que jamás había experimentado. Su religión hablaba de círculos, del vínculo entre todas las cosas de la vida, pero él nunca había tenido tiempo para la religión.

Los agentes de aduanas le habían dado un sobre con los papeles de adopción y el certificado de nacimiento.

—Es usted su único pariente —le habían dicho—. Nos costó mucho encontrarlo.

La mente de Numataka retrocedió treinta y dos años hasta aquella noche lluviosa en la que abandonó a su hijo deforme y a su esposa moribunda en la sala de un hospital. Lo había hecho en nombre del *menboku* —el honor—, ahora una mera sombra vacía.

Entre los papeles había un anillo de oro con una inscripción que no comprendía. Daba igual; las palabras ya no tenían sentido para él. Había renegado de su único hijo. Y, ahora, el más cruel de los destinos había vuelto a unirlos.

1-56-83-6-102-14-85-113-86-102-83-42-6-68-116-14